自宅を開放し、町を案内し、荷物を預かり、必要な物はすべて揃えて出迎えてくれた、ステファニーとランダル・ハーグリーヴズ夫妻に。

そして、ほんとうに必要としているときに、応えてくれたあなたに。

そしてまた、ポールにも。
今度こそ、そう思うから。
いつもほんとうにそう思っているから。

まだ見ぬあなたに野の花を

主な登場人物

エロイーズ・ブリジャートン……ブリジャートン子爵家の次女。
フィリップ・クレイン……準男爵。
ヴァイオレット・ブリジャートン……先代ブリジャートン子爵の未亡人。
アンソニー・ブリジャートン……ブリジャートン子爵。
ケイト・ブリジャートン……アンソニーの妻。
ベネディクト・ブリジャートン……ブリジャートン子爵家の次男。画家。
ソフィー・ブリジャートン……ベネディクトの妻。
コリン・ブリジャートン……ブリジャートン子爵家の三男。
ペネロペ・ブリジャートン……コリンの妻。エロイーズの親友。
ダフネ・バセット……ブリジャートン子爵家の長女。
サイモン・バセット……ヘイスティングス公爵。ダフネの夫。
フランチェスカ・スターリング……ブリジャートン子爵家の三女。
グレゴリー・ブリジャートン……ブリジャートン子爵家の四男。
ヒヤシンス・ブリジャートン……ブリジャートン子爵家の四女。
オリヴァー・クレイン……フィリップの息子。
アマンダ・クレイン……フィリップの娘。
エドワーズ……クレイン家の子守女中兼家庭教師。

……わたしもいつか男の子を好きになるとお母さまはいうけれど、それはちがいます！　ぜったいに好きになりません！　ぜったい、ぜったい、ぜったい！

――エロイーズ・ブリジャートンが八歳のとき、母ヴァイオレット・ブリジャートンの部屋のドアの下に差し込んだ手紙より

……社交シーズンがこれほど刺激的なものだなんて思わなかったわ！　とても魅力的できな殿方ばかりなのよ。すぐに恋に落ちてしまいそう。仕方ないわよね？

――エロイーズ・ブリジャートンがロンドンの社交界に初登場《デビュー》した折、兄コリンへ宛てた手紙より

……私はほぼ間違いなく結婚しないと思うわ。運命の相手がいるのだとすれば、もうとうに見つけていてもいいはずでしょう？

――エロイーズ・ブリジャートンが六年目の社交シーズンに、親友のペネロペ・フェザリントンへ宛てた手紙より

……これが最後のチャンスかもしれない。だから思いきって行動を起こして、両手で運命をつかみとるの。どうか、サー・フィリップ、あなたが想像どおりの人でありますように。手紙から想像できるとおりの男性であれば、あなたを愛せるでしょう。そして、あなたも同じように感じてさえくれたら……。

——エロイーズ・ブリジャートンがサー・フィリップ・クレインに初めて会いに向かう旅の途中に走り書きした紙切れより

プロローグ

一八二三年二月　イングランド、グロスターシャー

まったくもって皮肉なことに、あの日もすばらしく晴れていた。

たまに小雪や雨もちらつく曇り空が六週間も続いたあとの晴天はなんとすばらしいものに感じられることか。ふだんは天候の変化にさして動じないフィリップでさえ心が浮き立ち、顔をほころばせた。そして、外へ出かけた——そうせずにはいられなかった。そのように陽光がきらめいている日に屋内にとどまっていられる者などいない。

それも、どんよりと薄暗い日の続く冬の晴れ間なのだ。

あれから一カ月以上が経ったいまですら、太陽にあのような手酷いからかいを受けたことが信じられない。

しかも、どうしてまったくうかつにも予期できなかったのだろう？　マリーナとは結婚以来ずっとともに暮らしてきた。八年も一緒にいれば彼女のことはわかっていたはずだ。予期できて当然だった。それに、ほんとうは……。

そうとも、ほんとうは、予期できていた。それを認めたくなかっただけのことだ。ひたすら思い違いなのだと言い聞かせ、自分を守ろうとしていたのかもしれない。明白なことから目をそむけ、考えさえしなければ、そのようなことは起こりもしないのだと信じようとしていた。

だが、起こってしまった。それも、すばらしく晴れた日に。きっと神がいじわるないたずら心でも働かせたのだろう。

フィリップがグラスを見おろすと、いつの間にか、入っていたはずのウイスキーがなくなっていた。自分で飲んだに違いないのだが、まるで憶えていなかった。酔いは感じないし、少なくともそれほど飲んだような気はしない。それとも、酔っているから、まだ飲み足りないと思うのだろうか。

窓越しに、地平線近くに沈みつつある太陽を眺めた。きょうも、あの日と同じように晴れている。それでおそらく、いつになく憂鬱《ゆううつ》な気分になるのだろう。いずれにせよ、そうであると思いたい。この呑み込まれてしまいそうな疲労感にはどうしても理由がなくてはならない。

憂鬱が恐ろしかった。

どんなものよりも。炎より、戦争より、地獄に落ちるよりも。彼女のように、悲しみに気がふさいでいくのかと思うと……。

マリーナはつねに鬱気にとらわれていた。生涯、いや、少なくとも自分と知りあってからはずっと沈んだ顔をしていた。笑い声を聞いた記憶は残っていないし、実際、聞いたことがあったかどうかも定かではない。

あの日も晴れていて――

フィリップはきつく目をつむったものの、記憶を呼び起こそうとしているのか振り払おうとしているのか、自分でもよくわからなかった。

あの日も晴れていて……。


「サー・フィリップ、あなたがこんなふうに陽光を楽しまれる姿を拝見できるとは思いませんでした」

フィリップ・クレインは太陽を仰いで目を閉じ、そのぬくもりが肌に広がるのを感じた。「完璧だ」独りごちた。「いや、これほど寒くなければ、完璧なんだが」

秘書のマイルズ・カーターが含み笑いを漏らした。「それほど寒くありませんよ。今年は湖も凍結していませんし。氷が張っているのはほんの数箇所にすぎません」

フィリップは上向かせていた顔を名残惜しそうに戻して目を開いた。「そうはいっても、まだ春ではない」

「春を待ち望まれておられるのなら、暦を数えるしかありません」

フィリップは横目でちらりと見やった。「そのような無礼な助言のぶんまで報酬を払っていただろうか？」

「いただいておりますとも。それも、すこぶる気前よく」

フィリップはにやりとして、ふたりはその場でもうしばらく陽光を楽しんだ。

「曇り空でも気になさらない方なのだとばかり思っておりました」ふたたびフィリップの温室へ向かって歩きだすとすぐに、マイルズがなにげなく言った。

「気にはならない」フィリップは、生まれつき運動能力に恵まれた男性らしい堂々とした足どりで進みながら答えた。「だが、雲で覆われた空が気にならないからといって、太陽が好きではないということではない」ふと思いついて、足をとめた。「乳母のミルズビーに、きょうは子供たちを外へ連れだすよう言っておいてくれ。もちろん、暖かい外套や、帽子、手袋といったものは身につけさせなければいけないが、少し陽を浴びさせてやったほうがいいだろう。だいぶ長いあいだ屋内に閉じ込められていたからな」

「われわれを含めて、みなそうです」マイルズが低い声で言う。

フィリップはふっと笑った。「たしかにそうだな」肩越しにちらりと温室を見やった。目を通しておくべき書類もあるのだろうが、種子の選別もしておきたいし、じつのところ一時間かそこらマイルズとの仕事を先延ばししても支障が出るわけではない。「乳母のミルズビーに申しつけてきてくれ」秘書に言った。「仕事の話はあとにしよう。なにしろ、きみは温室が苦手だからな」

「この時期はべつですよ」マイルズが言う。「暖かいほうがいいですから」

フィリップは片方の眉だけを上げてロムニー館《ホール》のほうへ首を傾けた。「わが先祖伝来の家に隙間風が吹いているとでも？」

「先祖伝来の家はみな隙間風が吹くものなのです」

「それもそうだな」フィリップはにやりとして言った。マイルズのことはなかなか気に入っていた。ささやかな地所を管理するうちにどんどん溜まっていくように見える事務仕事を手伝ってもらうために、半年前に雇ったのだ。マイルズはきわめて有能だった。若いが、仕事はできる。それに、笑いがあふれているとはとうてい言えない家には、この若者のとぼけた冗談がなおさらありがたかった。使用人たちはフィリップに冗談を言えはしないし、マリーナは……いうまでもなく、マリーナは笑ったり人を笑わせたりはしなかった。

子供たちには時どき笑わされることもあったが、大人の冗談とは異質のものであり、ほとんどの場合に、返してやる言葉が見つからなかった。何か言わなければと思っても、言葉に窮して、急に横暴な大男になったようにぎこちない態度を取ってしまう。そして結局、子供たちに乳母のところへ戻るように言い、追い払うしかなかった。

そのほうが楽だからだ。

「申しつけてきてくれ」フィリップはおそらくは自分自身でやるべき仕事をマイルズに頼んだ。その日は子供たちの姿をまだ見てもいなかったのでなおさら自分で行くべきであるとは思いつつ、きつい言い方をしてしまうのは目にみえていたので、せっかくの明るい気分を台無しにしたくもなかった。

乳母のミルズビーに連れられて子供たちが散歩に出てきたら声をかけるとしよう。それが妙案だと思った。そうすれば、いくつか植物を示して説明してやれるし、万事あたりさわりなく穏やかにやり過ごせる。

フィリップは温室のなかに入って扉を閉めると、湿り気を含んだ心地良い空気を吸い込んだ。ケンブリッジ大学で植物学を専攻し、最優等の学位も得た。じつのところ、兄がワーテルローで戦死し、領主として地元の屋敷を守る役目がまわってこなければ、学者の道へ進んでいたはずだった。

とはいえ不幸中の幸いなのかもしれない。土地を管理しながら街で暮らさなければならない者もいるが、せめてここでなら比較的穏やかに植物の研究に励むことができる。

フィリップは作業台に身をかがめ、最新の研究成果を観察した——莢《さや》のなかにもっとふっくらとした実が成るエンドウ豆の品種を栽培しようとしていた。だが、またしてもだめだったらしい。今回出来たひと房は萎《しな》びているだけではなく黄色く変色しており、期待どおりの成果は得られなかった。

眉をひそめてからすぐに微笑み、温室の奥へ必要な道具を取りにいった。期待どおりの結果が得られなくともさほど落ち込みはしなかった。必要は発明の母ではないというのが持論だからだ。

大事なのは失敗だ。すべては失敗にかかっている。むろん、それを認める科学者はいないだろうが、ほとんどの偉大な発明はまったくべつの問題を解決しようとしている最中に生まれている。

フィリップは萎びた豆を取りだしながら笑みを漏らした。うまくすれば、今年の終わりには問題点を解決できるだろう。

さあ、仕事にかかろう、仕事に。フィリップは収集した種子をすべて眺められるよう平らに並べた。最適な種子を選ばなくては——

顔を上げて雨に洗われたばかりのガラス窓の向こうを見やると、野原を横切るものが目に入った。赤い色がきらりと輝いた。

赤。つい微笑んで首を振った。マリーナに違いない。赤は彼女の好きな色で、それが以前からふしぎでならなかった。彼女と少しでも一緒に過ごしたことのある者なら誰でも、もっと暗いくすんだ色を好むだろうと思うはずだ。

フィリップは彼女が雑木林のなかに消えるのを見届けて、作業に戻った。マリーナがみずから外へ出てくることはめったにない。ここ最近はずっと寝室に閉じこもりきりだった。陽光のもとに現れた姿を見られて、フィリップは嬉しくなった。もしかしたら妻が気力を取り戻せるかもしれない。もちろん、完全にとまではいかないだろう。陽光にそれほどの威力があるとも思えない。それでも、きっと明るく暖かな陽射しに誘われて二、三時間は外にいられるだろうし、少しくらい笑みもこぼれるのではないかという気がした。

子供たちが母の笑顔を求めているのは間違いない。ほぼ毎晩、母親の部屋を訪ねさせてはいるが、それでもまだじゅうぶんではなかった。

自分が母親のぶんまで埋めあわせられないことも、フィリップは承知していた。

後ろめたさが胸に押し寄せてきて、ため息が出た。子供たちが望んでいるような父親ではないことは自覚している。親になるだけで目標を達成したといわんばかりだった自分の父親のようにはならない、最善を尽くそうと胸に誓ってきた。

だが、その気持ちだけではどうにもならないのもわかっていた。

フィリップは決然とした動きで作業台から身を離した。種子は待っていてくれる。子供たちも待てるかもしれないが、だからといって待たせていいというものでもない。それに、やはりみずから子供たちを散策に連れていくべきだ。乳母のミルズビーでは落葉樹と針葉樹の区別もつかず、薔薇《ばら》を雛菊《ひなぎく》だと教えかねないし……。

ふたたび窓の向こうを見やって、二月であることに思い至った。ミルズビーではこの季節に咲いている花を見つけられないだろうが、それを理由に子供たちを散策に連れていきたいと面と向かって言うわけにもいくまい。活発な子供たちに付き添うにはあきらかに男性のほうが向いているので、その責務をないがしろにはできないと言えば筋も通る。

威勢よく温室を出たものの、ロムニー館までの道のりの三分の一も進まないうちに立ちどまった。子供たちを連れだすなら、母親のもとへ行かせるべきではないだろうか。頭を撫でるくらいしかできない母親であれ、子供たちはそばにいることを強く望んでいる。そうだ、マリーナのもとへ連れていくべきだ。そちらのほうが散策よりも子供たちのためになるに違いない。

とはいえ、マリーナの心の状態を楽観してはならないことは経験からよくわかっていた。

みずから外へ出てきたからといって必ずしも気分がいいとはかぎらない。子供たちにまたふさいだ母親の姿を見せるのも心苦しい。

フィリップは踵《きびす》を返し、ほんの少し前にマリーナが消えた雑木林へ向かって歩きだした。マリーナの二倍ほどの速さで進んでいった。追いついていまの心の状態を確かめるのにそう時間はかからないはずだ。子供たちが乳母のミルズビーと外へ出てくるまでには子供部屋《ナースリー》へ取って返せるだろう。

林のなかに入ってもマリーナを追うのはたやすかった。地面が湿っているうえ、妻は重みのあるブーツを履いているらしく、足跡がはっきりと残されていた。なだらかな斜面をくだって林を抜けると、草深い一画に出た。

「まずい」自分の声が風に吹かれてかろうじて耳に届いた。草にまぎれて足跡が見わけられなくなっていた。目の上に手をかざして陽光を遮《さえぎ》り、ひとめぐり見渡して、目印の赤い色を探した。

廃屋の辺りにはいないし、実験用の穀物畑や、フィリップが子供時代によじ登って何時間も過ごした大きな岩の付近にも見あたらなかった。北側を向いて目を狭めてようやく発見した。マリーナは湖のほうへ向かっていた。

湖。

マリーナがゆっくりと水辺へ近づいていくのを見て、フィリップは呆然と口をあけた。凍りついたというより、もっとなんというか……ふしぎな光景に心奪われたように動けなかった。マリーナが泳ぐのは見たことがない。泳げるのかどうかさえ知らなかった。彼女もそこに湖があるのは知っていたのかもしれないが、結婚して八年のあいだにそこへ来たことがあるかどうかもわからなかった。心が認めたがらないものを足はどういうわけか受け入れて、フィリップはそちらのほうへ歩きだしていた。マリーナが浅瀬に足を踏み入れるのを目にして速度を上げたが、まだ距離があるので名を呼びかけることしかできなかった。

聞こえていたとしても反応はなく、マリーナはそのままゆっくりと着実に深みへ進んでいた。

「マリーナ！」フィリップは叫び、ついに走りだした。全速力で走ってもまだゆうに一分はかかりそうだった。「マリーナ！」

マリーナは浅瀬のきわまで進み、その先へおりて暗灰色の水面の下に見えなくなった。何秒か水面に浮いていた赤い外套もたちまち水に呑まれた。

フィリップは聞こえていないとは知りながら、もう一度彼女の名を叫んだ。足をもつれさせながら湖へ続く斜面をおり、とっさの判断で上着とブーツを脱ぎ捨てると、凍てつくような冷たい水のなかへ飛び込んだ。マリーナが沈んで一分も経っていない。いまならまだ溺れさせずに助けだせるかもしれないが、すぐに見つけなければ死なせてしまう可能性が刻一刻と高くなるという考えが頭をめぐっていた。

フィリップはその湖で数えきれないほど泳いでいたので、底が深くなる地点を正確に憶えていた。なので厚手の服への水の抵抗もほとんど感じられないなめらかな泳ぎで、あっという間に目指す場所へ到達した。

見つけられるはずだった。見つけなければならない、ならなかった。

手遅れになる前に。

深くもぐり、薄暗い水のなかに目を走らせた。マリーナは湖底の砂を蹴りあげているらしく、むろん自分もそれは同じなので、沈泥はさらに舞いあがり、ふんわりと浮かんだ灰色の雲のごとく視界を遮っていた。

けれども結局、マリーナは好みの色に救われた。フィリップが懸命に水を掻《か》いて湖底へおりていくと、赤い外套がもの憂げな鳶《とび》のように水中に漂っているのが見えた。マリーナは抗《あらが》う様子もなく水上に引きあげられていった。もっともすでに意識は失われていて、フィリップの腕にずしりと重みがかかっていた。

水上に浮きあがると、フィリップは口をあけて焼けつくような胸に精一杯大きく息を吸い込んだ。生き延びようとする本能からしばし呼吸することしかできなかったが、すぐにほかに助けなければいけない相手がいることを思い起こした。マリーナは息をしているようには見えなかったが、その顔を上向かせるよう気をつけながら岸へ運んでいった。

ようやく水ぎわまでたどり着き、湖と草地を隔てる細長い砂利の土手に引きずりあげた。呼吸を確かめようと躍起になって彼女の顔を覗き込んだが、唇から息が漏れる気配はなかった。

溺れた人間を助けるようなことがあるとは思いもしなかったのでどうしていいものかわか

らず、最も理に適《かな》った方法を探して膝の上にうつぶせに抱きあげ、背中を叩いてやった。初めは反応がなかったが、四度目に強く叩いたとき、マリーナが咳をして、口から濁った水を吐きだした。

フィリップはすぐさま彼女の体を仰向けに返した。「マリーナ？」軽く頬を打ちながら必死に呼びかけた。「マリーナ？」

マリーナはふたたび咳をして、突如小刻みにふるえだした。それから空気を吸い込み、心が何を望んでいるにせよ肺は生きるための呼吸を始めた。

「マリーナ」フィリップはほっとしてふるえる声でつぶやいた。「神よ、感謝します」心から愛したことはなくとも、彼女はわが妻で、子供たちの母親であり、引き剝がしようのない悲しみと絶望の覆いをまとってはいても、その内面は善良な女性だ。妻を死なせたくなかった。

マリーナが焦点の定まらない目をしばたたいた。ほどなくしてようやく、いまどこにいて、目の前の男性が誰なのかを思い起こしたらしく、つぶやいた。「いやよ」

「きみを家に連れて帰る」彼女のひと言に思わずかっとしてぶっきらぼうに言った。

いやよ。

助けられて迷惑だとでもいうのか？　悲しいからというだけで人生を投げだすつもりなのか？　子供たちふたりを見捨てても憂鬱から逃れるほうを選ぶのか？　人生において、子供たちの母親という役割より、気分の悪さのほうを重く考えているとでもいうのか？

「家に帰るんだ」ぴしゃりと言い、やさしさのかけらもない態度で抱きかかえた。マリーナはもう呼吸しており、本人の意にそぐわないにしろ身体機能が回復しつつあるのはあきらかだった。繊細な花のようにあつかう必要はない。

「いやよ」マリーナはさめざめと泣きだした。「お願いだからやめて。いやなの……わたしはもう……」

「きみは家に帰るんだ」言い放ち、びしょ濡れの服に吹きつける冷たい風も、素足で踏む石だらけの地面の硬さも気に留めず、重い足どりで斜面をのぼっていった。

「どうしようもないの」マリーナは最後の気力をふりしぼるかのようにか細い声で言った。

フィリップはその重荷を家へ運んでいくあいだ、ただひたすら、なんと的を射た言葉なのだろうかと考えていた。

どうしようもない、か。

ある意味で、その言葉は彼女の一生を集約しているように思えた。

夕暮れには、湖がしくじった仕事を熱病が引き継いだかのようにマリーナの体調が悪化した。

フィリップはできるかぎり急いでマリーナを家へ運び、家政婦のハーリー夫人の手をかりて冷たく濡れた服を脱がせ、八年前に誂《あつら》えられた花嫁道具のなかでもひときわ目を引いた羽根布団のなかでその体を温めようとした。

「何があったんです？」勝手口から妻を引きずるように入ってきた主人にハーリー夫人が尋ねた。フィリップは子供たちに見られる恐れのある正面玄関を使いたくなかった。それに、勝手口のほうが二十メートルは近い。

「湖に落ちたんだ」簡潔に答えた。ハーリー夫人に疑念と同情の入り混じったような目を向けられ、フィリップは事情を読みとられているのを悟った。家政婦はふたりの結婚以来クレイン家に仕えており、マリーナのふさぎ込みようも承知していた。

ハーリー夫人はマリーナをベッドに寝かせると、同じようにひどい風邪をひく前に服を着替えるよう主人を諭《さと》して部屋の外へ急《せ》きたてた。けれども、フィリップはすぐに戻ってきてマリーナのそばに腰を落ち着けた。そこが夫のいるべき場所なのだが、ここ何年もそうすることを避けてきたという後ろめたさがあった。

マリーナといると気が滅入り、それがつらかった。

だがこうなっては夫の務めを逃れられるはずもなく、一日じゅう昼も夜も妻のベッドのそばに付き添った。汗が滲めば額をぬぐってやり、落ち着いているときにはぬるめのスープを飲み込ませようと努めた。

その耳に言葉が届きはしないのは知りながら、頑張るよう励ました。

三日後、マリーナは息を引きとった。

本人が望んだことであれ、まだ七歳になったばかりの双子に母親の死を説明しなければならないフィリップには、そのような事情は少しの気休めにもならなかった。子供部屋の椅子は大柄な体には小さすぎたが、仕方なく腰をおろし、プレッツェルのように身をよじって子供たちと視線を合わせると、言葉を絞りだした。

ふたりともいつもと違っておとなしかったが、驚いているふうでもないので、フィリップのほうがまごついた。

「すまない……」事情を説明し終えると声を詰まらせた。子供たちのことはとても愛しているが、あらゆる面でふたりの気持ちには応えられていない。どう父親らしく振るまえばいいのかすらほとんどわかっていないというのに、母親の役割まで引き受けられるはずがあるだろうか？

「お父さんのせいじゃないよ」オリヴァーは褐色の目で父親に気詰まりを感じさせるほど強く見つめた。「お母さんは湖に落ちたんだよね？　お父さんが押したわけじゃなくて」

フィリップはどう答えてよいものか迷い、黙ってうなずいた。

「お母様はいま幸せ？」アマンダがぽつりと訊く。

「そうだと思う」フィリップは答えた。「いまは天国からいつでもおまえたちを見守っていられるから、幸せなんじゃないかな」

双子はひとしきり考えているような様子だった。「幸せだといいね」ようやくオリヴァーがその顔つき以上にしっかりとした声で言った。「だったらもう泣かなくてすむから」

フィリップは喉を締めつけられるように感じた。子供たちにも妻の咽《むせ》び泣く声が聞こえていたとは知らなかった。子供たちの寝室は真上にあるとはいえ、マリーナがとりわけひどくふさぎ込むのは夜も更けてからだったので、泣きだす頃にはふたりともすでに寝入っているものと思っていたからだ。

アマンダも同意してうなずき、ブロンドの小さな頭をしきりに上下に動かしている。「お母様がいま幸せなら、いなくなってよかったわよね」

「いなくなったんじゃない」オリヴァーが口を挟んだ。「死んだんだよ」

「違うわ、いなくなったのよ」アマンダは言い張った。

「同じことなんだ」フィリップは真実以外にも何かもっと話しようがあればいいのだがと思いつつ、きっぱりと言った。「だが、お母さんはいま幸せだと思う」

それもある意味では真実にほかならなかった。実際、マリーナが望んでいたことなのだ。もしかしたら、彼女はただそれだけをずっと望んでいたのかもしれない。

アマンダとオリヴァーはオリヴァーのベッドに腰かけて足をぶらぶらさせながら、しばらく黙って床を見つめていた。ふたりの背丈にはあきらかに床から高すぎるベッドにそうして坐っていると、よけいに体が小さく見えた。フィリップは眉をひそめた。どうしてこれまで、そんなことにも気づけなかったのだろう？　もう少し低いベッドに寝かせるべきではなかったのか？　寝ているあいだにベッドから落ちでもしたらどうするんだ？

それとも、もはや心配するほどの年齢ではないのだろうか？　もうベッドから落ちるようなことはないのかもしれない。いままでも落ちたことはなかったはずだ。

これも父親失格の証しに違いない。おそらく、その程度のことは父親なら知っていて当然なのだろう。

それに……たぶん……フィリップは目をつむり、ため息をついた。たぶん、そのようなことばかり考えていないで、ひたむきに努力するのが幸福への道なのだろう。

「お父様もどこか行くの？」アマンダがくいと顔を上げて訊いた。

フィリップは母親とそっくりの青やかな瞳を見つめた。「いや」低い声で答え、娘の前に膝をついて小さな手を取った。実際に握ってみるといっそう小さく華奢《きゃしゃ》な手に思えた。

「いや」繰り返した。「行かないよ。どこへも行きはしない……」


フィリップは手もとのグラスを見おろした。またもウイスキーがほとんどなくなっていた。四杯目だったというのに、どうしてこうも早く空《から》になってしまうのだろう。

あのときのことを思いだすのはつらい。なかでも最もつらい記憶がどれなのかはわからない。水中に飛び込んだときのことなのか、ハーリー夫人から「亡くなられました」と知らされた瞬間だろうか？

それとも、子供たちの悲しそうな顔を、その目に浮かんだ恐れを見たときのことだろうか？

グラスを口もとに持ちあげて、最後の数滴を喉に流し込んだ。やはり子供たちのことを考えるのが一番つらい。どこへも行かないとふたりに話して、現にそばを離れてはいないし、離れるつもりもないが、ただそこにいればいいというものでもない。子供たちにはもっと必要なものがある。ふたりときちんと会話ができて、ふたりのことを理解し、心も行動も健全に育《はぐく》んでやれる、親のあり方を知っている人間が必要なのだ。

といって、べつの父親を与えてやれるわけではないので、母親を見つけることを考えるべきなのだろう。むろん、一定の服喪期間をおいてからでなければ再婚することはできないが、相手を探しはじめるのはかまわないはずだ。

フィリップはため息をついて、椅子にどさりと腰かけた。妻が必要だ。たいして望む条件もない。容姿にはこだわらないし、財産の有無も問わない。計算が苦手でもいいし、フランス語が話せず、馬に乗れなくともかまわない。

幸せそうにしていてくれさえすればいい。

妻に望むことがほかにどれほどあるだろう？　一日に一度は微笑んでくれて、そのうえ笑い声を聞ければじゅうぶんではないか。

そして、子供たちを愛してくれたなら。それが無理でも、真意はけっして気づかせないくらいうまく愛しているふりをしてくれればいい。

それほど多くを望んではいない。

「フィリップ様？」

目を上げ、書斎のドアをわずかにあけたままにしていたことに気づいて低く毒づいた。秘書のマイルズ・カーターが顔を覗かせていた。

「何かな？」

「お手紙が届いています」秘書は言い、歩いてきて封書を手渡した。「ロンドンからです」

フィリップは受けとった封書を見おろし、見るからに女性らしい筆跡に眉を上げた。うなずいてマイルズをさがらせてから、開封刀《ペーパーナイフ》を手に取って封蠟を切り、一枚の便箋を引きだした。その紙を指のあいだで擦ってみる。上質で、高価な便箋。その重みは、送り主が郵便料金を倹約する習慣のない人物であることを示していた。

フィリップは折りたたまれた紙を広げて読んだ。

ロンドン、ブルートン通り五番地

フィリップ・クレイン様

この度は、奥様で、私の親愛なる四従姉妹《よいとこ》であるマリーナのご逝去を、お悔やみ申しあげたく、お手紙をお送りしました。マリーナとは長くお会いしていませんでしたが、懐かしい思い出もあり、亡くなられたとの報に接し、深い悲しみを覚えております。

ご心痛をお察し申しあげるとともに、少しでもお力になれることがありましたら、どうぞ気兼ねなく、お知らせください。

ミス・エロイーズ・ブリジャートンより

フィリップは目を擦った。ブリジャートン……ブリジャートン。マリーナにブリジャートンという姓の親類がいただろうか？　こうして書簡を送ってきたのだから、いたということなのだろう。

フィリップはため息をつき、便箋と羽根ペンに手を伸ばしてふと思った。マリーナが亡くなってからいままでに届いたお悔やみ状はほんのわずかだ。結婚以来、マリーナの友人や家族のほとんどは彼女のことを忘れてしまったかのようだった。だからといって腹が立つわけでもなく、意外にも思わなかった。マリーナはめったに寝室から出なかった。人はみな会っていない相手のことは忘れがちなものだ。

ミス・ブリジャートンに返事を書くべきだろう。それが礼儀なのだろうし、たとえそうではないとしても（妻を亡くした男の完璧な礼儀作法など知るはずもない）、なんとなくそうするのが正しいことのように思えた。

もの憂い吐息をつくと、便箋に羽根ペンの先を落とした。

1

一八二四年五月　ロンドンからグロスターシャーへ向かう途中の深夜に

エロイーズ・ブリジャートン様

妻の死去に際し、親切なお手紙をくださり、感謝申しあげます。面識もない者に筆を取る時間を割いてくださったお心遣いに恐縮しております。お礼のしるしに、押し花を同封しました。変哲もないレッドキャンピオン（学名：*Silene dioica*）ですが、今年は早咲きのようで、ここグロスターシャーの野原を彩っています。

マリーナが気に入っていた野花でした。

誠意を込めて

フィリップ・クレインより

エロイーズ・ブリジャートンは何度も読み返した手紙を膝の上にきちんと広げた。四輪馬車の窓から射し込む満月の光も文字が読めるほどの明るさはもたらしてくれなかったが、さして気にならなかった。手紙の内容はすべて記憶しているし、実際は赤《レッド》というよりピンク色に近い優美な押し花は兄の図書室から抜きとってきた本の頁《ページ》に大切に挟んである。

サー・フィリップから返信を受けとったときには何も不自然に思わなかった。礼儀至上主義者ともいうべき母にすら、あなたの手紙の書き方は堅苦しすぎると言われるくらい、礼儀を尽くしてしたためたからだ。

同じような身分の淑女たちも手紙を書くのにたいてい毎週数時間は費やしているが、エロイーズの場合はだいぶ以前から日に数時間を費やすのがつねになっていた。なかでも、何年も会っていない人々に手紙を書くのが楽しく（相手が封を切ったときの驚きようを想像するといつも胸が躍る）、人の誕生や死といった、お祝いやお悔やみを述べる機会があればほぼ欠かさず羽根ペンと便箋を取りだした。

手紙を書きつづけている理由は自分でも定かではないものの、ロンドンを離れている兄弟姉妹がいればせっせと手紙を送り、書き物机の前に腰をおろせば、遠縁の人々にもなぜか気安くペンを走らせることができた。

するとみな簡単な手紙を返してくれる――つまるところ、かのブリジャートン家の娘の機嫌を損ねたくないからなのだろう――が、押し花のようにささやかな物であれ、贈り物を同封してくれた相手はこれまで誰もいなかった。

　エロイーズは目を閉じて、優美なピンク色の花びらを思い浮かべた。そのような繊細な花に男性が触れている姿は想像しにくい。自分の四人の兄弟たちを考えてみても、みな肩幅が広く長身で逞《たくま》しく、かわいらしい花などたちまち握りつぶしかねない大きな手をしている。

　エロイーズはサー・フィリップの手紙を読んで、ラテン語の学名が付記されていたことにとりわけ興味をそそられ、すぐさま返信をしたためた。

フィリップ様
　すてきな押し花を贈ってくださり、心から感謝申しあげます。封筒から取りだして、その美しさに胸を打たれました。しかもそれが、親愛なるマリーナの大切な思い出の品であることにも。
　花の学名にお詳しいのだと感じ入りました。植物学者でおられるのですか？
エロイーズ・ブリジャートンより

　わざと質問を投げかける形で手紙を終わらせた。そうすればきっと相手はまた返事を書かざるをえないだろうと考えたからだ。

　期待は裏切られなかった。わずか十日後にはエロイーズのもとに返信が届いた。

エロイーズ・ブリジャートン様

いかにも、私はケンブリッジで植物学を専攻していたのですが、現在はいずこの大学や学会にも属しておりません。ここロムニー館に設《しつら》えた温室で研究を続けています。もしやあなたも自然科学に興味をお持ちなのですか？

フィリップ・クレインより

その返信にはどこか胸をときめかせるものがあった。親類でもない人物がどうやら自分との文通を続けようとしてくれているのがわかって、単純に心浮かれただけなのかもしれない。ともかく、エロイーズはさっそくまた返事を書いた。

フィリップ様

いいえ、暗算はとても得意なのですが、残念ながら、自然科学に関する知識はまるで持ちあわせておりません。どちらかと言えば、人文科学のほうに興味があります。すでにお気づきのことと思いますが、私は手紙を書くのがとても好きなのです。

友情を込めて

エロイーズ・ブリジャートンより

エロイーズはこのようなくだけた結びの文句を使っていいものかどうか迷いながら、あえて大胆な行動に出てみることにした。サー・フィリップはあきらかに自分と同じように手紙のやりとりを楽しんでいるように思えた。そうでなければ、質問を投げかける形で手紙を締めくくるだろうか？

その答えは二週間後に得られた。

親愛なるエロイーズ・ブリジャートン様

このように友情を込めて呼ばせていただいてもよろしいですか？ じつを言うと、こちらのような田舎ではいくぶん孤独を感じるもので、朝食のテーブル越しに誰の笑顔も見られない者にとって、せめて心なごむ手紙でもあればと願う気持ちをお察しくだされば幸いです。

またべつの花を同封します。これは学名を*Geranium Pratense*と言い、一般には広くフウロソウと呼ばれている花です。

心から敬意を込めて

フィリップ・クレインより

エロイーズはその日のことをはっきりと憶えている。寝室の窓ぎわの椅子に腰かけ、紫色の押し花を時間を忘れていつまでも眺めていた。もしや彼は求愛しようとしているのかしら？　手紙を通して？

そうしてしばらく月日が経ったある日、いつもとはかなり感じの違う手紙を受けとった。

親愛なるブリジャートン嬢

文通を始めてからだいぶ日も経ち、いまだ正式にお会いしていないにもかかわらず、以前からの知りあいであるかのような気がしております。あなたも同じように思ってくださっていたら光栄です。

厚かましくお感じになられたらお許し願いたいのですが、ここロムニー館へご招待いたしたくお便りしました。然るべき期間のおつきあいを経て、互いの相性が合っているとわかれば、私の妻となることをお考えいただけないでしょうか。

むろん、ふさわしい付添人《シャペロン》も手配いたします。私の招待をお受けくださるのなら、ただちに未亡人であるわが大叔母をロムニー館へ呼び寄せるつもりです。

ぜひとも、ご検討くださいますよう。

変わらぬ親愛を込めて

フィリップ・クレインより

エロイーズはフィリップの真意をはかりかねて、その手紙をすぐさま抽斗《ひきだし》にしまい込んだ。彼はまったく知らない相手と結婚したいと考えているのだろうか？

いいえ、厳密に言えば、まったく知らないわけではない。互いのことはいろいろと知っている。文通を始めて一年のあいだに、あまたの夫婦が結婚してからの人生で話す内容より多くを語りあってきたのではないだろうか。

といっても、一度も会ったことはない。

エロイーズは何年ものあいだに様々な男性からの求婚を断わってきたことを思い返した。何度求婚され、断わったことだろう？　少なくとも六度は断わっていて、なかには断わった理由が思いだせない相手すらいる。ほんとうは理由などなかったのかもしれない。その男性たちがみな……。

完璧ではなかったというだけで。

多くを望みすぎているのだろうか？

自分が愚かでわがままなように思えて、エロイーズは首を振った。違う、完璧な男性を求めてはいない。完璧に合う相手を求めているだけのことだ。

社交界の既婚婦人たちに自分がどう言われていたかは知っていた。高望みしすぎているから、愚かな令嬢より始末が悪く、あれでは結局、老嬢《オールドミス》になってしまうわ、と。それどころかいまはもう、予想どおり老嬢になってしまったわね、と言われているのだろう。二十八になるまでにそのような陰口を一度も聞かずにこられる者はいない。

面と向かって言われたことすらある。

けれどもじつのところ、どういうわけか、エロイーズはそのような立場がまったく気にならなかった。少なくとも、最近までは。

いき遅れという意識はまるでなく、そのうえ毎日を心から楽しんで過ごせていた。なんといっても考えられるかぎり最もすばらしい家族がいる――きょうだいは七人いて、アルファベット順に名づけられており、上に四人、下に三人いるので、Eで始まる名のエロイーズはちょうど真ん中に位置している。大好きな母もいまや結婚をうるさく急かさなくなっていた。それに、ブリジャートン家は広く愛され、敬われているので（たまに恐れられもするが）、エロイーズはいまだ社交界で目立つ存在であり、明るく、はつらつとした人柄で、いき遅れの年齢であろうがなかろうが、高い人気を集めていた。

それなのに最近は……。

エロイーズは急に実際の年齢よりずっと年老いてしまったように思えて、ため息をついた。

最近はあまり明るい気分にはなれなかった。偏屈な年配の既婚婦人たちの言うとおり、自分では夫を見つけられない人間なのではないかと考えることがあった。兄や姉たちのように深く情熱的に愛せる（必ずしも初めからそうではなかったとしても）配偶者を見つけようとこだわって、選《え》り好みしすぎていたのかもしれない。

互いを尊敬し、理解しあえる結婚であれば、ひとりでいるよりましではないだろうか。

とはいえ、そういった気持ちを打ち明けられる相手は見あたらなかった。母には長年、夫を見つけるよう勧められてきた。母を敬愛しているぶん、いまさら過ちを認めて、やはり言うことを聞いていればよかったとは言いだしにくい。兄たちについてはまったく助けになりそうもなかった。長兄のアンソニーはおそらく、みずからふさわしい相手を選んでやろうと買ってでて、気の毒な紳士に強引にでも結婚を承諾させようとするだろう。次兄のベネディクトは理解しがたい夢追い人で、静かな田舎を好み、いまはほとんどロンドンにやってこない。コリンにいたっては……べつに説明書きのいる複雑な事情があった。

姉のダフネに話せればいいのだが、訪ねるたび、夫に愛され、四人の子供たちの母としての人生に満ち足りた幸せそうな姿を見せられるので、切りだせなかった。そのような女性から自分のような立場の人間に役立つ助言が得られるだろうか？　すぐ下の妹フランチェスカはスコットランドにいて、地球の反対側にいるかのような距離を感じる。それに、この妹にはつまらない悩みで心配をかけたくなかった。フランチェスカは気の毒にも二十三歳で夫と死別していた。その悲しみに比べれば、自分の恐れや不安など取るに足りないものに違いない。

　こうしたことがすべて、サー・フィリップとの手紙のやりとりにどこか後ろ暗い喜びを抱くようになった理由なのだろう。ブリジャートン家は声も大きく騒がしい大家族で、秘密を隠し通すのは不可能に近い。なかでも末っ子のヒヤシンスは、君主の命で諜報部隊に召集されていれば、ナポレオンとの戦いを実際の半分の時間で勝利に導いていたとしてもふしぎではないような娘なのだ。

　サー・フィリップのことはいわば、自分だけのものだとエロイーズは思っていた。誰にも明かす必要のないもの。フィリップの手紙はきちんと束ねて紫色のリボンで結び、机の真ん中の抽斗の一番下に入れ、その上にたくさんの手紙を書くのに使う筆記具を重ねて隠していた。

　わたしの秘密。わたしのもの。

　しかも、一度も会ってはいないので、手紙の内容をもとにあれこれ想像し、好きなように人物像を思い描くことができた。この世に完璧な男性がいるとすれば、それはきっと想像上のサー・フィリップ・クレインだ。

　その彼がなぜいま、自分と会おうとしているのだろう。会う？　気が変にでもなったとしか思えない。どうしてわたしの結婚相手の理想像を台無しにしようとするのだろう。

　でも、ありえないことは起こるものだ。十二年来の親友、ペネロペ・フェザリントンが結婚したのだから。それもなんと、相手はブリジャートン家の三男で兄のコリンだった。

空から突然月が降ってきて裏庭に落ちても、あのときほど驚きはしなかっただろう。

エロイーズはペネロペを心から祝福した。それは事実だ。そして、兄のことも心から祝福した。世界じゅうで一番と言ってもいいほど好きなふたりなので、幸せな姿を見て嬉しさがこみあげた。それ以上喜ばしいことはないと思った。

けれども、ふたりの結婚で、人生にぽっかり穴があいてしまったように感じたのは認めざるをえない。生涯独身の人生を思い描き、それがみずから選んだ道なのだと自分に言い聞かせていたときには、必ずそばにペネロペがいるのが当然のように思っていた。独身で二十八を迎えるのも気にならず、強気でさえいられたのは、独身で同じ歳のペネロペがいたからだ。親友に夫が見つからなければいいと思っていたわけではないけれど、見つかる可能性はほとんどないだろうと高を括《くく》っていた。もちろん、ペネロペが思いやりにあふれ、機知に富み、聡明なすばらしい女性であるのはよくわかっていたが、貴族の紳士たちはそれに気づいていないように見えた。社交界に登場してから十一年ものあいだ、ペネロペは一度も求婚されたことがなかった。関心を寄せられている気配すらも感じられなかった。

いうなれば、エロイーズは、ペネロペがそのまま変わらずに同じ場所で、何より自分の親友でいてくれると信じていた。独身の婦人同士、ずっと一緒に生きていけるのだと。

そしてもし自分が先に結婚すれば——実際、そうなるだろうと思い込んでいた——ペネロペがどのような気持ちになるのか考えもしなかったことが、ことにエロイーズに後ろめたさを抱かせていた。

ペネロペとコリンがいざ結婚することになってみると、すばらしい組みあわせとしか言いようがなかった。そして、エロイーズはひとりになった。人々で賑わうロンドンの只中で、愛に満ちた大家族のなかで、ひとり。

それほど孤独な立場がほかにあるだろうか。

にわかに、サー・フィリップからの大胆な提案が――その手紙は、日に六度も見たくなる気持ちを抑えようと手紙の束の一番下にして、新たに購入した小さな金庫に入れ、机の抽斗の奥にしまい込んでいた――少しばかり魅力的に思えてきた。

正直に言うと、フィリップの提案に惹かれる気持ちは日を追うごとに増し、みずから選んだのだと認めざるをえない人生にしだいに物足りなさを感じるようになり、居ても立ってもいられなくなってきた。

そんなある日、ペネロペを訪ねて、執事からブリジャートン夫妻はご都合でどうしてもお会いできないと断わられたとき（そのような言い方をされれば、さすがにどのような状況かは察しもつく）、決意した。目の前に突如理想の男性が現れるかもしれないなどとむなしい期待を抱いて舞踏会をめぐり歩いている場合ではなく、自分の手で人生をつかみとり、運命を切り開かなくてはいけないのだと。そもそも、社交界に登場して丸十年、結婚相手にふさわしい年齢の男性にはもうすべて顔を合わせているはずなのだから、ロンドンで新たな出会いなど期待できない。

それに、必ずしもサー・フィリップと結婚しなくてもかまわないのだと自分を納得させた。

有望な候補者となるかもしれない男性を確かめにいくだけのことだ。相性が合わなければ、結婚する必要はない。何か約束を交わしたわけでもないのだから。

エロイーズ・ブリジャートンについて特筆すべき点があるとすれば、心を決めたら即、行動に移さなければいられないことだった。しかも、得意の観察力で（少なくともそう自負している）自分自身を分析してみると、行動するときには必ずもうひとつの要素が働いていた――すぐに動かずにはいられないだけでなく、粘り強くやらなければ気がすまない。ペネロペからはかつて骨に食らいついた犬のようだとすら言われた。

ペネロペは冗談で言ったのではない。

エロイーズがいったん何かを思い立てば、ブリジャートン家が総力をあげても、目標への邁進《まいしん》を阻止することはできない（しかも、ブリジャートン家が結集した威力は相当なものだ）。これまでエロイーズと家族の目指すところが、少なくとも重要なことに関して食い違わなかったのは何よりの幸運だった。

会ったことのない男性をいきなり訪ねることに家族の同意が得られないのはわかっていた。長兄のアンソニーは、サー・フィリップをロンドンに招待して家族全員で会うべきだと説得しようとするに決まっているので、そんなことをして花婿候補を怯えさせたくなかった。これまでエロイーズに好意を示してきた紳士たちは何はともあれロンドンの事情に通じていて、自分たちのおかれた立場を心得ていた。でも、気の毒にもサー・フィリップはみずから手紙でも認めているように、学生時代以降ロンドンに足を踏み入れておらず、社交シーズンの催しにも参加したことがないのだから、不意打ちを食らったような気分に陥らせてしまうだろう。

とすれば、残された選択肢はエロイーズがグロスターシャーに赴くしかなく、数日考えた末、秘密裏に決行しようと思い定めた。家族に計画を知られれば、断固として反対されるのは目にみえている。最後には押しきれるにせよ、長く苦痛な戦いを強いられるのは間違いなかった。いずれにしろ、長期戦のあとで訪問の許しを得られたとしても、家族のうち少なくともふたりは付き添うことになるだろう。

エロイーズは身ぶるいした。そのふたりは母とヒヤシンスになる可能性が高い。まったく、あのふたりにつきまとわれながら恋に落ちることのできる女性なんていない。第一、穏やかにおとなしく付き添っていられるふたりではないのだから、訪問のあいだじゅう、なだめ役を務めざるをえなくなる。

考えた末、姉のダフネが催す舞踏会の最中に逃げだそうと思いついた。大勢の招待客が訪れる盛大な舞踏会なので、賑やかな雑踏にまぎれて抜けだせば、六時間くらい、もしかしたらそれ以上、消えたことに気づかれないかもしれない。家族の誰かが主催する社交界の催しでは、定刻を守るよう――あるいはそれより早く行くよう――母からつねに言い聞かされているので、午後八時前には姉の屋敷に必ず着いていなければならなかった。舞踏会は真夜中過ぎまで続くのだから、早々に抜けだせば、うまくすると明け方近くまで気づかれない。その頃にはグロスターシャーまでの道のりの半分には到達できている算段だった。

半分とまでは言わないまでも、そう簡単には行き先をたどれない所まで行き着いていられればよかった。

そして実際、計画はすべて恐ろしいくらい順調に進んだ。家族は全員、コリンがその舞踏会で何か重大な発表をするのではないかと気をとられていたので、エロイーズは婦人用の化粧室へ行くという口実でたやすく裏口から抜けだし、目と鼻の先の自宅まで、裏庭に隠しておいた鞄を取りに帰った。あとは、通りの角まで歩き、待機するよう手配しておいた貸し馬車に乗り込むだけだった。

ああ、新たな道に踏みだすことがこれほど簡単であると知っていたなら、何年も前に実行していたのに。

そういうわけで、エロイーズはいま、少しばかりの着替えと会ったことのない男性からの手紙の束だけを手に、運命が開けるのを信じて――といっても、自分でもそれを願っているのかどうかもよくわからない――グロスターシャーへ向かう馬車に乗っていた。

はたして相手は愛しあえる男性なのだろうか。

胸が躍る。

いいえ、怖い気もする。

たしかにもっと若い頃にもいくつか愚かな決断をしたことはあったものの、おそらくこれがいままでの人生で最も向こうみずな行動であるに違いなかった。

でも、幸せをつかむ最後のチャンスになるともかぎらないのだ。

エロイーズは顔をしかめた。このところ夢みがちになっている。よくない兆候だ。いつも何か決断をするときには心がけているように、今回の冒険にも努めて客観的かつ現実的に取り組まなければいけない。いまならまだ引き返せる。実際、これから会う男性についていったい何を知っているというのだろう？　一年間の手紙のやりとりのなかで、彼はとても多くのことを伝えてくれていた――

二歳年上の三十歳。

ケンブリッジ大学で植物学を専攻した。エロイーズの四従姉妹にあたるマリーナと八年間結婚していた。つまり、二十一で結婚したことになる。

髪は褐色。

歯はすべてきれいに揃っている。

準男爵である。

グロスターシャーのテトベリーの近くに十八世紀に建てられた石造りのロムニー館に住んでいる。

自然科学の専門書や詩集を好み、小説は読まず、哲学書は受けつけない。

雨が好き。

好きな色は緑。

イングランドの外へ旅したことはない。

魚は好まない。

エロイーズは吹きだしそうになって、ひくつく笑いをこらえた。魚は好きまない？　そんなことを知っていてなんの役に立つのだろう？

「きっと結婚に際しては大事なことなのよ」自分の上擦った声の調子には気づかないふりで低くつぶやいた。

ちなみに、彼のほうはどれぐらいわたしのことを知っているだろう？　まさかまったく知らない相手に結婚を提案するような人ではないわよね？

エロイーズはこれまで何通もの手紙に書いてきたことを思い起こそうとした――

二十八歳。

髪は褐色で（厳密に言うと、栗色）、歯はすべてきれいに揃っている。

瞳の色はグレー。

愛にあふれた大家族で育った。

長兄は子爵。

まだ幼い頃に父を亡くしており、その死因は信じられないことにちっぽけな蜂に刺されたせいだった。

喋りすぎる傾向がある（そんなこと、ほんとうに自分で書いたかしら？）。

詩集や小説を読むのが好きで、自然科学の専門書や哲学書には興味なし。

スコットランドには行ったことがあるけれど、それ以外に旅に出たことはない。

好きな色は紫。

羊肉は苦手で、血詰め《ブラッド》のソーセージは大嫌い。

またもくすくすと笑いがこみあげた。こうして挙げてみると、皮肉でもなんでもなく、なかなか魅力的な花嫁候補ではないだろうか。

エロイーズは、ロンドンからテトベリーへの道のりのどの辺りまで来ているのか知る手がかりを探そうと窓の外を覗き込んだ。

どこをどう見渡しても起伏のなだらかな緑地ばかりで、ウェールズまで行き着いていたとしても見わけようのない景色だった。

眉をひそめて膝の上を見おろし、サー・フィリップの手紙を元どおりに折りたたんだ。それを小ぶりの旅行鞄に入れたリボンで括った手紙の束に戻してから、落ち着きなく指で膝の上を叩きだした。

落ち着かないのは当然だ。

なにしろ住み慣れた家を出てきてしまったのだから。

誰にも知らせず、イングランドをほとんど横断する旅をしている。

誰にも知らせていない。

サー・フィリップにさえ。

慌しくロンドンを離れたので、サー・フィリップに訪問の連絡をする手間がとれなかった。忘れていたというより……手遅れになるまで、わざとあとまわしにしていたというほうが正しい。

連絡してしまったら、その計画を必ず実行しなければならないが、こうして黙っていけば、まだいつでも途中で引き返せる。つまりみずから選択肢を選びとりたいからなのだと自分に言い聞かせようとしながら、じつを言えば、ただ単純に怖くて、勇気が完全に失われてしまいそうで不安だった。

けれどもそもそも、屋敷へ招待する手紙を書き送ってきたのは彼なのだから、きっと訪問を喜んでくれるはずだ。

喜んでくれないはずがないでしょう？

フィリップが寝室のベッドから出てカーテンをあけると、陽光が射し込んできた。

今朝はまだ太陽が顔を出している。

着替えを探しにぶらぶらと衣装部屋のほうへ歩いていった。服を選んで着せるといった身のまわりの世話をする使用人たちはだいぶ前に辞めさせていた。理由は自分でもよくわからないのだが、マリーナが亡くなって以来、朝、起きがけに誰かが寝室にせわしなく入ってきて、勢いよくカーテンが開かれ、服を用意されるということに耐えられなくなっていた。

マリーナ亡きあと、懸命に話し相手になってくれようとしていたマイルズ・カーターさえも辞めさせた。どういうわけか、あの若い秘書といるとよけいに気が滅入るので、半年分の賃金と気持ちを尽くした紹介状を渡して新たな道へ送りだしたのだ。

ほとんどいつもぼんやりとしていたマリーナとの結婚生活では、つねにほかに話し相手を求めていたが、その妻を亡くしてみると、ひとりになりたいとばかり思うようになった。

おそらくはそのような気持ちを、謎めいた女性、エロイーズ・ブリジャートンへの何通もの手紙のどれかにそれとなく書いてしまったのだろう。というのも一カ月前、はっきりとした求婚とは言えないまでも、そのようなことをほのめかして屋敷に招待する手紙を書き送ったのだが、それからまったく返信が途絶えているからだ。しかも、これまではたいてい感じ入るほど迅速に手紙を返してくれていたのに。

フィリップは眉根を寄せた。じつのところ、エロイーズ・ブリジャートンは謎めいた女性と呼べるほど謎めいているわけではない。手紙のやりとりを通じて、大らかで、率直で、いたって快活な人柄が伝わってきて、そのような資質こそまさに、そろそろ迎えたい妻に自分が心から望んでいるものであると気づいたのだ。

フィリップは作業用のシャツを引っぱりだした。きょうは温室にこもって、一日の大半を土いじりに費やすつもりだった。ブリジャートン嬢に、避けなければならない頭のおかしな変人だと判断されてしまったのなら、じつに残念だ。問題を完璧に解決してくれる女性ではないかと思っていたからだ。アマンダとオリヴァーには母親がぜひとも必要なのだが、双子は生意気盛りとなり、自分と結婚してこの悪童たちに一生（少なくとも成年に達するまで）つきあう覚悟を持てる女性がいるとは想像できなかった。

けれども、ブリジャートン嬢は二十八歳で、あきらかに老嬢と呼ばれる年齢だ。しかも、この一年、見ず知らずの相手と文通を続けてきた。おそらく多少の焦りを感じているに違いないと憶測していた。夫をつかまえられる機会に飛びつくのではないだろうかと。自分は屋敷と少なからぬ財産を有する男で、歳もまだ三十だ。彼女にしてみれば、これ以上望みようのない相手ではないのか？

ぶつくさといらだちまじりの文句をつぶやきながら、目の粗い毛織のズボンに脚を入れた。だが彼女は満足できなかったのだろう。それにしても、せめて断わりの手紙を返すのが礼儀ではないのか。

ドシン！

フィリップは天井を見あげて顔をしかめた。ロムニー館は古くとも造りのしっかりとした堅牢な建物で、天井からこのような大きな音が聞こえるということは、子供たちが相当に大きな物を落とした（それとも、突いたのか投げたのか？）としか考えられない。

ドシン！

フィリップは怯《ひる》んだ。先ほどよりも大きな音だった。とはいえ階上には子守係の女中がいるはずで、父親よりはまず間違いなくうまく子供たちをなだめられる。一分足らずでブーツを履き、これ以上の被害が及ぶ前に屋敷を出られれば、何が起ころうとも知らない顔で通せるだろう。

ブーツに手を伸ばした。そうとも、それがいい。聞こえなければ、気にもならない。

それから目にもとまらぬ速さで残りの身支度を整えると廊下に飛びだし、足早に階段のほうへ向かった。

「フィリップ様！　フィリップ様！」

なんてことだ。執事があとを追ってくる。

フィリップは聞こえないふりをした。

「フィリップ様！」

「ったく」フィリップは毒づいた。そのような大声で呼びかけられてはとまらないわけにはいかなかった。このうえ無視を続ければ、聴力がいちじるしく落ちたのではないかと心配する使用人たちに囲まれて質問攻めに遭わされるはめとなる。

「何かな」ゆっくりと振り向いて言った。「ガニング？」

「フィリップ様」執事のガニングが咳払いをして言った。「お客様がお見えです」

「お客様？」フィリップはおうむ返しに訊いた。「では先ほどの、つまり……」

「騒音でございますか？」ガニングが気を利かせて言葉を継いだ。

「そうだ」

「関係ございません」執事が空咳をする。「あれはお子様たちがお立てになったものです」

「だろうな」フィリップはぼそりと言った。「そうではなかったのかもしれないなどと期待するだけむなしいか」

「何も壊されてはいないようです」

「それだけでも慰められる」

「たしかにそうではございますが、お客様のほうもお忘れなく」

フィリップは唸り声を漏らした。このような朝早くにいったい誰が訪ねてきたというのだろう？　もっとも、礼儀に適《かな》った時間であれ、来客の訪問に慣れているわけではないのだが。ガニングは笑みを浮かべようとしているようだが、練習不足は否めなかった。「かつてはよくお客様をお迎えしたものでございますね？」

長年一族に仕えている執事の問題点はこれだ。いささか皮肉めかした物言いをする傾向にある。

「客とはどなたかな？」

「それが定かではないのです」

「定かではない？」フィリップは信じられない思いで訊き返した。

「お尋ねしませんでした」

「執事とはそのためにいるのではないのか？」

「お尋ねするために、ですか？」

「そうとも」フィリップは歯嚙みして答えて、どれぐらい顔が赤くなれば床に卒倒するものなのか執事に試されているような気分になった。

「ご自身で尋ねられたほうがよろしいのではないかと思いまして」

「わたしが尋ねたほうがいいというのか」無用な問いかけとは知りながら、返事としてただ言葉を口にした。

「はい、旦那様。ご婦人はあなた様を訪ねていらしたのですから」

「ここに来る者はみなそうに決まっているのだから、事前に身元を確かめない理由にはならない」

「ですが、実際には――」

「どう考えても――」フィリップは執事の言葉を遮ろうとした。

「お客様はめったにお見えになりませんので」ガニングは言い終えて、主人とのやりとりにきっぱりと決着をつけた。

フィリップはまさにいま階下に来客がいるではないかと指摘しようと口を開きかけたが、そう言ったところでどうなるものでもないのだと思いなおした。「わかった」いらだちもあらわに答えた。「すぐにおりる」

ガニングが顔を輝かせた。「ありがとうございます、旦那様」

フィリップは執事の表情に唖然とした。「具合でも悪いのか、ガニング?」

「いいえ、旦那様。なぜそう思われるのです?」

満面に笑みを浮かべたガニングがやや馬に似ているなどと指摘するのはさすがに礼儀に欠けるので、「理由はない」とぼそりと答え、階段をおりていった。

お客様? 誰が訪ねてきたというのだ? 近隣の人々の弔意を伝える儀礼的な訪問が終わってから一年近く、来客はひとりもなかった。といって足が遠ざかっている人々を責められはしない。最後に来客があったときには、オリヴァーとアマンダが椅子に苺のジャムを塗りつけるいたずらを仕掛けていたのだ。

そのとき、レディ・ウィンスレットは、なにぶん年配でもあり、健康に差しさわりが出るのではないかと心配になるほど怒り心頭に発していた。

フィリップは階段をおりきって玄関広間のほうへ歩きながら眉をひそめた。ご婦人だと？　ガニングはたしか、来客がご婦人だと言わなかったか？

いったい来客とは誰なのか――

フィリップはぴたりと足をとめて、つんのめりかけた。

玄関広間に立っていたのは若く、とてもかわいらしい婦人だったからだ。婦人が顔を上げ、ふたりの目が合った。これまで見たこともないような、大きくてはっとするほど美しいグレーの瞳をしている。

フィリップはその瞳に溺れてしまいそうな気がした。

溺れてしまうなどという言葉が、このように自然に思い浮かべられる日がくるとさえ思っていなかった。

2

……それで、とてもお喋りがすぎてしまったと書いても、お兄様はきっと驚きもしないわよね。単に話をとめられなかったわけだけれど、緊張するとそうなる癖があるみたい。今後の人生で緊張する機会がなるべく少ないことを祈るしかありません。

——エロイーズ・ブリジャートンが社交界に初登場《デビュー》した折、兄コリンへ宛てた手紙より

婦人が口を開いた。

「サー・フィリップ？」そう尋ねて、フィリップが同意のうなずきを返す間もなく、矢継ぎばやに言葉を連ねた。「連絡もせずにお伺いしてほんとうに申し訳ないのですが、こうするよりほかに仕方がなくて、正直なところ、お知らせの手紙をお送りしても、わたし自身より遅れて届くかもしれないので、そうなると書き送った意味がまったくありませんから、あなたがきっと歓迎してくださると信じて……」

フィリップはその話についていこうとしたのだが、もはや一文がどこで切れてどこで始まっているのかも聞き分けがつかなくなって目をしばたたいた。

「……長旅で、眠ることができませんでしたので、身なりの乱れはどうかお許しいただきたく……」

フィリップはめまいを覚えた。腰をおろしたら無礼になるだろうか？

「……あまり荷物はありませんが、なにしろ選ぶ余裕もなかったもので……」

話を終える兆《きざ》しは見えず、延々と続くことが予想された。これ以上話しつづけられたら間違いなく、こちらの内耳の平衡機能に異常をきたすか、彼女のほうが酸素不足で気絶して倒れ込んでしまうだろう。いずれにしろ、どちらかが怪我を負い、体を痛めることになる。

「ご婦人」フィリップは咳払いをして呼びかけた。

聞こえていたとしても、そのようなそぶりは見せず、この家の玄関先へたどり着くために用いられたとみえる馬車についてあれこれ話しつづけている。

「ご婦人」さらに大きな声で呼びかけてみた。

「……それでわたしは――」婦人がふいに視線を上げて、はっとさせられるグレーの目をぱちくりさせて見つめるので、フィリップは一瞬怖くなるほどの動揺を覚えた。「なんでしょう？」婦人が訊く。

ようやく注意を向けてもらえたのに、呼びかけた理由がすぐに思いだせなかった。「いや、あの、どなたなのです？」

婦人は驚いたように唇を開き、ゆうに五秒はじっと見つめたあと、答えた。「もちろん、エロイーズ・ブリジャートンです」

たしかに喋りすぎて、早口にもなっていたようだとエロイーズは気づいたが、それは緊張すると出てしまう癖であるのもわかっていた。ふだんはめったに緊張しないたちとはいえ、このような場面ではそうした感情が表れるのも仕方のないことだし、なにしろ、サー・フィリップが――目の前に立っている大きな男がほんとうにそうだとするならば――、想像とはまったく違っていたのだから。

「あなたが、エロイーズ・ブリジャートン？」

呆然とした顔で問いかける相手を見て、エロイーズの胸にいらだちが湧きあがった。「ええ、もちろんそうですわ。わたしのほかに誰がいます？」

「いらしてくださるとは思わなかったので」

「あなたがご招待くださったのですわ」エロイーズは指摘した。

「でも、あなたはその招待にお返事をくださらなかった」フィリップは言い返した。

エロイーズは唾を飲み込んだ。彼の言いぶんにも一理ある。公平に考えれば、こちらの非のほうが大きいだろう。といって、いまさらどうしようもない。

「お返事する機会が持てなかったのです」そう言い逃れ、彼の表情からその説明に不満であるのを見てとって付け足した。「先ほど事情は説明しましたわ」

フィリップは気持ちを読みとれない暗い目でエロイーズが気詰まりになるほど長々と見つめてから、答えた。「あなたの話は理解できなかった」

エロイーズは思わず口をぽっかりあけていた……驚きのせいだろうか？　いいえ、腹立たしさのせいで。「聞いてらっしゃらなかったのですか？」

「聞こうとしていましたよ」

エロイーズは口をすぼめた。「わかりました、でしたら」声に出さずラテン語で五つ数えてから続けた。「お詫びしますわ。ご連絡しないでお伺いして申し訳ありません。大変失礼なことをしてしまいました」

フィリップは丸三秒黙り込んでから――エロイーズは胸のうちでまた数えていた――言った。「お気持ちはわかりました」

エロイーズは咳払いで答えた。

「それからもちろん」フィリップも咳払いをして、あたかも自分を救いだしてくれる誰かを探すかのように辺りを見まわした。「来てくださって、嬉しく思っています」

嬉しそうにはとても聞こえませんけれど、などと言ったら不作法になるだろう。エロイーズはただ黙って彼の右の頰骨を見つめ、侮辱に受けとられない返し文句はないかと探した。これまではたいがいどのような場面でも言葉に詰まることはなかったので、何ひとつ浮かんでこないのが情けなかった。

さいわい、「荷物はこれだけですか？」という声で、とてつもなく長引きそうなぎこちない沈黙が打ち切られた。

エロイーズはわりあい気楽な話題に移ったことにほっとして、背筋を伸ばした。「ええ。

じつは――」と言いかけて口をつぐんだ。真夜中に家をこっそり抜けだしてきたことを説明する必要があるだろうか？　いまここで自分や家族について詳しく語るのが賢明であるとは思えない。ともかく、黙って抜けだしてきたことは言わないほうがいい。理由は定かではないけれど、真実を話せば、大急ぎでロンドンに送り返されてしまうという直感が働いた。それに、いまのところサー・フィリップが期待していたような恋愛の対象にはなりそうもないとはいえ、まだあきらめる気持ちにもなれない。

まして、すごすごと尻尾《しっぽ》を巻いて家族のもとへ舞い戻るようなことはできなかった。

「これだけですわ」エロイーズはきっぱりと言った。

「そうですか、では……」またも彼はやや困ったように辺りを見まわしたが、今度は社交辞令は添えられなかった。ただひと言、「ガニング！」と声を張りあげた。

執事は聞き耳を立てていたらしく、すぐさま姿を現した。「はい、旦那様」

「つまり……その……ブリジャートン嬢に部屋の用意を」

「すでにご用意しております」ガニングが力強く答えた。

サー・フィリップの頬がわずかに赤らんだ。「そうか」低く唸るように言う。「ここに滞在される予定で、期間は……」当惑したような目をちらりと客人に向ける。

「二週間ですわ」エロイーズはおおよそ適切と思える期間を答えた。

「二週間だ」サー・フィリップは聞いていなかっただろうとでもいうように執事に向かって繰り返した。「むろん、快適に過ごしていただけるよう、できるかぎりのことをしてさしあげるのだ」

「もちろんでございますとも」執事が応じた。

「よし」サー・フィリップはなおもこの状況に気まずさを感じているふうに言った。もしかすると、気まずいというより、疲れているというほうが正しいのかもしれないが、そうだとすればよけいに見通しは暗そうだとエロイーズは思った。

がっかりした。文通相手はきっと、兄のコリンのように爽やかに笑い、ぎこちない状況だろうとなかろうとつねに気の利いたことを言える、明るく打ち解けやすい男性だろうと思い描いていた。

実際のサー・フィリップはといえば、まるで心ここにあらずといったそぶりで、歓迎してくれているようには見えない。せめてもう少し相手を知って、妻にふさわしい女性かどうかを見きわめようという努力をしてくれてもいいのに。

といっても第一印象が最も正確なものだとするならば、こちらとしても夫にふさわしい男性かどうかを見きわめるまでもなさそうな気がするので、相手にもそのような努力は望まないほうが身のためなのかもしれない。

エロイーズは奥歯を嚙みしめて笑みをこしらえた。

「坐りませんか？」フィリップが唐突に言った。

「ありがとうございます、ぜひそうさせてください」

サー・フィリップはぼんやりとした顔つきで辺りを見まわし、自宅の勝手がほとんどわからないかのような様子だった。「あちらの」ぼそりと言い、廊下の突きあたりにあるドアを手ぶりで示した。「客間へ」

執事のガニングが大きく咳をした。

フィリップは睨みつけるように執事を見た。

「旦那様、軽食をご用意いたしましょうか？」執事が気遣わしげに訊く。

「あ、ああ、そうだった」フィリップは咳払いをして続けた。「そうしてくれ。それから、そうだな……」

「お茶はいかがでしょう？」ガニングがさりげなく問いかけた。「マフィンをお付けして」

「それはいい考えだ」フィリップがつぶやいた。

「あるいは、ブリジャートン様が空腹でいらっしゃるなら」執事が続ける。「さらに充実した朝食をご用意いたしますが」

フィリップがエロイーズのほうへさっと目をくれた。

「マフィンでじゅうぶんですわ」空腹をこらえて答えた。

エロイーズはフィリップに腕を取られて客間へ導かれ、青い縞模様の繻子のカバーが掛けられたソファに腰をおろした。部屋は整然と清潔に保たれているが、家具調度はみすぼらしく見えた。家主が資金に窮しているのか、手をかけていないだけなのか、屋敷全体にどことなく、うらぶれた空気が漂っている。

エロイーズが見たところ、手をかけていないだけなのではないかという気がした。サー・

フィリップが資金難に陥っている可能性もなくはないが、敷地は広大だし、到着したときに馬車から見えた温室はひと目で万全な環境に保たれているのがわかった。彼は植物学者なのだから、庭のほうにばかり手をかけているうちに屋内が寂れてしまったとしてもふしぎではない。

この男性にはたしかに妻が必要だ。

エロイーズは膝の上で手を重ね、フィリップが向かいに坐るのを見ていた。あきらかにもっとだいぶ小柄な人向けに作られた椅子に大柄な体を折りたたむように腰かけた。ひどく窮屈そうで、いかにも悪態をつきたくてたまらないといった顔をしているが（兄弟がたくさんいる婦人にとっては見慣れた表情だ）、エロイーズはその椅子を選んだ本人が悪いのだからと見定めて、しとやかに励ますしぐさで微笑みながら、会話を切りだしてくれるのを待った。

サー・フィリップが咳払いをした。

エロイーズは身を乗りだした。

フィリップがまた咳払いをする。

エロイーズはひとつ咳をした。

フィリップがみたび咳払いをした。

「紅茶をお飲みになります？」これ以上咳の音を聞くのは耐えられないと思い、とうとうエロイーズのほうから問いかけた。

紅茶を勧められたからか、親切にも沈黙を破ってもらえたからなのかはわからないが、フィリップは嬉しそうに目を上げた。「ああ、それはいいですね」

エロイーズは答えようと口をあけてから、ここは彼の家で、自分は紅茶を勧める立場にはないことに思い至った。いうまでもなく、彼にもその事実に気づいてもらわなくては困る。

「でも、きっともうすぐ持ってきていただけますものね」

「いかにも」フィリップは同意して、椅子の上でもそもそと身を動かした。

「ご連絡もせずに来てしまって、申し訳ありません」エロイーズは低い声で詫びた。すでに言ったことであれ、何かしら話さなければいられなかった。相手は気詰まりな沈黙に慣れているのかもしれないが、こちらはわずかな沈黙でも埋めずにはいられないたちなのだ。

「もうどうか、気になさらずに」フィリップが言う。

「そういうわけにはいきません」エロイーズは続けた。「不作法なことをしてしまったのですもの、謝ります」

フィリップは率直な物言いに驚いたような顔をした。「それはどうも」つぶやく。「ですがほんとうにたいしたことではありませんから。ただ……」

「驚いた？」エロイーズが言葉を継いだ。

「はい」

エロイーズはうなずいた。「ええ、わかります、驚かれるのは当然ですわ。わたしの考えが足りなかったのです。ご迷惑をおかけして心から申し訳なく思っています」

フィリップは口をあけたがまた閉じて、窓の向こうへ目をくれた。「いい天気ですね」

「ええ、ほんとうに」エロイーズはわかりきったことだと思いつつ相槌を打った。

フィリップが肩をすくめた。「それでも夕暮れには雨が降るでしょうね」

エロイーズはなんと答えればいいのかわからないので黙ってうなずき、まだ窓の向こうを見ているフィリップをそれとなく観察した。想像していたよりも大きく、無骨な印象で、洗練されているとは言えない。送られてきていた手紙は表現豊かに巧みな文章が綴られていたので、もっと……人あたりの柔らかい男性を想像していた。たしかに太ってはいないが、もっと細身で、これほど筋肉質ではないだろうと思っていた。ところが、こうして目の粗いズボンとシャツを着て首巻《クラバット》もしていない姿は、いかにも野外で働く男性に見える。しかも、本人は手紙で髪は褐色だと書いていたのだが、エロイーズは勝手に詩人のような濃い金髪だと（いつからどういうわけで詩人は金髪だという意識が植えつけられていたのかは自分でもわからない）決めつけていた。でも実際は、手紙に書かれていたとおり、かぎりなく黒に近い暗めの褐色の髪で、まとまりのないウェーブがかかっていた。瞳も髪とほとんど同じ色合いの褐色で、表情がまったく読みとれない。

エロイーズは眉をひそめた。すぐに気持ちの読めない相手は苦手だ。

「ひと晩じゅう馬車に乗っていらしたのですか？」フィリップが丁寧な口調で尋ねた。

「そうです」

「お疲れになったでしょう」

エロイーズはうなずいた。「ええ、だいぶ」

フィリップが立ちあがり、いかにも気遣うようにドアのほうを示した。「お休みになりたいのではありませんか？　仮眠をとられるのでしたら、お引き留めしては申し訳ない」

エロイーズは疲れにもまして猛烈に空腹を感じていた。「まずは軽いお食事をいただきますわ」と答えた。「そのあと、お言葉に甘えて休ませていただければありがたいのですが」

フィリップはうなずき、やたら小さく見える椅子に身を折りたたむように腰を戻そうとしてついにぼそりと悪態をつき、客人のほうへもう少しはっきりと聞こえる声で「失礼」とつぶやいてから、もっと大きな椅子に移動した。

「失礼しました」腰をおろしてから改めて詫びた。

エロイーズは黙ってうなずきを返して、これほど気まずい思いをするのは初めてかもしれないと思った。

フィリップが咳払いをした。「それで、旅は楽しめましたか？」

「もちろんですわ」エロイーズは言って、少なくとも会話を続けようとする姿勢にひそかに彼を見直した。その気持ちにぜひ応えようと、新たな話題を持ちだした。「すてきなお住まいですわね」

フィリップが片方の眉を上げ、見え透いた社交辞令など信じられるかといわんばかりの目を向けた。

「敷地が広々としていて」エロイーズは慌てて言い添えた。といっても、家具調度が色褪せていることに家主が気づいているとはとても思えなかった。男性は概してそういった類いのことには疎いものなのだろう。

「それはどうも」フィリップが答えた。「ご存じのとおり、わたしは植物を研究しておりますので、多くの時間を屋外で過ごしているのです」

「きょうは屋外で作業をされるおつもりでしたの？」

フィリップが肯定のうなずきを返した。

エロイーズはぎこちなく微笑んでみせた。「予定を邪魔してしまってごめんなさい」

「たいしたことではありませんよ」

「でも――」

「ほんとうにもう謝らないでください」フィリップは遮った。「どんなことであれ」

それから、ふたたび気詰まりな沈黙が落ちて、ふたりともドアを物欲しそうに眺め、ガニングが茶器の盆という頼みの綱を手に戻ってくるのを待ちわびた。

エロイーズは、母に見られたら不作法このうえないと叱られるのだろうと思いつつ、ソファのクッションをぽんぽんと叩いた。ふと見ると、サー・フィリップも同じことをしていたので、なんとなく嬉しくなった。やがてフィリップが見られていることに気づいて彼女の落ち着きのない手に視線を落とし、ばつの悪そうな苦笑いを浮かべた。

エロイーズはすぐさま動きをとめた。

目顔で、何か話してくれるよう訴えた――いいえ、懇願したというべきかもしれない。話してくれるのなら、どんなことでもかまわない。

　フィリップは喋らない。

　エロイーズはいらだたしくてたまらなかった。沈黙を破らなくてはいけない。不自然だし、あまりに気詰まりだ。人は話すのがあたりまえなのに。

　エロイーズはわけのわからない焦燥に駆られて口を開いた。「わたし――」

ところが、とにかくその場しのぎの言葉を埋めあわせようとしたとき、身の毛もよだつ叫び声が響き渡った。

　エロイーズはとっさに立ちあがった。「あれはいったい――」

「子供たちです」フィリップが言い、げんなりした吐息をついた。

「子供たちがいらっしゃるの？」

　フィリップは相手が立っていることに気づいて、大儀そうに腰を上げた。

　エロイーズは呆然と見つめた。「お子さんがいるとは書いてらっしゃらなかったわ」

　フィリップの目が狭まった。「何か問題でも？」語気を強めて言う。

「もちろん、ありませんわ！」エロイーズは気色ばんで言った。「子供は大好きです。甥や姪が数えきれないほどいますし、わたしが好かれている叔母であるのは間違いありません。でも、お子さんの存在を知らせてくださらなかったのは残念だわ」

「隠していたわけではありません」フィリップは首を振って反論した。「あなたが見落としていたのではないですか」

エロイーズは首が折れないのがふしぎなくらい、ぐいといきなり顎を上げた。「それはありえません」自信たっぷりに言う。「そういったことは見落としませんから」

フィリップは肩をすくめ、その言いぶんは受け入れられないことを態度で示した。

「あなたは一度もお子さんのことを書いていません。間違いありません」

フィリップが腕組みをして、信じられるものかといった目を向けた。

エロイーズはつかつかとドアのほうへ歩いていった。「わたしの旅行鞄はどこですか？」

「あなたが置いた所ですかね」フィリップは仕方なく礼儀をとりつくろったような表情で客人を見ていた。「あるいはたぶんもう、あなたの部屋に運んであるのでしょう。うちの使用人たちはそこまで怠慢ではありませんから」

エロイーズはしかめ面で振り返った。「あなたの手紙はひとつ残らず持ってきていますから、子供たちという言葉が一度たりとも書かれていなかったことは証明できます」

フィリップは驚いて唇をわずかに開いた。「わたしの手紙をとってあるのですか？」

「もちろんですわ。わたしの手紙もとりおいてくださっているのでしょう？」

フィリップは目をしばたたいた。「いや……」

エロイーズが唖然とした表情で言う。「とっておいてくださらなかったのですか？」

フィリップは女性のことはけっして理解できなかったし、現代医学でどう説明されているにせよ、まったくべつの種の生き物なのだと断言できた。彼女たちがどのような言葉を求めているのか自分にはさっぱりわからないことも素直に認めるが、今回はまた大変な失言を口にしてしまったらしい。「何通かはあるはずです」と言ってみた。

エロイーズの輪郭《りんかく》が腹立たしそうにぴんと張りつめた。

「いえ、ほとんどあるはずです」慌てて言いなおした。

エロイーズ・ブリジャートンは反抗的な表情をしている。恐るべき意志の強さをもつ女性なのだとフィリップは見定めた。

「処分するはずがないではありませんか」底なし沼からどうにか抜けだそうとあがいた。「しまった場所を正確に憶えていないだけのことです」

フィリップが興味深く見つめていると、エロイーズは怒りを鎮めて小さく息を吐いた。とはいえ、その目にはいまだ暗雲が垂れ込めている。「そうですか。たいして重要なことでもありませんものね」

まさにそのとおりだとフィリップは思ったものの、口に出して言うべきことではないのは心得ていた。

それに、彼女が本心では重要だと思っていることはその口調がはっきりと物語っている。非常に重要であると。

ふたたび叫び声が空《くう》をつんざき、続いて凄まじい物音が響いた。フィリップは顔をしかめた。今度こそ家具に被害が及んだに違いない。

エロイーズはいまにも漆喰《しっくい》が落ちてくるのではないかというように天井を見あげた。「行かなくていいのですか？」

行くべきなのだろうが、何を言われようと心の底から行きたくなかった。あの双子が手に負えない状態に陥ったときには何をしても無駄だ。そもそも、〝手に負えない〟とはそういうことを指すのではないだろうか。本人たちが疲れ果てて（たいていそう長くはかからない）仲直りするまで好きなようにさせておくほうが概して無難だとフィリップは考えていた。それが最良の方策ではないだろうし、世間の親で賛同してくれる者はいないかもしれないが、男親ひとりで八歳の子供ふたりと向きあうのには相当な気力が必要で、その気力も半年以上前に尽きてしまったように感じていた。

「サー・フィリップ？」エロイーズが促すように呼びかけた。

フィリップは大きく息をついた。「ええ、あなたのおっしゃるとおりです」いままさに家を破壊しようとしている悪童ふたりの母親になってもらえるよう、ぎこちなくも口説こうとしている相手、ブリジャートン嬢の前で無関心な親に見える態度を取るのは得策ではない。

「ではちょっと失礼します」そう言って軽く頭をさげ、廊下に踏みだした。

「オリヴァー！」声を張りあげた。「アマンダ！」

確信はないが、ブリジャートン嬢がぷっと吹きだして笑いをこらえる音が聞こえたような気がした。

いらだちの波が押し寄せ、しないほうがいいとはわかっていながら彼女を睨みつけていた。おそらく、自分なら悪童どもをもっと上手にあつかえるとでも思っているのだろう。

フィリップは大股で階段の下へ歩いていき、もう一度、大声で双子の名を呼んだ。そうしつつもあまりぶしつけな態度は控えたほうがいいだろうと考えていた。本音を言えば、エロイーズ・ブリジャートンが自分よりうまく双子を手なずけてくれることを願っている――いや、切実に祈っている――のだから。

ああ、もしもふたりをきちんとしつけてくれたなら、彼女が歩いた地面に日に三度、口づけするのもいとわない。

オリヴァーとアマンダは階段の途中の踊り場に現れ、まったく悪びれるそぶりもなく、残りの階段をおりてきた。

「いったい、いまのはどういうことだ？」フィリップは問いただした。

「いまのって、なんのこと？」オリヴァーが生意気そうに訊き返した。

「叫び声のことだ」フィリップは唸るように言った。

「あれはアマンダだよ」オリヴァーが言う。

「たしかにそうよ」当人も認めた。

フィリップは弁解の言葉を待ち、ほどなく望めそうもないのを見てとると、言い足した。

「どうして、アマンダが叫んでいたんだ？」

「蛙《かえる》がいたから」アマンダが答えた。

「蛙か」

アマンダはうなずいた。「そうよ、わたしのベッドに」

「それで」フィリップは続けた。「どうして蛙がそこにいたのか心当たりはあるのか？」

「わたしが置いたの」アマンダが言う。

フィリップは質問を投げかけた相手であるオリヴァーからアマンダに視線を移した。「自分で自分のベッドに蛙を置いたのか？」

アマンダがうなずく。

どうなってるんだ？　フィリップは咳払いをした。「どうして」

アマンダは肩をすくめた。「そうしたかったから」

フィリップはおのれの耳を疑って自然と顎を突きだしていた。「そうしたかった？」

「そう」

「ベッドに蛙を置きたかったのか？」

「オタマジャクシを育ててたのよ」アマンダが説明する。

「ベッドで？」

「温かくて心地良さそうだから」

「ぼくは手伝ってやったんだ」オリヴァーが口を挟んだ。

「そこまではよくわかった」フィリップはきつい声で続けた。「だが、それでどうして叫んだんだ？」

「ぼくは叫んでないよ」オリヴァーが憤然と言う。「叫んだのはアマンダだ」

「アマンダに訊いてるんだ！」お手上げだと投げだして温室に逃げ込みたい気持ちをどうにか抑えて言った。

「だって、ぼくを見てたじゃないか」オリヴァーが言う。それから、あたかも頭の鈍い父親にはまだ理解できていないだろうとでもいうように付け加えた。「質問するときに」

フィリップは深呼吸をひとつすると、忍耐強さを見せようと意識して表情を引き締め、アマンダのほうを向いた。「アマンダ、どうして叫んだんだ？」

アマンダは肩をすくめた。「蛙がいるのを忘れてたの」

「アマンダが死んじゃうかと思ったよ！」オリヴァーが精一杯大げさに言葉を差し挟んだ。

フィリップはその言葉には惑わされまいと聞き流した。腕組みをして、とりわけきびしい視線を子供たちに突きつけた。「家のなかに蛙を入れてはならないと約束したはずだよな」

「してないよ、ヒキガエルはだめだと言われたけど」オリヴァーが言い、アマンダも熱心にうなずいた。

「両生類はぜんぶだめなんだ」フィリップは歯嚙みして言った。

「死んじゃってもいいって言うの？」アマンダが愛らしい青い目に涙を溜めて訊く。

「それでもだめだ」

「でも――」

「外で飼えばいいだろう」

「寒くて凍えちゃうから、家のなかの温かいベッドでわたしが面倒みてあげなきゃだめなのよ」

「蛙は寒くて凍えても大丈夫なんだ」フィリップは切り返した。「両生類なのだから」

「だけど、もし――」

「だめだ！」フィリップは怒鳴りつけた。「蛙も、ヒキガエルも、コオロギも、キリギリスも、動物はすべて家のなかに入れてはならない！」

アマンダが喉をひくつかせはじめた。「でもでも――」

フィリップは大きなため息を吐きだした。どう言えば子供たちを納得させられるのかわからないし、娘のほうはいまにも涙があふれだしかかっている。「いい加減、頼むから――」すんでのところで感情をこらえて言葉を呑み込み、声をやわらげた。「どうしたんだ、アマンダ」

アマンダが息を吸い込み、泣き声で言った。「ベッシーはどうするの？」

フィリップは寄りかかる壁を求めてむなしく視線をさまよわせた。「いままでどおりだ」

声をふりしぼった。「最愛のスパニエル犬まで禁止するつもりはない」

「だったら、よかった」アマンダは鼻を啜り、驚くほど――それこそ疑わしいくらい――たちまち元気を取り戻した。「ほんとに悲しくなっちゃったわ」

フィリップは歯軋《はぎし》りした。「悲しませて悪かった」

アマンダが女王のごとくうなずく。

フィリップは唸り声を噛み殺した。どの時点から子供に会話の主導権を握られたのだろう？　この体格と知性（せめても自分では備えていると信じたい）をもってすれば、八歳の双子くらいどうにでも説き伏せられるはずだ。

それなのに、最善を尽くしてなお、またしても会話の主導権を奪われ、現に詫びの言葉を口にしてしまった。

これほど屈辱的なことがあるだろうか。

「ではそろそろ」会話を終わらせたい一心で言った。「行きなさい。お父さんはとても忙しいんだ」

ふたりはしばし動かず、父親を見あげて瞬きを繰り返した。「一日じゅう？」ほどなくオリヴァーが訊いた。

「一日じゅう？」フィリップはおうむ返しに言った。いったい何について訊いてるんだ？

「一日じゅう、忙しいの？」オリヴァーが改めて訊きなおした。

「そうだ」きっぱりと答えた。「忙しい」

「お散歩に行かない？」アマンダが誘った。

「行けない」行きたい気持ちもないわけではない。だが、いたずらばかりする双子と一緒にいれば間違いなくついかっとしてしまうので、それが何より恐ろしかった。

「温室でお手伝いしてもいいよ」オリヴァーが言う。

手伝うどころか破壊されてしまう。「だめだ」フィリップは撥ねつけた。研究を台無しにされたら怒りを抑えられるとは思えない。

「でも――」

「だめだと言ってるんだ」自分のきつい口調に嫌悪感を覚えた。

「あら、どなたかしら？」背後から声がした。

振り返ると、エロイーズ・ブリジャートンが立っていた。なんの前触れもなしに玄関先に現れたと思ったら、今度はまったくかかわりのないことに首を突っ込もうというのか。

「何かご用でも？」フィリップは声にいらだちが表れるのもかまわず言った。

エロイーズはその言葉にはそしらぬ顔で、双子と向きあった。「あなたたちはどなたかしら？」

「そっちこそ誰だよ？」オリヴァーが強い口調で訊いた。

アマンダは目を細くしてじっと見つめている。

フィリップはこの朝初めて本物の笑みを浮かべ、胸の前で腕を組んだ。ならば、ブリジャートン嬢のお手並み拝見といこうではないか。

「わたしはミス・ブリジャートンよ」

「ぼくたちの新しい家庭教師じゃないだろうな？」オリヴァーが敵意すら感じさせる疑わしげな表情で訊いた。

「はずれよ。前の家庭教師はどうかなさったの？」

フィリップは大きく咳払いをした。

双子はその意味を読みとり、「べつにどうもしないよ」とオリヴァーが答えた。

ブリジャートン嬢は双子のしらじらしい態度にごまかされたようには少しも見えなかったが、賢明にもその話題を深追いするのはやめて言った。「わたしはあなたたちのお客様なのよ」

双子はひとしきり考えていたが、やがてアマンダが言った。「うちにお客様はいらないわ」

オリヴァーもあとに続いた。「客なんて迷惑なんだ」

「おまえたち！」フィリップは割って入った。いらぬお節介を焼こうとするブリジャートン嬢の肩をもちたくはないが、じつのところほかに選択の余地がなかった。子供たちの無礼な発言を放っておくわけにはいかない。

双子は揃って腕組みをして、客人にそっぽを向いた。

「こら」フィリップは声高に言った。「いますぐブリジャートン嬢に謝るんだ」

ふたりは反抗的にエロイーズを睨んだ。

「謝りなさい！」フィリップは怒鳴った。

「ごめんなさい」ふたりはつぶやいたものの、本心から謝っているわけではないのは誰の耳にもあきらかだった。

「ふたりとも、部屋に戻るんだ」フィリップはきびしく言いつけた。

双子は誇り高き兵士のようにつんとすまして行進していった。アマンダが階段の下で振り返って舌を出さなければ、いたって感心な光景に見えたことだろう。

「アマンダ！」フィリップは声を荒らげ、大股で娘のほうへ歩きだした。

アマンダは狐のごとく俊敏に階段を駆けのぼっていった。

フィリップはしばらくのあいだ微動だにせず、握りしめたこぶしをふるわせていた。一度もまともに子供たちをしつけられたためしがない。質問に質問を返したり舌を突きだしたりせず、客人には礼儀正しく接するようにさせたいのに――

せめて一度でも、するべきことを心得た良き父親であるという自信を感じてみたい。声も荒らげたくない。声を荒らげたとき、子供たちの目に見えるような気がする怯えの光がいやでたまらなかった。

その光がいやな記憶の数々を呼び起こすのだ。

「サー・フィリップ？」

ブリジャートン嬢。まずい、彼女がそこにいることをほとんど忘れかけていた。フィリップは振り返った。「なんです？」屈辱的な場面を見られてしまったという思いを隠して尋ねた。

「あなたの執事がお茶の盆を運んでらしたわ」エロイーズは客間のほうを手ぶりで示して知らせた。

フィリップはぶっきらぼうにうなずいた。外に出なくてはいけない。子供たちからも、ひどい父親ぶりを見せてしまったこの婦人からも逃げださなくては。すでに陽は翳《かげ》り、雨が降りだしていたが、そんなことは気にならなかった。

「朝食をお楽しみください」フィリップは言った。「お休みになられたあとで、またお会いしましょう」

そう言うと、そそくさと外へ出て、喋らず、無礼も働かず、お節介も焼かない植物たちしかいない温室へ向かった。

3

……彼の求婚を受けなかった理由はわかってくれるわよね。あまりにがさつだし、気性が荒いのはあきらかだもの。私は、礼儀正しくて、思いやりがあって、女王みたいな気分にさせてくれる男性と結婚したいの。最低でも、王女のような気分を味わわせてほしい。たいして高望みではないと思うのだけれど。

――エロイーズ・ブリジャートンが初めて求婚された折、親友のペネロペ・フェザリントンへ宛てた手紙より

その日の昼には、大変な考え違いをしていたことを、エロイーズはほぼ確信していた。

まだほぼと付けているのも、考え違いをしていたという事実を認めたくないからにほかならない。だからこそ平静を保たなければと唇を噛みしめ、この恐ろしい事態もきっと最後にはすべて丸く収まるのだとみずからをなだめずにはいられなかった。

サー・フィリップが朝食を楽しむようにとだけ言い残してさっさと部屋を出ていってしまったときには、呆気にとられて口があいてしまった。招待を受けてはるばるイングランドを

横断してきたというのに、到着して三十分足らずで客間にひとり置き去りにされるとは。

　ひと目見て恋に落ち、ひざまずいて永遠の愛を誓ってくれるだろうなどと期待していたわけではなかったけれど、〝どなたなのです？〟とか、〝朝食をお楽しみください〟といったそっけない言葉よりはもう少しましな対応をしてもらえるだろうと思っていた。

　それとも、ほんとうは、ひと目見て恋に落ちることを期待していたのだろうか。彼のことをあれこれ思い描いてここに来て、想像とは違う現実を突きつけられた。理想的な男性像を作りあげていたために、理想どおりどころか、その逆にかぎりなく近いことがわかったときの衝撃は大きかった。

　何より気を滅入らせる原因は、その責任が自分ひとりにあるということだ。サー・フィリップは手紙に偽りを書いていたわけではない（ただし、父親であることは、せめて結婚の検討を提案する前に書いてほしかったけれど）。

　夢はただの夢で終わった。すべてはエロイーズ自身が望むように勝手に作りあげた幻想だった。実際のフィリップが思い描いていたとおりの男性ではなかったとしても、彼のせいではない。存在すらしないものを期待していたほうが悪いのだ。

　もっと慎重に考えることができたはずだ。

　そのうえ、フィリップがすばらしい父親にはとうてい見えないことが、愛読書に黒い染みを付けられたような気分を引き起こしていた。

　それでも、もっと公平な目で見なくてはいけないのだとエロイーズは思った。いまはまだ彼の評価を決めつけてしまうのは早計だ。サー・フィリップはたしかに子供たちのあつかいに難儀しているものの、双子には暴力の痕《あと》や、栄養不良や、虐《しいた》げられているような徴候はいっさい見えなかった。とはいえ今朝の子供たちへの対応は完全に間違っていたし、やりとりの様子からして少なくとも親子関係に距離があるのは感じとれた。

かわいそうに子供たちはあきらかに父親と一緒に過ごしたがっていた。親の愛情をじゅうぶんに得られている子供はけっしてあのような態度は取らない。エロイーズときょうだいたちは親から逃れるための努力に子供時代の半分を費やしていたようなものだった——もちろん、監視の目がなければ、もっといたずらがしやすくなるからだ。

エロイーズの父親はすばらしい人だった。まだ七歳のときに亡くなってしまったが、物語を話して寝かしつけてくれたり、ケントの野原に散策に連れていってくれたことをはっきりと憶えている。ブリジャートン家全員でよく出かけたし、幸運にもきょうだいのなかから選ばれたひとりが父親とふたりで過ごせることもあった。

もし先ほど、子供たちが叫んで家具をひっくり返している理由を探るようそれとなく勧めなかったら、サー・フィリップはおそらくあのまま好き勝手にやらせておくつもりだったのだろう。あるいは、もっと無責任に誰かほかの人間にまかせるつもりだったのかもしれない。別れぎわの親子の会話には、フィリップにとって子供たちを避けるのが人生の重要な目的であることがはっきりと表れていた。

そのような姿勢にはけっして賛成できない。

エロイーズは疲れ果てていたものの、どうにかベッドから上体を起こした。横になっていると鼓動が速まり、ただ涙を流すだけではなく、咽び泣いてしまいそうな不安に駆られて息苦しくなってくる。立ちあがって何かしら行動を起こさなければ、気持ちを鎮められそうもなかった。

いったん泣きだしたらとめられそうにない。

外は曇り空で小雨が散らついていたが、エロイーズは窓をぐいと押しあげた。風はないので雨が吹き込む心配はないし、いまは少しでも新鮮な空気が吸いたかった。ひんやりとした空気に顔をさらしても気分がよくなるわけではないかもしれないが、これ以上悪くもならないだろう。

窓から、サー・フィリップの温室が見えた。屋敷のなかを歩きまわる大きな足音も子供たちを怒鳴りつける声もしないので、その温室にいるに違いなかった。温室のガラス窓は曇っていて、緑色のものがカーテンのように掛かっているのがぼんやりと見えるだけだ――大切にしている植物なのだろう。人よりも植物を好むフィリップとは、どのような男性なのだろう？　洗練された会話を楽しめる男性ではないのは確かだ。

エロイーズはがっくりと肩を落とした。かたや自分は、洗練された会話を楽しむことに人生の半分を費やしてきたと言ってもいいくらいなのに。

でも、それほどの人嫌いなのだとしたら、なぜわざわざ手紙の返事を書き送ってくれていたのだろう？　それも、すぐにまた手紙を返さなければと気が急かされるほど小まめに届いていた。しまいには求婚までほのめかしたのだ。人寂しくなければ、ここに招待するようなことはしないはずだ。

エロイーズは霧雨まじりの空気を何度か深く吸い込んでから、意を決して背筋をぴんと伸ばした。これから一日、いったいどのように過ごせばいいのだろう。だいぶ疲れていたとはいえ、すでに仮眠はすませた。けれども、昼食や、客人をもてなすなんらかの予定を誰かが知らせにくる気配はない。

このまま、やや色褪せて隙間風すら吹き込みそうな部屋にじっとしていたら、気が変になってしまう。まして、われを忘れて泣くようなことは、他人がするのも許せないのだから、自分が同じようになると考えただけでぞっとした。

屋敷のなかを少し探検するぐらいはしてもかまわないのではないだろうか？　そのうちに何か食べ物も見つかるかもしれない。今朝、お茶の盆に載ってきた四個のマフィンすべてにバターとマーマレードを不作法に見えない程度にたっぷり塗って食べたのだが、それでもまだ空腹だった。この状態では、ハムサンドイッチひとつほしさに暴れだしてしまいかねない。

エロイーズは、フリル飾りが派手すぎず、かわいらしくも女性らしいモスリンの桃色のドレスに着替えた。着替えが楽な形なので、侍女の付き添いなしに家を抜けだしてきた淑女にとっては誂え向きのドレスだ。

鏡をちらりと見て、うっとりするほど美しいとは言えないまでも見苦しくない姿であるのを確かめて、廊下に踏みだした。

と、いきなり、見るからに待ちくたびれたように寝そべったクレイン家の八歳の双子に出くわした。

「こんにちは」エロイーズは声をかけて、ふたりが立ちあがるのを待った。「会いに来てくれるなんて嬉しいわ」

「会いに来たわけじゃないわよ」アマンダがすぐさま答え、オリヴァーに肘で脇腹を突かれて唸り声を漏らした。

「違うの？」エロイーズはいかにも驚いたように訊いた。「ということは、食堂に案内しに来てくれたのかしら？　じつを言うと、とってもお腹がすいてるのよ」

「違うやい」オリヴァーが腕組みをして言う。

「それも違うの？」エロイーズは考え込むように言った。「あててみるわね。あなたたちの部屋に連れていって、おもちゃを見せてくれるんでしょう」

「違う」双子は声を揃えた。

「だったらぜひ、お屋敷のなかを案内してもらいたいわ。とても広くて迷ってしまいそうだから」

「だめ」

「だめ？　わたしに迷ってほしくないでしょう？」

「いいわ」アマンダが言う。「迷ってもいいってこと！」

エロイーズは意味がわからないふりを装った。「わたしに迷ってほしいの？」

アマンダがうなずいた。オリヴァーは胸の前で腕をきつく組んだまま、ふてくされた視線を突きつけている。

「ふうん。面白いお返事だけれど、あなたたちがわたしの部屋の前にいる理由にはなってないわ。あなたたちがいてくれれば、わたしは迷子になりそうもないわけだし」

双子はきょとんとした顔で唇をわずかに開いた。

「ふたりはこのお屋敷のなかをよく知っているはずだものね？」

「あたりまえだ」オリヴァーが唸るように言い、アマンダが言い足した。「わたしたちは赤ちゃんじゃないんだから」

「たしかにそうよね」エロイーズは考え込む顔つきで答えた。「赤ちゃんだったら自分の足でわたしの部屋の前に来て待っていることなんてできないもの。なにしろ、おむつを替えたり哺乳瓶《びん》を吸ったりで忙しいから」

双子は何も言葉を返さなかった。

「あなたたちのお父様は、ここにいることをご存じなの？」

「お父さんは忙しいんだ」

「とっても忙しいのよ」

「すごく忙しいんだ」

「あなたのせいで、もっと忙しくなっちゃったのよ」

エロイーズはサー・フィリップの多忙ぶりを説明しようと矢継ばやに答える双子を興味深

く見つめた。

「つまり、あなたたちは、お父様がお忙しいと言いたいのよね」

双子は自分たちの言葉を穏やかに繰り返されて一瞬たじろぎ、それからすぐにうなずいた。

「でも、それでもまだここにいる説明にはなってないわ」エロイーズはまた考え込むように言った。「お父様の代理でここにこさせられたのでもなさそうだし……」双子が首を振って否定するのを見て、言葉を継ぐ。「だとしたら……わかったわ！」はずんだ声をあげ、みずからの機転の良さにほくそ笑んだ。甥や姪が九人もいるのだから、子供との話し方は完璧に心得ている。「あなたたちにはふしぎな力があって、天気が良くなることを予知して教えに来てくれたのね」

「違う」ふたりは否定したが、声に笑いが混じっていた。

「違うの？　それは残念だわ。だって、こんなふうに霧雨が続くと気分が滅入ると思わない？」

「思わない」アマンダがいたく力強く否定した。「お父様は雨が好きだから、わたしたちも好きなのよ」

「お父様は雨がお好きなの？」エロイーズは驚いて尋ねた。「とても変わってらっしゃるわ」

「変わってなんかない」オリヴァーがかばうように言う。「お父さんは変わってない。完璧なんだ。悪口なんか言うな」

「言ってないわ」エロイーズは答えて、胸のうちでふたりの意図に首をかしげた。最初は単に双子が自分を怖がらせようとしてここに来たのだと思っていた。父親が客人として現れた女性との結婚を考えていることを知り、継母《ままはは》などいらないことを思い知らせようとしてやって来たのだと。なにしろ女中から、気の毒にも家庭教師が子供たちにいじめられて次々に代わっていると聞かされたばかりだ。

でも、それが事実だとすれば、サー・フィリップのことを悪く言うのが自然ではないだろうか？　継母になりかねない女性を追い払いたいのなら、父親が結婚相手としてまるでふさわしくない男性だと思い込ませようとするはずだ。

「わたしはあなたたちの誰にも悪意を抱いていないと断言できるわ」エロイーズは言った。「そもそも、あなたたちのお父様のことはほとんど知らないのよ」

「もし、お父さんを悲しませたりしたら……ぼくは……ぼくは……」

オリヴァーはいじらしくも精一杯強がろうとしながら言葉が継げないもどかしさで顔を紅潮させていた。エロイーズは慎重にそっとそのそばにしゃがみ、顔の高さを合わせて言った。「オリヴァー、わたしはあなたのお父様を悲しませたりしないと約束するわ」少年が何も言わないので、双子のもう片方に問いかけた。「アマンダ？」

「帰って」アマンダは顔が赤くなるほどどきつく腕組みをして、嚙みつくように言った。「ここにいてほしくないのよ」

「そう言われても、あと一週間はどこにも行く所がないの」エロイーズは強い口調で告げた。この子供たちには思いやりと、おそらくはたっぷりの愛情が必要だが、同じように少々のしつけと、誰が主導権を握っているかをきちんと認識させることも必要だ。

そのとき、オリヴァーが出し抜けに踏みだして、両手でエロイーズの胸を勢いよく突いた。エロイーズは爪先に重心をかけて不安定な格好でしゃがんでいたので、のけぞってぶざまに尻をつき、ペチコートを双子にしっかりと見られてしまった。

「言っておくけど」エロイーズは歯切れよく告げて立ちあがると、腕組みをして、きびしい目で双子を見おろした。ふたりは揃って何歩かあとずさり、自分たちが大胆にもその女性を突き倒したことが信じられないとでもいうように、喜びと恐れの入り混じった目を向けた。

エロイーズは続けた。「いまのは感心しないわ」

「ぼくたちをぶつのか？」オリヴァーが訊く。反抗的な口調とはいえ、まるで誰かにぶたれたことがあるかのようにふるえがちな声だった。

「そんなことはしないわ」エロイーズはすぐさま否定した。「子供を殴るような人の気がしれない。わたしは誰もぶったりしない」子供を殴る人に対してはべつだけれど、と胸のうちで言い添えた。

それを聞いて、双子はいくぶんほっとしたようだった。「でも一応言っておくなら」エロイーズは続けた。「最初にぶったのはあなたなのよ」

「ぼくは押したんだ」オリヴァーが否定した。

エロイーズは思わず小さく唸った。そういう返し文句もあるのを忘れていた。「人に殴られたくないのなら、自分も同じように殴らないことを肝に銘じておくべきだわ」

「黄金律っていうのよ」アマンダが声高らかに言葉を挟んだ。

「そのとおり」エロイーズはにっこり笑って言った。たったひとつの教訓でふたりの生き方を正せるとは思わないが、自分の言葉が少しでも考え直すきっかけになってくれたなら嬉しいものだ。

「でも、だったら、あなたも家に帰るべきなんじゃない？」アマンダがしたり顔で言った。

束の間浮き立った気分も塵《ちり》と消え去り、エロイーズは少女がいったいどのような突飛な論法で自分を南米にでも追い払おうとしているのか推測をめぐらせた。

「わたしたちは家にいるわ」アマンダは八歳にしては並外れて横柄な口ぶりで言った。むしろ、まだ八歳なのでこの程度の横柄さですんでいるのかもしれない。「だから、あなたも家に帰るべきよ」

「そういうわけにはいかないわ」エロイーズはぴしゃりと言った。

「いいえ、いくわよ」アマンダが得意げな顔で小さくうなずく。「黄金律っていうのは、人からしてもらいたいことを人にするのよね。わたしたちはあなたの家に行きたくないから、あなたもわたしたちの家にきちゃいけないのよ」

「あなたはとても頭がいいわ、自分でもそう思うでしょう？」エロイーズは尋ねた。

アマンダはいかにもうなずきたそうなそぶりだったが、褒め言葉を警戒したらしく応じなかった。

エロイーズはふたりの顔をまっすぐ見られるよう身をかがめた。「だけど」いたって真剣に、けれどもわずかに挑発的な声で言った。「わたしもとても頭がいいわ」

双子は、これまで出会ってきた大人たちとはだいぶ違うようだと気づいたのか、目を丸くして口をあんぐりあけて見つめている。

「これで、わかりあえたのよね？」エロイーズは尋ねて、背を起こすと、とりすましてさりげなくスカートの皺《しわ》を伸ばした。

ふたりが黙っているので、代わりにみずから話を締めくくった。「よかった。さてと、そろそろ食堂に案内してくれないかしら？　お腹がぺこぺこだわ」

「授業があるんだ」オリヴァーが言う。

「そうなの？」エロイーズは眉を上げて訊いた。「それは大変。だったらすぐに戻らなくてはね。わたしの部屋の前で長く待っていたから、もう始まりの時間に遅れているでしょう」

「どうしてそんなことがわか――――」アマンダの質問はオリヴァーに脇腹を突かれて遮られた。

「わたしには七人もきょうだいがいるの」エロイーズは答えた。オリヴァーに遮られたとはいえ、アマンダの質問には答えておく意味があると感じた。「だから、こういった駆け引きについては知らないことはほとんどないってわけ」

言い終わらないうちに双子はたちまち廊下を走り去り、残されたエロイーズは憂い顔で下唇を嚙みしめた。子供たちとのやりとりを敵対状態のまま終わらせたくはなかった。これでは結局、自分を屋敷から追いだす作戦を立てるようオリヴァーとアマンダをけしかけたようなものだ。

双子の作戦を成功させはしない――なんといってもこちらはブリジャートン家の一員であり、あの双子には想像もできないくらいしぶとい人間に育っている――けれど、ふたりは間違いなく全力で攻撃を仕掛けてくるだろう。

エロイーズは身ぶるいした。ベッドに鰻《うなぎ》を置かれるのか、髪にインクをつけられるのか、椅子にジャムを塗られるのか。どれも一度はやられたことがあり、とりわけ二度と味わいたくないものばかりだ――二十も年下の双子にはなおさらやられたくない。

どうしてこのような厄介な状況に立たされてしまったのだろうとため息が出た。まずはサー・フィリップを探して、互いの相性が合うかどうかを見きわめるべきだ。その結果、一、二週間で去ることになるのなら、クレイン家の人々と会う機会は二度とないだろうし、鼠《ねずみ》や蜘蛛《くも》や塩入り砂糖といった仕掛けにあえて立ち向かう必要があるとは思えない。

お腹がぐぐもった音を鳴らした。塩と砂糖のどちらに反応したのかはわからなくとも、すぐに何か食べ物を見つけなければならないことだけは確かだった。それもなるだけ、双子が食事に毒を入れる方法を考えつく前に。

フィリップ自身もひどく不作法な態度を取ってしまったことは承知していた。だが、そもそもあの婦人が連絡もなしにやって来たのがいけないのではないだろうか。せめて事前に訪問を知らせてくれていれば、詩的な挨拶の文句でもいくつか考えて、迎える心積もりも整えられていただろう。こちらがどの手紙を書くにも一字一句苦心して綴《つづ》っていたことに、彼女はほんとうに気づいていなかったのだろうか？　毎回、一度で書きあげた手紙を送れたためしはない。いつも今度こそ一度できちんと仕上げようと、最初から上質の便箋を使ってはいたのだが。

彼女が事前に連絡をしてくれていれば、ひとつやふたつ洒落た演出も用意できていたはずだ。そうとも、花を贈ることもできたのだ。特技をひとつ挙げろと言われたら、それこそ花に詳しいことなのだから。

ところが、彼女がまるで夢のなかから飛びだしてきたかのように突然目の前に現れたので、何ひとつ適切な対応が取れなかった。

エロイーズ・ブリジャートンが期待していたとおりの婦人ではなかったことが、さらに事態を悪化させた。

なにぶん二十八歳のいき遅れだ。馬面であるとか、いずれにせよ、魅力的であるはずがないと思い込んでいた。しかし実際は――

どのように表現すればいいのかよくわからない。厳密に言えば、美女ではないのだろうが、濃い栗色の髪に、あまりに明るく澄んだグレーの瞳をしていて、はっとさせられるような魅力がある。表情が美しさを引き立てているといった感じの女性だ。目に知性が見てとれ、頭を片側に傾けるしぐさに好奇心の強さが表れている。ハート型の顔ににっこり笑みを浮かべた表情は個性的で、謎めいてすら見えた。

といっても、その笑顔をしっかりと見つめていられたわけではなかった。並はずれた愛想の悪さで応対していては仕方のないことなのだが。

フィリップは湿り気のある土をつかんで小ぶりの陶の鉢に移し、根が生育しやすいよう緩めに土を詰めた。いったいこれから、どうすればいいのだろう？　この一年に送られてきた手紙をもとに作りあげたエロイーズ・ブリジャートンの幻想に望みをかけていた。双子の母親候補を誘惑している時間はない（じつを言えば、時間をかけたいとも思わない）ので、手紙を通して求婚を提案するのはいわば手っとり早く、名案に思えた。

三十路《みそじ》間近の未婚婦人なら喜んで求婚を受け入れるだろうと考えていた。むろん、一度も会わずに承諾を得られるとは期待していなかったし、互いを知りあう前に正式に結婚を申し込むつもりもなかったが、少なからず花婿を求めて焦っている婦人だろうと思っていた。

けれども現れたのは、若くて愛らしく、聡明で自信に満ちた婦人であり、ああ、まったく、そんな女性がよく知りもしない相手と結婚したがるだろうか？　まして、グロスターシャーの奥地の田舎に身を落ち着ける気になるとは思えない。女性の装いについてはまるで疎いフィリップですら、彼女が仕立ての良い、おそらくは最新の流行の身なりをしていることはあきらかに見てとれた。すぐにもロンドンや、活気ある社交界の暮らしや、友人たちが恋しくなるに決まっている。

このロムニー館にとどまっていられるような婦人ではない。

彼女を知ろうとすることさえ無駄なのではないだろうか。どうせとどまらない婦人なのだから、期待を抱いてもばかをみるだけだ。

フィリップは唸り声を漏らし、ついでに毒づいた。となれば、ほかの女性に求婚しなければならない。しかし、求婚する女性を探すといっても、不可能に近いのは目にみえていた。この地域には自分に目を向けてくれる女性はまずいない。未婚の淑女たちはみな双子のことを知っており、母親役を引き受けようと思ってくれる者はひとりもいないだろう。

ブリジャートン嬢だけが頼みの綱だったのだが、どうやら彼女についてもあきらめなければならないようだ。

無意識に鉢を叩きつけるように棚に置いてしまい、温室じゅうに響いた音にびくりと怯んだ。

大きくため息をついて、泥まみれの手をすでに汚れているバケツの水のなかに浸けて洗った。今朝は不作法な態度を取ってしまった。だがいまなお、彼女が現れて作業の予定をくるわされたことへのいらだちはおさまらなかった――いまのところはまだ時間を無駄にしたとは言えないのかもしれないが、今夜すぐに帰るわけではなさそうなので、これからまたいくぶん時間を費やされるはめとなるのは間違いない。

そうだとしても、無礼な態度が許されるわけではないだろう。子供たちをうまく監督できないのは彼女のせいではないし、父親としての自信のなさからいつも不機嫌に陥るのもむろん彼女のせいではない。

扉口に掛けてあるタオルで手を拭くと、霧雨のなかを大股で歩いて屋敷へ向かった。そろそろ昼食の時間だし、彼女とテーブルを挟んで礼儀正しく会話をしたからといって誰かが傷つくわけでもない。

それに、どのみちここに来ているのだ。せっせと手紙を書いてきたのだから、せめて結婚してうまくやっていける相手かどうかを見きわめるくらいはしておかなければむなしいではないか。相性を確かめずに送り返したり追い返したりするのは愚か者だけだ。

ここにとどまってもらえる可能性は低いとしても、試してみる価値はある。

霧雨のなかを抜けて屋敷に入り、家政婦がいつも主人のために用意しておいてくれる敷物で足を拭いた。温室で作業をしたあとで汚れて帰ってくるのはいつものことなので、使用人たちはその姿を見慣れているが、ブリジャートン嬢を昼食の席に誘うのは清潔な服に着替えてからにしたほうがいいだろうと思った。ロンドンから来た婦人ならば、きちんと身支度を整えていない紳士と食事の席につくのは抵抗があるはずだ。

フィリップは厨房を横切り、たらいに入れた水で人参を洗っている女中に、にこやかにうなずいてみせた。使用人用の階段は厨房のもうひとつのドアのすぐ外にあり――

「ブリジャートン嬢！」フィリップは驚いて呼びかけた。ブリジャートン嬢が厨房のテーブルについて、巨大なハムサンドイッチをすでに半分ほどたいらげていた。スツールに腰かけた姿はずいぶんとくつろいで見える。「ここで何をしているのです？」

「サー・フィリップ」エロイーズは軽く頭をさげた。

「なにも厨房で食べずとも」意外な場所で彼女を発見したという理由だけでつい睨みつけていた。

それに、彼女に気遣って、いままさに昼食をとるための服に着替えようとしていた矢先に——ふだんは服装などにかまいはしない——、汚れた姿を見られてしまったのも腹立たしかった。

「わかってますわ」エロイーズは首をかしげて、印象的なグレーの目をまたたいた。「でも、食べ物と話し相手がほしかったので、ここならその両方が見つかりそうだと思ったんです」

いやみを言っているつもりなのか？　けれども邪気のない目に見えるので、その言葉は聞き逃すことにして言った。「ちょうどいま、清潔な服に着替えて、昼食にお誘いしに出向こうと思っていたところです」

「あなたがご一緒してくださるのでしたら、ぜひお部屋のほうへ移動して残りのサンドイッチを食べさせていただきたいですわ」エロイーズが言う。「スミス夫人は快く、あなたのためにサンドイッチをもうひとつ作ってくださるはずですもの。ほんとうにおいしいわ、スミス夫人」料理人のほうを見やった。

「お安い御用ですとも、ブリジャートン嬢」その返答に、フィリップは呆然と口を開きかけた。この料理人がこれほど愛想のいい調子で話す声は聞いたことがない。

エロイーズはスツールからするりとおりて、皿を手に取った。「行きましょうか？　身なりなど気になりませんわ」

フィリップは同意する気がなかったことを思い起こす間もなく、居間に移動し、いつのまにか小さな円卓を挟んでブリジャートン嬢と向かいあわせに坐っていた。正式の食堂でひとりきりでいると時間が長く感じられるので、ふだんはもっぱらこちらの部屋を使っている。女中が客人用の茶器を運んでくると、ブリジャートン嬢はお茶をどうぞと勧め、みずから手ぎわよくカップに紅茶を注いでくれた。

フィリップは落ち着かない気分だった。すっかり彼女の意のままに事は進み、こちらがまさにそのようにさりげなく昼食に誘おうとしていたことなど、どこかに忘れ去られてしまったようだった。せめて、名目上はまだ自分が屋敷の主人だと信じたいのだが。

「先ほど、お子さんたちにお会いしましたわ」ブリジャートン嬢は言い、ティーカップを口もとに持ちあげた。

「ええ、わたしもそこにいましたから」会話を切りだしてくれたことにほっとして答えた。とりあえずきっかけの言葉を考えずにすんだ。

「違いますわ」エロイーズが否定した。「そのあとのことです」

フィリップは視線で問いかけた。

「わたしを待っていたんです」エロイーズが説明する。「部屋の外で」

恐ろしい予感にフィリップの胸はざわめきだした。何をしようと待っていたんだ？　生きた蛙を入れた袋を持ってきたのか？　死んだ蛙を入れた袋か？　子供たちがこれまで雇った家庭教師たちを邪険にしてきたことを思えば、見るからに継母候補とわかる婦人の客人ならなおさら温かく迎え入れるとは考えにくい。

フィリップは空咳をした。「その対面は切り抜けられたわけですね？」

「ええ、そうです」エロイーズが言う。「一応は合意に達したと言えます」

「合意に達した？」フィリップは用心深い目で見やった。「どのような？」

エロイーズは口のなかの食べ物を嚙みながら問いかけを手で払った。「わたしのことはご心配に及びません」

「子供たちのほうを心配したほうがいいと？」

エロイーズは謎めいた笑みを浮かべた。「そちらも問題ありません」

「それならよかった」フィリップは目の前に用意されたサンドイッチを見おろし、大きくひと口齧《かじ》った。飲み込んでから、まっすぐ相手を見つめて言った。「今朝のわたしの応対については謝らなくてはなりません。礼儀を欠いていました」

エロイーズは悠然とうなずいた。「わたしもご連絡せずにお伺いしたことを謝らなくては。不作法なことをしてしまいました」

フィリップはうなずきを返した。「あなたは今朝すでに謝ってくださいましたが、わたしはまだでしたので」

エロイーズが心から嬉しそうに微笑んだ顔を見て、フィリップは心臓が飛びだしそうな思いがした。なんと、彼女は笑うと、きわだって美しい表情になる。手紙をやりとりしていたときには、このように息を奪われるような女性であろうとは思ってもみなかった。

「ありがとうございます」エロイーズは低い声で答え、頰をほんのりピンク色に染めた。

「とてもお気遣いくださって」

フィリップは咳払いをして、ぎこちなく坐りなおした。顔をしかめられるより微笑まれたほうが動揺するとは、自分の頭はどうかしてしまったのだろうか？　「ところで」ぶっきらぼうな口調を隠そうともう一度咳払いをした。「どうも話がそれてしまっているようですので、あなたがこちらにいらした理由のほうに話を戻したほうがいいと思うのですが」

エロイーズはサンドイッチを置いて、あきらかに驚いた表情で見つめ返した。単刀直入に本題に入るとは考えていなかったのだろう。「あなたは結婚に関心を示されてましたわ」

「あなたは？」挑むように訊いた。

「だからここにいるのです」エロイーズは簡潔に答えた。

フィリップが値踏みするようにまじまじと目を見つめると、エロイーズは椅子の上で落ち着かなげに身を動かした。「ブリジャートン嬢、あなたはわたしの想像とは違っていました」

「状況から考えて、姓ではなく名で呼んでくださっても不適切であるとは思いませんわ。それと、あなたもわたしの想像とは違いました」

フィリップは椅子に深く坐りなおし、曖昧な笑みを浮かべて彼女を見やった。「それで、どのような男を想像されていたのです？」

「あなたこそ、どのような想像をされていたのですか？」エロイーズは負けじと訊き返した。

フィリップは質問をかわしたことには気づいているぞと目で伝え、いとも率直に答えた。

「これほど愛らしい女性であるとは思いませんでした」

エロイーズは予想外の褒め言葉にわずかにのけぞりかけた。今朝はけっして身なりが整っていたとは言えないし、着飾っているときですら、社交界で美女と呼ばれる婦人のひとりに数えられているとはとても思えなかった。ブリジャートン家の女性たちは気立てがよく、概して魅力的であるとの評判を得ていて、姉妹も自分も結婚の申し込みを一度ならず受けているが、紳士たちはみな美貌に魅了されてというより人柄に好感を抱いてくれているように見える。

「それは……その……」エロイーズは顔がほてるのがわかって恥ずかしくなり、そのせいでますます頬が赤らんできた。「ありがとうございます」

フィリップはにこやかにうなずいた。

「ですが、わたしの容姿にそれほど驚かれた理由がよくわかりませんわ」エロイーズはそう話しながら、お世辞にひどく動揺している自分がいらだたしくて仕方がなかった。こんなようではきっと、一度も褒められたことのない婦人なのではないかと思われてしまう。そうしているあいだも、フィリップはただじっとこちらを見つめていた。じっと目を据え、眺めている。

エロイーズはふるえを覚えた。

隙間風ひとつ吹いてはいない。これほど……熱いのに、ふるえなど感じるものだろうか？

「あなたはご自身で婚期を過ぎた老嬢と書いておられた。結婚されていないのには、何かしらわけがあると思ったのです」

「求婚されたことがなかったからではありません」そう言わずにはいられなかった。

「それはわかります」フィリップは賛美するようなしぐさで彼女のほうへ首をわずかに傾けた。「しかし、あなたのような婦人が……わたしのような者を訪問される気になられた理由に好奇心をそそられずにはいられないのです」

エロイーズは目を上げて、その屋敷に到着してから初めてじっくりと文通相手の姿を眺めた。無骨で身なりに気を遣っているようには見えないものの、きわめて端整な顔立ちをしている。もう少し手入れがいりそうな濃い色の髪。ここ最近ほとんど陽光を楽しめない天候が続いているにもかかわらず、肌に薄く日焼けの色が見てとれる。大柄で筋肉質な体つきで、ささいなことにはこだわらない運動選手のような態度で椅子に腰かけ、ロンドンの食事の席では許されそうもない大胆な脚の開き方をしている。

しかもその顔つきからして、自分の態度が礼儀に適っていないことに気づいているとは思えなかった。社交界の若い紳士たちのなかによく見かける、ふてぶてしい態度というわけでもない。エロイーズはそういう紳士たちを数多く見ていたが、みな慣習に反抗して、いかに勇敢でしたたか者であるかを印象づけるためにわざわざ礼儀にそむくことをしているにすぎなかった。

でも、サー・フィリップはそれとは違っていた。意識してそうしているわけではないことは大金を賭けてもいいくらいあきらかだし、他人にそんなふうに見られているとも思っていないだろう。

これこそほんとうに自信のある証しなのだろうかとエロイーズは考えた。でも、そうだとしたら、なぜ自分を屋敷に招待するようなことをしたのだろう？　こうして見るかぎり、今朝の無愛想な応対をべつにすれば、妻を見つけるのにそれほど苦労するような男性とは思えない。

「わたしがこちらを訪ねたのは」ようやく質問されていたことを思いだして言った。「複数の求婚をお断わりしたのち」淑女ならばもっと慎ましく、複数を強調すべきではないと知りながら、そうせずにはいられなかった。「やはり、自分が夫を求めていることに気づいたのです。お手紙を拝読していて、あなたは候補にふさわしい方ではないかと思いました。とはいえ、お会いせずにそれが事実であるかどうかを確かめることはできませんので」

フィリップはうなずいた。「とても現実的な方だ」

「あなたはどうなのです？」エロイーズは訊き返した。「最初に結婚の話題を持ちだしたのはあなたですわ。どうして、この辺りの女性たちのなかからご自分で妻をお探しになれないのです？」

フィリップはそんなこともわからないのかというように、ひとしきり無言で目をしばたたいた。それから口を開いた。「子供たちとお会いになられましたよね」

エロイーズはちょうどひと齧りしたサンドイッチにむせた。「なんですって？」

「子供たちです」フィリップがにべもなく言う。「お会いになってますよね。たしか、二度も。あなたからそうお聞きしたのですから」

「ええ、でも、それとどういう……」エロイーズは目を見開いた。「まあ、まさか、あの子たちがこの辺りの花嫁候補をすべて追い払ってしまったとでも言うのですか？」

フィリップがいかめしい視線を突きつけた。「近隣の女性たちのほとんどは、花嫁候補に数えられることすら拒むでしょう」

エロイーズは鼻先で笑った。「それほど悪いお子さんたちではありませんわ」

「あの子たちには母親が必要です」フィリップはあからさまに言った。

エロイーズは眉を吊りあげた。「わたしを妻に娶《めと》ることをお望みなら、もう少しふさわしい言いまわしがあるのではないでしょうか」

フィリップは疲れたようにため息をつき、すでに乱れている髪を無造作に掻きむしった。「ブリジャートン嬢」と口にしてから、みずから言いなおした。「エロイーズ。あなたには正直に申しあげます。というのも、率直に言って、わたしには洒落た甘い言いまわしや凝った筋書きを考える気力も辛抱強さもないからです。妻を求めています。子供たちには母親が必要です。あなたにその役割を務めてくださるご意思があるのか、そして、実際、われわれの相性が合うのかどうかを確かめるためにここにご招待しました」

「どちらなのですか？」エロイーズが低い声で言った。

フィリップはこぶしを握りしめ、指関節がテーブルクロスに擦れるのを感じた。この女性はいったい何を言ってるんだ？　そんな暗号めいたやりとりをする必要はないだろう。「どちらとは……どういう意味です？」

「どちらを望まれているのかということです」エロイーズは穏やかな声ながらもはっきりと

言った。「妻、それとも母親ですか？」

「両方です」フィリップは答えた。「言うまでもないことでしょう」

「どちらをより望まれますか？」

フィリップはじっと相手を見据えて、それが風変わりな求婚の命運を握る重要な質問であることを悟った。それからようやく、力なく肩をすくめて言った。「申し訳ありませんが、そのふたつを分けて考えることはできません」

エロイーズは真剣な目でうなずき、「ええ」とつぶやいた。「それが当然ですわね」

フィリップは大きく息をついて、自分が息をとめていたことに気づいた。どういうわけか――どうしてなのかは神のみぞ知るだが――正解を答えられたらしい。少なくとも、間違いでなかったことは確かだ。

エロイーズが椅子の上でそわそわと動いて、フィリップの皿にのった食べかけのサンドイッチを身ぶりで示した。「お食事を続けません？　午前中ずっと温室にいらしたのなら、お腹がすいてらっしゃるはずだもの」

フィリップはうなずき、にわかに人生に希望が開けてきたように感じて、サンドイッチに齧りついた。ブリジャートン嬢がレディ・クレインになることを承諾してくれるかどうかはまだわからないが、そうなったとしたら……。

むろん、こちらはこの縁談にまったく異存はない。

といっても、エロイーズへの求婚がそう簡単にうまくいくとも思えなかった。相手が自分を求める気持ちより、自分が彼女を求める気持ちのほうが強いのはあきらかだ。彼女はある程度歳を重ねているとはいえ、想像していたような結婚を焦っているいき遅れとはまったく違っていた。おそらく、ブリジャートン嬢の人生には選択肢があまたあり、自分はそのうちのひとつでしかないのだろう。

それでも、何かしら惹きつけられるものがあって、家を出てグロスターシャーまではるばるやって来たのだ。ロンドンでの暮らしに心から満足していたのならば、わざわざここまでやって来るだろうか？

だが、テーブル越しに、微笑むだけできわだって美しく映えるエロイーズの顔を見ていると、ここへ来た理由などどうでもいいような気がしてきた。

実際にとどまってくれさえすればそれでいい。

4

……キャロラインが疝痛《せんつう》を起こしたそうだけれど、心配されたでしょう。アメリアとベリンダが妹の誕生を素直に受け入れられていないのも大変よね。でも、いいほうに考えるべきだわ、ダフネお姉様。もし双子が生まれていたらもっとずっとご苦労されていたはずだもの。

――エロイーズ・ブリジャートンが、姉でヘイスティングス公爵夫人のダフネへ、第三子誕生の一カ月後に送った手紙より

フィリップは屋敷の中央の廊下を階段へ向かって歩きながら、人生がことさら愉快なものに思えてきて、低く口笛を吹いた。午後の大半をブリジャートン嬢――いや、エロイーズだ、と胸のうちで訂正した――と過ごしてみて、すばらしい妻になる女性であることを確信した。聡明さは手に取るようにわかったし、本人の話によれば、兄弟姉妹が大勢いるというので(いうまでもなく、甥や姪も)、オリヴァーとアマンダのあつかいも心得ているに違いなかった。

しかも、なんともかわいらしい顔立ちをしていることを思い起こし、フィリップはいたず

らっぽい笑みを浮かべた。この午後のあいだ、彼女の顔を見ては何度となく腕に抱いた感触や、キスをしたときの反応に想像をめぐらせた。

そのようなことを考えていると体が張りつめた。もうだいぶ長いあいだ、女性と関係を持っていない。数える気にもなれないほど何年も。

率直に言って、正常な男性なら認めるのがはばかられるほど何年も。

なるべく清らかな女性のほうがいいし、素性がよくわからない相手は不安なので、地元の酒場の女に金を払って関係を持とうとは思わなかった。

あるいは逆に、まったく素性がわからない相手ならつきあえたのかもしれない。酒場の女のなかに、生きているうちにこの村を去りそうな者はいない。そのため酒場では、あとくされなくベッドをともにできる女性に出会える可能性を求めても時間の無駄だとあきらめ、ひとりでのんびり楽しんでいた。

マリーナが亡くなる前は――双子がだいぶ幼い頃からベッドをともにしていなかったものの、むろん、妻に不実なことをしようとは考えもしなかった。

マリーナがひどくふさぎ込むようになったのは、双子が誕生したあとだった。もともと繊細で気分が沈みがちだったが、オリヴァーとアマンダが生まれてすぐ、自分だけの悲しみと絶望の世界に閉じこもってしまった。フィリップは彼女の目の奥の生気が日ごと薄れていくさまをぞっとする思いで見ていた。そしてついには、かつて存在していた女性の面差しがかろうじて窺《うかが》える、異様に平坦な影だけが残された。

出産直後の女性が男性と交われないことは知っていたが、マリーナの体が回復してからも、のしかかるようなまねは想像すらできなかった。つねにいまにも泣きだしそうな女性に欲望を抱けるはずがあるだろうか。

双子が少し大きくなってきた頃、マリーナの体調も良くなってきたのだろうと思い――というより、そう願って――、妻の寝室を訪ねた。

一度だけ。

マリーナは拒まなかったが、みずから交わろうとする意思も見えなかった。ただそこに横たわり、何もせず、頭を片側に傾けて、目を開いたままで、瞬きしているだけだった。あたかも、心はまったくそこに存在していないかのように。

マリーナはけっして拒む言葉は発しなかったとはいえ、フィリップは強姦でもしたかのごとく、人の道を外れて堕落したような気分に陥った。

以来、二度と妻に触れなかった。

さほど強い欲望を感じていたわけではないので、死人のように自分の下に横たわっている女性を相手に鎮めるまでのこともなかった。

それに、あの最後の晩のような気持ちはもう二度と味わいたくなかった。自分の部屋に戻ったとたん自己嫌悪で全身がふるえだし、胃のなかのものをすべていっきに吐きだした。妻から何かしらの――どんなものでも――反応を引きだそうと必死になり、獣のように振るまってしまった。そして無駄なのだとわかると、妻に怒りを覚え、罰したいとすら思った。

そのようなことを考えた自分が恐ろしかった。

ひどく乱暴な姿をさらしていたはずだ。妻に怪我をさせたわけではなくとも、思いやりはかけてやれなかった。もう二度と、あのような自分の一面は目にしたくない。

だが、マリーナはもういない。

死んだのだ。

そして、エロイーズはまったく違う女性だ。ちょっとしたことで泣きはしないし、部屋に閉じこもりもしないし、小食ではなく、枕に顔を埋めて咽び泣きもしない。

エロイーズは生気に満ち、芯がしっかりとしている。

エロイーズは幸せそうだ。

妻に必要な条件として、それ以上重要なことがあるだろうか。

フィリップは階段の下で足をとめ、懐中時計を確かめた。エロイーズには夕食は七時からで、自分が部屋へ迎えにいって食堂へ案内すると伝えてある。あまり早く迎えにいって意気込んでいるとは思われたくない。

反対に、遅れるのも問題だ。関心がないのだと思われても得られるものはほとんどないだろう。

フィリップは懐中時計の蓋をぱちんと閉めて、ぐるりと目をまわした。こんなことをしている自分は青二才も同然ではないか。ばかばかしい。この屋敷の主人で、学識豊かな植物学者だというのに。女性のご機嫌を窺って分刻みで時計を気にするようなまねはやめるべきだ。

そう自分を戒《いまし》めたにもかかわらず、またもや懐中時計を開いて時刻を確かめていた。七時三分前。すばらしい。これから階段をのぼれば、約束の時間のちょうど一分前に彼女の部屋の前に着いて出迎えられる。

エロイーズの晩餐《ばんさん》用のドレス姿を想像し、湧いてくる欲望の温かさが嬉しくてにやりと笑った。青を着てほしい。青いドレスは彼女にとてもよく似合いそうだ。

フィリップの顔がほころんだ。まったく何もつけていない姿もよく似合うだろうが。


ところが、階上にあがって寝室の前の廊下で目にしたエロイーズは髪が真っ白になっていた。

いや、そのほかの部分も同じように白く染まっている。

なんてことだ。「オリヴァー！」フィリップは声を張りあげた。「アマンダ！」

「もう、とっくに消えてるわ」エロイーズは言葉をほとばしらせ、いきり立った目で見あげた。フィリップはその目を見つめ返すしかなかった。小麦粉に覆われていないのはその部分だけなのだ。

おそらく、粉が降りかかる直前に目を閉じたのだろう。婦人の反射神経の良さにはいつも感心させられる。

「ブリジャートン嬢」フィリップは助けようと手を差しだし、すぐに、そんなことをしてももはやなんの役にも立たないことに気づいて引っ込めた。「なんと言えばいいものか――」

「代わりに謝るようなことはなさらないで」エロイーズはぴしゃりと返した。

「もちろん、それはわかっています。ですが、今後は二度と……」

フィリップの声は尻すぼみに消え入った。きっとこのような目で見られたら、ナポレオンでも黙り込んでしまうに違いない。

「サー・フィリップ」エロイーズはいまにも逆上して飛びかかってきそうな形相で、ゆっくりときつい声で言葉を継いだ。「ご覧のとおり、わたしはとても夕食の席につけるような状態ではありません」

フィリップは自衛本能に従ってあとずさった。「子供たちが部屋を訪ねてきたのですね」

「ええ、そのとおりですわ」エロイーズは少なからず皮肉のこもった声で答えた。「そしてすぐに走り去っていきました。ふたりの臆病者は姿をくらましたんです」

「でも、遠くには行っていないはずだ」フィリップは彼女には子供たちを罵《ののし》る資格がじゅうぶんにあると認めつつ、ぼんやりと浮かぶ亡霊のように恐ろしげな姿は見えていないふりで会話を続けようとした。

なぜかはわからないが、それが最善の策に思えた。少なくともそうすることで、喉につかみかかられることだけは避けられるだろう。

「ふたりとも、当然、結果を見ようとしたでしょうから」フィリップは言い、彼女の咳で小麦粉がふわりと舞いあがると、またなにげなくあとずさった。「小麦粉が降ってきたときに笑い声は聞こえませんでしたか？　歓声のようなものは？」

エロイーズが睨みつけた。

「いえ、いいんです」フィリップはたじろいだ。「すみません、ちょっとした冗談です」

「だいたい」エロイーズは顎が砕けるのではないかと心配になるほど歯を食いしばっている。

「バケツが頭にぶつかっているのに、ほかの音まで聞こえません」

「なんということを」フィリップはつぶやき、彼女の視線の先を追って、絨毯の端に転がった大きな金属製のバケツを見つけた。そのなかにはまだ少量の小麦粉が残っている。「お怪我は？」

エロイーズが首を振る。

フィリップは手を伸ばして彼女の顔を両手で支え、痣《あざ》や傷がないか調べようとした。

「サー・フィリップ！」エロイーズが声をあげ、手のなかから顔を引き抜こうとした。「放して――」

「じっとして」フィリップは命じて、みみず腫《ば》れのようなものはないか、親指で彼女のこめかみをたどった。親密な行為をしているように感じられ、妙に心地良かった。ふたりの背丈もちょうど釣りあいがとれていて、彼女が粉まみれでなかったなら、かがみ込んで額に軽くキスをしたい衝動をこらえられたかどうかわからない。

「大丈夫です」エロイーズはほとんど唸るように言って、ぐいと身を離した。「小麦粉より軽いくらいのバケツですもの」

フィリップはしゃがんでバケツを起こし、重みを確かめた。きわめて軽く、これならたいした衝撃は与えないはずだが、だからといって頭にぶつけていい物でもない。

「このとおり、なんとか生きていますから」エロイーズは歯軋りして言った。

フィリップは咳払いをした。「入浴なさりたいのではないですか？」

「あの悪がきふたりを懲らしめてやりたいですわ」と聞こえた気がしたが、つぶやくような低い声だったし、ちょうど自分も言おうと思っていたことなので、仮にも無慈悲な女性だなどとは責められない。

「湯を溜めさせますので」フィリップは即座に言った。

「けっこうですわ。先ほど入浴した際のお湯がまだ浴槽に残っていますから」

フィリップは顔をしかめた。子供たちもまったく絶妙な頃合で仕掛けたものだ。「ですが」急いで言い足した。「何杯か新たに湯を加えて温めたほうがいいでしょう、バケツで」

フィリップは睨み返され、またもたじろいだ。最後のひと言はよけいだった。

「すぐに用意させます」

「ええ、お願いします」エロイーズがこわばった声で答えた。

フィリップは女中に命じようと廊下を足早に進み、角を曲がるや、すでに駆けつけていた六人もの使用人たちの驚いた顔に出くわした。実際、双子が父親にお仕置きを食らうまでにどのぐらい逃げていられるか賭けていたのは間違いない。

その面々にすぐに新たに湯を溜めるよう指示して準備に立ち去るのを見届けてから、エロイーズのもとへ引き返した。舞う粉でこちらもすでに汚れてしまっていたので、心おきなく彼女の手を取れた。「ほんとうに申し訳ない」低い声で言い、こみあげてくる笑いをこらえた。当初このありさまを目にしたときには腹立たしいばかりだったのだが、いまは……どういうわけか、彼女の姿が滑稽に見えてしまう。

エロイーズがその気持ちの変化を感じとって睨みつけた。

フィリップはすぐさま真剣な表情をつくろった。「お部屋に戻られたほうがいいのでは？」

「どこに坐れと言うのです？」きつい声で訊き返された。

それは言えている。彼女が触れたものはすべて汚れてしまうので、部屋じゅう掃除しないわけにはいかなくなるだろう。

「それでは、わたしがここでしばらくお相手しましょう」努めて陽気な口ぶりで言った。

エロイーズがまったく愉快な気分ではないと目顔で返した。

「ええと」フィリップはとにかく小麦粉以外のもので沈黙を埋めようとしてつぶやいた。ドアを眺めやり、嘆かわしい結果を招いたとはいえ、双子の細工の巧みさに感心した。「どういうふうに仕掛けたのかな」考え込んで言う。

エロイーズが憮然と口を開いた。「そんなことを知ってどうなさるの？」

「いや」彼女の表情から察するに最善の話題ではなさそうだと思いつつ、続けた。「いたずらを許すつもりは毛頭ありませんが、ずいぶんと巧妙な手口です。いったいバケツをどこに仕掛けて――」

「ドアの上部に載せておいたんです」

「どうしてそれを？」

「わたしには七人の兄弟姉妹がいます」エロイーズがこともなげに言う。「同じいたずらを見たことがないとでも思います？　ドアをあけて——ほんの少しですけれど——、そっとバケツを載せておくんです」

「その音は聞こえなかったのですか？」

エロイーズが睨んだ。

「いえ、聞こえませんよね」慌てて言った。「あなたは入浴されていたのですから」

「物音が聞こえなかったのは」エロイーズが高慢そうな声で言う。「わたしのせいだとでもおっしゃりたいのかしら」

「とんでもない」フィリップは即座に否定した。ブリジャートン嬢の殺気立った目つきから判断するに、わが身の健康と幸福は間違いなく返答のすばやさにかかっている。「では、そろそろ服を……」

何ポンドぶんもの小麦粉を払い落とす作業を適切に表現できる言葉などあっただろうか？

「夕食の席でお会いできますよね？」言いまわしを変えるのが最も無難だと見きわめて、訊いた。

エロイーズは一度だけ小さくうなずいた。フィリップが見たところ、気持ちのこもったうなずきとは言いがたかったが、今夜ここを発つつもりはないのがわかっただけでも喜ぶべきなのだろう。

「夕食を温めておくよう料理人に指示しておきます。それと、ふたりを探して叱っておきますので」

「いいえ」エロイーズが言い、去りかけたフィリップの足をとめさせた。「ふたりのことはわたしにまかせてください」

その声の調子にわずかに胸騒ぎを覚えて、フィリップはゆっくりと振り返った。「つまり、あの子たちをどうすると？」

「どうするというより、何をするか、かしら？」

女性に恐れを抱く日がこようとは思ってもいなかったが、ああ、神よ、エロイーズ・ブリジャートンは縮みあがらずにはいられないほど恐ろしい女性です。

あきらかに悪魔が宿った目をしている。

「ブリジャートン嬢」フィリップは呼びかけて腕組みをした。「はっきりと聞いておかなくてはなりません。わたしの子供たちに何をするつもりですか？」

「いくつか考えていることがあります」

フィリップはその言葉を反芻した。「あすの朝も、ふたりが生きているのは間違いありませんね？」

「もちろんですわ」エロイーズが答えた。「手足も無傷で、生きているとお約束します」

フィリップは彼女を数秒見つめてから、ゆっくりと口もとをほころばせ、満足げな笑みを浮かべた。エロイーズ・ブリジャートンの仕返しがどんなものであるにせよ、子供たちにはまさに必要なものであるという確信を抱いた。七人もきょうだいがいる人物なら、きわめて狡猾かつ巧妙に、手ぎわよく懲らしめられる方法を知っているに違いない。

子供たちが彼女に小麦粉入りのバケツを落としてよかったとさえ思えてきた。「わかりました、ブリジャートン嬢。今回のことについてはあなたにおまかせします」

一時間後、フィリップとエロイーズが夕食の席についてまもなく、叫び声が聞こえてきた。フィリップは思わずスプーンを落とした。アマンダの金切り声はいつもより怯えた響きを帯びている。

ブリジャートン嬢は手をとめもせずウミガメのスープをスプーンですくって口に運んでいる。「心配いりません」小声で言い、ナプキンでしとやかに口をぬぐった。

階上で慌しく駆ける子供の足音がして、アマンダが階段のほうへ向かったのがわかった。

フィリップは立ちあがりかけた。「ちょっと様子を――」

「ベッドに魚を置きました」エロイーズが言った。笑みこそ浮かべていないものの、いたく愉快そうな表情だ。

「魚？」フィリップはおうむ返しに訊いた。

「ええ、それもとても大きな魚を」

頭のなかでオタマジャクシがたちまち歯を剝くサメに成長し、フィリップは息を呑んだ。「それで」尋ねるしかなかった。「どこで魚を手に入れたのです？」

「スミス夫人から」この家では毎日欠かさず大きな鱒が供されているとでも思っているかのような口ぶりだ。

フィリップはどうにか椅子に腰を戻した。アマンダを助けにいってはならない。だが、ほんとうは駆けつけたかった。自分もいくぶんかは親の本能を持ちあわせており、なにぶん娘は烈火に足先を舐められているかのような悲鳴をあげている。

だが、これもアマンダがみずから招いたことで、あのようないたずらをしたからには、ブリジャートン嬢にベッドを汚されても仕方がない。フィリップはスプーンをスープに浸けて、わずかにすくいあげたところで手をとめた。「オリヴァーのベッドには何を置いたのです？」

「何も」

フィリップはけげんそうに片眉を上げた。

「息子さんには気を揉んでもらえればそれでいいんです」エロイーズは冷ややかに説明した。

フィリップは敬意を表して軽く頭をさげた。「仕返ししてきますよ」道義心から警告せずにはいられなかった。

「心得てますわ」エロイーズはこともなげに答えた。それから顔を上げて、一瞬どきりとさせられるほどまっすぐ目を向けた。「お子さんたちは、あなたが求婚を目的にわたしをここに招待したことを知っているんです」

「子供たちには何も話していません」

「ええ」エロイーズが低い声で言う。「そうでしょうね」

非難しているつもりなのかどうかが見きわめられず、フィリップも鋭く見返した。「わたしの個人的なことを子供たちに知らせる必要はないと思います」

エロイーズは腹立たしいくらいさりげなく優美に肩をすくめた。

「ブリジャートン嬢、子供たちの育て方について、あなたに助言を求めるつもりはありません」

「助言などするつもりはないわ」エロイーズは言い返した。「ただ、あなたが子供たちの母親を探しているのが見えみえだと申しあげてるんです。あなたが助けを求めているのは目にみえてわかりますもの」

「その役目を引き受けてくださるまでは」フィリップは歯を嚙みしめるように言った。「ご意見はその胸にとどめておいてもらえませんか」

エロイーズは冷ややかな視線を突きつけてから、スープのほうへ顔を戻した。けれども、スプーンをわずか二度口に運んだあと、挑むような目を向けて言った。「お子さんたちにはしつけが必要です」

「わたしがそんなことも知らない男に見えますか？」

「愛情も必要です」

「愛情は与えられている」フィリップはつぶやいた。

「それに、関心も」

「それも与えられている」

「あなたからの関心です」

フィリップは自分でも完璧にはほど遠い父親であるのはわかっていたが、それを他人に指摘される筋合いはないと思った。「あなたはここへ来て十二時間で、子供たちが気の毒にもないがしろにされていると判断されたわけですね」

エロイーズがにべもなく鼻先で笑った。「今朝、あの子たちが少しでも一緒に過ごそうとあなたにせがんでいるのを見れば、十二時間もいらないくらいですわ」

「そんなことをされた憶えはない」フィリップは否定したものの、嘘をついたときのつねで耳の先が熱くなるのを感じた。たしかに子供たちとじゅうぶんな時間を過ごしてはいない。それをこれほど短時間で彼女に見抜かれたのが癪《しゃく》にさわった。

「あの子たちは、一日じゅう忙しくしないでほしいと頼んでいたわ」エロイーズが言葉をほとばしらせた。「あなたがもう少しあの子たちと一緒に過ごしてあげれば――」

「きみは、わたしの子供たちについて何も知らないだろう」フィリップは吐き捨てるように言った。「わたしのことも知らない」

エロイーズがいきなり立ちあがった。「そのとおりよ」そう言って、戸口のほうへ歩いていく。

「待ってくれ！」フィリップは叫んで、はじかれたように立ちあがった。まったく、どうしてこのようなことになったのだ？　ほんの一時間前には、妻になってくれるだろうと期待を高めていたのに、その女性がいまにもロンドンへ帰ろうとしている。

フィリップはいらだたしげなため息をついた。自分も子供たちと同じで癇癪を抑える能力がなく、まともに話しあうこともできない。もっと正確に言えば、父親として話しあう能力に欠けているのだ。

「すまなかった」心を込めて詫びた。少なくとも、去ってほしくないという気持ちは込めたつもりだった。「頼む」片手を差しだした。「行かないでくれ」

「愚か者のようにあつかわれたくないわ」

「きみが到着してこの十二時間でひとつわかったことがあるとすれば」意図的に先ほどみずから使った表現を繰り返した。「きみが愚か者ではないということだ」

エロイーズはしばし彼を見つめたあと、差しだされた手に手をのせた。

「せめて」フィリップは懇願しているように聞こえようともかまわず続けた。「アマンダがここに来るまでいてくれ」

エロイーズがいぶかしげに眉を上げた。

「きみは勝利を味わいたいはずだ」抑えた声で言い、さらにぼそりと付け足した。「わたしならそう思うはずだから」

エロイーズは彼に導かれてふたたび腰をおろしたが、ふたりが席についてわずか一分後にはアマンダが甲高い声をあげながら食堂に現れ、そのすぐ後ろから子守係の女中も追いかけてきた。

「お父様！」アマンダが泣き声で言い、父親の膝の上に飛び込んだ。

フィリップはぎこちなく娘を抱きあげた。そのようなことをするのはしばらくぶりで、むろん感触も忘れていた。「いったいどうしたんだ？」問いかけて、おまけに背中をさすってやった。

アマンダは父親の首に擦りつけていた顔を起こし、怒りにふるえる指をエロイーズに向けた。「あの女よ」悪魔だといわんばかりに言う。

「ブリジャートン嬢のことか？」フィリップは訊いた。

「あの女がわたしのベッドに魚を置いたの！」

「でもおまえは、彼女の頭に小麦粉を落としただろう」きびしい調子で言った。「だから、おあいこだ」

アマンダがすかさず小さな口をあけた。「わたしのお父様でしょう！」

「そうだとも」

「わたしの味方をするのがあたりまえだわ！」

「おまえが正しければな」

「魚を置かれたのよ！」アマンダがしゃくりあげた。

「それで臭うんだな。入浴したほうがいい」

「お風呂になんて入りたくない！」アマンダは泣き叫んだ。「あの女にお仕置きして！」

フィリップはその言葉に微笑んだ。「お仕置きをするには、彼女は大きすぎるだろう？」

アマンダは呆然と言葉を失って父を見つめ、しばらくしてようやく下唇をふるわせながら上擦った声を発した。「あの女に出ていくように言って。いますぐ！」

フィリップは成り行きを楽しむような気分で娘を下におろした。ブリジャートン嬢が穏やかにそばにいてくれるせいもあるのだろうが、いつもより辛抱強く対応できそうな気がした。アマンダを叩きたい衝動は湧いてこないし、子供部屋に追い払って問題から逃げてしまいたいとも思わない。「悪いが、アマンダ。ブリジャートン嬢はおまえではなく、わたしの客人だ。わたしが望むかぎり、ここにいてもらう」

エロイーズが大きく咳をした。

「いや」フィリップは訂正した。「彼女が望むかぎり、いてもらう」

アマンダが顔全体にぎゅっと皺を寄せて考え込んだ。

「だからといって」フィリップはすぐに言葉を継いだ。「いじめて無理やり追いだそうなんて考えるなよ」

「でも――」

「でもはなしだ」

「でも――」

「もう一回言わせるのか？」

「でも、あの女はいじわるなのよ！」

「彼女はとても頭がいいのではないかな」フィリップは娘を諭した。「何カ月も前に、お父さんがおまえのベッドに魚を置いてみるべきだった」

アマンダは驚きのあまりあとずさった。

「自分の部屋に戻りなさい、アマンダ」

「でも、ひどい臭いがするのよ」

「自分で招いたことなのだから自分でなんとかするしかない」

「でも、わたしのベッドが――」

「だったら床に寝なくてはいけないな」フィリップは言った。

アマンダは顔をひくつかせ、正確に言うなら全身をわななかせて、重い足どりで戸口のほうへ歩きだした。「でも……でも……」

「なんだ、アマンダ？」フィリップは問いかけて、自分でも感心するほど辛抱強い口ぶりだと思った。

「でも、オリヴァーは罰を受けてないわ」少女はかすれ声で言った。「公平じゃないじゃない。小麦粉を落とすのはオリヴァーが考えたことなのに」

フィリップは娘に眉を上げてみせた。

「でもほんとに、わたしひとりだけで考えたことじゃないわ」アマンダが必死に弁解した。「ふたりで一緒に考えたんだもの」

フィリップはつい含み笑いを漏らした。「わたしがおまえだったら、アマンダ、オリヴァーのことまで心配しないだろうな。いやむしろ」考え込むように顎をさする。「心配するか。ブリジャートン嬢がこれから何を仕掛けるともわからないからな」

アマンダはその返答に納得したらしく、どうにか聞きとれる声で「おやすみなさい、お父様」とつぶやき、子守係に連れられて部屋を出ていった。

フィリップは自分自身の行動に心から満足して、ふたたびスープを飲みはじめた。憶えているかぎり、これまで双子との揉め事にきちんと正しく対処できたと自信を持って締めくくれたことはなかった。スープをひと口飲んでから、スプーンを手にしたままエロイーズを見て言った。「かわいそうに、オリヴァーはびくびくしているだろうな」

エロイーズは笑みを懸命にこらえているように見える。「眠れないかもしれないわね」

フィリップは首を振った。「一睡もできないだろうな。きみも用心したほうがいい。オリヴァーは自分の部屋のドアに罠を仕掛けているかもしれない」

「あら、今夜はオリヴァーの所へ行って何かしようとは思ってないもの」エロイーズは楽しげに手を振って答えた。「簡単に予測できることではつまらないわ。意外性のあるほうが好みなの」

「ああ」フィリップは含み笑いをして言った。「それはきみを見ていればわかる」

エロイーズがとりすました表情で続ける。「しばらくはオリヴァーに苦しんでもらわないと、ほんとうにアマンダからすれば不公平になってしまうし」

フィリップはぶるっと身をふるわせてみせた。「魚は嫌いなんだ」

「知ってるわ。そう書いてらしたから」

「わたしが書いた？」

エロイーズはうなずいた。「それなのに、スミス夫人がこのお屋敷に魚を持ち込んでいるのはふしぎだけれど、使用人たちが好きなのかもしれないわね」

そこで沈黙が落ちたものの、ほっと安らげるような静けさだった。たいして話をするわけでもなく、順を追って供される夕食の料理を食べ進めながら、フィリップはふと、結婚とはそれほど大変なものではないのかもしれないと思った。

マリーナと暮らしていたときには、つねに屋敷のなかを爪先で歩いているような気分で、彼女がいつまたひどくふさぎ込んでしまわないかと怯え、生きるのをあきらめて心を失ってしまったような姿を見ては落胆する日々を送っていた。

けれども、結婚とはもっと楽に暮らせるものなのかもしれない。こんなふうに、なごやかに、くつろいでいられるものになりうるのではないだろうか。

これまで、子供たちのことや子育てについて誰かと話をした記憶はない。マリーナが生きていた頃でさえ、つねにひとりでその重荷をかかえ込んでいた。マリーナの存在すらずっと重荷に感じていたので、亡くなって安堵を覚えたことへの後ろめたさにいまだ苦しめられている。

だが、エロイーズは……。

フィリップは、思いがけずわが人生に現れた女性をテーブル越しに見やった。髪は、揺らめく蠟燭の灯りに照らされてほとんど赤く見えるほど輝いていて、目は、向かいあう男性の視線をとらえて、生き生きと、わずかに茶目っ気も感じさせる光を放っている。

彼女こそまさに必要としていた女性なのだという気がしてきた。聡明で、我が強く、堂々としている――一般に男性が妻に求める要素ではないのかもしれないが、フィリップは何よりこのロムニー館のなかを立て直してくれる女性を求めていた。屋敷周りのことも、子供たちのことも、何ひとつ完全に正しいと思えるものはなく、マリーナが生きていた頃から家全体をうっすらと包み込んでいた静寂の帳《とばり》は、残念ながら彼女が亡くなったあとも取り払われていない。

エロイーズがふたたびすべてを正しいものに戻してくれるなら、夫に与えられるべき権利を少しくらい妻に譲り渡してもまったくかまわないと思った。自分が温室にこもっているあいだに、あとは妻が何もかも取り仕切ってくれるのなら、これほど幸せなことはない。

エロイーズ・ブリジャートンはそのような役割を引き受けてくれるだろうか？

フィリップはそうなることを心から願った。

5

……お願いです、お母さま、ダフネお姉さまにもばつを与えてください。わたしだけプディング抜きでベッドに入らなくてはいけないのは不公平だと思います。それも一週間なんて。一週間は長すぎます。だって、~~ぜんぶ~~ほとんどはダフネお姉さまが考えたことだからです。

——エロイーズ・ブリジャートンが十歳のとき、母ヴァイオレット・ブリジャートンのベッド脇のテーブルに置いた手紙より

たった一日でこれほど状況が変わるものだろうかとエロイーズは驚いていた。

というのも、一族の肖像画を見学するという名目で、実際はできるだけ一緒にいる時間を引き延ばすためにサー・フィリップに屋敷のなかを案内してもらいながら、いつしか——ひょっとして、この男性はこのうえなくすばらしい夫になるかもしれない、と考えていたからだ。

夢と情熱に満ちた詩的な言葉で表現できるような始まりではないものの、そもそも一般的な恋愛関係ではないのだし、三十歳の誕生日まであと二年しかないエロイーズにはじつのと

ころ、夢を思い描いていられる余裕もなかった。

それでも、彼には何か惹きつけるものがあり……。

蠟燭の灯りに照らされたサー・フィリップはどういうわけかとても見栄えがして、やや危険な雰囲気すら漂わせていた。ちらちらと揺れる光が顔の造作に陰影を与え、かつて大英博物館で目にした彫像のように彫りの深さがきわだって見える。それに、こうして隣に立って大きな手でしっかりと肘を取られていると、その体に包み込まれているように感じられた。

胸がぞくぞくして、ほんの少しだけ怖い、妙な気分だ。

いっぽうで、嬉しさも湧いていた。なにしろ大胆にも、会ったこともない男性と幸せになれるのではないかという希望を抱いて、真夜中に家を飛びだしてきたのだ。それがまったくの誤りではなく、将来を賭けた勝負に勝てるかもしれないと思うといくらか気持ちが慰められた。

すごすごとロンドンに舞い戻り、家族一同に事情を説明して失敗を認めなければならない結末ほどつらいものはない。

自分自身にもほかの誰にも、間違っていたとは認めたくない。

とりわけ自分自身には。

サー・フィリップはこれまで出会った男性たちに比べて話上手なほうではないものの、夕食の時間を楽しく過ごせる相手であるのは確かめられた。

さらに、エロイーズにとって配偶者に欠かせない条件である公正な精神も備えていた。アマンダのベッドに魚を置くという手立てを理解し、感心すらしていたのだ。ロンドンの紳士たちの多くはおそらく、良家の子女がそうした狡猾な仕返しを考えることさえ嫌悪するに違いない。

もしかしたらほんとうに、この試みはうまくいくのではないかとエロイーズは思った。論理的に考えれば、サー・フィリップとの結婚は突飛な思いつきだったのかもしれないが、一年も手紙をやりとりしていたので、初めからまったく知らない男性という気はしなかった。

「祖父だ」フィリップが穏やかな調子で言って、大きな肖像画を手ぶりで示した。

「とても威厳のある方ね」そう答えたものの、じつは薄明かりのなかで、はっきりとは見えていなかった。その右の絵を身ぶりで示した。「そちらはお父様？」

フィリップは唇を引き結んで、そっけなく一度うなずいた。

「あなたの絵はどちらに？」父親の話はしたくないのだろうとエロイーズは悟って尋ねた。

「すまない、こっちなんだ」

フィリップが示すほうへついていくと、十二歳ぐらいのフィリップが兄弟とおぼしき人物とポーズをとった絵が掛かっていた。

隣にいるのは兄なのだろう。

「この方はどうなされたの？」故人であるのを察して尋ねた。その人物が生きていれば、フィリップが屋敷と準男爵の爵位を引き継いでいるはずがない。

「ワーテルローで」フィリップは簡潔に答えた。

エロイーズは衝動的に彼の手に手を添えた。「お気の毒に」

一瞬、何も答えてはもらえないのではないかと思ったが、やや間があってフィリップの静かな声がした。「ほんとうに残念だ」

「お名前は？」

「ジョージ」

「あなたがまだとてもお若い頃よね」エロイーズは頭のなかで一八一五年当時の彼の年齢を計算した。

「二十一だった。二週間後には父も亡くなった」

エロイーズはその年齢のときの自分を振り返った。二十一といえば、結婚していてもふしぎではない年齢だ。同じような身分の令嬢たちの多くがそのぐらいまでに結婚している。大人と見なされる年齢ではあれ、いまから思えば、二十一は途方もなく若く未熟で、予期しなかった重責を引き継ぐにはあまりに心もとない。

「マリーナは兄の婚約者だった」

エロイーズははっと息を吸い込んで手を放し、彼のほうへ首を振り向けた。「知らなかったわ」

フィリップは肩をすくめた。「たいしたことではないからね。彼女の肖像画を見るかい？」

「ぜひ」エロイーズは答えて、自分がほんとうに見たがっていることに気づいた。マリーナは親類とはいえ、血縁は遠く、互いの訪問は何年も途絶えていた。濃い色の髪と明るい瞳

——たしか青色だった——ぐらいしか憶えていない。ふたりは同じ歳だったので、親族の集まりでは一緒に遊ばされていたが、共通点はほとんど思いだせない。アマンダとオリヴァーより少し上の年頃でさえ、違いは目にみえてはっきりしていた。エロイーズはお転婆娘で木に登り、階段の手《て》摺《すり》を滑りおり、年上のきょうだいたちについてまわって、何をするにも仲間に入れてもらおうとせがんでいた。

かたやマリーナはおとなしく、いつも考え込んでいるような子供だった。エロイーズが外に連れだして遊ぼうとして手を引っぱったときも、坐って本を読んでいたいといやがった。けれども、エロイーズは彼女が読んでいる頁をめざとく見て、三十二頁からまったく読み進められていないことに気づいていた。

妙なことを憶えているものだと思うが、九歳の自分にはきっと、どうしてお日様が照っている日に本と一緒に家のなかにいて、しかもその本を読まないのかふしぎでならなかったのだろう。そのときの集まりではあとはずっと、いったいマリーナはその本と何をしているのだろうかと、妹のフランチェスカとひそひそ語りあっていた。

「彼女のことは憶えているかい？」フィリップが訊いた。

「少しだけ」エロイーズは答えた。彼女との思い出を話す気になれない理由は自分でもよくわからないけれど、少しだけしか憶えていないのは事実だ。二十年前の四月の一週間、マリーナが本を見つめている傍らで、フランチェスカとひそひそ話をしていた——それが、マリーナについて憶えていることのすべてなのだから。

エロイーズはフィリップに導かれ、マリーナの肖像画の前に立った。濃紅色のスカートの裾を麗しく広げ、背なしの腰掛けのようなものに坐っている。膝の上に幼いアマンダをのせ、脇に立つオリヴァーは、その年頃の少年が決まって求められる、いかめしく真剣な大人びた表情をこしらえていた。

「美しい方だわ」エロイーズは言った。

フィリップは亡き妻の姿をじっと見つめ、やがてもう耐えられないとでもいうように顔をそむけてその場を離れた。

愛していたからだろうか？　いまも彼女を愛しているの？

マリーナが兄の花嫁になるはずだった女性だとすれば、状況から考えて、フィリップはいわば義務的に結婚したということになる。

でも、だからといって彼女を愛していなかったとは言いきれない。兄と婚約していたマリーナにひそかに思いを寄せていたという可能性もある。あるいは、結婚後、愛しあうようになったのかもしれない。

エロイーズは、壁に掛かったほかの絵を見るともなく眺めているフィリップの横顔にちらりと目をやった。マリーナの肖像画を見ていたときの顔には何かしらの感情が表れていた。彼女への想いなのかどうかはわからないが、あきらかに何かを感じているようだった。まだ一年しか経っていないことを、エロイーズは改めて思った。形式的には一年で喪は明けるが、愛する人を失った悲しみを癒すにはあまりに短すぎる。

するとふいにフィリップが振り向いた。目が合い、いつの間にか彼の横顔に見惚れていたことに気づいた。エロイーズはうろたえて唇をわずかに開き、何か恥ずかしいところを見つかって赤面し、口ごもったときのように目をそらそうとしたが、どういうわけかできなかった。肌に広がる得たいの知れない熱さに息が詰まり、動けなくなって立ち尽くした。

三メートルは離れているはずなのに、まるで触れられてでもいるように感じた。

「エロイーズ？」フィリップが囁いた。というより、そう呼びかけられたように思えた。唇の動きから読みとれたのであって、実際に声が聞こえたわけではない。

それから、なぜか突如、固まっていた体が解き放たれた。きっかけは彼の囁き声だったのか、風に揺さぶられた木の枝の音だったのかはわからない。とにかく、ようやくエロイーズの体と頭は動きだし、すばやくマリーナの肖像画に目を戻して、亡き親類の女性の穏やかな顔に見入った。「お子さんたちはお母様が恋しいでしょうね」会話を再開させるために、そして平静を取り戻すためにも、何か言わずにはいられなかった。

フィリップはすぐには答えず、少し間をおいて、口を開いた。「ああ、ずいぶん長いあいだ寂しがっていた」

その言いまわしが、エロイーズにはどことなく不自然に思えた。「お子さんたちの気持ちはわかるわ。わたしもとても小さいときに父を亡くしているの」

フィリップが目を向けた。「知らなかった」

エロイーズは肩をすくめた。「わたしには話せることがあまりないのよ。だいぶ前のことだし」

フィリップがゆっくりと落ち着いた足どりで隣に戻ってきた。「悲しみが癒されるまでに長い時間がかかったのだろうね」

「たぶん、あなたが経験したようなものではないと思うわ。まったく違うでしょうね。父のことを毎日考えるかと訊かれれば、そうではないから」

エロイーズはマリーナの肖像画から視線をずらした。あまりに長く見つめていたせいか、厚かましいことをしているような気がしてきたからだ。「年長のきょうだいたちはもっと苦しんだのだと思うわ。兄のアンソニーは——長兄で、当時すでに青年になっていたのだけれど——とりわけ、つらい時期を過ごしたはずよ。兄と父はとても絆が強かったの。それに、もちろん、母も」フィリップのほうを見やった。「わたしの両親はとても深く愛しあっていたのよ」

「ご主人を亡くされて、悲しまれただろう」

「ええ、最初は泣いてばかりいたわ」エロイーズは続けた。「わたしたち子供には悟られないようにしていたつもりだったのよね。夜、わたしたちがみんな寝静まったと思うと自分の部屋でいつも泣いていた。父のことがどうしようもなく恋しかったのでしょうし、七人の子供たちと遺されて気の休まる間もなかったはずだわ」

「八人きょうだいだと思っていたが」

「ヒヤシンスはまだ生まれていなかったの。母は妊娠八カ月ぐらいだったのではないかしら」

「なんてことだ」と、フィリップのつぶやきが聞きとれた。

彼の言うとおりだ。エロイーズにも、母がどうやって苦しみを乗り越えられたのか想像もつかなかった。

「突然の出来事だったのよ」エロイーズは話を続けた。「父は蜂に刺されたの。蜂よ。そんなことが信じられる？　蜂に刺されて、それから——詳しいことを説明しても仕方がないわよね。そろそろ」きびきびと言った。「出ましょうか。ここは暗くて、肖像画もあまりよく見えないし」

もちろん、それは口実だった。暗いのは確かだが、そんなことはたいして気にならない。けれども、父が亡くなったときのことを話していると必ず落ち着かない気分になるし、亡くなった人々の肖像画に囲まれているのもあまり心地いいものではなかった。

「あなたの温室を拝見したいわ」

「いまから？」

そんなふうに訊き返されると、場違いなことを頼んでしまったような気分になる。「でしたら、あす、陽の高いうちに」

フィリップが口もとをゆがめて、ちらりと笑みを浮かべた。「いまからでもかまわないが」

「でも、何も見えないかもしれないわ」

「何もかも見えるわけではないかもしれない」フィリップは言い換えて答えた。「だが、月が出ているし、カンテラを持っていく」

エロイーズは不安げに窓の外へ目をやった。「寒そうだわ」

「上着を羽織ればいい」フィリップは目をきらりと光らせて、前かがみに尋ねた。「まさか、怖いのかな？」

「違うわよ！」エロイーズはからかわれているのは知りつつ、調子を合わせて言い返した。

フィリップがわざと疑わしげに片眉を吊りあげた。

「あなたが考えているような臆病者ではないことを見せてあげるわ」

「楽しみだな」フィリップがつぶやいた。

「信じてないんでしょう」

フィリップは含み笑いを返した。

「まあ、いいわ」エロイーズは挑むように言った。「案内して」


「暖かいのね！」フィリップがあとから入って扉を閉めると、エロイーズが声をあげた。

「いつもはもっと暖かい」フィリップは答えた。「ガラスを通して射し込む陽光で空気が暖められるからなんだが、ここ数日曇り空つづきで、今朝もあまり温度が上がらなかった」

フィリップは眠れない晩にはよく温室に来て、カンテラの灯りを頼りに作業をしていた。マリーナが亡くなる前も、妻の寝室を訪ねてみようなどと考えないよう、気をまぎらわせるために来ていた。

だが、晩に誰かを誘ってきたことは一度もないし、日中でもほとんどいつもひとりで作業している。いまはすべてがエロイーズの目を通して見ているように思えるし、真珠のようにきらめく月光が葉や羊歯《しだ》に影を投げかけている光景は幻想的だった。日中に温室に入っても、やや風変わりな羊歯や外来種のアナナスが目を引くくらいで、イングランドのどこかの森を歩いているのとさほど違いは感じられないかもしれない。

けれどもいまは夜闇が目の錯覚を引き起こし、まるでそこらじゅうに魔法や驚きが潜んでいるともしれない秘境の密林のように見える。

「これは何？」エロイーズが、作業台の上に並んだ八つの小さな陶の鉢を覗き込んで尋ねた。

フィリップは興味津々に尋ねられたことにすっかり気をよくして、そばに歩み寄った。たいがいの人々は興味のあるふりをするか、ふりさえせずにさっさと逃げ去ってしまう。「いまちょうどエンドウ豆の実験に取り組んでいるんだ」

「食べられる豆？」

「ああ。鉢植えでもふっくらと実る品種を開発しようと思ってね」

エロイーズは鉢を覗き込んだ。芽らしきものはまだ出ていない。種を植えたのは一週間以内なのだろうと思った。「面白そうね」とつぶやいた。「そんなことができるなんて思いもしなかったわ」

「わたしにもできるかどうかはわからない。もう実験を始めて一年になるんだ」フィリップは打ち明けた。

「成果はないの？　じれったくなるわよね」

「ある程度の成果は出ているんだ。満足できるほどではないんだが」

「わたしも一年だけ薔薇を育てようとしたことがあるの。ぜんぶ枯らしてしまったわ」

「薔薇は一般に考えられているほど育てるのが簡単ではないんだ」

エロイーズはわずかに唇をゆがめた。「あなたはとても見事に咲かせているわよね」

「庭師を雇っている」

「植物学者の家に庭師がいるの？」

フィリップはこれまで何度も同じ質問を受けていた。「服の仕立て屋が裁縫師を雇うようなものかな」

エロイーズはそれを聞いてしばし考えをめぐらせてから、温室のさらに奥のほうへ進んでいった。たびたび足をとめては様々な植物に目を凝らし、すぐにカンテラがついてこないことに文句をこぼした。

「今夜は少々威張ってるな」

エロイーズはその言葉に振り向き、フィリップが笑っている――少なくとも苦笑いには見える――のを見て、いたずらっぽく微笑んだ。「どうせなら、仕切り好きとでも言われたほうが嬉しいわ」

「ご婦人の仕切り屋かい？」

「わたしの手紙を読んでいて気づかなかったとしたら驚きだわ」

「どうしてわたしがきみを招待したと思う?」フィリップは負けじと訊いた。

「あなたの人生を取り仕切ってくれる人がほしかったから、かしら?」エロイーズは肩越しに言葉を投げかけて、いざなうように先へ歩いていく。

子供たちを取り仕切ってくれる女性を求めているのは事実だが、いまはまだその話を持ちだすべきときではないとフィリップは判断した。あんな目を向けられたらとても話せない。なにしろまるで……。

まるで、キスを求められているように見えるではないか。

フィリップは自分でも何をしようとしているのかわからないまま、獲物を追うように彼女のほうへ二歩踏みだしていた。

「これは何?」エロイーズがまた何かを指差して訊いた。

「植物だ」

「それぐらいわかってるわ」エロイーズが笑いながら言う。「もし、わたしが――」ちょうどそのとき顔を上げ、彼の瞳の輝きを目にして、ぴたりと口をつぐんだ。

「キスしてもいいかな?」フィリップは尋ねた。拒まれたらやめるべきだと思いながら、その可能性を少しでも減らそうと返事を待たずに距離を縮めた。

「いいかな?」近すぎて、口もとに囁きかけるような格好になった。

エロイーズが小さくだがたしかにうなずくと、女性に結婚してもいいと思ってもらえるようなキスをしようと、軽くそっと唇を触れあわせた。

そのとたん、エロイーズがさりげなく両手を首にまわしてきたので、フィリップはそれだけではどうにもこらえきれなくなった。

もっとキスしたい。

もう少し強く唇を押しつけ、エロイーズが驚いて息を吞んでも気にせず唇のあいだに舌を差し入れた。だがそれでも満足できなかった。彼女のぬくもりと生気を爪先から頭まで、体じゅうにくまなく感じて、染み込ませたい。

両手を彼女の体にまわし、片手で背中の上部を支え、もう片方の手で大胆にも、みずみずしい尻の膨らみを探った。欲情の証しに気づかれようともかまわずきつく抱き寄せた。証しが張りつめている。まったくひどく張りつめているし、腕のなかにいる彼女はとても柔らかく愛らしかった。

彼女が欲しい。

そのすべてが欲しいが、情熱で朦朧《もうろう》としながらも今夜はまだその願いを叶えられないのはわかっていたので、せめても彼女を腕に抱く心地良さと、全身を駆けめぐる彼女の熱気をただひたすら感じていようとこらえた。

しかも彼女は反応していた。最初は、自分でも何をしているのかよくわかっていなかったらしくためらいがちだったが、しだいに熱っぽさを増し、喉の奥から無邪気にそそるような低い声を漏らした。

その声にフィリップは激しく搔き立てられた。彼女に搔き立てられていた。

「エロイーズ、エロイーズ」欲情に駆られ、ざらついたかすれ声でつぶやいた。片手を髪のなかにもぐらせて引き寄せると、結いあげられた髪型が緩んで、ひと房の栗色の髪が艶《なまめ》かしくカールして胸骨の上にこぼれた。唇を首に滑らせ、彼女がみずから頭をそらせて自分のほうへ押しだしてくれたので、得意になって肌を味わった。それから、さらに下へおりて、膝を曲げて鎖骨を唇でなぞりだしたとき、彼女が身を引き離した。

「ごめんなさい」エロイーズは唐突に言って、少しも乱れていないドレスの襟ぐりを慌てて両手で押さえた。

「いや、かまわない」ぶっきらぼうに言った。

愛想のない言葉にエロイーズが目を見張った。フィリップは気にしなかった。ことさら言葉に凝るようなたちではないし、それについてはいまのうちに、後戻りできない関係になる前に、承知しておいてもらったほうがいいに決まっている。

するとエロイーズが驚くべき言葉を発した。

「言葉のあやよ」

「なんのことだ」

「ごめんなさいって言ったのは、本心ではなかったの。言葉のあや」

エロイーズが落ち着き払って、まるで教師のような口ぶりで言った。つい先ほどまでキスにのめり込んでいた女性とは思えない。

「人は決まってそういうふうに言うものだわ」エロイーズが続ける。「沈黙を埋めるために」

彼女が沈黙を好む女性ではないことぐらいフィリップも薄々気づいていた。

「そうでもしないと――」

フィリップはふたたびキスをして遮った。

「サー・フィリップ！」

「たまには」得意げな笑みを浮かべて言った。「沈黙も役立つことがある」

エロイーズは呆然と口をあけた。「わたしが喋りすぎだと言いたいの？」

フィリップは肩をすくめた。彼女をからかうのが面白すぎて、ほかの行動に移る気になれない。

「言っておきますけど、わたしは家にいるときにはいまよりはるかにおとなしいんですから」

「信じがたいな」

「サー・フィリップ！」

「しいっ」フィリップは手を伸ばして彼女の手を取り、振り払われると、もう一度しっかりとつかみなおした。「ここは少々静かすぎる」

翌朝、エロイーズは目覚めてもなお夢にくるまれているような心地だった。彼がキスをしてくるとは思わなかった。

そのようなことになるとは考えもしなかった。

胃が怒ったような唸り声を立てたので、朝食をとる部屋へおりていくことにした。サー・フィリップがそこにいるのかどうかは予想もつかない。早起きなのだろうか？　それとも、昼までベッドにもぐっているような男性なのだろうか？　真剣に結婚を考えている相手についてそんなことも知らないとは滑稽に思えた。

もし彼がそこにいて、半熟卵の皿の前で自分を待っていてくれたとしたら、いったいどんな言葉を口にすればいいのだろう？　自分の肌を舐めた男性にいったいどんな言葉をかけろというの？

すばらしく心地いい舌だったからといって許されるものでもない。破廉恥きわまりない行為には違いないのだから。

ゆうべお喋りだとからかわれたばかりなので、顔を合わせて、朝の挨拶をするだけで精一杯だったとしたら、面白がられてしまうだろう。

エロイーズは吹きだしかけた。いつもならとりたてて話題がなくてもひっきりなしに喋りつづけていられるのに、サー・フィリップ・クレインを見たら何を話そうかと悩んでいるなんて。

とはいえ、キスをされたのだ。そのせいで状況は一変してしまった。

エロイーズはドアのほうへ歩いていき、しっかりと閉じていることを確かめてから開いた。オリヴァーとアマンダが同じ手を二度使うとは考えにくいが、絶対使わないともかぎらない。また小麦粉を浴びるという想像はけっして楽しめるものではないし、もっとよくない考えも浮かんできた。なにしろ魚で仕返ししたあとなので、向こうはもっとどろりとしたもので対抗しようとするのではないだろうか。匂いのきつい液体状のもので。

エロイーズは低く鼻歌を鳴らしながら廊下に出て、階段のある右手へ向かった。希望に満ちた一日の始まりに思えた。実際、目覚めて窓の外を眺めたときには、雲の合間から太陽が顔を覗かせていたし――

「きゃあ！」

廊下に張られていた紐のようなものに足が掛かり、悲鳴をあげるなり前につんのめった。習慣的に早足で歩いていたために体勢を立て直すきっかけもつかめず、勢いよく転んだ。体より先に両手をつくことすらできなかった。

涙がこみあげた。顎が、ああ、なんてこと、燃えているように痛い。転ぶ寸前にどうにかわずかに首を横に捻ったおかげで、痛むのは顔の片側だけではあるけれど。

エロイーズは手ひどい痛みを負った人間がたいがい言わずにはいられない、意味を成さない文句をこぼした。痛みが引くのをじっと待ちながら、爪先をぶつけたときと同じで、衝撃がおさまれば痛烈な疼きもすぐにやわらぎ、あとは鈍い痛みが残るだけなのだろうと考えていた。

ところが、焼けるような痛みはいっこうに鎮まらなかった。顎も、頭の側面も、膝も、お尻も痛い。

叩かれているような痛さだ。

エロイーズは力をふりしぼってゆっくりと手と膝をついて上体を起こし、それから腰を落として坐った。壁にもたれかかり、片手を頰に添わせて、鼻から短く息を吐きながら痛みを鎮めようとした。

「エロイーズ！」

フィリップ。エロイーズは前かがみの姿勢を起こす気になれず、顔を上げなかった。

「エロイーズ、どうしたんだ」階段の最後のほうは三段ずつのぼって彼女の脇に駆けつけた。

「何があったんだ？」

「転んだのよ」意に反して泣き声のようになってしまった。

フィリップが、その体格からは不似合いに思えるほどやさしいしぐさで、彼女の手をそっと頰から離した。

それから、エロイーズにはあまり聞きなれない言葉を発した。

「肉がひと切れ必要だな」

エロイーズは涙ぐんだ目を上げた。「痣ができてるの？」

フィリップはいかめしくうなずいた。「目の周りが黒ずんでしまうかもしれない。いまのところはまだはっきりとは言えないが」

エロイーズは強がって笑みをこしらえようとしたが、今回ばかりはできなかった。

「ひどく痛むかい？」フィリップがやさしく尋ねた。

エロイーズはうなずいて、どうしてその声を聞いてよけいに涙が出そうになるのだろうかと思った。そういえば、幼い頃に木から落ちたときもそうだった。足首をくじいて、ひどく痛かったにもかかわらず、どうにか泣かずに家までたどり着いた。

そして母の顔を見たとたん、泣きじゃくりだしたのだ。

フィリップは恐る恐る彼女の頬に触れ、びくりとしたのを感じて顔をしかめた。

「大丈夫よ」エロイーズは安心させるように言った。きっと大丈夫なはずだ。二、三日で治るだろう。

「何があった？」

もちろん、エロイーズには何が起こったのかはっきりとわかっていた。廊下に紐のようなものが張られていて、そこにまんまとつまずいて転んだのだ。誰が仕掛けたのかはたいして頭を使わずとも察しがつく。

でも、あの双子を厄介な立場に追い込むことは避けたかった。少なくとも、サー・フィリップにつかまえられて、お仕置きされるような目には遭わせたくない。ふたりがこれほど痛い思いをさせようとたくらんでやったこととは思えないからだ。

けれども、フィリップはすでに、廊下に張られた撚《よ》り糸をめざとく見つけていた。その両端はそれぞれ机の脚に結ばれ、ふたつの机はどちらもエロイーズがつまずいたときの衝撃で廊下の内側へわずかに引き寄せられている。

フィリップは膝をつき、糸に触れ、それを指に巻きつけた。それから、問いかけるふうではなく、事実を確信した険しい目をエロイーズに向けた。

「見えなかったのよ」ついわかりきっていることを口走っていた。

フィリップが彼女と視線を合わせたまま糸をさらに指に巻きつづけると、ぴんと引っぱられてぷつりと切れた。

エロイーズは息を吸い込んだ。どことなく恐ろしげな空気が漂っている。フィリップは知覚を失いかけているのか、糸が切れたことにも気づいていないように見えた。

それとも、失いかけているのは自制心のほうだろうか。

「サー・フィリップ」声をかけたが、聞こえている様子はない。

「オリヴァー！」フィリップが大声で呼んだ。「アマンダ！」

「わたしに怪我をさせるつもりはなかったのよ」エロイーズは自分でも双子をかばいたい理由がよくわからないまま話しだしていた。怪我をさせられたのは事実だが、フィリップより自分のほうがはるかに痛みの少ない罰ですませてやれるという思いが働いていた。

「どういうつもりであったのかは問題じゃない」フィリップはぴしゃりと撥ねつけた。「階段にこれほど近い場所で転ばされたんだ。落ちでもしたらどうなっていたことか」

エロイーズは階段のほうへ目を向けた。近いとはいえ、転がり落ちそうなほどそばにあるわけではない。「そんなことはありえ……」

「問いたださなくてはいけない」フィリップの声は不気味なほど低く、怒りにふるえていた。

「わたしは大丈夫よ」エロイーズは言った。突き刺すような疼《うず》きはすでに鈍い痛みに落ち着いてきている。それでもフィリップに抱きかかえられたときにはやはり痛みが走り、小さな悲鳴を漏らしてしまった。

それでまたフィリップがいきり立った。

「ベッドに連れていく」ぶっきらぼうにかすれた声で言う。

エロイーズは異議を唱えなかった。

踊り場に女中が現れ、客人の顔にうっすら痣ができているのを見て息を呑んだ。

「手当ての用意を整えてくれ」フィリップは指示した。「肉をひと切れと、必要なものを」

女中がうなずいて走り去り、フィリップはエロイーズを部屋に運んでいった。「ほかに痛むところは？」

「お尻」エロイーズは上掛けの上におろされると答えた。「それと、肘が」

フィリップがしかめ面でうなずいた。「どこか折れていそうなところはあるか？」

「ないわ！」即座に否定した。「折れているなんて――」

「いずれにせよ、確かめたほうがいいだろう」フィリップはエロイーズの抵抗を無視して、腕にそっと手を滑らせた。

「サー・フィリップ、わたし――」

「わたしの子供たちはきみを殺しかけた」フィリップが冗談のかけらも感じさせない目つきで言った。「きみにサーを省かせる手段も考えねばな」

エロイーズは唾を飲み込み、彼が大股に力強い足どりでドアのほうへ歩いていく姿を見つめた。「ただちに双子を探してくれ」という声が聞こえた。おそらく部屋の外を通りがかった使用人に言ったのだろう。先ほどフィリップが呼びかけた声が子供たちに聞こえていないとは思えなかったが、父親に審判を下されるときをできるだけ先延ばししたい気持ちは責められない。

「フィリップ」エロイーズは部屋のなかへ呼び戻そうと語気を強めて言った。「子供たちのことはわたしにまかせて。怪我をさせられたのはわたしなのだし――」

「ふたりはわたしの子供だ」フィリップはとげのある声で遮った。「だから、わたしが罰する。もうこれ以上放ってはおけない」

エロイーズは、怒りで全身をふるわせんばかりの彼の姿を見て不安をつのらせた。自分なら、子供たちのお尻を叩いてすませられるのに、このような状態の男性にお仕置きさせてはならない。

「あの子たちはきみを傷つけた」フィリップが低い声で言う。「許されることではない」

「わたしは大丈夫だわ」エロイーズはなだめようとして繰り返した。「二、三日もすれば、なんとも――」

「そういう問題ではないんだ」フィリップは語気鋭く遮った。「わたしがもっと……」声を詰まらせ、ふたたび話そうとした。「わたしがこんな……」言葉を継げずに口をつぐんで壁にもたれかかり、頭をそらせて何かを探すように天井を見あげた――何を探しているのか、エロイーズにはわからなかった。答え、だろうか。まるでただ上方へ目をめぐらせさえすれば答えが見つかるとでもいうように眺めている。

それから顔を戻し、いかめしい目を向けた。その顔には想像もできなかった表情が浮かんでいた。

そのときようやく、エロイーズは気づいた——声や、体のふるえや、あらゆるものに表れていた彼の怒りは子供たちに向けられていたものではないのだと。少なくとも、そのすべてが子供たちに向けられていたわけではないのは確かだ。

その表情、打ち沈んだ目には、自己嫌悪が表れていた。

フィリップは子供たちを責めてはいない。

自分自身を責めていた。

6

……キスを許すべきではなかったと思うわ。今度はどのようなことをされるかわかったものではないでしょう？　でも、してしまったことは仕方がないから、ひとつだけ訊かせて。すてきなキスだった？

——エロイーズ・ブリジャートンが、妹フランチェスカから二カ月後に結婚することになるキルマーティン伯爵と会った話を聞かされた晩、妹の寝室のドアの下に滑り込ませた手紙より

子供たちが子守係の女中に半ば引きずられるように部屋に入ってきたとき、フィリップは、命を奪う寸前まで殴るようなことにならないよう、壁に背をしっかりとつけて足を踏んばっていた。

恐ろしいことに、たとえそんなふうに殴ったとしても後悔しないのではないかという予感さえする。

なので、ただ腕組みをして睨みつけ、怒りの炎でいたぶりながら、いったいどう切りだせばいいものかと考えた。

とうとう先にオリヴァーがふるえる声で言った。「お父さん？」

フィリップは、ただひとつ思い浮かんだ、重要だと思えることを口にした。「ブリジャートン嬢が見えるか？」

双子はうなずいたが、エロイーズのほうをまともに見ようとはしなかった。なかでも目の周りが紫色がかってきている顔は避けようとしていた。

「怪我をしているのはわかるな？」

双子は黙り込み、そのうちに戸口にやって来た女中が呼びかけた。「旦那様？」

フィリップは女中にうなずきで応えてから、つかつかと歩いていって、エロイーズの目にあてるために持ってこさせた肉の切り身を受けとった。

「空腹ではないよな？」子供たちにきびしい声で問いかけた。返事がないので言った。「ならばよかった。あいにく、この肉は誰も食べるわけにはいかないからな」

フィリップはベッドのほうへ戻って、エロイーズの傍らに静かに腰をおろした。「さあ」いまだ怒りを抑えられず、つっけんどんな言い方になっていた。彼女がみずから持とうと伸ばした手を払いのけて肉を目にのせ、手を汚さずとも押さえていられるよう、その上に布切れをあてがった。

応急手当てを終えると、身をすくませている双子のほうへ歩いていき、向かいあって腕組みをした。そして、待った。

「こっちを見なさい」床から目を離そうとしないふたりに命じた。

顔を上げたふたりの目に恐れが見えて気が沈んだが、ほかに取るべき行動は考えつけなかった。

「怪我をさせるつもりはなかったの」アマンダがつぶやいた。

「ほんとうに、そうか？」フィリップは吐き捨てるような口ぶりで返した。声は冷ややかだが、その顔には燃える怒りがありありと表れており、ベッドにいるエロイーズでさえ身がすくんだ。

「撚り糸につまずけば、怪我をするかもしれないということは考えなかったのか？」辛らつな口調のせいで、感情を抑えた態度がよけいに恐ろしげに見える。「糸で怪我はしないとしても、転べば怪我をすることぐらいはわかっていたはずだろう」

双子は黙っている。

フィリップがベッドのほうを見ると、エロイーズは目から肉の切り身を剝《は》がし、そっと頬骨に触れていた。目の下の痣はだんだんと濃くなっている。

このようないたずらを続けていてはならないことを双子に学ばせなければいけない。もっと敬意をもって人に接しなければならないことを教え込む必要がある。ふたりにはもっと……。

フィリップは小さく毒づいた。ふたりにはもっと何かを学ばせなくてはならない。

ドアのほうへくいと頭を傾けた。「一緒に来なさい」廊下に踏みだし、振り向いて、きつく言い放った。「ほら」

自制できることを祈りつつ、ふたりを部屋から連れだした。

エロイーズは聞くまいと思いながら、どうしても聞き耳を立てずにはいられなかった。フィリップが子供たちをどこに連れていったのかはわからない――隣の部屋かもしれないし、子供部屋か屋外なのかもしれない。でも、ひとつ確かなことがあった。ふたりが罰せられるということだ。

罰せられても仕方のないことをしたとはいえ――ふたりのいたずらは許しがたい類いのものなので、それが理解できて当然の年齢に達している――、エロイーズはどういうわけか心配でならなかった。フィリップに連れられていくときのふたりは怯えているようだったし、前日にオリヴァーにぶつのかと尋ねられたときのことも気にかかっていた。

その言葉を口にしたとき、少年はいまにも殴られるのではないかというように身を縮めていた。

まさかサー・フィリップが……いいえ、そんなことはありえないとエロイーズは自分に言い聞かせた。子供がこのようないたずらをしたときには叩くのも叱る方法のひとつだが、フィリップがふだんから子供を殴っている男性とは思えなかった。

人間性についてそのような読み違いをするはずがないのだとエロイーズは自負していた。なにしろ昨晩キスを許し、みずからもキスを返した相手だ。フィリップが子供たちを殴るような男性だとすれば、何かしら内面の冷酷さを示すものが感じとれていたに違いない。

とてつもなく長く感じられた時間が過ぎて、オリヴァー、それからアマンダが目を赤くして、神妙な面持ちで部屋に入ってきた。その後ろから、いかめしい表情のサー・フィリップが、子供たちをカタツムリより少しでも速く歩かせるのが務めとばかりに急きたてているのがわかる。

子供たちがそろそろとベッド脇に歩み寄ると、エロイーズはふたりを見ようと顔を向けた。左目は肉の切り身をあてていて見えないので、子供たちは当然、そちら寄りに立った。

「ごめんなさい、ブリジャートン嬢」ふたりはぼそぼそと声を合わせた。

「もっと大きな声で」父親がきびしく命じる声がした。

「ごめんなさい」

エロイーズは双子にうなずいた。

「もう二度とやらないわ」アマンダが言い足した。

「それを聞いて、とても安心したわ」エロイーズは答えた。

フィリップが咳払いをした。

「お父さんに償いをしなくてはいけないと言われたんだ」オリヴァーが言う。

「そう……」子供たちが何をしようというのかエロイーズは思いあたらなかった。

「甘いお菓子は好き？」アマンダが唐突に言った。

エロイーズはとまどい、怪我をしていないほうの目をしばたたいて少女を見つめた。「甘いお菓子？」

アマンダがこくりとうなずく。

「ええ、もちろん、好きだけれど。みんなそうよね？」

「わたし、レモンの飴玉をひと箱持ってるのよ。何カ月もとってあるの。それをあなたにあげるわ」

エロイーズは少女のつらそうな表情を見て、喉のつかえを飲みくだした。この子たちにはどうも気にかかるところがある。それとも、もしかしたら、この子たちのほうが何かを気にかけているせいだろうか。ふたりには何かが欠けている。甥や姪の満ち足りた表情を見慣れているので、それがはっきりとわかった。「いただけないわ、アマンダ」胸を締めつけられる思いで言った。「レモンの飴玉はあなたが持っていて」

「でも、あなたに何かあげなくてはいけないのよ」アマンダは怯えた目をちらりと父親に向けた。

エロイーズは何もいらないことを伝えようとしたが、アマンダの顔を見て、もらわなくてはいけないのだと思いなおした。もちろん、サー・フィリップが命じたことを否定して父親の威厳を傷つけたくない思いもあったが、双子に償いをしなければならないという意識を持たせることも必要だと考えたからだ。「わかったわ。だったら、午後をひとつ、わたしにくださいな」

「午後？」

「そう。わたしの気分が回復したら、オリヴァーとあなたの午後をわたしに使わせてほしいの。このロムニー館にはわたしがまだ見ていない所がたくさんあるし、あなたたちふたりはお屋敷のなかもお庭も、隅々まですべて知っているはずだわ。ふたりでわたしを案内してもらいたいのよ。もちろん」身の安全は大事とばかりに付け加えた。「いたずらはしないという条件で」

「しないわ」アマンダがすぐさま言って、熱心にうなずいた。「約束する」

「オリヴァー」フィリップがすぐに返事をしない息子に唸るように呼びかけた。

「その日の午後はいたずらしない」オリヴァーがつぶやいた。

フィリップが大股で歩いてきて、息子の襟首をつかまえた。

「ずっとしないよ！」オリヴァーが喉を詰まらせた声で言う。「約束する！　ブリジャートン嬢にはいっさい手をださないってば」

「ほんとうに、お願いよ」エロイーズはフィリップのほうへ目を上げて、〝おろしてあげて〟という意味も込めたことを正確に読みとってくれるよう願った。「いずれにせよ、その午後でわたしに借りを返してもらうわ」

アマンダはためらいがちな笑みをみせたが、オリヴァーはむくれた表情を崩さなかった。

「もう行っていいぞ」フィリップが言うと、子供たちはドアをあけ放したままの戸口を走り抜けていった。

子供たちが出ていったあと、ふたりの大人はぼんやりと疲れたような顔で丸一分、黙って見つめあっていた。エロイーズはなんとなく気力を奪われ、よくわからない状況に陥ってしまったような心もとなさを覚えた。

そのとたん上擦った笑い声を漏らしかけた。いまさら何が心もとないというのだろう？　よくわからない状況に陥ってしまったのはとうに気づいていたことで、やるべきことを知っていると思っていたのだとすれば、そう自分に言い聞かせていたにすぎない。

フィリップがベッドのほうへ歩いてきて、どことなくぎこちない態度でそばに立った。

「具合はどうかな？」

「このお肉をすぐに外さないと」気持ちをそのまま口にした。「病気になりそう」

フィリップが肉を運んでくるときに使われた皿を手に取って、差しだした。エロイーズは肉の切り身をその皿にのせ、ぴちゃっと張りついた音に顔をしかめた。「顔を洗いたいわ。強烈な匂いがするのよ」

フィリップはうなずいた。「まずはその目を見せてくれ」

「こういったことに経験が豊富なわけではないわよね？」エロイーズは上を見るよう指示されて天井を眺めながら尋ねた。

「少しはわかる」フィリップは親指でそっと頬骨の隆起をなぞった。「右を見て」

エロイーズはその指示に従った。「少し？」

「大学でボクシングをやっていたんだ」

「強かったの？」

フィリップは彼女の顔を横に向かせた。「左を見て。まあまあかな」

「どういうこと？」

「目を閉じて」

「どういうことなの？」粘り強く訊いた。

「目を閉じてないぞ」

エロイーズは両目を閉じた。片目だけを閉じようとするといつも必要以上にきつくつむってしまうからだ。「どれぐらい強かったの？」

表情を見ることはできないが、彼が息をついたのが感じとれた。「誰かに、少々頑固だと言われたことはないか？」

「いつも言われてるわ。わたしの唯一の欠点ね」

フィリップの低い含み笑いを聞いて、もう一度「唯一の欠点よね？」と問いかけた。

「ああ、しいて挙げられるものとしては」

エロイーズは目をあけた。「わたしの質問に答えてくれてないわ」

「何を訊かれたのか忘れてしまったな」

エロイーズは質問を繰り返そうと口を開きかけて、からかわれていることに気づき、黙って睨んだ。

「もう一度目を閉じて。まだ終わってないんだ」エロイーズが言われたとおり目を閉じると、フィリップは続けた。「まあまあというのは、戦いたくなければ戦わずにすんだということさ」

「でも、優勝者《チャンピオン》ではなかったのよね」探るように訊いた。

「もう目をあけていいぞ」

エロイーズは目をあけて、ふたりの距離の近さに驚いて瞬きを繰り返した。

フィリップが後ろにさがった。「チャンピオンではなかった」

「どうして？」

フィリップが肩をすくめる。「そういうことはあまり気にしていなかった」

「どのような具合かしら？」

「目のことかい？」

エロイーズはうなずいた。

「痣になってしまうのは仕方がないな」

「目を打ったのには気づかなかったの」エロイーズはいらだたしげなため息をついた。「転んだときは、頬を打ったのかと思ったから」

「目を打ったからそこに痣ができたわけではないんだ。きみの顔の状態からすると、左目の脇を打ったらしい」フィリップはエロイーズが床にぶつけた左の頬骨に触れたが、ほんの軽くなので痛みは感じなかった。「だが、すぐそばの目の周りまで内出血が広がってしまったんだ」

エロイーズは唸るように言った。「何週間もひどい顔をしてなくちゃいけないのね」

「何週間もかからずに治る」

「わたしには兄も弟もいるのよ」自分の言葉には確証があることを目顔で伝えた。「目の周りの痣も見慣れているわ。兄のベネディクトが目の周りに痣をこしらえたときには、完全に消えるまでに二カ月もかかったんだから」

「何があったんだい？」フィリップが訊く。

「またべつの兄のせいよ」皮肉っぽい口調で答えた。

「その先は言わなくてもわかる。わたしにも兄がいたからね」

「まったく野蛮な人たちなんだから」言葉とは裏腹に親愛の情がこもった声だった。

「きみのはおそらくそれほど長くかからない」フィリップは言うと、エロイーズを支えながら立たせて、洗面台のほうへ導いていった。

「でも、おそらく、なのよね」

フィリップはうなずき、肉の匂いをとろうと顔に水を撥ねかけている彼女に言った。「きみには付添人《シャペロン》が必要だ」

エロイーズは動きをとめた。「すっかり忘れてたわ」

フィリップは何秒か間をおいてから答えた。「わたしは憶えていた」

エロイーズはタオルを手に取り、顔をそっと叩くように水気をぬぐった。「ごめんなさい。もちろん、わたしのせいだわ。あなたはお手紙に、付添人を手配すると書いてくださっていたんだもの。慌ててロンドンを飛びだしてきたものだから、その手配に時間がかかることも忘れていたわ」

フィリップはエロイーズをまじまじと見つめ、おそらくは言うつもりもないところまで口を滑らせたことに本人は気づいているのだろうかと思いめぐらせた。このように大らかで、明るく、ことのほか話好きな女性が秘密をかかえていられるとは考えにくいが、グロスターシャーまでやって来た理由については、これまでのところいっさい口を開いていない。

花婿を探しているのだとは言っていたが、ロンドンをあとにしてこのような田舎に探しものを求めにこなければならないのには、それなりの理由があるに違いない。

しかも、彼女は慌てて飛びだしてきたと言った。

なぜ、慌てて出てこなければならなかったのだ？　いったい何があったのだろう。

「すでに、大叔母に連絡をとった」フィリップは言い、あきらかにひとりで歩きたがっているエロイーズのそぶりにかまわず、手を添えてベッドまで導いた。「きみが到着した朝、手紙を書き送ったんだ。だが、大叔母が来るのは早くても木曜になってしまうだろう。たいして遠くもないドーセットに住んでいるんだが、頼まれてすぐに家を出られるたちのご婦人ではなくてね。しっかりと荷造りをして、準備万端整えなければ気がすまない」やや面倒そうに手を振った。「ご婦人方の習性なのだろうな」

エロイーズは真剣な表情でうなずいた。「それなら、ほんの四日のことだわ。ここには使用人たちも大勢いるし。人里離れた狩猟小屋にふたりきりでいるわけではないもの」

「とはいえ、きみの訪問がおおやけに知られれば、評判に深刻な傷がつく」

エロイーズは大きく息を吐きだして、あきらめたように肩をすくめた。「でも、いまとなってはもう、それについてわたしにできることはほとんどないわ」自分の目を手ぶりで示した。「こんな状態で帰れば、そもそも家を出てきたことを問いただされるだけではすまないし」

フィリップは同意のしるしにゆっくりとうなずいたものの、思考はべつの方向へめぐっていた。彼女には、評判をさほど気にしなくてもいい理由が何かあるのだろうか？　これまで社交界の人々と過ごした時間はたいして長くないが、年齢にかかわらず、未婚の婦人たちがつねに評判を気にかけていることくらいは承知している。

もしや、この屋敷の玄関先に立つ前に、エロイーズの評判を傷つける出来事があったということなのだろうか？

いや、それよりも、どうしてそんなことを気にしているのだ？

フィリップは後者のほうの自問に答えられず、眉をひそめた。自分が妻に求めるもの――いや、必要としているものと言うべきだろう――は明白で、それは良家の若い婦人の代名詞とされる清らかさや純潔といった観念とはあまり関係がない。

妻となって複雑でない容易な人生を送らせてくれる人、家を取り仕切って子供たちの母親になってくれる人が必要なのだ。エロイーズに女性への欲望をじゅうぶん感じられるのは正直嬉しいが、彼女がたとえ皺だらけで醜かったとしても、子供たちを理性的に手ぎわよく巧みにあつかえるのなら喜んで結婚するつもりだった。

どれも本心であるはずなのに、どうしてエロイーズに恋人がいたかもしれないという可能性が気にかかってしまうのだろう？

いや、正確には気にかかっているのとは違う。この感情を的確に表現できる言葉が見つからない。なんというのか、靴に小石が入ったり、軽く日焼けをしたりしたときのような、いらだちを感じた。

何かがきちんとおさまっていないような気がする。決定的に間違っているというのではないが、やはり……何かが正しくない。

エロイーズが枕に背を沈ませた。「休みたいのなら、わたしは部屋を出たほうがいいかな？」フィリップは訊いた。

エロイーズはため息をついた。「疲れているわけではないわ。たぶん、痣のせいで疲れているように感じるのね。まだ朝の八時だというのに」

フィリップは棚の上の時計を見やった。「九時だ」

「八時でも九時でも」エロイーズがたいした違いはないというように言う。「朝には変わりないわ」恨めしそうに窓の向こうへ目を向ける。「ようやく雨もやんだのに」

「庭で腰をおろしているほうがいいかな？」フィリップは尋ねた。

「庭を歩くほうが好みだわ」エロイーズがすました表情で言う。「でも、ちょっとお尻が痛むの。きょう一日はおとなしくしていたほうがいいのよね」

「一日ではだめだ」すげなく答えた。

「あなたの言うことはもっともだとは思うけれど、間違いなく従えそうにないわ」

フィリップは笑みを浮かべた。エロイーズは居間でおとなしく、刺繍や裁縫や、なんであれご婦人たちが針と糸を使ってやるようなことにいそしんでいられる性分ではないのだ。落ち着かなげな彼女を見やった。じっと坐っていることすら、まず無理そうだ。

「何か本を取ってこようか？」

エロイーズの目ががっかりしたように曇った。庭に付き添うことを求められているのはわかっていたし、むろんそうしたい気持ちはあるのだが、どういうわけか逃げなければならないという自衛本能のようなものを覚えていた。子供たちの尻を叩かざるをえなかったせいでいまだ心が乱れ、落ち着きを取り戻せていなかった。

なにしろ子供たちはほぼ二週間毎に罰が必要なことをしでかしていて、ほかにどうすればいいのか見当もつかない。しかし、叩いたからといって満足できるわけでもなかった。叩くのは嫌いだし、心からぞっとして、考えるたび吐き気をもよおすほどなのだが、子供たちがあまりにひどい悪さをしたときにはそうするより仕方がなかった。ささいないたずらなら目をつぶるつもりだが、寝ている家庭教師の髪をベッドのシーツに糊で貼りつけるようなことをするのでは、どうして見てみぬふりができるだろう？　そのうえ、温室では棚一列ぶんの素焼きの鉢を壊された。双子は偶然の事故だったと主張したが、そんな言葉に騙されはしない。しかも潔白を訴えるふたりの目を見れば、父親が自分たちを信じるとは思ってもいないことはあきらかだった。

だから自分が知っている唯一のしつけの方法で罰を与えた。それでもこれまでのところ、自分の手以外のものは使わずにやり過ごせている。というより、それが精一杯だった。時どき――いや、ほとんどいつも、双子の尻を叩こうと手を振りあげるたび、自分自身が父親に殴り飛ばされたときの記憶がよみがえり、恐ろしさにふるえ、汗ばんでくる。

フィリップは、子供たちに甘すぎるのではないかと懸念を抱いていた。子供たちのいたずら癖がいっこうに直らないところを見ると、たしかに甘いのかもしれない。もっときびしい親にならなければと自分に言い聞かせ、一度は厩《うまや》まで行って鞭をつかんだこともあるのだが……。

フィリップは身ぶるいした。それはくだんの〝糊事件〟のときで、家庭教師の頭をシーツから剝がすには髪を切らなければならず、ミス・ロックハートは想像を絶する怒りようだった。フィリップは目を血走らせ、何がなんでも双子を罰して振るまいを正し、善良な人間に育てるべくしつけなければと鞭を引っつかんだのだが……。

手が熱く燃え立ち、実際に使えば自分はどうなってしまうのだろうかと怖くなって、鞭を落とした。

子供たちはまる一日罰せられずに過ごした。父親が温室に逃げ込んで、もう少しでやろうとしていたことがいとわしくてやりきれず、ふるえていたからだ。

何もできなかったことが悔しくもあった。

子供たちをよりよい人間に育てたい。

だが、父親としてやるべきことがわからない。それだけははっきりしている。どうすればいいのかわからないし、もしかしたら単純に父親に向いていない人間なのかもしれない。おそらく、初めから言うべきことや然るべき行動を心得ている男もいれば、いくら懸命にやろうとしてもうまくできない男もいるのだろう。

父親としてやるべきことを知るには、手本となる良き父親が必要なのだ。

それを得られるかどうかは生まれながらに運命づけられている。

だからこそ、自分に足りない部分をエロイーズ・ブリジャートンに補ってほしかった。子供たちに良い母親を与えてやりさえすれば、あまりにひどい父親だという罪悪感に苦しまずにすむようになるだろう。

しかし望みどおり簡単に物事が進むはずもなく、エロイーズがこの家にやって来てわずか一日で、フィリップの人生は混乱の様相を呈していた。彼女に欲望を覚えることはおろか、ちらりと目をやるたびにこれほど激しく掻き立てられることになろうとは考えてもいなかった。そして床に転んだ彼女の姿を目にしたときには、どういうわけかとっさにまず恐れを抱いた。

怪我を心配したのはもちろんだが、正直に言うなら、双子のせいで彼女が出ていってしまうのではないかという恐怖に襲われたのだ。

家庭教師のミス・ロックハートが気の毒にもベッドに髪を貼りつけられたときに最初に抱いた感情は子供たちへの怒りだった。エロイーズのときには、ひどい怪我をしていないと確かめられるまで、子供たちのことはほんのわずかしか頭をよぎらなかった。

もともと、エロイーズに特別な感情を抱くつもりも、子供たちの良き母親以外のものを求めるつもりもなかった。

これからどうすればいいのかわからない。

そう思うと、エロイーズと一緒に庭で過ごすという計画にはいたく惹かれるものの、素直に喜べなかった。

しばらくひとりになる時間が必要だ。考えなくてはならない。いや、考えても怒りや動揺を引き起こすだけなので、むしろ考えない時間をとるべきなのかもしれない。土に触れて植物の刈り込みでもして、あらゆる問題を叫んでいる心の声が鎮まるまで閉じこもるしかない。

逃げなければ。

臆病者と呼ばれようとかまうものか。

7

……私の人生でこれほど退屈な思いをしたことはないわ。コリンお兄様、帰ってきて。お兄様がいないと退屈で仕方がないし、もうこれ以上こんな時間が続くと思うと耐えられない。しつこいのはわかっているけれど、どうか帰ってきて。退屈で、もうやることがありません。

――エロイーズ・ブリジャートンが初登場《デビュー》して五年目の社交シーズンに、デンマークに旅行中の兄コリンへ送った手紙より（ただし、本人には届かず）

エロイーズはその晴天の日を庭で、並外れて快適な長椅子に腰かけて過ごすこととなった。これまでの経験からして、イングランドやフランスにこれほど快適な家具を作るこつを知る者がいるとは思えないので、イタリアから取り寄せた椅子なのだろう。

ふだんは椅子やソファの造りなどのんびり考えていられるようなたちではないのに、ひとりでロムニー館の庭に放っておかれていては、ほかに考えられそうなこともなかった。

何も考えつかない。自分が坐っている快適な長椅子のことと、小さな怪物ふたり――あえて付け加えるなら、フィリップが手紙で一度も触れようとしなかった存在――のせいで目に痣をこしらえた女性を晴天の日にひとりで放っておくサー・フィリップの不作法ぶり以外は何ひとつ考えられない。

空は青く、そよ風が感じられるすばらしい日に、エロイーズには考えられることが何ひとつなかった。

人生でこれほど退屈な思いをしたことがあっただろうか。

じっと坐って空に浮かぶ雲を眺めていられる性分ではない。外に出たのなら長椅子の上で置物のように坐ってぼんやり地平線を眺めているのではなく、散歩なり、生垣の観察なり、とにかく何かをしていたい。

ここに坐っていなければならないのなら、せめて一緒にいてくれる話し相手がほしかった。ひとりでなければ、雲ももっと興味を持って眺められていたはずだ。一緒にいる相手に、〝ねえ、あの雲、兎《うさぎ》に似ていると思わない？〟と言えたかもしれないのだから。

けれど現実は、ひとりきりで取り残されていた。サー・フィリップは温室に入ったきりで、長椅子のある所からも、そのなかで時どき動きまわっている姿が見えた。立ちあがって温室に行くという手もあるが、面白みもない雲よりは目を引く植物を見つけられるかもしれないというだけで、そのためにわざわざ出向いて、彼に追いかけられる側の優越感を味わわせる気にはなれない。

それも、あんなふうに唐突に、午後をともに過ごすことを拒まれたあとなのだから。まったく、ここでじっと相手をするのがいやで逃げたとしか思えない。それにしても腑《ふ》に落ちなかった。互いにくつろいで話していると思っていたのに、フィリップは態度を一変させ、作業をしなければならないというような言い訳を口走り、まるで疫病患者から逃げるかのごとく部屋を飛びだしていった。

失礼な人。

エロイーズは図書室から持ちだしてきた本を手に取り、気をとりなおして姿勢を正し、顔の前に開いた。今度は死ぬ気でこのつまらなそうな本を読んでみよう。

何を隠そう、もう四回もそうして本を開いては同じ言葉を自分に言い聞かせていた。ところが、やっと一行——どうにか粘れたときには一段落——読み進められたかと思うと気が抜けて文字に目の焦点が定まらなくなり、いうまでもなく読書は中断となる。

だいたい、サー・フィリップに腹が立っていて図書室に行っても集中できず、最初に目に留まった本を取ってきてしまったのだから仕方がなかった。

本の題名は、〈羊菌《しだ》類植物の生態〉。いったい何を考えていたのだろう？

さらに腹立たしいことに、これを読んでいるのをフィリップに見られたら間違いなく、自分の関心事について学ぼうとしてくれているのだと誤解されてしまうに違いない。

エロイーズはいつの間にか頁の最後を見ていることに気づいて目をぱちくりさせた。一行たりとも思いだせないということは、目が勝手に読めてもいない文字面《づら》を追っていたのだろうか。

こんなことをしていてもどうにもならない。エロイーズは本を脇へ押しやって立ちあがり、お尻の痛み具合を確かめようと何歩か踏みだしてみた。ひどい痛みがないどころか、不快感と呼べるような症状もないことがわかると思わず満足の笑みを浮かべ、北側の薔薇の木が生い茂った一画まで歩いていって、身を乗りだして蕾《つぼみ》の匂いを嗅いだ。薔薇が咲く季節にはまだ早いらしく、蕾は硬く閉じているけれど、もしかしたら香りは――

「いったい、何をしてるんだ？」

エロイーズは薔薇の木の茂みによろめきかけて振り返った。「サー・フィリップ」いまだ自分の目が信じられないというようにつぶやいた。

フィリップは不機嫌そうな顔をしている。「坐っていたはずではなかったのか」

「坐っていたわよ」

「じ、じっと坐っていなければだめだろう」

エロイーズはこの際、正直に答えたほうが話は早いと見きわめた。「退屈だったんだもの」

フィリップはだいぶ向こうにある長椅子に目をやった。「図書室から本を持ってきたのだろう？」

エロイーズは肩をすくめた。「読み終わってしまったわ」

フィリップが疑念をあらわに片眉を吊りあげた。

エロイーズもいたずらっぽい顔つきで見返した。

「だが、きみは坐っているべきだ」フィリップがそっけなく言う。

「なんともないんだもの」お尻を軽く叩いてみせた。「もうまったく痛みはないわ」

フィリップは、何か言いたいのに言葉が見つからないといったいらだたしげな表情でしばらく彼女を見つめていた。腕や、すべての指の爪の隙間に土がつき、シャツも埃が縞に見えるほど汚れているので、温室を急いで出てきたに違いなかった。エロイーズがロンドンで見慣れている紳士たちと比べれば驚くべき格好とはいえ、睨みつけるように立っている姿には素朴な野性味が感じられ、なぜだか妙に惹きつけられた。

「きみのことを心配していては作業ができない」不満げに言う。

「それなら、やめればいいんだわ」エロイーズは解決策はわかりきっているのにと思いつつ答えた。

「作業の途中なんだ」フィリップは、エロイーズからすれば拗ねた子供のようにしか見えないそぶりでつぶやいた。

「そういうことなら、わたしもそちらにご一緒するわよ」そう言うと、彼の脇をすり抜けてすたすたと温室のほうへ歩きだした。そもそも一緒に過ごそうともしないで、どうやって互いの相性を判断しようというのだろう？

フィリップはとっさに手を伸ばしてエロイーズをつかんでから、はっと自分の手が土まみれであることに気づいたようだった。「ブリジャートン嬢」語気鋭く言った。「その必要は――」

「お手伝いはいらないの？」エロイーズは遮るように訊いた。

「いらない」それ以上議論のしようのない断固とした口調だった。

「サー・フィリップ」エロイーズは完全にしびれをきらし、奥歯を噛みしめて言った。「お尋ねしてもいいかしら？」

フィリップは突然の話題の転換に見るからに驚いた表情でうなずいた――いかにもいらだった男性が主導権を握っていることを示そうとするときのように一度だけ、ぞんざいに。

「あなたはゆうべと同じ男性なのかしら？」

フィリップは頭がおかしいのではないかといわんばかりにエロイーズの顔を眺めた。「何を言ってるんだ」

「ゆうべ、わたしと一緒に過ごした男性と同じ人なのかと訊いてるのよ」腕組みしたい衝動をどうにかこらえて続けた。「わたしと一緒に夕食をとって、お屋敷と温室を案内してくれて、ちゃんと会話もして、ほんとうに、いまとなっては信じられないくらい楽しそうにしていた人と同じ人なのかしら」

フィリップは無言でひとしきり見つめたあと、ぼそりと返した。「きみといるのは楽しい」

「だったらどうして」エロイーズは訊いた。「わたしを三時間も庭にひとりで放っておくの？」

「三時間は経ってないな」

「時間の問題では――」

「四十五分だ」

「たとえそうだとしても――」

「そうなんだ」

「もういいわよ」時間については彼の言うとおりだろうと思うのでなんとなくばつの悪い立場に追い込まれ、これ以上自分の首を締めないためにそう言うしかなかった。

「ブリジャートン嬢」そのきびきびとした声を聞いて、ふとゆうべはエロイーズと呼ばれていたことを思い起こした。

しかも、キスをされたのだ。

「もう気づいていると思うが」フィリップは歯切れよく続けた。「今朝の子供たちとの出来事で、わたしは機嫌のいい状態ではない。そういうわけで、きみに付き添うのは控えたほうがいいと判断したままでのことだ」

「わかったわ」エロイーズは答えて、その横柄な声の調子に自分でも感心した。

「それはよかった」

わかったというのは、納得したという意味ではない。正確に言えば、彼が嘘をついていることがわかったのだ。子供たちのせいで不機嫌になっているのは事実だとしても、同時にほかの要因も働いているのは間違いなかった。

「でしたら、どうぞ作業に戻ってください」エロイーズはあからさまに追い払うような手ぶりで温室のほうを示した。

フィリップが疑わしげな目を向ける。「それできみは何をするんだい？」

「何通か手紙を書いてから、散歩に行くわ」

「散歩には行かないほうがいい」フィリップが唸るように言う。

いかにもほんとうに心配しているようなふりをするものだとエロイーズは思った。

「サー・フィリップ、わたしはほんとうにもう大丈夫ですわ。きっと傍目にはずいぶんと具合が悪そうに見えるのね」

「実際より悪く見えるのはやむをえまい」ぼそりと言う。

エロイーズは睨みつけた。たしかに目に痣をこしらえ、しばらくは気が滅入る姿で過ごさなければいけないのだが、何もあえてそれを思いださせてくれなくてもいいのに。

「あなたのお邪魔はしませんわ。ほんとうはそれを一番お聞きになりたかったのではないかしら？」

彼のこめかみが引き攣《つ》りだしたのを見て、エロイーズは胸のうちで手を叩かんばかりに喜んだ。

「どうぞお戻りになって」なおも動こうとする様子がないので、エロイーズは背を翻《ひるがえ》して門をひとつ抜けて、庭のべつの区画へ向かって歩きだした。

「ちょっと待ってくれ」フィリップが呼びかけて、一足飛びに追いついてきた。「散歩に行くのはだめだ」

エロイーズは縛りつけでもするつもりなのと訊きかけて、実際にそうされてはたまらないので言葉を呑み込んだ。

「サー・フィリップ、どうしてだめなのか――きゃっ！」

フィリップは愚かなご婦人だというようなことをぶつくさつぶやき（ほかにもとうてい褒め言葉には聞こえない形容詞を使った）、エロイーズを抱きあげると大股で長椅子へ運んでいき、いとも無造作にクッションの上におろした。

「ここにいるんだ」

エロイーズは信じがたい傲慢な振るまいに何か言葉を発しなければと口をとがらせた。

「こんなことは許されな――」

「こらこら、お嬢さん、このうえさらに聖人の忍耐強さを試そうと言うのかい」

エロイーズは睨んだ。

「いったい」フィリップが我慢も限界だという口ぶりで訊く。「どうすれば、ここでじっとしていてくれるんだ？」

「まったく思いつかないわ」エロイーズは心から正直に答えた。

「いいだろう」フィリップは憤然と意固地な態度で顎を突きだし、言い放った。「田園じゅうを歩きまわろうが、フランスまで泳いでいこうが、好きにすればいい」

「グロスターシャーから？」エロイーズは口もとをゆがめて訊いた。

「道がわかればだがな」フィリップが言い返した。「きみなら大丈夫だろう。ではよい旅を、ブリジャートン嬢」

そうして、フィリップは彼女を十分前までいた場所に残し、大股で歩き去っていった。突然置き去りにされたエロイーズは、それが先ほど離れられたばかりの椅子であることも忘れて呆然と坐っていた。

たとえまだフィリップがその日愚かな態度を取ってしまったことに気づいていなかったとしても、自分の部屋で夕食をとりたいというエロイーズからの伝言を見れば、その事実を自覚せざるをえなかった。

彼女が話し相手の不在を嘆きながら午後を過ごしたとすれば、ひとりで夕食をとるという決断はじつに有効な反撃手段だ。

どうせこうして何カ月も黙々とひとりで食事をしてきたのだ。いや、マリーナは食事をするときにもめったに部屋を出なかったのだから、何年もということになる。ならばひとりの食事にも慣れそうなものだが、いまだどうも落ち着かないし、ブリジャートン嬢に夕食の同席を断わられたのを使用人全員に知られていると思うとなおさら気まずかった。

フィリップは牛肉のステーキを嚙みくだきながら、ぶつぶつと文句を漏らした。使用人たちの目など気にせず、いっそ存在すらしないつもりで日々の暮らしを送ればいいのであり、あるいは存在していても自分とはまったくべつの人種なのだと考えればいいのかもしれない。しかし自分のほうにはロムニー館の外での彼らの暮らしにほとんど興味がなくとも、彼らのほうはこちらの暮らしに興味津々なのだから、噂話の種にされるのはやはり気分が悪い。

しかも今夜はまず間違いなく、厨房脇の小部屋で自分のことが夕食の話題にのぼっているはずだった。

フィリップはロールパンを嚙み切った。使用人たちにはぜひともアマンダのベッドから回収した魚でも食べていてもらいたいものだ。

スープと肉料理だけでじゅうぶん空腹は満たせたのだが、サラダに、鶏肉料理に、プディングまでたいらげた。なにせエロイーズの気が変わって、いつ夕食に現れるともかぎらない。あの頑固な気質からするとその可能性は低いとはいえ、もしも向こうが折れてくれた場合に備えて、なるべく長く席に着いていたかった。

だがそれがどうやら希望的観測にすぎないとわかってきて、エロイーズの部屋を訪ねようかとも考えたが、このような田舎であれ不適切な行為には違いなく、そのうえ、彼女がそれを望んでいるとも思えなかった。

いや、そうとも言いきれない。むしろ部屋に来るのを望んでいるかもしれないが、それは謙虚な謝罪を受けるためだ。そして、こちらがたとえ謝罪らしい言葉をひと言も口にしなかったとしても、訪ねたという事実だけでおのれの非を認めたも同然になってしまう。

とはいえ、エロイーズに子供たちの母親になってくれる気があるなら、ひれ伏して結婚を頼み込むつもりなのだから、部屋を訪ねるぐらいためらってはいられなかった。その日の朝と午後の出来事だけですでに、求婚のもくろみはしくじりかけているのかもしれないが。

それに、求婚するつもりがあるからといって、そのやり方が具体的にわかっているわけでもない。

このような自分に比べ、兄のジョージは生まれながらに機転や茶目っ気を備えた男で、言うべきことや、取るべき行動をつねに心得ていた。使用人たちに注目され、十分後には噂話の種にのぼっていることなど気にも留めていなかった。いつでも結局すべては、〝ジョージ様ったら、ほんとうにいたずらっ子なんだから〟ですまされてしまうので、気にする必要もなかったのだが。当然ながら、誰もが頰を染めて微笑みながらその言葉を口にしていた。

かたや、自分はおとなしく、何事にも慎重で、父親や領主といった役割にはあきらかに不向きな性格だった。いつもロムニー館を出ていくことばかり考えていて、少なくとも父親の存命中は帰って来るまいと決意していた。将来はジョージがマリーナと結婚して健やかな子供たちをもうけて、自分はケンブリッジに暮らす、やや変わり者の叔父となってほとんどの時間を温室で過ごし、ほかには誰も理解できなければ気にもかけない研究に取り組んでいるだろうと思っていた。

そうなっていたはずが、ベルギーの戦場がすべてを変えた。

イングランドはその戦いに勝利したが、そんなことは、跡継ぎにふさわしい人間に教育すべく父親に呼び戻されたフィリップには少しも慰めにはならなかった。

父はフィリップを、つねにお気に入りだったジョージに変えようとしていた。

その父も亡くなった。すぐそこで、フィリップの目の前で、大きくなりすぎた息子をかかえて櫂《かい》で叩けない鬱憤《うっぷん》が災いしたのか、わめき散らしているうちにその心臓は停止した。

そして、フィリップはサー・フィリップとなり、準男爵としてすべての権利と責務を引き継いだ。

けっして望んではいなかった権利と責務を。

心の底では子供たちを愛し、自分の命より大切に思っているくらいなのだから、結果的にその地位を得て父親になれたことを喜ぶべきなのだろうが、いまだ何かが間違っているように感じていた。ロムニー館の領地の管理はきわめて順調だ——フィリップが大学で学んだ最新の農業技術をいくつか導入したことにより、引き継いでほどなく利益を生みだせる耕地となった。あれはだいたい……いや、いつからだったのか正確には思いだせない。ともかく、父が生きていた頃はまったく収益が得られていなかったことは確かだ。

だが、農地はやはり農地でしかない。子供たちは血の通《かよ》った生身の人間であり、フィリップは日を追うごとに育て方を間違っているのではないかと感じるようになった。子供たちのいたずらは日々悪化しているように思えるし（ミス・ロックハートの髪を貼りつけたり、エロイーズの目に痣をこしらえたりするよりさらによくないことは想像がつかないだけに恐ろしい）、どう対処すればいいものか見当もつかない。子供たちと話をしようとするといつも、愛しているからこそ間違ったことを言ってしまうのではないかと不安になった。あるいは間違ったことをしてしまうのではないかと悩み、冷静さを失うのが怖くて何もせずにやり過ごしてしまう。

けれども、昨夜の夕食で、エロイーズとともにアマンダと向きあったときだけは違った。記憶にあるかぎりでは初めて、娘に適切に対応できた。エロイーズがそばにいてくれたおかげでなぜだか落ち着き、子供たちと向きあうとたいてい失ってしまう冷静さを保てた。いつもならおのれのいらだちばかりが気になるのに、状況を面白がって見つめることができたのだ。

それだけになおさら、エロイーズにはどうにかとどまって結婚してもらえるよう説得したかった。とすればよけいに、今夜部屋を訪問してへたに償おうとするのは得策ではないように思えた。

おのれの非を認めるのはかまわない。

だが、これ以上、状況を悪くすることだけは避けたかった。


翌朝、エロイーズはとても早い時間に目覚めたが、昨夜は八時半にはベッドにもぐり込んでいたので当然のことだった。夕食は部屋でとることを伝えるメモをサー・フィリップに手渡してもらうよう使用人に頼んだあと、ほとんどすぐにみずから選んだ逃避行動を後悔した。

きのうは一日じゅうフィリップにいらだっていて、いらだちに思考を支配されていた。ほんとうはひとりで食事はしたくないし、テーブルの前にぽつんと坐ってひたすら料理を見つめて、このジャガイモを食べきるまでにあと何回嚙めばいいのかなどと考えたくなかった。たとえ頑固このうえなく、むっつり押し黙ったサー・フィリップであろうと、いないよりはましだっただろう。

それに、まだふたりの相性が合わないという結論に達したわけではないのに、べつべつに食事をとっていては彼の人柄も気質も詳しく知ることはできない。

フィリップは一見、熊のようでもあるけれど――それも無愛想な熊だ――微笑んだ顔を見たとき……エロイーズはふと、若い令嬢たちがみな兄のコリンの笑顔に（エロイーズにとっては見慣れた家族の顔にすぎない）どれほどうっとりしてしまうかと話していた理由が呑み込めた気がした。

笑ったサー・フィリップの顔は一変していた。濃い色の目はいたずらっぽく輝き、エロイーズが知らないことも知っているかのように機知と茶目っ気にあふれていた。とはいえ、ブリジャートン家のエロイーズが、それだけで胸ときめくはずもない。いたずらっぽく輝く目は山ほど見てきたので、免疫がついているはずだからだ。

けれども、サー・フィリップに笑いかけられたとき、女性に微笑むことには慣れていないような恥じらいが感じとれた。そして、もしもふたりのパズルのピースがすべて正しい位置に収まったなら、この男性が自分にとってかけがえのない人になる日がくるのではないかという予感が働いた。たとえ、愛してはくれなかったとしても、自分を軽んじず大事にしてくれる人になるのではないかと。

前日にひどく不機嫌な態度を取られても、エロイーズがいまだ荷造りも出発の準備もしようとしないのはそのせいだった。

お腹が低く鳴ったので、朝食をとる部屋へおりていき、サー・フィリップがすでに食事をすませたあとであるのを知らされた。落胆しないようにしようと思った。わざと避けたわけではなく、早起きではない相手を待つ必要はないと考えて先にすませた可能性もじゅうぶん考えられる。

それから、温室を覗いても主人の姿は見えなかったので、エロイーズは仕方なくほかの話し相手を探すことにした。

そういえば、オリヴァーとアマンダの午後を使わせてもらう約束をしていたのだ。エロイーズは朝食を終えると、意気揚々と階段をのぼっていった。代わりに午前中にしてはならない理由はないのだから。


「泳ぎにいきたいだって？」

オリヴァーは正気を疑うような目を向けた。

「行きたいわ」エロイーズはうなずいて答えた。「どうかしら？」

「やだね」とオリヴァー。

「行きたい」アマンダが高らかに言い、じろりと睨みつけたオリヴァーに舌を突きだしてみせた。「わたし、泳ぐのが大好きなの。オリヴァーもそうなのに、あなたに反抗したくて行きたいと言えないのよ」

「賛成できませんわ」子守係の女中で、年齢不詳のきつい顔つきの女性が口を挟んだ。

「あら、もったいないわ」エロイーズは即座に気の合わない相手だと判断して軽く受け流した。「季節はずれの暖かい日だし、ちょっとした運動が健康にはとてもいいのよ」

「そうかもしれませんけれど――」女中の不機嫌そうな声には権限が脅かされていることへ

のいらだちが滲んでいた。

「泳ぎに連れていくついでに授業もするわ」エロイーズは、母が問答無用であることを示すときに使っていた口調を真似て続けた。「いまふたりには家庭教師がいないのよね？」

「そのとおりです」子守係は答えた。「この子たちったら、糊で――」

「いなくなった理由がどうあれ」エロイーズは前の家庭教師が何をされたのかについては知りたくもないので遮って言った。「この数週間、あなたは二重に役割を担わなければならなくて、さぞご苦労されたはずだわ」

「何カ月もです」子守係が吐きだすように言う。

「それは大変だったでしょう」エロイーズは同情するように言った。「たまには午前中くらい自由に過ごしたいわよね？」

「それはもちろん、町にもちょっと出かけてきたいですし……」

「それなら、決まりね」エロイーズは子供たちを見おろし、ほんの束の間、自画自賛の喜びを味わった。双子は尊敬のまなざしを向けている。「いってらっしゃい」エロイーズは声をかけて、子守係の女中をドアのほうへ急きたてた。「午前中いっぱい楽しんでらしてね」

まだまごついている女中を廊下に押しだしてドアを閉めると、子供たちのほうへ向きなおった。

「とっても頭がいいのね」アマンダが息をはずませて言う。

オリヴァーまでもが同調してうなずいていた。

「いまの子守係のエドワーズは嫌いなの」とアマンダ。

「そんなことを言ったらいけないわ」エロイーズはそう答えたものの、その言葉に気持ちはこもっていなかった。少女と同じで、子守係のエドワーズのことはあまり好きになれそうもない。

「仕方ないよ」オリヴァーが言う。「いやなやつなんだ」

アマンダがうなずく。「乳母のミルズビーが戻ってきてくれたらいいんだけど、お母様の看病をするために行ってしまったの。病気なのよ」

「病気なのは乳母のミルズビーじゃなくて、彼女のお母さんのほうだよ」オリヴァーが言い足した。

「エドワーズはここに来てどのくらいになるの？」エロイーズは尋ねた。

「五カ月」アマンダは沈んだ顔で答えた。「ずいぶん長い五カ月だったわ」

「それほどひどい女性とは思えないけれど」エロイーズはさらに言葉を継ごうとしたが、オリヴァーに遮られて口をつぐんだ。

「ひどいんだよ」

エロイーズは双子の前で大人のことを、それも当人たちのしつけをある程度まかされている人物を悪く言いたくはなかったので、さりげなく話の方向をずらした。「もうその話はいいじゃない、きょうの午前中はわたしが代わりに一緒にいるのだもの」

アマンダがはにかみながら手を伸ばし、エロイーズの手を取った。「あなたのことは好きよ」

「わたしもあなたが好きよ」エロイーズは答えて、思いがけず目の端に涙がこみあげた。

オリヴァーはまだ黙っていたが、エロイーズはそれを侮辱とは受けとらなかった。誰かに心を開けるようになるまでにかかる時間は人によって違う。それに、この子供たちには用心深くなっても仕方のない事情がある。なにしろ、母親を亡くしているのだ。たしかに親の死は誰もが経験するものであるにしても、ふたりはまだ幼く、愛していた母親がいなくなってしまったということしか理解できていないのではないだろうか。

エロイーズは父が亡くなってからの数カ月のことをしっかりと憶えていた。自分がそばに張りついていれば（手を握っていられればもっと安心だった）、母は父のようにいなくならないのだと自分に言い聞かせ、できるかぎり母にまとわりついていた。

そのような境遇の子供たちが新しい子守係をいやがるのにはそれなりのわけがあるとしか思えない。おそらく、生まれてからずっと乳母のミルズビーに育てられていたのだろう。マリーナを亡くしてすぐにミルズビーもいなくなったのだとすれば、二重のつらさを味わったに違いない。

「目に痣をつくらせてしまって、ごめんなさい」アマンダが言った。

エロイーズは少女の手を握った。「実際の状態よりだいぶひどく見えるのね」

「すごくひどく見えるよ」オリヴァーが小さな顔に初めて反省の色を見せて言った。

「やっぱり、そうよね」エロイーズは答えた。「でも、だんだん気に入ってきたのよ。戦場から帰ってきた兵隊さんみたいでしょう、それも勝ったほうの！」

「勝ってきたようには見えないな」オリヴァーが口の片端を上げて疑わしげな表情で言う。

「そんなことないわよ。もちろん勝ったほうだわ。戦争に勝って帰ってきた人みたいでしょう」

「ジョージ伯父様は負けたってことね？」アマンダが訊く。

「あなたたちのお父様のお兄様のこと？」

アマンダはうなずいた。「わたしたちが生まれる前に死んだのよ」

その伯父様がもともとは母親と結婚するはずだったことをふたりは知っているのだろうかと、エロイーズは考えた。たぶん、知らないのだろう。「あなたたちの伯父様は英雄だったのよ」敬意を込めた静かな声で言った。

「お父さんは違うんだね」オリヴァーが言う。

「あなたたちのお父様はここでとてもたくさんの仕事をまかされていたから、戦いにいけなかったのよ」エロイーズは説明した。「でも、こんなに天気のいい朝に深刻な話をしていてはもったいないと思わない？　泳ぎに出かけて、すてきな時間を楽しみましょうよ」

双子はたちまちエロイーズの熱気につられ、すばやく水着に着替えると湖へ向かって野原に駆けだした。

「算数も勉強しなくちゃいけないのよ！」エロイーズは、飛び跳ねるように前を進んでいくふたりに呼びかけた。

すると驚いたことに、ふたりは実際に計算を唱えはじめた。算数がこれほど楽しく勉強できるものだとは誰に想像できただろう。

8

……学校に通えるのはとても恵まれているわ。私たち女子のもとに新しくやって来た家庭教師はとてもつまらない人なんだもの。朝から晩まで、算数ばかりやらせるの。かわいそうに、ヒヤシンスは「7」の数字が出るたび泣きだすのよ（1から6までの数字に同じように反応しない理由はわからないわ）。このままでは、私たち、何をしでかしてしまうかわからない。彼女の髪にインクをつけてしまうかも（もちろん、ヒヤシンスではなくて、家庭教師のミス・ハヴァーシャムの髪のほうよ。ヒヤシンスにも絶対にやらないとは約束できないけれど）。

——エロイーズ・ブリジャートンから、イートン校に入学して一学期目の弟グレゴリーへの手紙より

フィリップは薔薇園から戻り、家のなかがしんと静まり返っていることに驚いた。机がひっくり返る音や、けたたましい金切り声が轟いていない日はまれだ。

あの子供たちがいっときでも静けさを楽しめるものだろうかと思いめぐらせた。家を空けているに違いない。子守係の女中、エドワーズが散歩にでも連れだしたのだろう。

それにしても、もう十時近くになるというのに、エロイーズはまだ起きていないのだろうか。寝床からなかなか抜けだせないような婦人には見えないが。

フィリップは手にした薔薇の束を見おろした。一時間かけて、満足のいく花を摘み集めてきた。ロムニー館の敷地には三つの薔薇園があり、早咲きの品種を摘むには一番遠い園まで足を伸ばさなければならなかった。そこで念入りに品定めをして、できるだけ日持ちする長さに慎重に断ち切り、丁寧に棘《とげ》を刈りとった。

最善を尽くしてこしらえた花束だ。緑色植物ならもっと手の掛けようもあるのだが、エロイーズがひと握りのアイビーにいたく心惹かれてくれるとはなんとなく思えなかった。

エロイーズの食事の準備がされているはずの部屋へのんびりと歩いていくと、食器台の上は染みひとつなく片づけられており、朝食を終えたことが見てとれた。フィリップは眉をひそめて、部屋の中央にしばし立ち尽くし、次に取るべき行動を考えた。どうみてもすでに起床して朝食をすませたようだが、いったいどこへ行ったのか、皆目見当がつかない。

ちょうどそのとき、羽箒《はねぼうき》と雑巾を手にした女中が通りがかった。女中は主人を目にするとすぐに膝を曲げてお辞儀をした。

「これを活ける花瓶がほしいのだが」フィリップは言って、花束を軽く掲げた。ほんとうはエロイーズに直接手渡すつもりだったのだが、こうして花を握ったまま昼まで彼女を探しまわるわけにもいかないだろう。

女中は頭をさげて応じ、花瓶を取りに立ち去りかけたが、主人の問いかけに足をとめた。

「ああ、それから、ブリジャートン嬢はどちらかへ行かれたのだろうか？　朝食は片づいているようだが」

「お出かけになりました、フィリップ様」女中が答えた。「お子様たちとご一緒に」

フィリップは驚いて目をしばたたいた。「オリヴァーとアマンダと一緒に出かけたのか？　みずから進んで？」

女中はうなずいた。

「なんとも興味深い」フィリップはその光景を思い浮かべる気にもなれず、ため息をついた。「彼女の無事を祈るしかないか」

女中がうろたえた顔をした。「フィリップ様？」

「冗談だ……ええと……メアリー？」問いかけようと語尾を上げたのではなく、じつを言えば、女中の名がうろ憶えだった。

女中は、その名で合っているのか、礼儀をつくろおうとしているのか見きわめのつかないうなずきを返した。

「三人がどこへ出かけたのか知らないだろうか？」

「湖へ行かれたのだと思います。泳ぎに」

寒気に襲われた。「泳ぎに？」自分の耳にすら感情を欠いたうつろな声に聞こえた。

「はい。お子様たちが水着を着ていらしたので」

泳ぎにいった。なんてことだ。

この一年、必ず遠まわりをしてまで、湖を目にすることすら避けてきた。子供たちにもけっして行ってはならないと禁じていたはずだ。

いや、ほんとうに禁じていただろうか？

乳母のミルズビーには水辺に子供たちを連れていかないよう命じていたが、子守係の女中エドワーズにも同じことを言いつけておいたかどうか思いだせない。

フィリップは床に薔薇を放り捨てて、駆けだした。

「びりっけつはヤドカリだ！」オリヴァーは叫ぶように言って全速力で湖のなかへ駆けだし、腰まで水に浸かる辺りまで入ると笑いながらやむなく歩を緩めた。

「わたしはヤドカリじゃないもの。ヤドカリはそっちでしょ！」アマンダが叫び返して浅瀬で水を撥ねあげた。

「おまえは腐ったヤドカリだ！」

「だったら、そっちは死んだヤドカリよ！」

エロイーズは笑って、アマンダの数メートル後ろから水に入っていった。水着は持ってきていないので――泳ぐことになると想像できたはずもない――スカートとペチコートを膝上まで捲《まく》りあげて括っていた。脚を剝きだしにするのは不作法とはいえ、同行者はふたりの八歳児だけなのでたいして気にもならない。

第一、子供たちは付添人の女性の脚に目をくれる暇もないくらい、喜び勇んでふざけあっている。

湖に来るまでの道すがら、エロイーズは笑いながら話すうちにだんだんと心を開いていく双子を見ていて、やはり少しばかり人とのふれあいが足りていないのではないかと考えずにはいられなかった。母親を亡くし、父親とは少なからず距離があり、なついていた乳母にも去られてしまった子供たち。せめてもの慰めになっているのは、互いの存在なのだろう。

それに、もしかしたら、新たにやって来た婦人も。

エロイーズはそのような方向に考えを進めていいものなのだろうかと迷って、唇を嚙みしめた。まだサー・フィリップと結婚したいのかどうか気持ちは定まらないし、オリヴァーとアマンダに自分が必要とされているように思えるからといって――思えるどころか、必要とされていることはひしひしと肌に感じた――それを理由に結婚を決めることはできない。

子供たちと結婚するわけではないのだから。

「それ以上深いほうへ行ってはだめよ！」エロイーズは少しずつ先へ進んでいるオリヴァーを心配して声をかけた。

オリヴァーは耳ざわりな注意を受けたときに少年が決まって見せるむくれ顔をしながらも、岸のほうへ大きく二歩戻った。

「こっちへ来てよ、ブリジャートン嬢」アマンダが浅瀬の地面に腰をおろして、甲高い声をあげた。「きゃあ、冷たい！」

「だったら、どうして坐ったんだよ」オリヴァーが言う。「冷たいのはわかってただろ」

「知ってたけど、足はもう冷たくなくなってたんだもの」アマンダが両手で自分の体を抱きしめながら言う。

「心配ないさ」オリヴァーはしたり顔でにやりと笑った。「おまえの尻もそのうち慣れてくるからな」

「オリヴァー」エロイーズはきつい口ぶりで言ったが、つい漏らした笑みでその効果が台無しになってしまったのは間違いなかった。

「ほんとうだわ！」アマンダが驚いた表情をエロイーズのほうへ向けた。「お尻も、もうなんにも感じなくなってきた」

「喜ぶべきことなのかしら」エロイーズは言った。

「泳げばいいのに」オリヴァーがエロイーズに勧めた。「せめて、アマンダの所まで来てよ。それじゃあ、足を浸けてるだけじゃないか」

「水着を持ってきてないんだもの」エロイーズはすでに六回はふたりに説明した理由を繰り返した。

「ほんとうは泳げないんだろう」とオリヴァー。

「言っておくけれど、泳ぎは得意だわ」エロイーズは反撃した。「それと、あなたにそそのかされて、三番目に気に入っているドレスを水に濡らすつもりもないわ」

アマンダが振り返って、何度か大きく目をまたたいた。「あなたの一番目と二番目のお気に入りも見てみたいわ。とってもきれいなドレスなんでしょうね」

「あら、ありがとう、アマンダ」エロイーズは答えて、ふと少女は誰に服を選んでもらっているのだろうかと考えた。あの偏屈そうな子守係のエドワーズだろうか。見るかぎりアマンダの装いに問題はなさそうだが、いままで自分で服を選ぶ楽しみを誰にも教えられていないのは間違いない。エロイーズは微笑みかけて言った。「近いうちに買い物に出かける機会があれば、喜んで付き添うわよ」

「まあ、ぜひお願い」アマンダは息をはずませて言った。「ほんとに楽しみ。ありがとう！」

「女どもが」オリヴァーが見下したように言う。

「あなたもいつか、わたしたちに感謝するときがくるわ」エロイーズはさらりと返した。

「なんでだよ？」

エロイーズはただ笑って首をかしげた。女性たちが髪を編む以外にも着飾れる術《すべ》を持っていることを少年が知るまでにはまだしばらく時間がかかるだろう。

オリヴァーは黙って肩をすくめ、またもアマンダになるだけ多く水を撥ねかけようと手首を目一杯使って水面を叩きだした。

「やめてよ！」アマンダが声を張りあげる。

オリヴァーはげらげら笑って、よけいに水を撥ねあげた。

「オリヴァー！」アマンダが立ちあがり、むっとした顔で歩み寄っていく。そして歩いていては時間がかかるとわかると、水にもぐって泳ぎはじめた。オリヴァーもはしゃいだ声で笑いながら泳いで逃げだし、たまに息継ぎで顔を上げてはからかい言葉を飛ばした。

「逃がさないわよ！」アマンダは立ち泳ぎで息をつくと唸るように言った。

「あまり遠くへ行ってはだめよ！」エロイーズは呼びかけたが、実際にはたいして心配していなかった。ふたりともあきらかに泳ぎなれている。泳ぎの巧みさからすると、自分やきょうだいたちと同じように四歳頃から泳いでいるのではないだろうか。ブリジャートン家の子供たちは夏にはケントにある本邸近くの池で数えきれないほどの時間を水遊びに費やしたものだったが、父亡きあと泳ぐ機会はめっきり減ってしまった。エドモンド・ブリジャートンが生きていた頃には大半の時間を田舎で過ごしていた一家が、父がいなくなってからはほとんどロンドンで暮らすようになったからだ。母が都会暮らしを好んだせいなのか、田舎の本邸には思い出が多すぎるせいなのかはわからない。

エロイーズもロンドンをとても愛していて、街での暮らしを心から楽しんでいたが、こうしてグロスターシャーに来てやんちゃな子供たちが水遊びをしているのを眺めていると、田舎暮らしがひどく懐かしいものに感じられた。

友人たちがいて、楽しめるものがあまたあるロンドンの暮らしを捨て去るつもりはないものの、それほど長く都会で過ごす必要もないような気がしてきた。

アマンダがとうとうオリヴァーに追いついて飛びかかり、双子はともに水中にもぐった。エロイーズが注意深く見ていると、双子の手足は数秒おきに水上に現れては沈み、やがてふたりとも顔をだして笑いながら息をつき、最終決戦らしき叩きあいを開始した。

「気をつけなさい！」エロイーズは、言っておかねばならないという使命感のようなものに駆られて声を発した。姪や甥には一緒に楽しむ寛大な叔母でいられるのに、どういうわけか、いつしか監督する大人の側に立っているのがふしぎに思えた。「オリヴァー！　髪を引っぱってはだめでしょう！」

少年は髪を放したものの、すぐに今度はもっとアマンダがいやがりそうな水着の襟ぐりをつかんで、思惑どおり、咳き込ませることに成功した。

「オリヴァー！」エロイーズは語気を強めた。「すぐに放しなさい！」

オリヴァーが言われたとおり手を放したので、エロイーズが驚くと同時にほっとしたのも束の間、アマンダがその隙をついてオリヴァーの背中に飛び乗り、水中にもぐらせた。

「アマンダ！」エロイーズは声を張りあげた。

アマンダは聞こえないふりをしている。

ああ、まったく、ふたりの所まで行ってやめさせなければならないとなると、完全にびしょ濡れになってしまう。「アマンダ、いますぐやめなさい！」呼びかけて、ドレスと威厳を守るため最後の抵抗を試みた。

アマンダは言うことを聞き、オリヴァーが水中から顔をだした。「アマンダ・クレイン、もう許さな――」

「こら、やめなさい」エロイーズは語気を荒らげた。「ふたりとも、これから三十分は、飛びかかるのも、ぶつのも、殺すのも、抱きつくのも許しません」

どうやら双子は抱きつくのも禁じられたことに驚いたらしい。

「なによ？」エロイーズは無言の問いかけに問い返した。

双子は押し黙り、やや間があってアマンダが訊いた。「だったら、わたしたち何をすればいいの？」

いい質問だ。エロイーズ自身、泳ぎにいったときの記憶といえば、ふざけあって戦ったことぐらいしか思いだせなかった。「体を拭いて、ちょっと休みましょうか」

双子はその提案に不満そうな表情だった。

「勉強もしなくてはいけないわ」エロイーズは言い足した。「もう少し算数をやりましょう。子守係のエドワーズに、時間を有効に使うことを約束したのだから」

今度の提案にも先ほどと同じような反応が返ってきた。

「わかったわ」エロイーズは言った。「あなたたちはどうしたいのかしら？」

「わからないよ」オリヴァーがぼそりとつぶやき、アマンダも肩をすくめた。

「でも、ここにただ立っていてもどうにもならないわ」エロイーズは両手を腰においた。「このままでは退屈すぎて、わたしたちきっと――」

「水から出るんだ！」

エロイーズは怒鳴り声に不意を打たれて振り返り、水に浸けた足を滑らせてよろめいた。ああ、なんてこと。ここまでドレスを濡らさないという決意を守れていたのに。「サー・フィリップ」どうにかお尻より先に両手をつけたことに感謝しながら、息を切らして言った。ドレスの前身ごろはすっかり濡れてしまったけれど。

「水からあがれ」フィリップはわめくように言い、凄まじい勢いで大股に湖のなかへ入ってきた。

「サー・フィリップ」エロイーズは驚いて声を上擦らせ、ふらつきながら背を起こした。「いったい――」

けれどもフィリップはすでに双子を両脇に抱きかかえるようにして、岸のほうへさっさと引き返していく。エロイーズが呆気にとられて見ているうちに、フィリップはやさしさのかけらもないそぶりで双子を草地におろした。

「絶対に湖には近づいてはならないと言っておいたはずだ」フィリップは双子それぞれの肩を揺さぶりながら声を張りあげた。「来てはならないのはわかるだろう、おまえたち――」

何かに胸を突かれたように声を詰まらせ、必要に迫られて息をついた。

「でも、去年のことだよ」オリヴァーが泣き声で言う。

「わたしが命令を取り消したとでも言うのか？」

「そうじゃないけど、ぼくはきっと――」

「おまえがどう思ったとしても、それは間違っている」フィリップはぴしゃりと撥ねつけた。「さあ、家に戻るんだ、ふたりとも」

子供たちは父親の目を見て本気で憤っているのを読みとり、そそくさと斜面をのぼっていった。フィリップはふたりが駆けていく姿をじっと目で追い、声の届かない所まで離れたと見るや、エロイーズをあとずさりさせる表情で振り返った。「いったい、きみは何をするつもりだったんだ？」

エロイーズはしばし言葉を失った。答えを訊くまでもないような質問に思えたからだ。

「気晴らしに来たのよ」無意識にやや強気な口調で答えていた。

「子供たちは湖に近づけたくない」フィリップが吐き捨てるように言う。「そうはっきりと言っておいたはず――」

「わたしはお聞きしてなかったわ」

「だが、きみも当然わかって――」

「あなたが子供たちを水から遠ざけていることが、どうしてわたしにも当然わかるはずなの？」エロイーズは問いかけて、彼が何を言おうとしているにしろ、無責任だなどと非難される前に自分の言いぶんを続けた。「わたしは子守係に行き先も、何をするつもりなのかも伝えたけれど、それが禁止されているようなことは何も聞かされてないわ」

フィリップの表情は反論できる根拠がないことをはっきりと示しており、そのせいでよけいに怒りは増していた。男性の特性だ。女性に生まれ変わりでもしないかぎり、おのれの間違いは認められないのだろう。

「せっかく暖かい日なんですもの」エロイーズは議論で打ち負かしてやると決めたときの癖で歯切れよく言葉を継いだ。

議論になるとどうしてもつい、本気にならずにはいられない。

「子供たちと仲直りがしたかったのよ。なるべくなら、もう片方の目にまで痣をこしらえたくないから」

後ろめたさを呼び起こそうとしたエロイーズのもくろみどおり、フィリップは頬を赤らめ、相槌めいたつぶやきを漏らした。

エロイーズは、さらに何か、できればもう少し明瞭な言葉を発してくれるのではないかと期待してしばし待ってみたが、無言で睨みつけられたので仕方なく続けた。「何か楽しいことをするのが効果的だと思ったの。お子さんたちにはきっと気晴らしが必要なのよ」

「何が言いたいんだ？」フィリップは怒気を含んだ低い声で訊いた。

「他意はないわ」エロイーズは即座に答えた。「泳ぎにいくことに、何か害があるとは思えなかった」

「子供たちを危険にさらしたんだぞ」

「危険？」エロイーズは訊き返した。「泳ぎにいくことが？」

フィリップは黙ったまま睨みつけている。

「もう、よしてよ」エロイーズは呆れたように続けた。「わたしが泳げないとすれば、危険だと言われても仕方がないかもしれないけれど」

「きみが泳げようが、そんなことは関係ない」フィリップが歯を噛みしめて言う。「子供たちが泳げないことが問題なんだ」

エロイーズは目をしばたたいた。何度も。「あら、お子さんたちは泳げるわ。それも達人と言ってもいいくらい上手に。あなたが教えたのかと思ってたわ」

「きみは何を言ってるんだ？」

エロイーズが懸念と好奇心が混じったような表情でわずかに首をかしげた。「お子さんたちが泳げることをご存じなかったの？」

一瞬、フィリップは息がとまりそうな気がした。肺が締めつけられて、肌が粟立ち、体が硬く冷たい彫像のように凍りついた。

情けない。

まったく情けない男だ。

至らない父親の証しを突きつけられたように思えた。問題は子供たちが泳げることではなく、泳げるのを自分が知らなかったということだ。わが子についてそんなことも知らない父親など存在しうるのだろうか？

父親なら、わが子が馬に乗れるのか、百まで数えられるのかといったことは知っているはずだ。

むろん、わが子が泳げるかどうかも知っていて当然であるはずなのに。

「わたしは――」声が詰まって言葉が継げない。「わたしは――」

エロイーズが一歩踏みだして、囁きかけた。「大丈夫？」

フィリップはうなずいた。少なくとも自分ではうなずいたつもりだった。エロイーズの言葉が頭のなかで反響していた――あら、お子さんたちは泳げるわ、泳げるわ、泳げるわ――その言葉自体のせいではない。問題はその口調だ。驚きと、わずかに蔑《さげす》みすら感じとれる声。

そうとも、父親でありながら、わが子が泳げることを知らなかった。成長し、変化している子供たちのことをわかっていなかった。子供たちを目にしていても理解できてはいない。

フィリップは息苦しさを覚えた。子供たちの好きな色も知らない。

ピンク、青、それとも緑だろうか？

そんなことは重要ではなく、問題はそれを知らないということのほうではないのか？

これでは、ひどい父親だと思っていたトーマス・クレインと少しも変わらないではないか。父は命を危険にさらす寸前まで子供を殴りはしても、少なくとも成長の過程は見逃さなかった。けれどもフィリップは距離をとれば短気を起こさずにすむのだとみずからに言い聞かせ、できるだけ子供たちとはかかわらないようにしてきた。それが自分の父親の轍《てつ》を踏まないためなのだと信じて。

だが、必ずしも距離をとっていればいいというものではないのかもしれない。

「フィリップ？」エロイーズは静かに呼びかけて、彼の腕に手をかけた。「どうかしたの？」

フィリップは彼女を見つめたものの、目の焦点が定まらず、実際にはほとんど何も見えていなかった。

「もう帰ったほうがいいわ」エロイーズはゆっくりと慎重に言葉を継いだ。「顔色が悪いようだから」

「大――」大丈夫だと言おうとしても言葉が出てこない。

エロイーズは下唇を噛んで両手で自分の体を抱きしめながら、曇りがかってきた空を見あげた。

フィリップはその視線の先を追って太陽を遮る雲を眺め、十度は気温が下がるのではないかと考えた。エロイーズに目を戻し、その体がふるえているのに気づいてはっと息を呑んだ。いままでに感じたことがないようなひどい寒気に襲われた。「屋内に戻らなくてはいけない」彼女の腕をつかんで斜面の上へ引っぱりあげようとした。

「フィリップ！」エロイーズは彼の背中につんのめりかけて言った。「わたしは大丈夫よ。少し寒いだけだから」

フィリップは彼女の肌に触れた。「少し寒いどころか、凍えそうじゃないか」上着を脱いだ。「これを着るんだ」

エロイーズは逆らわなかったが、言い添えた。「ほんとうにわたしは大丈夫。走らなければいけないほどではないわ」

最後まで言い終わらないうちに前へ引っぱられて足をすくわれかけた。「フィリップ、やめて」声をあげた。「お願い、自分で歩かせて」

フィリップは急にとまってエロイーズをつまずかせ、振り返って噛みつくように言った。

「凍えて風邪をこじらせたらどうするんだ」

「でも、五月なのよ」

「たとえ蒸し暑い七月だろうと関係ない。そんな濡れた服を着たままでいてはだめなんだ」

「それはそうだわ」反論してもよけいに彼を頑なにしてしまうだけだろうと思い、もっともだという調子で答えた。「でも、濡れていても自分で歩けないわけではないわ。お屋敷までは十分程度だもの。死にはしないわよ」

エロイーズは人の顔から血の気が引くなどということが実際にあるとは信じていなかったが、みるみる蒼白になった彼の顔を表現する言葉はそれ以外に見つからなかった。

「フィリップ？」不安に駆られて訊いた。「どうしたの？」

答えてはくれないのだろうと思ったとき、自分が声を発していることにすら気づいていないかのような表情でつぶやいた。「わからない」

エロイーズは彼の腕に触れて顔を見つめた。まるでいきなり芝居の舞台に立たされて、せりふを口ごもった役者のように、当惑し、朦朧とさえしているように見える。目はじっとこちらに向けられていても、現実にあるものではなく、何かとても恐ろしい記憶のようなものを見ているとしか思えない。

その姿を見ていると胸が張り裂けそうになった。エロイーズも、いやな記憶がどのように人の胸を掻き乱し、たびたび夢に現れて、蠟燭の火を消せなくなるほどの恐怖を抱かせるものなのかは身に沁みてわかっていた。

七歳で父の死をまのあたりにしたせいだ。父が苦しそうに喘いで地面に倒れ込んだとき、エロイーズは悲鳴をあげて泣きじゃくり、もはや口を利けない父の胸を叩いて、目を覚まさせようとすがりついていた。

あとにして思えば、そのときにはすでに父は息絶えていたはずなのに、どういうわけかそのときの記憶にひどく悩まされるようになった。

それでもどうにか、思いださずにいられるようになっていった。どうしてなのかはわからない——たぶんすべては、毎晩そばにきて手を握り、父の話をしても大丈夫なのだとなだめてくれた母のおかげなのだろう。だからこそ心おきなく父を恋しがることもできたのだ。

いまでも忘れられはしないけれど、もう記憶に悩まされることはないし、この十年、恐ろしい夢にうなされてもいない。

でも、フィリップは……きっと同じようにはいかなかったのだろう。過去にどのような経験をしたにせよ、いまだその記憶にひどく苦しめられている。

しかも、自分の場合とは違って、ひとりで向きあわざるをえなかったに違いない。

「フィリップ」エロイーズは呼びかけて、彼の頬に触れた。頬に触れてみても呼吸しているようには感じられず、まるで彫像になってしまったようだ。もう一度名前を呼びかけて、さらにそばに近づいた。

彼の心を癒して、その目から打ちひしがれた表情を消し去りたい。

心の奥深くにもぐり込んでしまった、いつもの彼を取り戻してほしい。

エロイーズはもう一度だけ名を囁きかけた。思いやりと、理解と、支えになるという約束をすべてそのひと言に込めて。聞こえていることを、聞いていてくれることを願った。

ややあって、頬に触れていた手にフィリップがゆっくりと自分の手を重ねた。エロイーズの手のぬくもりを記憶に焼きつけようとでもするように、温かなざらついた手で上から自分の頬に押しつけた。やがて、彼女の手を口もとへ持っていき、いかにも大事そうに熱っぽく手のひらに口づけてから、今度は自分の胸へ滑りおろした。

エロイーズは彼の鼓動を感じた。

「フィリップ？」彼がしようとしていることは察しつつ、エロイーズは問いかける調子で呼びかけた。

フィリップはもう片方の手でエロイーズの腰を抱き、ゆっくりと、けれどもしっかりと抗えない力強さで引き寄せた。それから、顎を自分のほうへ上向かせ、彼女の名を囁くなり目がくらむような激しさで唇にむさぼりついた。まるで彼女が食べ物や、空気や、おのれの肉体や魂も同然のもので、彼女なしでは生きていけないのだとでもいうように、貪欲にキスを続けた。

エロイーズには想像もできなかったような、女性にはけっして忘れられそうもないキスだった。

さらに引き寄せられて、ふたりの体がぴたりと張りついた。腰におかれていた手が滑りおりて尻を包み込み、ぐいと押しあげられて、エロイーズは彼の感触に息を吞んだ。

「きみが必要なんだ」フィリップが喉から絞りだしたようなかすれ声で言った。唇を頬へずらしてから、思わせぶりにくすぐるように首へ滑らせていく。

エロイーズはとろけそうだった。うっとりととろけかけて、自分がどうなっていて、何をしているのかもわからなくなっていた。

ただひたすら彼が欲しい。もっと、そのすべてが欲しい。

でも……。

でも、こういうふうにではない。これではまるで自分が傷を癒す道具に使われているような気がする。

「フィリップ」エロイーズはどうにか気力をふりしぼって身を引き離した。「いけないわ、こういうのは」

一瞬、聞き入れてはもらえないように見えたが、フィリップはいきなり手を放した。「悪かった」荒い息づかいで言う。ぼんやりとした顔をしているが、それがキスのせいなのか、今朝の慌しい出来事のせいで疲れているだけなのか、エロイーズには見わけられなかった。

「謝らないで」そう答えてから反射的にスカートを払おうとして、濡れて皺が寄っていることに気づいた。緊張と自分の体への違和感を覚えつつ、その皺を伸ばした。無意味な行動であろうと、ともかく動いていなければ、また彼の腕のなかへ飛び込んでしまいそうで怖かった。

「きみは屋敷に戻ったほうがいい」フィリップがとても低い、かすれ声で言った。

エロイーズは目を大きく見開いた。「あなたは一緒に帰らないの？」

フィリップが首を振り、妙に抑揚のない声で言った。「凍えはしないよな。五月なのだから」

「ええ、それはそうだけれど……」なんと答えればいいのかわからず、言葉が尻すぼみに消え入った。彼がさらに言葉を継いでくれることを期待していたのかもしれない。

エロイーズは仕方なく斜面をのぼりだし、静かな落ち着いた声を聞いて足をとめた。

「考えたいんだ」

「何を？」尋ねるべきではないのだろうと思いながら、言葉をとめられなかった。

「わからない」フィリップは困ったように肩をすくめた。「いろいろ、かな」

エロイーズはうなずきを返して、ふたたび屋敷へ向かって歩きだした。

それから一日じゅう、侘びしげな彼の目が頭から離れなかった。

9

……私たち一家は毎年この時期にはとりわけ、お父様が恋しくなるわよね。でも、お兄様は十八年も一緒に過ごせたのだからとても恵まれているわ。私には思い出が少ししかない。もっと長く一緒にいて、私が成長した姿を見てもらいたかったと心から思うわ。

――エロイーズ・ブリジャートンから、父の没後十年目の命日に、兄、ブリジャートン子爵へ宛てた手紙より

その晩、エロイーズはわざと遅れて夕食の席へ向かった。といってもたいした遅れではない――もともと遅刻癖があるわけではないし、他人の遅れについてもあまり寛容でいられるほうではない。けれども、昼間にあのようなことがあったあとでは、サー・フィリップが夕食の席に現れるかどうかすらわからないので、客間で親指を擦りあわせせないよう我慢しながら食事をひとりでとっていいものか悩まなければならないと思うと耐えられなかった。

時計の針が午後七時十分ちょうどを指したとき、もしフィリップが待っておらず、あとから来るという連絡もなければ、初めからひとりで食事をとるつもりだったという顔で食堂の

ほうへ移ればいいのだと心を決めた。

ところが、客間に入っていくと、フィリップが最新の流行ではないものの見るからに仕立てのいい服に身を包んで窓辺に立っていたので、驚くと同時に心からほっとした。けれども、白と黒だけしか使われていない装いなのは、亡き妻の喪に服する意味が込められているのか、それとも単なる個人の好みなのだろうか。エロイーズの兄弟たちの場合は、社交界の一部でとても流行っている派手な色をあえてなるべく着ないようにしていたが、サー・フィリップがそのようなことを意識する男性とも思えなかった。

エロイーズはしばし戸口に足をとめて、いままで見ていた男性と同一人物なのだろうかとふしぎな気持ちで横顔を見つめた。やがてフィリップが振り返り、低い声で名を呼びかけて、戸口のほうへ歩いてきた。

「昼間のことはどうか許してほしい」控えめな口調だったが、エロイーズは哀願のまなざしを見てとり、許しを切望されていることを悟った。

「謝る必要は何もないわ」とっさに答えたけれど、正直な気持ちだった。何が起こったのか理解できてすらいないのに、謝ってもらう理由がわかるはずもない。

「つまりその」フィリップがためらいがちに言う。「つい取り乱してしまったんだ。じつは――」

エロイーズが無言でじっと顔を見つめていると、フィリップは咳払いをした。

唇を開き、わずかに間があってようやく言葉を発した。「マリーナがあの湖で溺れかけたんだ」

エロイーズは息を呑み、唇に指が触れてからはっと、無意識に手を口にあてていたことに気づいた。

「泳ぎが得意ではなかったんだ」フィリップが説明する。

「お気の毒だわ」エロイーズは小声で言った。「あなたは――」どのように尋ねれば、どうしようもなく掻き立てられている好奇心を気取られずにすむのだろう？　そのような言い方はないのかもしれないが、聞きたい気持ちを抑えることもできない。知らずにはいられなかった。「あなたはそこにいらしたの？」

フィリップはいかめしい表情でうなずいた。「わたしが彼女を引きあげた」

「よかった」エロイーズはつぶやいた。「奥様は恐ろしい思いをされたのでしょうね」

フィリップは何も言わず、うなずきすらしなかった。

エロイーズは父のことを、父が目の前で倒れたときにどうすることもできなかったむなしさを思い起こした。まだ子供だったとはいえ、当時から何かをしなくてはならないと感じずにはいられない性分だった。何につけてもただ見ているだけではなく、つねに行動し、物事を取り仕切り、ほかの人々の世話を焼かずにはいられない。それなのに、ほんとうに肝心なときに、何ひとつ役に立てなかった。

「助けだせて、よかったわ」囁くように言った。「助けられなかったら、あなたはとてもつらい思いをしなければならなかった」

フィリップにけげんそうに見つめられ、エロイーズは不自然な物言いだったことに気づいて続けた。「つまり……誰かが死にかけているとき、見ているだけで、何もすることができなかったとしたら、とてもつらいでしょう」それから、目の前で黙って身を硬くしている男性とどことなく通じあうものを感じて、待たれているように思える言葉を静かに、悲しみを帯びた声で言い添えた。「わたしがそうだったから」

フィリップがはっきりと問いかけとわかるまなざしを向けた。

「父のときに」エロイーズはひと言で答えた。

このことはこれまであまり多くの人には話していない。実際、父が突発的な事故で急死した場に居合わせたのがエロイーズだけだったことを知っているのは、近親者たちを除けば親友のペネロペだけのはずだった。

「お気の毒に」フィリップがつぶやいた。

「ええ」エロイーズは切なげに答えた。「わたしも残念に思うわ」

するとフィリップが不可解な言葉を口にした。「子供たちが泳げるのは知らなかった」

あまりに思いがけない唐突な言葉だったので、エロイーズは目をしばたたいて訊き返すことしかできなかった。「どういう意味？」

フィリップは腕を差しだして、エロイーズを食堂へ導いていった。「泳げるのは知らなかった」打ち沈んだ声で繰り返した。「誰が泳ぎを教えたのかも知らない」

「重要なことかしら？」エロイーズはさりげなく問いかけた。

「重要だとも」フィリップが苦々しげに言う。「わ、わ、わたしが知っていなければならないことだ」

見るに忍びない表情だった。これほどつらそうな男性の顔を目にしたことはない。それでも、エロイーズは胸にじんわりとこみあげるものを感じた。接し方がよくわかっていないとしても、子供たちのことをこれほどまで考えているのだから、善良な男性に違いない。エロイーズはたいがい物事の白黒をはっきりとつけなければ気がすまず、時には灰色の段階でも待ちきれず性急に判断してしまいがちなのだが、今回ばかりは確信できた。

サー・フィリップ・クレインは善良な男性だ。完璧ではないかもしれないが、善良で、誠実な人柄であるのは間違いない。

問題を嘆いているより前向きに解決に取り組むのがエロイーズのやり方で、性に合ってもいるので、てきぱきと話を進めた。「でも、いまさらどうすることもできないわ。子供たちにすでに知っていることを忘れさせるわけにもいかないし」

フィリップは足をとめてエロイーズを見つめた。「たしかに、きみの言うとおりだ」それから、口調をやわらげて続けた。「だが問題は誰が教えたかではなく、子供たちが泳げることをわたしが知らなかったということにある」

エロイーズもそのとおりだと思ったが、見るからに傷ついているフィリップを責めるのは酷であるのはもちろん、的外れなように思えた。「だけど、あなたにはこれからまだ時間があるわ」やさしく言った。

「たとえば」フィリップはおどけたふうに声の調子をあげた。「背泳を教えて、泳ぎ方の種類を増やしてやれとでも？」

「ええ、そうよ」エロイーズは自己憐憫にはあまり寛容でいられないので、わずかに語気を強めた。「それにもちろん、お子さんたちについてもっと学ばなければいけないこともあるでしょうし。かわいらしいお子さんたちだもの」

フィリップが疑わしげな目を向けた。

エロイーズは咳払いをして言葉を継いだ。「たまに不作法なこともするけれど――」

フィリップの片眉が吊りあがった。

「ええ、たしかに頻繁に不作法なことをしているけれど、あの子たちは少しでもあなたの関心を引きたくて仕方がないのよ」

「きみにそう言ったのか？」

「言うはずないでしょう」エロイーズは素朴な問いかけに微笑んだ。「ふたりともまだ八歳なのよ。うまく説明できるほどの語彙《ごい》はないわ。でも、わたしにははっきりわかるの」

食堂に着き、エロイーズは従僕が引いた椅子に腰かけた。フィリップが向かいの席に坐り、ワイングラスに手をかけて、ぐいとひと飲みした。言いたいことがあるのに言い方を迷っているかのように、口もとがほんのわずかに動いている。ワインをひと口含んだエロイーズにようやく問いかけた。「あの子たちは楽しんでいたのかな？　その、泳ぎを」

エロイーズはにっこり笑った。「とても楽しんでいたわ。泳ぎに連れていってあげるべきよ」

フィリップは目を閉じて、瞬きにしてはだいぶ長くおいてから瞼を上げた。「できるとは思えない」

エロイーズはうなずいた。記憶の威力は身に沁みている。「ほかの所でもいいのではないかしら」と提案した。「きっと近くにほかにも湖があるわよね。池でもいいのだから」

フィリップは彼女がスプーンを手に取るのを待って、自分のスプーンをスープに浸けた。「それはいい考えだ。たぶん……」言いよどみ、咳払いをする。「たぶん、それならできると思う。どこへ行くか考えてみるとしよう」

頼りなげな、ひどく痛々しい表情だった。正しいことなのかどうかは確信が持てずとも、とりあえずやってみようという思いが見てとれる。エロイーズは心臓が飛びだしそうなほど鼓動が速まり、テーブル越しに手を伸ばして彼の手に触れたいと思った。でも、そんなことはとてもできない。ふたりのあいだのテーブルの幅が腕より三十センチ以上も長くなかったとしても、手を伸ばせはしなかっただろう。なのでせめて身ぶりで元気づけようと微笑んでみせた。

フィリップはひと口スープを啜ってからナプキンで口もとをぬぐって言った。「きみもぜひ一緒に来てほしい」

「もちろん、ご一緒するわ」エロイーズは嬉しそうに答えた。「誘ってくださらなかったらがっかりだもの」

「社交辞令だとしても」フィリップが口もとをゆがめて言う。「嬉しいし、きみがいてくれると思うだけで安心できる」エロイーズのもの問いたげな表情を見て続けた。「きみが一緒に来てくれれば、親子の外出がきっとうまくいくような気がするんだ」

「あなたならきっと――」

フィリップは遮るように言葉を継いだ。「きみが同行してくれたほうが、われわれ親子はずっと楽しめる」力強く言いきられて、エロイーズは反論せずに気持ちよく褒め言葉を受け入れることにした。フィリップの言いぶんはたしかに正しいのだろう。ともに過ごすことに慣れていない親子なので、誰かがいたほうがぎこちなさもいくらかまぎれるに違いない。

出かけるという提案に問題はもう何も見あたらない。「それなら、あすも晴天だったら出かけましょうよ」

「天気はもつだろう」フィリップがくつろいだ口ぶりで言う。「変わりそうな気配はない」

エロイーズは、やや塩気の足りない、少し野菜の入ったチキンスープを啜りながら、ちらりとフィリップを見やった。「天気を予測できるの？」顔に疑念が表れてしまったのは間違いなかった。じつは天気を予測できるという従兄がいて、彼の話を聞いて出かけては、びしょ濡れになり、爪先まで凍える目にも遭っていた。

「そうではないんだが」フィリップが言う。「誰が見ても――」言葉を途切らせ、わずかに首を伸ばした。「あれはなんだろう？」

「あれってなんのこと？」エロイーズは問い返したが、それからすぐにフィリップが聞いたと思われるものを耳にした。何事か揉めている声がまたたく間に大きくなり、重い足音が響いている。

痛烈な罵り言葉が飛び交ったあと、あきらかに執事のものとわかる怯えた悲鳴があがり……。

エロイーズは事態を悟った。

「どうしましょう」握っていたスプーンが手から滑り落ち、深皿のなかでスープの滴が飛び散った。

「いったい何事だ？」フィリップは侵入者から家を守ろうとする決意をあらわに立ちあがった。

どのような侵入者と向きあおうとしているのかは知るはずもない。それも、うっとうしく、お節介で、大胆不敵な侵入者たちと、ああ、あとおよそ十秒後には向きあうことになろうとは。

もちろん、エロイーズはその面々を知っていた。そして、フィリップの当面の身の安全を考えれば、彼らがうっとうしく、お節介で、大胆不敵なことなどより、怒りだすと理不尽になり、やたら大柄であることのほうがはるかに問題に思えた。

「エロイーズ？」フィリップが眉を上げて呼びかけたとき、もうひとりべつの誰かが彼女の名をがなりたてた。

エロイーズは血の気が引いていくのを感じた。足先に溜まる血が見えるわけではなくても、はっきりとわかった。このような状態ではあと一分と生き延びられそうにはないし、誰かを、なるべく近しい血縁者の首を絞めなければ持ちこたえられそうにない。

エロイーズはテーブルの端をつかんで立ちあがった。足音（まさしく暴徒が走っているとしか思えない）が、しだいに近づいてきた。

「きみの知っている方なのかい？」フィリップはおのれを葬り去ろうとしている者たちであるとも知らずに、いたって丁寧な呼び方で尋ねた。

エロイーズはうなずいて、どうにか言葉を絞りだした。「わたしの兄弟たちよ」

フィリップは二組の両手で首をつかまれて壁に押しつけられたとき、エロイーズからもう少し警告を聞いておけなかったものかと悔やんだ。

むろん何日も前から準備することではないし、揃いも揃ってずいぶんと大柄で、怒っていて、見るからに兄弟とわかる容貌の四人組の総力にはとうてい適わないとはいえ、心構えはできたはずだ。

兄弟たち。その辺りのこともう少し考えておくべきだった。兄弟のいる婦人への求婚は避けるのが賢明だったのだろう。

正確に言うなら、四人の兄弟がいる婦人の場合にはだが。

四人を相手に、いまだ生き延びられているのがふしぎなくらいだ。

「アンソニーお兄様！」エロイーズが甲高い声をあげた。「やめて！」

首をきつく締めつけているのがアンソニーなのかとフィリップは見定めた――四人とも最

低限の挨拶すら交わすつもりはなさそうだ。

「ベネディクトお兄様」次にエロイーズは一番長身の男性のほうを向いて頼むように呼びかけた。

その男性もフィリップの喉をつかんでいたが――あとのふたりはそばに立って睨みつけている――手の力をわずかに緩めて、エロイーズのほうを見やった。

それが災いのもとだった。四人はそれまでフィリップの手足をどう引きちぎるかというほうに必死でエロイーズをろくに見ておらず、その目にひどい痣をこしらえていることに誰も気づいていなかったのだから。

四人がその痣を見て、フィリップに原因があると考えるのはしごく当然のことだった。ベネディクトが罵り言葉を口走り、フィリップの足が地面から浮くほどぐいと壁に押しつけて引きずりあげた。

たいしたものだとフィリップは感心した。こうして、自分は死んでいくのか。最初に首をつかまれたときは不快に感じただけだったのだが、今度はもう……。

「やめて！」エロイーズはベネディクトの背中に体当たりして、髪を引っぱった。ベネディクトは頭を後ろに引っぱられて唸り、妹を振り払うために手を放したが、残念ながらアンソニーがまだしっかりとフィリップの首を締めつけていた。

フィリップは酸素不足に喘ぎつつ、泣き女の妖精《バンシー》か蛇髪の怪物《メドゥーサ》にも劣らぬ果敢な戦いぶりを見せている女性をできるかぎり目で追った。右手でなおもベネディクトの髪を引っぱりなながら、左手を首に巻きつけて肘を顎の下に食い込ませている。

「何をする」ベネディクトは毒づいて振り返り、妹を払いのけようとした。「誰か、こいつを引き離せ！」

ブリジャートン兄弟の残りのふたりはどちらもその言葉に応じなかった。壁に押しつけられた男の結末を見届けるほうがよほど面白いとみえる。

フィリップはめまいがして、視界が暗く狭まりはじめたが、エロイーズの粘り強さには敬服せずにはいられなかった。戦いの勝ち方を知っている婦人はめったにいない。

アンソニーの顔が突如ぬっと迫ってきた。「おまえ……妹を……殴ったのか？」唸り声で言う。

この状態で喋れるものかと、フィリップは朦朧とする頭で思った。

「違うわ！」エロイーズがいっときベネディクトの髪を引っぱる手をとめて叫んだ。「その人がわたしを殴るはずがないでしょう」

アンソニーはベネディクトへの攻撃を再開した妹のほうへ険しい表情を向けた。「はずがない理由がわからん」

「事故だったのよ」エロイーズは語気を強めた。「その人は関係ないの」それでも、兄弟たちは誰もまったく信じたそぶりがないので、続けた。「もう、いい加減にしてよ。だいたい、わたしが自分を殴った人をかばうとでも思う？」

そのひと言が功を奏したらしく、アンソニーがいきなり手を放し、フィリップは床に滑り落ちて、ぜいぜいと呼吸を整えた。

兄弟が四人。エロイーズは四人も兄弟がいると手紙に書いていただろうかとフィリップは考えた。おそらく書いていなかったのだろう。四人も兄弟がいると知っていたならば、結婚しようなどと思わなかったはずだ。このような一家に身を投じられるのは愚か者だけだ。

「なんてことするのよ」エロイーズはきつい口調で言い、ベネディクトから離れてフィリップのそばに駆け寄った。

「それを言うなら、こいつに何をされたんだ？」残りのふたりのうちひとりが訊いた。首を締めつけられる直前にフィリップの顎にこぶしを食らわせてきた男だった。

エロイーズはその男にとげとげしい視線を突きつけた。「あなたはここで何をしてるの？」

「姉さんの名誉を守りに来たんじゃないか」

「まるであなたがわたしを守れるとでも思っているような言い方ね。まだ二十歳にもなっていないくせに！」

つまり、この男はGで始まる名前の弟に違いない。ジョージだろうか？　いや、違うな。ギャビンだったか？　これも違うような……。

「二十三だよ」若者はいかにも年少の弟らしくむきになって答えた。

「でも、わたしは二十八なの」エロイーズがつっけんどんに言う。「赤ちゃんのあなたに助けてもらった憶えはないし、いまもあなたの助けはいらないわ」

グレゴリー。そうだった、グレゴリーだ。エロイーズがよく手紙に書いていたではないか。

なんたること。そうだとすれば、おそらく、あとの三人についてもすでに手紙で書き知らされていたのはまず間違いない。自分以外に責める相手はもはやいないということだ。

「来たいと言うのだから仕方ないじゃないか」隅にいて、ただひとりフィリップに手をかけようとしなかった男が言った。最も好感が持てる人物だとフィリップは思った。しかも彼はエロイーズに詰め寄ろうとするグレゴリーの腕に手を絡めて押しとどめてくれた。

なにしろこちらは床に横たわっていて、エロイーズのために何ひとつできはしない。まさしく赤ちゃんではないかとフィリップは自嘲めいた心持ちで考えた。

「だったら、こないように言えばよかったのよ」エロイーズはフィリップの気分の落ち込みなど知る由もなく続けた。「どれほど恥ずかしいことをしているかわかってるの？」

エロイーズを見つめる兄弟たちの表情からはあきらかに、頭がどうかしてしまったのではないかと考えているのが見てとれた。

「おまえにそんなことを言う資格はない」アンソニーがきびしい声で言い放った。「ひと言も残さずに家を出て来るような愚かにもほどがあることをしておいて、恥ずかしいとか、気まずいとか、悔しいといったことを語れるものか」

エロイーズはやや気を落ち着けたようだったが、なおも不満げに返した。「だからって、あの子の言いぶんを聞かなければいけない理由はないわ」

「われわれとは違って」コリンと思われる男が低い声で言った。「温和で従順な男を選んだわけか」

「もう、癪にさわるんだから」エロイーズの淑女らしくないつぶやきが、フィリップの疼く耳にはかえって心地良く響いた。

疼く耳？　誰かに耳を殴られていたのだろうか？　フィリップはよく思いだせなかった。四対一の分の悪い対決では記憶が曖昧になるのもやむをえまい。

「おまえ」ほぼアンソニーだと考えて間違いない男が指を突きつけて嚙みつくように言った。「そこから動くなよ」

そんなことをもくろむ価値すら見いだせない。

「おまえはだいたい」アンソニーはフィリップの予想を上回る、さらに恐ろしげな声でエロイーズに言った。「何をしようとしてたんだ？」

「お兄様たちこそ何をしに来たのよ？」エロイーズは質問をはぐらかそうと訊き返した。

その言葉につられて兄は答えた。「おまえを破滅から救うためだろう」大声で言う。「まったくおまえときたら、エロイーズ、われわれがどれほど心配したかわかってるのか？」

「あら、わたしがいなくなったことにも気づかないだろうと思ってたわ」エロイーズは冗談めかして答えた。

「エロイーズ」長兄が言う。「母上は取り乱していたんだぞ」

その言葉で、エロイーズはすぐさま神妙な面持ちに変わった。「ああ、なんてこと」か細い声で言う。「そんなことにはならないと思ったのよ」

「ああ、そうだろうとも」アンソニーが二十年間家長を務めてきた男らしくいかめしい口調で言った。「鞭打ちの罰に値する」

鞭打ちは容認してはならないとフィリップが口を挟もうとしたとき、アンソニーが言葉を継いだ。「あるいは、口輪の罰でとどめておくか」さすがは長兄、妹のことをよく心得ている。

「それで、これからどうします？」ベネディクトの声で、フィリップは床にへたり込んでいる場合ではなく、いまのうちに立たなければと気がついた。

エロイーズのほうを見やった。「まずは紹介してもらえないだろうか？」

「あら」エロイーズは唾を飲み込んで言った。「ええ、もちろんだわ。わたしの兄弟たちなの」

「それはすでに聞いた」フィリップは乾ききった声で言った。

エロイーズは、なぶり殺されかけた相手にせめてもの償いのつもりなのか、申し訳なさそうな目をくれたあと、兄弟たちのほうを向いて順番に手ぶりで示していった。「アンソニー、ベネディクト、コリン、この三人は」A、B、Cの頭文字の男性たちを示して言う。「兄たちよ。これは」ぞんざいな手ぶりでグレゴリーを示した。「ねんねの弟」

グレゴリーはいまにも姉の首につかみかからんばかりの顔つきだったが、フィリップとしては殺意が自分以外のところへそれてくれるのであればありがたかった。

エロイーズがようやくフィリップのもとに戻ってきて、兄たちに向かって言った。「サー・フィリップ・クレインよ。たぶん、もうご存じでしょうけれど」

「部屋に手紙が残っていたからな」コリンが言う。

エロイーズは悔しそうに目を閉じた。唇の動きから、後悔の文句をつぶやいているようにフィリップには見えた。

コリンが薄ら笑いを浮かべた。「今後また逃げだすときには、もっと用心するんだな」

「憶えておくわ」エロイーズは言い返したが、気迫は衰えていた。

「そろそろ立ちあがってもいいだろうか？」フィリップは誰にともなく問いかけた。

「だめだ」

声量を競いあうかのようにブリジャートン兄弟が口を揃えた。

フィリップはそのまま床にとどまった。自分が臆病者だとは思いたくないし、言わせてもらえば殴りあいには自信もあるのだが、なにせ相手は四人ときている。

ボクサーになっていたかもしれない男でも、自殺行為に及ぶほど愚かではない。

「その目はどうした？」コリンが静かに尋ねた。

エロイーズはやや間をおいて答えた。「事故だったの」

コリンはその返答についてしばし考えてから言った。「もう少し詳しく説明してくれないかな？」

エロイーズは気詰まりそうに唾を飲み込んで、フィリップの願いに反して視線を向けた。

これでますます、四人組は彼女の痣の原因が床に坐っている男にあるという確信を強めたはずだった。

その誤解がもたらすものは手足の切断と死しかありえない。この四人が、姉妹に手をかけて、まして目に痣までこしらえさせた男を許すとは思えない。

「真実を話してくれればいいんだ、エロイーズ」フィリップは仕方なく言った。

「原因は彼の子供たちなの」エロイーズはその言葉を恐る恐る口にした。だが、フィリップは心配していなかった。四兄弟はいまにも自分を絞め殺しかねないそぶりとはいえ、無邪気な子供たちに危害を与えるようなことはしないだろう。それに、エロイーズもオリヴァーとアマンダが危険にさらされるとわかっていたら間違いなく理由を明かそうとはしなかったはずだ。

「この男には子供がいるのか？」アンソニーがほんの少しだけ見直したような目を向けた。

彼にも子供がいることをフィリップは感じとった。

「ふたり」エロイーズが答えた。「双子なの。男の子と女の子。八歳よ」

「お幸せなことで」アンソニーはつぶやいた。

「それはどうも」フィリップは答えて、その瞬間にやけに老けて衰えたような気分に沈んだ。

「同情のほうが身に沁みるかもしれないが」

アンソニーが面白がるように、わずかながらも表情を緩めた。

「その子たちが、わたしの訪問をあまり歓迎してくれていなかったの」エロイーズが言う。

「利口な子供たちだ」とアンソニー。

エロイーズは兄に目顔でまったく面白くない冗談であることを伝えた。「子供たちに、糸を張った罠を仕掛けられたの。コリンお兄様に」当人に敵意に満ちた視線を突きつけた。

「一八〇四年に仕掛けられたのと同じようなやつよ」

コリンが信じられないといった表情で口もとをゆがめた。「日にちまで憶えてるのか？」

「なんでも憶えてるんだよな」ベネディクトが口を挟んだ。

エロイーズが今度は次兄を睨みつけた。

フィリップはまだ喉に痛みを覚えながらも、いつしか目の前のやりとりを楽しんでいた。

エロイーズが女王のごとく威厳のある態度でふたたび長兄のほうを向いた。「それで転んだのよ」簡潔に締めくくった。

「頭からか？」

「もちろんお尻をついたけれど、手をつく前に頬を打ちつけていたの。痣が目の辺りまで広がってしまったのよ」

アンソニーは威嚇する顔つきでフィリップを見おろした。「ほんとうの話なのか？」

フィリップはうなずいた。「兄の墓前に誓って。子供たちに直接問いただしたいということであれば、きちんと説明させます」

「必要ない」アンソニーはぶっきらぼうに退けた。「そのようはことは――」咳払いをして、「立つんだ」と命じつつ、手を差しのべるやさしさを覗かせた。

フィリップは、敵どころか強力な味方になってもらえる相手なのではないかという気がしてきて、差しのべられた手を取った。とはいえ、立ちあがって改めてブリジャートン家の四兄弟を用心深く眺めてみると、身構えずにはいられなかった。四人でいっせいに突撃されたら勝ち目はないし、いまはまだそうなる可能性が絶対にないとも言いきれない。

この一日が終わるまでには、死ぬか結婚するかの決着もついているのだろうが、それについてブリジャートン兄弟の票決を取るのはなるだけ避けたかった。

アンソニーは弟三人と妹ひとりを無言でじろりと眺め渡してから、フィリップに向きなおって言った。「きみの口から事情を説明してもらいたい」

フィリップは目の端に、エロイーズの表情をとらえた。割って入ろうと口をあけてから、ふたたび閉じて、従順とは言えないまでも、少なくともこれまでの態度からは想像できなかった慎ましやかな表情で椅子に腰をおろした。

アンソニー・ブリジャートンのような睨み方を身につけるべきなのだとフィリップは思った。そうすれば、一瞬にして子供たちをおとなしくさせることもできるだろう。

「エロイーズもう口出しはしないはずだ」アンソニーは穏やかに言った。「説明を始めてくれ」

フィリップはエロイーズのほうをちらりと見やった。話したくてうずうずしながらも口をつぐんでいるのは、彼女のような気質の人間にとって至難の業に違いない。

フィリップはエロイーズがロムニー館へやって来るまでの経緯を順序立てて簡潔に説明した。エロイーズからのお悔やみの手紙がきっかけであったこと、その後、ふたりが文通でどのように親交を深めていったのかを話した。途中に一度だけ、コリンが首を振りふり低い声で言葉を挟んだ。「部屋でいったい何を書いているのか、いつもふしぎに思ってたんだ」

フィリップがいぶかしげな目を向けると、コリンは両手を掲げて言い足した。「指ですよ。いつもインクがこびりついてて、その理由がどうしても解せなかった」

そして、フィリップは話の最後にこう結んだ。「というわけで、お察しのとおり、わたしは妻を求めていたのです。手紙の内容から、彼女は聡明で良識ある女性とお見受けしました。わたしの子供たちは、あとでもし会ってくださればすぐにおわかりになると思いますが、いわば」露骨すぎない表現を探した。「腕白なものですから」自分の選んだ言葉に満足して続けた。「彼女がなだめ役になってくれるのではないかと期待を抱いたのです」

「エロイーズが？」ベネディクトが鼻先で笑った。フィリップの見たところ、残りの兄弟三人もそのひと言に同感といった表情をしている。

あらゆることを思い返してみれば、たしかにベネディクトのひと言は可笑しいようでもあり、口輪の罰を提案したアンソニーの気持ちもわからないでもないが、どうもブリジャートン兄弟にはエロイーズへの敬意が足りないのではないかという気がしてきた。「あなたの妹ぎみは」語気を強めて言いきった。「子供たちにすばらしい影響をもたらしてくれました。わたしの前で彼女を軽んじるような発言は慎んでいただきたい」

みずから死刑執行を発令してしまったようなものなのかもしれない。この四人の面前で、反論の声をあげるのは得策ではなかった。だが、たとえ相手がエロイーズの貞操を守るためはるばるイングランドを横断してきた兄弟たちであれ、彼女を鼻先で笑いながら揶揄するような発言は黙って聞いているわけにはいかない。

エロイーズを、自分の目の前でけなすことなど許さない。

ところが予想に反して誰ひとり言葉を返す者はなく、あきらかに主導権を握っているアンソニーは化けの皮を剝いで正体を見抜いてやるぞとばかりに、ただじっとまっすぐフィリップを見据えていた。

「きみと話さなければならないことが山ほどありそうだな」アンソニーが静かに言った。

フィリップはうなずいた。「妹ぎみとも話されたほうがよろしいのではないでしょうか」

エロイーズがすばやく感謝のまなざしを向けた。フィリップは驚きはしなかった。彼女が自分のいないところで人生を左右する決定が下されることを容認できるとは思えない。いや、どんなことであれ、除け者にされるのは許せない女性なのだろう。

「ふむ」アンソニーが言う。「そうだな。では、きみさえかまわなければ、先に妹からじっくり話を聞くとしよう」

まるでおまえのような愚か者と話すのはひとりでたくさんだとでもいうように、あとの三人はフィリップをねめつけている。「わたしの書斎を使ってください。エロイーズが場所を知っていますので」

失言だった。エロイーズが屋敷を案内できるほどここに来て時間が経っていることを兄弟たちにわざわざ思いださせてしまった。

アンソニーとエロイーズは何も言葉を返さずに部屋を出ていき、フィリップは三人のブリジャートン兄弟と取り残された。

「坐ってもいいですかね？」フィリップは尋ねた。しばらくはこの食堂から出られそうもないと思ったからだ。

「どうぞ」コリンがのんびりした口調で答えた。ベネディクトとグレゴリーはなおもねめつけている。コリンもとりたてて友好関係を結ぶつもりがあるようには見えなかった。ほかの兄弟よりはいくぶん親しみやすさを感じさせるものの、その目には見くびることを許さない明敏な鋭さがある。

「よろしければ」フィリップはテーブルに並んだままの料理を手ぶりで示して言った。「召しあがってください」

ベネディクトとグレゴリーは毒でも勧められたかのように顔をしかめたが、コリンはフィリップの向かいに腰をおろして、皿から皮のぱりっとしたロールパンを手に取った。

「それはかなりいけますよ」とフィリップは勧めたが、むろん今夜はまだ味わえていなかった。

「うまい」コリンはひと口齧ってつぶやいた。「腹ぺこなもんで」

「よく食べ物のことを考えられますね」グレゴリーがもどかしげに言う。

「食べ物のことはいつも考えてるからな」コリンは答えて、テーブルにざっと目を走らせてバターを見つけた。「ほかに考えることなんてあるか？」

「奥さんのことがあるだろう」ベネディクトが間延びした口調で言った。

「ああ、そうそう、妻のことがある」コリンはうなずいて応じた。フィリップのほうを向き、じっと睨みつけて言った。「言わせてもらえば、今夜も妻と過ごしたかった」

フィリップはどのように答えてもその場にいない夫人への無礼にあたると考えて、ただうなずき、自分もロールパンにバターを塗った。

コリンは大きく齧りつき、家主へのあからさまないやがらせで不作法にパンを口一杯に詰め込んだまま話しだした。「結婚してまだ数週間なんだ」

フィリップは問いかけるふうに片眉を上げた。

「新婚だということだ」

フィリップは何かしら反応すべきだと思い、うなずいた。

コリンは身を乗りだした。「ほんとうに、妻のもとを離れたくなかった」

「わかります」フィリップは相槌を打った。実際、ほかに返事のしようがあるだろうか？

「兄の言ってる意味がわかってるのか？」グレゴリーが訊く。

コリンは、まだ若く、言いまわしの微妙な匙加減があきらかに身についていない弟に冷ややかな一瞥をくれた。それからまたテーブルに視線を戻したコリンに、フィリップはアスパラガスがのった皿を差しだして（コリンは受けとった）言った。「奥様と離れてお寂しいことでしょう」

一拍の沈黙があって、コリンがもう一度蔑むようにグレゴリーを見てから言った。「いかにも」

フィリップはそのやりとりに唯一口を挟んでいないベネディクトのほうを見やった。失敗だった。ベネディクトはさっさと首を絞めておけばよかったといまだ悔やんでいるような顔でこぶしを丸めては開いている。

さらに目を移すと、グレゴリーが憤然と胸の前で腕を組んでいた。おそらくはフィリップと、その晩自分を子供あつかいしてばかりいる家族への怒りで、実際に全身を小刻みにふるわせていた。フィリップの視線にも態度をやわらげるそぶりはなかった。グレゴリーは挑むように顎を突きだし、歯を食いしばって――

もうたくさんだとフィリップは観念し、テーブルの向かいへ目を戻した。

コリンはいつの間にか使用人にスープを持ってこさせて、食事にいそしんでいた。けれどもふいにスプーンを置き、もう片方の手をまじまじと眺め、指を一本ずつゆっくりと折り曲げてはフィリップのほうへ向けながら言葉を発した。

「妻、が、恋しい」

「ばかばかしい」フィリップはとうとう言葉を吐き捨てた。「わたしの脚を折りたければ、さっさとやってもらえませんか」

10

……ねえ、ペネロペ、姉妹しかいなくて不運だなんてあなたは思わないかもしれないけれど、兄弟がいればもっとはるかに楽しめるのよ。

——エロイーズ・ブリジャートンが三人の兄たちとハイド・パークで深夜の乗馬を楽しんだあと、ペネロペ・フェザリントンへ宛てた手紙より

「おまえが決めることだ」アンソニーはまるで自分の部屋であるかのようにフィリップの机の後ろに腰かけて言った。「一週間後に結婚してもいいし、二週間後でもかまわない」

エロイーズは呆気にとられて口をあけた。「アンソニーお兄様！」

「何かべつの選択肢でも勧めると思ってたのか？」諭すように訊く。「じゅうぶんに説得力のある理由をつけるとして、延ばせても三週間だ」

世慣れた良識人が意地を張った子供に話しているような兄の口ぶりが、エロイーズは腹立たしかった。怒鳴り散らされたほうがはるかにましだ。そうすればせめて、かわいそうに罪なき妹が頭に血がのぼった兄に一方的に責められているだけだと思い込むこともできたのに。

「なんの不満があると言うんだ」兄は続けた。「彼と結婚するつもりでここに来たんだろう？」

「違うわよ！　彼が花婿にふさわしい男性かどうかを見きわめるために来たんだわ」

「それで、どうだった？」

「わからないわ。まだたった三日目なのよ」

「といってもなあ」アンソニーは蠟燭の薄明かりのなかで指の爪を気だるげに眺めながら言った。「それでも、おまえの評判を傷つけるにはじゅうぶんすぎる時間なんだ」

「わたしがここに来ていることを誰が知ってると言うの？」エロイーズはすぐさま反撃した。

「まだいない」兄は認めた。「だが、そのうち誰かに知られるはずだ。必ず嗅ぎつける者がいるものだ」

「家族以外に」

「付添人が来ることになってたのよ」エロイーズは不機嫌そうに言った。

「どこにいるんだ？」まるでここでは夕食に子羊も出るのかとか、狩猟も楽しめるのかとでも訊いているような、いたってさりげない口調だった。

「もうすぐ来るのよ」

「ふむ。わたしよりあとに来ることになるとは、そのご婦人も不幸だな」

「みんなにとって不幸だわ」エロイーズはつぶやいた。

「なんだって？」兄は訊き返したものの、ふたたび凄みの戻った声が、ひと言も聞き漏らしてはいないことを如実に示していた。

「アンソニーお兄様」エロイーズは懇願するように兄の名を呼んだが、何を懇願しているのか自分でもよくわからなかった。

兄が煮えたぎるような暗い目を向けた。すこぶるきつい視線を突きつけられて、指の爪を眺めるふりをしてくれていたほうがよほどましだったことに気づいた。

エロイーズはあとずさった。本気で憤ったアンソニー・ブリジャートンを前にすれば、誰もがそうせざるをえなくなる。

けれども兄は感情を抑えた冷静な声で話しだした。「おまえはみずからここに来て、評判につまらない傷をつけてしまったんだ」ゆっくりとした調子で、はっきりと言葉を継いだ。「残念ながら、自分で責任をとらなければならない」

「よく知らない男性と結婚しろと言うの？」エロイーズはか細い声で訊いた。

「ほんとうにそうだろうか？」アンソニーは訊き返した。「食堂では、彼のことをよく知っているように見えたがな。あらゆる手を尽くして彼をかばおうとしていたじゃないか」

追い詰めるような話し方をされて、エロイーズは怒りが湧きあがってきた。「でも、結婚してもいいほどは知らないのよ」強い口調で言った。「少なくとも、いまはまだ」

だが、それぐらいで追及を緩める兄ではなかった。「いまはまだと言うのなら、いつになれば知ったことになるんだ？　一週間か？　二週間か？」

「やめてよ！」耳をふさぎたくなって声を張りあげた。「考えられないわ」

「考えていないだけだ」兄が言葉を正した。「その頭に少しはあるはずの理性でちょっとでも考えれば、家を出ていくようなことはしなかったはずだ」

エロイーズは腕組みをして顔をそむけた。反論しようがないのが悔しくてたまらない。

「どうするつもりなんだ、エロイーズ？」兄が訊く。

「わからないわ」つぶやいて、そのように愚かな言葉しか口にできないことが情けなかった。

「それでは」兄はなおも良識人ぶったいやみな口調で続けた。「少々困ったことになるのではないかな？」

「どうしてそういう言い方をするのよ？」エロイーズはこぶしを胸の下にあてて訊いた。「なんでも疑問形にしないと話せないの？」

アンソニーはまるで面白くもないというふうに微笑んだ。「意見をお尋ねしているのだから感謝されて然るべきだと思うが」

「わざと恩着せがましく訊いてるだけじゃないの」

兄は威嚇するような目で身を乗りだした。「わたしが怒りを抑えるのにどれだけ苦労しているかわかってるのか？」

それはあえて考えないほうが得策だとエロイーズは思った。

「おまえは真夜中に家を出ていったんだぞ」アンソニーは立ちあがった。「ひと言もなしに、メモすら――」

「メモは残したわよ！」エロイーズはとっさに声を張りあげた。

兄はあきらかに疑っている目を向けた。

「残したわ！」繰り返した。「玄関広間の壁ぎわにあるテーブルの上に置いたわ。陶の花瓶のすぐ脇に」

「それでそのなぜか消えたメモには……」

「わたしは大丈夫だから心配しないようにということと、一カ月以内に連絡すると書いたのよ」

「なるほど」アンソニーがわざとらしく感心したふりで言った。「それ、それがあれば、わたしもきっと心慰められていただろう」

「どうしてなくなったのかしら」エロイーズはつぶやくように言った。「いろいろな招待状の山にまぎれてしまったのかもしれないわ」

「われわれはてっきり」兄は妹のほうへ一歩踏みだして続けた。「おまえが誘拐されてしまったかと思ったんだ」

エロイーズは青ざめた。家族がそのようなことを心配するとは思いもせず、メモが行方不明になるかもしれないという可能性にも考えが及ばなかった。

「母上は何をしたと思う？」アンソニーが重々しく真剣な声で訊く。「心配で卒倒しかけたあ、あとに」

エロイーズはその答えを知るのが怖い気もしながら首を振った。

「銀行へ行ったんだ」兄が続ける。「どうしてだかわかるか？」

「さっさと教えてよ」エロイーズはしびれをきらして尋ねた。問いかけられるのはもううんざりだ。

「なぜかというと」兄は脅すようなそぶりで近寄ってきた。「おまえの身代金を請求された場合に備えて、資金をすべて引きだせるよう手続きの確認にいったんだ！」

エロイーズは長兄の怒鳴り声に思わず身をすくめた。メモを置いたのよ！　もう一度そう叫びたかったが、それが的外れな主張であるのはわかっていた。自分が間違ったことをしたのだし、愚かだったのだし、このうえ言い訳をしてさらなる愚行を重ねたくはない。

「結局、おまえの行動を解明してくれたのはペネロペだった」アンソニーは続けた。「われわれが彼女におまえの部屋を調べてくれるよう頼んだんだ。おそらく、ペネロペはわれわれ家族の誰よりもそこで過ごした時間が長いだろうからな」

エロイーズはうなずいた。ペネロペはずっと一番の親友だった――もちろん、コリンと結婚したいまもそれは変わらない。あの部屋で、ありとあらゆることを話して数えきれないほどの時間をともに過ごした。フィリップとの文通だけは秘密にしていたのだけれど。

「ペネロペは手紙をどこで見つけたの？」いまさら重要なことではないかもしれないが、好奇心を抑えられなかった。

「おまえの机の下に落ちていた」アンソニーは胸の前で腕を組んだ。「押し花と一緒に」

なんとなく納得がいった。「植物学者なの」小声で答えた。

「なんのことだ？」

「植物学者なの」エロイーズはもう少し大きな声で繰り返した。「サー・フィリップのことよ。ケンブリッジで最優等学位を受けたのよ。お兄様がワーテルローで亡くならなければ、大学の研究者になるはずだったの」

アンソニーはその事実と、それを妹が知っているという事実を反芻《はんすう》して、うなずいた。

「もし、あの男がおまえを殴り、侮辱し、屈辱を味わわせるような卑劣な男だと言うのなら、無理強いはしない。だが、おまえがこれから何を話すつもりであるにせよ、これだけは憶えておいてくれ。おまえはブリジャートン家の一員だ。誰と結婚しようが、かまいはしない。おまえがブリジャートン家の人間であることはいつまでも変わらないし、われわれ家族は敬意をもって誠実に接する。そうしなければならないからではなく、われわれはそういう家族だからだ」

エロイーズは目にこみあげる涙をぐっとこらえて唾を飲み込み、うなずいた。

「ということで、改めておまえに尋ねる。サー・フィリップ・クレインと結婚できない理由が何かあるのか？」

「ないわ」エロイーズはためらいもせず小声で答えた。このような状況に追い込まれるとは思っていなかったし、まだ結婚への心の準備も整っていないけれど、返答をためらって事実を曲げることはできない。

「わたしもそう思う」

エロイーズは意気をほとんどくじかれて、これからどうすればいいのか、何を言えばいいのかもわからず立ち尽くした。泣きだしそうなのはすでに兄に気づかれているのは知りつつ、やはり涙を見られたくなくて顔をそむけた。「彼と結婚するわ」声を詰まらせながら続けた。「ただ――わたし――」

兄は妹の苦悩を慮《おもんぱか》ってしばし押し黙ったが、言葉が継げそうもないのを見て問いかけた。「おまえはいったい何を求めていたんだ、エロイーズ？」

「恋愛結婚がしたかった」自分の耳にさえやっと届く程度の静かな声で答えた。

「なるほど」長兄の耳の良さは相変わらずだった。「だが、家を出る前に考えるべきことだったのではないか？」

その言葉がエロイーズの癇《かん》にさわった。「お兄様は恋愛結婚をされたのだから、よくおわかりよね」

「わたしの場合は」自分のことに話をふられるのは心外だといわんばかりの口ぶりで言う。「イングランドで最も始末の悪いゴシップ好きに、恥ずべき場面を見られてしまったから結婚したんだ」

エロイーズはむなしさを感じて大きく息をついた。長兄が結婚したのはもう何年も前の話で、経緯についても忘れてしまった。

「結婚したときは妻を愛していなかった」アンソニーは続けた。「というより」わずかに口調をやわらげ、懐かしむようにかすれがかった声で言い足した。「愛していても、そのことに気づいていなかったのかもしれない」

エロイーズはうなずいた。「お兄様はとても幸せ者だったわけね」そう答えて、自分もフィリップと幸せになれるかどうかがわかれば救われるのにと思った。

意外にも兄は非難するのでも叱るわけでもなく、ただぼそりと言った。「そうだな」

「心に穴があいたみたいだったの」エロイーズはつぶやいた。「ペネロペとコリンお兄様が結婚したとき……」椅子に沈み込んで、両手に顔を埋めた。「わたしはひどい人間なんだわ。浅はかで心のさもしい人間に違いないのよ。だって、ふたりが結婚したとき、自分のことしか考えられなくなってしまったんだもの」

アンソニーはため息をついて、妹のそばにしゃがんだ。「おまえはひどい人間などではないぞ、エロイーズ。そうだろう」

エロイーズは顔を上げ、ふと長兄はこんなにも才知に長《た》けた男性だっただろうかと思った。あとひと言でも声を荒らげられ、あと一分でもからかうように話されていたら、打ちのめされていただろう。あるいは、心を閉ざしていたかもしれないが、いずれにしろ兄妹の関係は壊れていたはずだ。

でも実際は、誰より傲慢で誇り高く、生まれながらに貴族の嫡男気質が染みついている兄が、妹のそばにしゃがんで手を握り、胸が張り裂けそうなほどやさしく話しかけてくれている。「ふたりの結婚はほんとうに嬉しかったのよ」エロイーズは言った。「ほんとうに嬉しいの」

「わかっている」

「喜び以外のものは感じてはいけなかったのよ」

「人間はそれほど単純なものではない」

「ペネロペがわたしと姉妹になったのよ。嬉しくて当然のはずなのに」

「嬉しいと言ってたじゃないか」

エロイーズはうなずいた。「ええ。嬉しいの。もちろん嬉しいわ。でもそれだけとは言えない」

アンソニーは穏やかに微笑んで、言葉の続きを待った。

「急にとても寂しくなって、とても年老いてしまったように思えたの」エロイーズは理解してもらえるのだろうかと不安を覚えて兄の顔を見つめた。「自分が取り残されてしまうなんて考えてもいなかった」

兄は含み笑いをした。「エロイーズ・ブリジャートン、おまえを取り残すような間違いは誰にもできないと思うがな」

長兄に急所を突かれて、エロイーズはつい口もとをゆがめてぎこちない笑みを浮かべた。「本心では自分がずっと未婚でいると思っていなかったのかもしれないわ。そうではないのだとしても、少なくともペネロペもずっと一緒に未婚でいると思ってたのよ。わたしらしくないことなのだけれど、きちんと考えてはいなかったのかもしれない。でも――」

「でも、結果はこうなったんだ」アンソニーは妹を思いやって代わりに締めくくった。「ペネロペ自身も急に結婚が決まるとは思っていなかったのではないかな。それに、正直なところ、コリンも結婚について考えていたとは思えない。愛というのは気づかぬうちに芽生えているものなのだろう」

エロイーズはうなずいて、自分も気づかぬうちに愛が芽生えることがありうるのだろうかと思いめぐらせた。たぶん、ありえない。徹底的に考えなければ気がすまないたちなのだから。

「ふたりの結婚は喜んでいるのよ」エロイーズは言った。

「わかっている。わたしもそうだ」

「サー・フィリップとは」エロイーズは戸口のほうを手ぶりで示したが、実際には当人はその先の廊下を進んでふたつめの角を曲がった食堂にいるはずだった。「この一年、文通を続けてきたわ。そしてあるとき彼が結婚について書いてきたの。といっても、とても慎重な言いまわしをしていたわ。求婚されたわけではなくて、ふたりの相性が合うかどうかを確かめるために訪問されてはどうかと尋ねられたのよ。わたしは、きっと彼はどうかしてしまったのだから、そのような提案を考える必要すらないと自分に言い聞かせた。知らない相手と結婚なんてできないでしょう？」ふるえがちな笑い声をかすかに漏らした。「そんなとき、コリンお兄様とペネロペが婚約を発表した。わたしにとっては世界がひっくり返ってしまったような出来事だったわ。それから、フィリップの提案が気になりはじめたの。机が目に入るたび、手紙をしまっていた抽斗を、木に穴があいてしまうのではないかと思うぐらい見つめるようになっていた」

アンソニーは何も言わず、気持ちはわかっているというように妹の手を握りしめた。

「何かしなければいられなかった。人生に何かが起こるのをじっと坐って待っているようなことはもう耐えられなかった」

兄が喉の奥から低い笑い声を立てた。「エロイーズ、おまえにかぎって、それだけは心配していない」

「アンソニーお兄様――」

「まあ、最後まで言わせてくれ。おまえは特別な才能がある人間のひとりなんだ、エロイーズ。運命のなすがままにされる人間ではない。それについてはわたしの言葉を信じるべきだ。できればただの兄でいたかったが、時には父親役も務めながら、おまえの成長を見守ってきたのだから」

エロイーズは胸を締めつけられるように感じて、わずかに唇を開いた。兄の言うとおりだ。自分にとって兄はずっと父親でもあった。誰から頼まれたわけでもなく、愚痴ひとつこぼさず、何年も父親の代わりを務めてくれていた。

今度はエロイーズがアンソニーの手を握り返した。ただ愛しているというだけではなく、どれほど愛していたかに気づいたから。

「おまえはみずからの意思で生きている」アンソニーが言う。「つねに自分で決断をくだし、進むべき道を選んでいる。いつも意識してそうしてきたわけではないのかもしれないが、それは事実だ」

エロイーズは一瞬目を閉じて、首を縦に振って言った。「ええ、ここに来るときにも自分で決断したつもりだったの。いい考えに思えたのよ」

「そしてきっと」アンソニーは静かに言葉を継いだ。「それでよかったと思えるときがくるだろう。サー・フィリップは高潔な男のようだ」

エロイーズはむっとした表情を隠せなかった。「首を絞めながら、そんなふうに見定められるものかしら？」

兄は横柄な視線を向けた。「意外に思えるかもしれないが、われわれ男は戦いながら相手を見きわめることもできる」

「あれが戦いと言える？　四対一だったのよ！」

アンソニーは肩をすくめた。「公平な戦いと言った憶えはない」

「身勝手なんだから」

「おまえの最近の行動を思えば、興味深い表現だな」

エロイーズはかっと頬が熱くなった。

「まあ、いいだろう」アンソニーは歯切れよく言って、話題を変えた。「あとはこれからどうするかということだ」

兄の声には断固とした決意が込められており、何を言われるにせよ従わざるをえないことをエロイーズは悟った。

「すぐに荷物をまとめるんだ」兄は言った。「そして全員で〈ぼくの小さな田舎家〉に行き、一週間滞在する」

エロイーズはうなずいた。〈ぼくの小さな田舎家〉は風変わりな名称のベネディクトの屋敷で、ロムニー館からさほど遠くないウィルトシャーにある。ベネディクトは妻のソフィーと三人の息子たちとともにそこに暮らしていた。とりたてて大きくもないが心地良い屋敷で、ブリジャートン一族がさらに数人身を寄せられる程度の部屋はじゅうぶんにある。

「おまえのサー・フィリップも毎日通える」といっても事実上、フィリップがそうしなければならないという意味であることはエロイーズも承知していた。

エロイーズはまたうなずいた。

「一週間後、彼が妹と結婚させるに値する人物だとわたしが判断したならば、結婚するんだ。早急に」

「一週間で、人間性を確実に見きわめられるの？」

「それ以上かかる可能性はほとんどない」アンソニーは断言した。「だがもし不確かな場合には、さらに一週間延ばせばいいだけのことだ」

アンソニーは妹の顔を険しい目で見据えた。「彼に選択権はない」

エロイーズはごくりと唾を飲み込んだ。

アンソニーが高慢な顔つきで片方の眉を吊りあげた。「これで、お互い異存はないな？」

エロイーズはうなずいた。兄の計画は筋が通っているように思えた。実際、世の中の大半の兄が妹に示す計画より寛大なのではないだろうか。それに、もし何かひどくよくないことが起こって、サー・フィリップ・クレインとはとても結婚できないと気づいたとしても、免れる方法を考える時間がさらに一週間与えられるということだ。一週間のうちにはいろいろなことが起こるに違いない。

見きわめる最後の機会だ。

「では食堂に戻るとするか？」アンソニーが問いかけた。「おまえも空腹なんじゃないか。あまり遅くなると、コリンが屋敷じゅうのものを食べ尽くしてしまいかねない」

エロイーズはうなずいた。「それどころか、もう三人で彼を殺してるかもしれないわ」

アンソニーはその言葉にふと考えをめぐらせた。「そうだとすれば、わたしとしては結婚費用を節約できる」

「アンソニーお兄様！」

「冗談だよ、エロイーズ」兄は言って、疲れたように首を振った。「さあ、行こう。おまえのサー・フィリップがまだ生き延びられているかどうかを確かめに」


アンソニーとエロイーズがふたたび食堂に入っていくと、ちょうどベネディクトが話していた。「そこで、酒場の女が現れて、これがなんとも見事な――」

「ベネディクトお兄様！」エロイーズは声をあげた。

ベネディクトはきわめてばつの悪そうな表情で妹のほうを見て、とんでもなく豊満らしい女性の体をかたどっていた両手を引き戻してつぶやいた。「失礼」

「既婚者なのに」エロイーズは咎めるように言った。

「それでも見ずにはいられない」コリンがにやりと笑って口を挟んだ。

「お兄様も既婚者じゃないの！」

「でも見ずにはいられないんだ」コリンは繰り返した。

「姉上」グレゴリーは、姉がこれまで耳にしたうちで最も癇にさわる慇懃《いんぎん》無礼な口ぶりで言った。「どうしても見ないではいられないものもあるんですよ。まあ、男になりでもしないと、おわかりにならないでしょうけど」

「そのとおり」アンソニーが請けあった。「わたしもみなと同じだ」

　エロイーズはぐっと息を吸い込み、この頭のおかしな集団からわずかでも分別を見いだそうと兄弟たちの顔を見まわした。それからフィリップに目を留めた。その様子から、いくぶん酔いがまわっているのはもちろん、エロイーズが長兄とべつの部屋にこもっていたわずかのあいだに、ほかの兄弟たちと旧友のごとき絆を結んだことが見てとれた。

「サー・フィリップ？」エロイーズは問いかけて、然るべき返答を待った。

　ところがフィリップはしまりのない笑みを浮かべた。「みなさんが話している女性のことは知ってますよ。その酒場には何度も足を運んでますから。〈ルーシーの店〉といえば、この辺りではとても有名なんです」

「評判だからな」ベネディクトがしたり顔でうなずいた。「ぼくの所からも馬を飛ばせば、一時間ほどで行ける」

グレゴリーがフィリップのほうへ身を傾けて、興味津々に青い瞳を輝かせて訊いた。「あなたもやはりルーシーと？」

「グレゴリー！」エロイーズはほとんど怒鳴るように言った。あきらかに度を越している。兄弟たちは姉妹の前でこのような話をけっしてすべきではないし、サー・フィリップがスープ鍋のように大きな胸の酒場の女性と交わったかどうかなどということは知りたくもない。

するとフィリップが首を振った。「ルーシーは結婚してますからね。わたしもそうでしたし」

アンソニーがエロイーズのほうへ顔を向け、「合格だな」と耳打ちした。

「かわいい妹のために高い基準を設けてくださって光栄だわ」エロイーズは囁き返した。

「わたしもルーシーには会ったことがある」アンソニーは声高らかに言った。「多くを語るのは控えるが」

エロイーズは腰に手をあてて、長兄を正面から見据えた。「浮気したの？」

「とんでもない！　そんなことをしたらケイトに喉を切り裂かれてしまう」

「わたしの推測ではケイトお姉様が最初に切るのは喉ではないと思うけれど、いまはお兄様が間違いを起こしたときに妻に何をされるかということを話しているのではなくて――」

アンソニーはびくりと怯んだ。妹の言うとおり、喉から切られるとはかぎらないことに気づいたからだ。

「――浮気したかどうかを訊いてるの」

「していない」アンソニーはかぶりを振った。「だが、これは誰にも言うなよ。なにしろ、放蕩者として名を馳せてきたんだ。妻にすっかり飼いならされてしまったとは世間に思われたくない」

「どうかしてるわ」

長兄はにやりと笑った。「それでも、妻はわたしに惚れ込んでいる。それはまぎれもない事実だからな」

エロイーズもそれについては認めざるをえず、ため息をついた。「こんな状態で、これからどうすればいいのかしら？」空の皿が散乱した食堂のテーブルを囲んで坐っている四人組を手ぶりで示した。フィリップ、ベネディクト、グレゴリーはしごく満足した様子でゆったりと椅子の背にもたれており、コリンはなお食べつづけている。

アンソニーは肩をすくめた。「おまえはどうしたいのか知らんが、わたしは加わらせてもらう」

エロイーズが戸口に立ったまま見つめる先で、長兄は席についてみずからグラスにワインを注いだ。ありがたいことに、話題はいつしかルーシーや彼女のとてつもなく豊満な肉体のことから、ボクシングへ移っていた。話の内容まではよく聞こえないものの、フィリップがグレゴリーに手技らしきものを実演してみせている。

そのうち、パンチがグレゴリーの顔を直撃した。

「おっと、すまない」フィリップは詫びてグレゴリーの背中を軽く叩いた。けれどエロイーズは、フィリップの唇の右端がほんのわずかに上がり、うっすら笑みが浮かんだのを見逃さなかった。「痛みはすぐにおさまるはずだ。わたしの顎のほうも、もうなんともないのだから」

グレゴリーはちっとも痛くはないというようなことをぼそりとつぶやきつつ、さりげなく顎をさすった。

「サー・フィリップ？」エロイーズはよくとおる声で呼びかけた。「ちょっと、お話できるかしら？」

「もちろん」フィリップは即座に立ちあがった。エロイーズには戸口を離れるつもりは毛頭ないので、呼びかけられた者は誰であれ立ちあがらざるをえないわけだが。

フィリップがそばに歩いてきた。「何か問題でも？」

「あなたが殺されてしまうのではないかと心配してたのよ」エロイーズはひそひそ声で言った。

「ああ」フィリップは、ワインをグラス三杯は飲み干していそうなにやけた笑みを浮かべた。

「何もされてない」

「見ればわかるわ」エロイーズは奥歯を嚙みしめて言った。「何があったの？」

フィリップはテーブルのほうを振り返った。アンソニーはコリンが手をつけなかった（たまたま目に入らなかったから残っていたのだろう）わずかな料理を食べており、ベネディクトは椅子の後ろ脚二本に重心をかけて不安定なバランスをとっている。グレゴリーはといえば、ルーシーのことでも考えているのか、はたまた彼女の大きくて柔らかな特定の部位でも想像しているのか、目をつむってにやつきながら鼻歌を鳴らしている。

フィリップが向きなおって肩をすくめてみせた。

「いつから」エロイーズはいらだちもあらわに訊いた。「あなたたちは仲良しのお友達になられたのかしら?」

「ああ」フィリップはうなずきながら続けた。「それがなんともおかしなきっかけだった。わたしが脚を折ってくれと頼んだんだ」

エロイーズはただじっと見返した。男性のことを理解できる日は生涯こないのかもしれない。四人も兄弟がいるおかげで、率直に言ってたいがいの女性よりは男性のことを知っているだろうし、二十八歳という自分の年齢を考えてもある程度の知識は得ているはずなのに、やはり男性は奇妙な生き物としか思えない。

フィリップがもう一度肩をすくめた。「それで、打ち解けられたみたいだ」

「そうらしいわね」

エロイーズはアンソニーの視線を感じつつ、フィリップとじっと見つめあった。やがてフィリップが突如酔いがさめたような表情に変わった。

「結婚しなければならない」

「わかってるわ」

「そうしなければ、今度こそほんとうに脚を折られるだろう」

「折られるのは脚だけではすまないでしょうね」エロイーズは唸るように言った。「でもたとえそうなったとしても、淑女としては整骨療法書を読めるからという理由だけで妻に選ばれたとは思いたくないわ」

フィリップは呆然と目をしばたたいた。

「わたしは無知ではないわ」低い声で言った。「ラテン語は勉強したもの」

「なるほど」フィリップはゆっくりと答えた。男性が返すべき言葉がわからないことを隠そうとするときの口ぶりだった。

「せめて」褒め言葉に解釈できなくもない言葉を引きだせないものかと、辛抱強く続けた。

「ほかに理由がなかったとしても、何かしらあとづけはできるものね」

「そのとおりだ」フィリップはうなずいたが、それ以上言葉は出てこなかった。

エロイーズは目をすがめた。「ワインをどれぐらいお飲みになったの？」

「ほんの三杯」フィリップはいったん口をつぐんで考えた。「四杯かな」

「それはボトルの数ではなくて？」

フィリップは返答を迷っているような顔をしている。

エロイーズはテーブルのほうへ目を戻した。夕食の残骸のなかにワインのボトルが四本見えた。そのうち三本は空いている。

「わたしが席をはずしたのはそれほど長い時間ではなかったわ」

フィリップが肩をすくめた。「一緒に飲むか、脚を折られるかのどちらかしかなかったんだ。しごく当然の選択をしたまでで」

「アンソニーお兄様！」エロイーズは呼びかけた。これ以上フィリップと話していても無駄だと思った。脚を折られようが折られまいが、ワインのボトルを何本空けようが、男性たちがどのような生き物で、結婚がどうなろうと、何もかもすべてもう、どうでもよかった。それより何より、人生の方向性をみずから決められない無力な自分自身に嫌気がさしていた。

「もう行くわ」

アンソニーはうなずいて唸り声のような返事をしつつ、なおもコリンが見逃したひと切れのチキンを嚙み砕いている。

「ねえ早く、お兄様」

兄は妹の息苦しそうに上擦った声の変化に気づいたらしく、今度はすぐさま立ちあがって答えた。「わかった」

馬車に乗れてこれほどほっとできたのは、エロイーズの人生で初めてのことだった。

11

……お酒を飲みすぎる男性は我慢できないの。だから、ウェスコット卿の求婚をお受けできなかった気持ちは理解してもらえるわよね。

――エロイーズ・ブリジャートンがふたりめの求婚者を断わった折、兄ベネディクトへ宛てた手紙より

「まあ、そんなことをしたの！」ベネディクトの小柄で妖精のごとく優美な妻、ソフィー・ブリジャートンが声をあげた。

「そうなのよ」エロイーズは陰気に答えて庭園用の椅子に背をあずけ、カップに入ったレモネードを啜った。「それからみんなで酔っ払ってたんだから！」

「しょうがない人たち」ソフィーのつぶやきを聞き、エロイーズは昨晩あれほど胸がむかついていたのはやはり、気味悪いくらい和気あいあいとしていた男たちのせいだったのだと納得した。いま自分に何より必要なのは、こうしてその男たちを心おきなく非難できる、分別ある女性なのだ。

ソフィーが顔をしかめた。「もしかしたら、また気の毒なルーシーのことを話していたのではないでしょうね」

エロイーズは息を詰めて訊いた。「お姉様もご存じなの？」

「彼女のことは誰でも知ってるわ。すれ違って彼女を見すごせる人はいないのではないかしら」

エロイーズはそのような女性の姿を想像しようとしたが、思い浮かべられなかった。

「じつを言うと」周囲にはひと気がないにもかかわらず、ソフィーは声をひそめて言った。「その女性のことは不憫に思っているの。ありがたくもない注目を浴びても、結局、彼女にとって何かいいことがあるわけでもないでしょう」

エロイーズは笑いをこらえようとして、わずかに鼻を鳴らしてしまいだ。

「ポージーが一度、ご本人に尋ねたこともあるのよ」

エロイーズはぽかんと口をあけた。ポージーはソフィーの継母の連れ子で、数年間ブリジャートン家に身を寄せていたのだが、その後、ベネディクトとソフィーの家からわずか五マイルの所に住む、人柄のいい教区牧師と結婚していた。エロイーズの知りあいのなかでも一番と言っていいくらい人懐っこい性格で、酒場で働く既婚女性と友人になれる婦人がいるとすれば、彼女をおいてほかにいない。

「ルーシーはヒューの教区に住んでいるの」ソフィーがポージーの夫の名を出して説明した。「だからもちろん、顔見知りではあるのだけれど」

「なんて言ったの？」

「ポージーのこと？」

「いいえ、ルーシーよ」

「それがわからないの」ソフィーは表情を曇らせた。「ポージーが話してくれないのよ。信じられる？　ポージーはいままでわたしに隠し事をしたことなんてなかったはずなのに。教区民の秘密を漏らすわけにはいかないと言うのよ」

誠実なポージーらしい行動だとエロイーズは思った。

「もちろん、興味もないけれど」ソフィーは愛されている女性ならではの自信を滲ませて言った。「ベネディクトがよそ見をするはずもないし」

「もちろんだわ」エロイーズはすぐに応じた。ベネディクトとソフィーの恋物語は一族の伝説となっており、エロイーズがあまたの求婚を断わってきた理由のひとつでもあった。ふたりのように情熱的に惹かれあう恋愛に憧れてきたからだ。それなのに、「わたしには三つの屋敷があり、馬が十六頭、猟犬は四十二頭飼っています」などと言われて求婚されても受け入れる気持ちにはなれなかった。

「でもせめて、彼女とすれ違うときにぼんやり口をあけないようにしてほしいというのは無理なお願いではないわよね」

エロイーズが力強く熱心に同意の言葉を口にしようとしたとき、サー・フィリップが芝地を横切って歩いてくるのが見えた。

「例の彼？」ソフィーが微笑んで尋ねた。

エロイーズはうなずいた。

「とてもすてきな方だわ」

「ええ、そうかもしれないわね」エロイーズはのんびりとした調子で答えた。

「そうかもしれない？」ソフィーはもどかしげに軽く笑った。「わたしに恥ずかしがる必要はないわよ、エロイーズ・ブリジャートン。わたしはあなたたちの侍女だったのだから、あなたのことについてはふつうの義理の姉よりはわかっているもの」

侍女をしていたといっても、ベネディクトと愛を確かめあって結婚を決意するまでのわずか二週間にすぎないことを指摘したいのをこらえて、エロイーズは言った。「そうね。無骨な田舎者が好みの人にはとてもすてきに見えるでしょうね」

「あなたもそうなんでしょう」ソフィーがとりすまして言った。

癪にさわることに、エロイーズは頬が熱くなるのを感じた。「たぶん」つぶやいた。

「しかも」ソフィーが満足げにうなずきながら言う。「花束をかかえてらっしゃるわ」

「植物学者なの」エロイーズは言った。

「だからといって、思いやりにあふれた行動には変わりないわ」

「そうともかぎらないわ、手近にあるものなのだから」

「エロイーズ」ソフィーは呆れ顔で言った。「もうやめて」

「何を？」

「機会を与える前に、気の毒にも人を決めつけてしまうことを」

「そんなつもりはないわ」エロイーズは否定したが、その言葉は真実味を欠いていた。善意からとはいえ、身内に自分の人生を決められようとしていることがいらだたしくてつい不機嫌になり、すげない態度を取ってしまう。

「それに、とても美しい花束だと思うわ」ソフィーが力を込めて言った。「たとえ八千種の花を育てていようと、そんなことは関係ないのよ。花を持ってきてくださった気持ちが大事なのだから」

エロイーズは自己嫌悪を覚えながらうなずいた。明るく陽気に、前向きな考え方で機嫌よく振るまいたいけれど、どうしてもそれができない。

「ベネディクトは詳しいことを話してくれないの」ソフィーはエロイーズの浮かない表情にかまわず続けた。「殿方はそういうものなのよね。知りたいことをまったく話してくれない」

「何を知りたいの？」

ソフィーはサー・フィリップのほうを見やって、自分たちの所にたどり着くまでにあとどれぐらい時間がかかるのかを見定めた。「そうね、まずひとつに、あなたが家を出る前に彼とは面識がなかったのはほんとうなのかということ」

「ええ、一度も会ったことはなかったわ」エロイーズは認めた。その事実を改めて考えてみると、ほんとうにばかげたことをしたように思えた。ブリジャートン家のエロイーズが家を出て、会ったこともない男性のもとに向かうなどと誰に想像できただろう？

「でも」ソフィーが淡々とした口ぶりで言った。「最後に万事うまくいったとしたら、まるで夢のような恋物語になるわよね」

エロイーズは落ち着きなく唾を飲み込んだ。〝最後に万事うまくいったとしたら〟などということは、この時点ではとてもまだ想像できない。むしろ、サー・フィリップと結婚することになってしまったら――実際にはもうほぼ確実にそうなるのだけれど――いったいどのような夫婦になるのだろうかということのほうが不安だった。ともかくいまはまだお互いを愛してはいない。うまくいくのだと信じたいものの、こうしてウィルトシャーにいると、ベネディクトがソフィーを見つめるまなざしからなるだけ目をそむけようとしていても、自分は恐ろしい過ちをおかしてしまったのではないかと考えずにはいられなくなる。

それに、そもそも子供たちに母親を与えるために妻を求めている男性と心から結婚しようと思えるだろうか？

そのような男性に嫁ぐよりは、たとえ愛する人と出会えなくても、ひとりでいるほうがましではないだろうか？

残念ながら、その疑問の答えを知る方法は、実際にサー・フィリップと結婚してみるよりほかにない。それでもし、うまくいかなかったとしたら……。

あとはもう耐えるしかない。

結婚生活から逃れるための最も手っ取り早い方法は死であり、それを選ぶことはエロイーズにはとうてい考えられなかった。

「ブリジャートン嬢」

目の前にフィリップが立ち、白い蘭の花束を差しだしていた。「これをきみに」

その姿を目にしてわずかに緊張とめまいのようなものを覚えたことに励まされて笑みを返した。「ありがとう」低い声で言い、花束を受けとって香りを嗅いだ。「美しいわ」

「それはどこで見つけられたものですの？」ソフィーが尋ねた。「見事な蘭ですわね」

「わたしが育てたものです」フィリップは答えた。「温室を持っているのです」

「あら、やはりそうでしたの」ソフィーが言う。「エロイーズから、植物学者でいらっしゃるとお聞きしていたものですから。わたしも園芸が好きなのですけれど、じつはあまり知識がなくて。ここの管理人夫妻にはきっと悩みの種だと思われてますわ」

エロイーズは咳払いをして、まだ正式に紹介していないことをさりげなく知らせた。「サー・フィリップ」次兄の妻を手ぶりで示して言った。「こちらはベネディクトの妻、ソフィーです」

フィリップはソフィーの手を取って軽く頭をさげて挨拶した。「ブリジャートン夫人」

「お目にかかれて光栄ですわ」ソフィーは親しみを込めて挨拶を返した。「それと、どうか、名で呼んでください。エロイーズにはすでにそうされているとお聞きしていますし、もうほとんど家族も同然の方なのですから」

エロイーズは顔を赤らめた。

「あら！」ソフィーが声を発して、すぐさま気まずそうに言葉を継いだ。「あなたとの関係について言ったつもりではないの、エロイーズ。わたしはけっして――まあ、どうしましょう――つまり言いたかったのは……」頬を深紅色に染めて自分の両手に視線を落とした。

「そうだわ」とつぶやいた。「みなさんでワインをたくさんお飲みになったそうだから」

フィリップは空咳をした。「詳しくは思いださないほうが賢明かと」

「完全に憶えているとすれば、すばらしい記憶力だわ」エロイーズはにこやかに言った。

フィリップはお世辞には騙されないといわんばかりの表情を向けた。「それはどうも」

「頭痛はありませんの？」エロイーズは訊いた。

フィリップは顔をしかめた。「ものすごい痛みでして」

案じるべきなのだろうし、わざわざ貴重な品種の蘭を持ってきてくれたのだからなおさら親切に接するべきであるのはエロイーズもわかっていた。でも、どうしても自業自得としか思えず、低い声ながらもひと言放った。「当然ね」

「エロイーズ！」ソフィーがたしなめるように言った。

「ベネディクトお兄様はどんな具合かしら？」エロイーズはそしらぬ顔で尋ねた。

ソフィーがため息をついた。「今朝はとてもつらそうにしていたわ。グレゴリーはベッドから起きてもこないし」

「それに比べれば、わたしはだいぶ楽にすんだのですね」フィリップが言う。

「コリンお兄様はべつよ」エロイーズは言った。「絶対に二日酔いにならないの。それにもちろん、アンソニーお兄様はゆうべはさほど飲んでいなかったし」

「幸運な方だ」

「何か飲み物はいかがです、サー・フィリップ？」ソフィーは目に陽射しが入らぬよう婦人帽《ボンネット》の縁を少しさげて問いかけた。「もちろん、そのような状態ですもの、アルコールなしの無害なお飲み物でも。よろしければ、レモネードをご用意しますわ」

「それはとてもありがたい。お願いします」フィリップは、ソフィーが立ちあがってなだらかな斜面を屋敷のほうへ歩き去るのを待って、空いた椅子にエロイーズと向きあって坐った。

「こうしてまたお会いできてよかった」フィリップはそう言って咳払いをした。もともと饒舌な男性ではないし、この場に至るまでに予想外の展開があったにせよ、今朝も口数の少なさは変わらなかった。

「ほんとうに」エロイーズはつぶやくように答えた。

フィリップは椅子の上でぎこちなく身を動かした。ほとんどの椅子と同様、その椅子も彼には小さすぎた。「ゆうべの振るまいについては謝らなくてはいけない」こわばった口調で言う。

エロイーズは目を上げて、その暗い目をしばし見つめてから、すぐ脇の草地に視線をずらした。心から申し訳なさそうに見えるし、たぶん実際にそう思っているのだろう。彼のことはよく知らないけれど――いまさら言っても仕方のないことかもしれないが、ともかく結婚しようと思えるほどには知らない――口先だけで詫びているようには見えない。とはいえ、エロイーズはまだもろ手を挙げて歓迎する気にはなれず、言葉少なに答えた。「兄弟がいるから慣れているわ」

「そうだろうが、わたしは慣れてはいない。ほんとうに、飲みすぎる習慣があるわけではないんだ」

エロイーズはうなずきで謝罪の言葉を受け入れた。

「ずっと考えていた」フィリップが言う。

「わたしもよ」

フィリップは咳払いをひとつしてから、急に息苦しくなったとでもいうように首巻《クラバット》をぐいと引いて緩めた。「むろん、われわれは結婚しなくてはいけない」

わかっていたこととはいえ、エロイーズはその言い方にどことなくいやな感じを受けた。まるで解決しなければならない問題を語るように感情を欠いた声に聞こえたからかもしれない。それとも、まるで選択の余地はないのだといわんばかりの断定的な言い方をされたせいだろうか。選択の余地がないのは事実としても、あえてそれを思いださせてほしくなかった。

いずれにしろ、じっとしてはいられないようなむずがゆい居心地の悪さを覚えた。

エロイーズは物心がついてからつねにみずから選びとる人生を過ごしてきて、そうすることを家族に許されている自分はきわめて恵まれた女性だと考えていた。だからこそこうして心の準備が整う前に進むべき道を示されるのがどうにも我慢できなかった。

この滑稽ともいえる顚末を招いたのが自分自身であるのも我慢ならないし、自分に腹が立って、誰に対してもいらだちを覚えずにはいられなかった。

「きみを幸せにするよう全力を尽くす」フィリップがぶっきらぼうに言う。「子供たちには母親が必要なんだ」

エロイーズは弱々しく笑った。子供たちよりも結婚にはもっと大事なものがあると思っていたのに。

「きみなら力強い助けになってくれるはずだ」

「力強い助け」エロイーズはおうむ返しに唱え、その言葉の響きにぞっとした。

「きみにも異存はないだろう？」

エロイーズはうなずいた。それもほとんど、口をあけたら叫んでしまいそうで怖かったからにすぎない。

「よし」とフィリップ。「これで、すべて解決だ」

すべて解決だ。これが今後の人生を決める、晴れがましい求婚の言葉になるのだろうかとエロイーズは思った。何より問題は、こちらに異を唱える資格がないことだった。フィリップに付添人を手配する時間も与えずに押しかけたのは自分自身だ。運命を切り開こうと躍起になり、よく考えもせず行動し、その先に待っていたのは――

すべて解決だ。

エロイーズは唾を飲み込んだ。「よかったわ」

フィリップが彼女の表情を見て、とまどい顔で目をまたたいた。「嬉しくないのかい？」

「もちろん嬉しいわ」うつろな声で言う。

「嬉しそうに聞こえないな」

「嬉しいわよ」きつい声で返した。

フィリップはぼそりと何かつぶやいた。

「なんとおっしゃったの？」

「何も」

「何か、おっしゃったわ」

フィリップがいらだたしげな目を向けた。「きみに聞いてほしい言葉だったなら、大きな声で言っている」

エロイーズはぐっと息を吸い込んだ。「つまり、聞かれてはまずいことだったのね」

「つい口にしてしまうこともある」フィリップはそっけなく答えた。

「なんとおっしゃったの？」エロイーズは食いさがった。

フィリップは頭を掻いた。「エロイーズ――」

「わたしを侮辱なさったの？」

「ほんとうに知りたいのかい？」

「わたしたちは結婚することになっているのですもの、もちろんだわ」エロイーズは奥歯を嚙みしめて言った。

「正確な言葉は思いだせない」フィリップはにべもなく答えた。「でも、たしか、〝ご婦人〟と〝欠如〟という言葉は使った気がする」

言えるわけがなかった。フィリップは言うべきではないことを承知していた。どのような状況で口にしても無礼な言葉なのに、この場で言ってはよけいにまずい。だがエロイーズは引きさがろうとしない。まるで針でチクチクつついた挙句、お楽しみのひと突きを待ちわびているかのように。

だいたい、彼女はどうしてこれほど機嫌が悪いのだろう？　自分は事実を述べただけにすぎない。ふたりは結婚しなければならないわけで、たとえ何か不満があったとしても、せめて相手の男が筋を通して結婚しようとしていることを喜ぶべきではないだろうか。

なにも感謝してほしいなどとは期待していない。つまるところ、最初に招待の手紙を出したのはこちらであり、今回の一件は、彼女のせいであると同時に自分のせいでもあるからだ。それでも、笑顔で機嫌よく答えてくれるぐらいのことはしてもいいのではないか？

「こんなふうにお話できてよかったわ」エロイーズが唐突に言った。「有意義な時間になったもの」

フィリップはすぐさま疑わしげな目を向けた。「どういうことだろう」

「とても参考になったわ」エロイーズは答えた。「結婚前に配偶者となる相手のことは理解しておくべきだから――」

フィリップは唸った。きわめてまずい方向に話が進みつつある。

「つまり」エロイーズが唸り声に鋭い視線を返して語気を強めた。「あなたがわたしたち女性について、どう考えているか知っておくのは大事なことだと申しあげてるのよ」

元来争いごとは避けて通るたちなのだが、今回は我慢の限界を超えていた。「たとえ正確に思いだせたとしても」と言い返した。「ご婦人についての見解を正直にきみに話すつもりはない」

「察しはつくわ」エロイーズも負けじと続けた。「〝欠如〟という言葉が然るべき方向に導いてくれるから」

「そうだろうか？」フィリップはのんびりとした口調で言った。「こちらはとうに進もうとしていた道をそれてしまったんだが」

エロイーズは目を狭めて見つめた。「どういうことかしら？」

「考えが変わったんだ。わたしはつねに、ご婦人方と揉め事を起こさないようにしてきた。だがどうにもこうにも、きみには腹が立つ」

エロイーズはあからさまにけなされてたじろいだ。

「これまで誰にも癇にさわると言われたことはないのかい？」ないわけがないとフィリップは思った。

「直接言われたことはないわ」エロイーズはむっとしてつぶやいた。

「ずいぶんとお上品な方々のなかで生きてきたわけだな」フィリップはふたたび椅子の上でもぞもぞと身を動かした。まったく、最近は大柄な紳士用の椅子を作っている人間はいないのだろうか。「あるいは」低い声で言う。「みんなきみに怯えて、どんなわがままも聞き入れていただけなのかもしれないが」

エロイーズが顔を赤らめた。性格について図星を指されて気恥ずかしいからなのか、言葉にできないほど憤っているからなのか、フィリップには見きわめられなかった。

たぶん両方なのだろう。

「ごめんなさい」エロイーズがつぶやいた。

フィリップは驚いてその顔を見つめた。「なんだって？」聞き違えたのかもしれない。

「ごめんなさいと言ったのよ」エロイーズは繰り返した。三度は言わないのでよく聞いておけといわんばかりの口ぶりだ。

「ああ」フィリップは虚を衝かれてほかに言葉が見つからなかった。「ありがとう」

「どういたしまして」愛想がいいとは言えないまでも、つくろおうとする意欲は見てとれた。

フィリップは一瞬口をつぐんでから、尋ねずにはいられなかった。「どうして謝るんだ？」

エロイーズは話をぶり返されたことにあきらかにいらだっていた。「どうしてそういうことを訊くのかしら？」ぼそりとこぼした。

「訊きたいから」

「ごめんなさいって言ったのは」歯を食いしばって言う。「わたしが不機嫌で、失礼な態度を取ってしまったからよ。これでもしあなたに、失礼な態度とはどういうことかと尋ねられたら、わたしは間違いなく立ちあがって歩き去って、もう二度とお会いすることはないはずよ。謝るだけで精一杯で、これ以上の説明はとてもできないから」

フィリップはこれ以上は望むまいと思い定めた。「ありがとう」穏やかに言った。それから押し黙り、人生で最も長い一分と思われるようなときが過ぎて、話を先に進めてもいいだろうと判断した。

「気休めになるかどうかはわからないが、わたしはきみのご兄弟が来る前に、ふたりの相性は合うのではないかと見きわめていたんだ。すでに、妻になってくれるよう申し込むつもりでいた。礼儀にのっとって、指輪を準備して、ほかにも必要なことをあれこれやろうと。段取りがよくわからないんだ。以前に女性に求婚してからもう長い年月が経つし、そのときは通常の状況ではなかったから」

エロイーズがこちらに向けた目には驚きと……感謝の気持ちのようなものも少し混じっているように見えた。

「残念ながら、きみのご兄弟がこられて、きみの心積もりができる前に事が進められてしまった。でも、わたしはそうなってよかったと思っている」

「そうなの？」エロイーズは小声で訊いた。「ほんとうに？」

「きみには必要なだけ時間を与えたい」フィリップは続けた。「もちろん限度はあるが。ただし――」斜面のほうへ目をやると、アンソニーとコリンが、軽食をのせた盆を手にした従僕をしたがえて、のんびりとした足どりでおりて来るのが見えた。「わたしはきみのご兄弟には何も言えない。彼らはきみが望むだけ待つつもりはないだろう。わたしだって、きみが自分の妹なら、ゆうべのうちに教会に引きずっていったかもしれない」

エロイーズも斜面をおりて来る兄たちを見やった。ふたりがたどり着くまでには少なくともあと三十秒はかかりそうだった。彼女が口を開き、何か考えが浮かんだらしく、また閉じる。それから何秒か見るからにあれこれ悩んだあと、口早に言った。「どうして、相性が合うと思ったの？」

「なんだって？」むろん訊き返したのは苦肉の策だった。そのように率直に訊かれるとは予想していなかった。

予想しておくべきだったのだろう。なにしろ相手はエロイーズなのだから。

「どうして、ふたりの相性が合うと思ったの？」聞き逃れようのない、はっきりとした口調で繰り返した。

そのように訊かれるのはわかっていて当然のことだった。エロイーズ・ブリジャートンに曖昧なごまかしや言い逃れが通用するはずがない。目の前に直接核心を探れる問題があるのなら、けっして放っておけない女性なのだ。

「それは……つまり……」大きくひとつ咳をした。

「わからないのね」エロイーズが落胆したように言った。

「もちろん、わかっている」フィリップは否定した。自分が考えていることもよくわからないなどと認めるわけにはいかない。

「いいえ、わからないんだわ。わかっていたら、そんなに息苦しそうな顔をしているはずがないもの」

「やれやれ、ご婦人は慈悲というものを持ちあわせていないものなのかい？　男性は論理立て話すために時間が必要なんだ」

「やあ」相変わらず陽気なコリン・ブリジャートンの声がした。「幸せそうなおふたりさん」

誰かに声をかけられてこれほど嬉しく感じたことはいままでなかったかもしれない。「おはようございます」フィリップはブリジャートン兄弟に挨拶をして、エロイーズの尋問から逃れられたことにほっと胸をなでおろした。

「お腹がすいてないかい？」コリンはフィリップの隣の椅子に腰をおろして訊いた。「勝手ながら、屋外で朝食をとる準備を頼んでおいた」

フィリップは従僕を見やって、手伝いを申しでるべきだろうかと迷った。気の毒に、料理をどっさりのせた盆にいまにも押しつぶされそうに見える。

「今朝のご機嫌はいかがかな？」アンソニーは尋ねて、エロイーズの隣のクッション付きの長椅子に腰かけた。

「いいわよ」エロイーズは答えた。

「お腹はすいてないか？」

「すいてない」

「楽しんでるか？」

「ご心配なく」

アンソニーはフィリップのほうを向いた。「いつもはもっとお喋りなんだが」

彼女は自分に腹を立てているのだろうとフィリップは思った。直前のやりとりを考えれば当然なのだろう。

料理をのせた盆がテーブルの上に大きな音を立てておろされ、従僕がいたく恐縮して不作法を詫び、アンソニーがそれに答えて、ヘラクレスでもコリンを満足させる食事はひとりでは運びきれないのだからまったく気にする必要はないのだと慰めた。

ブリジャートン兄弟はみずから料理を皿に取りわけにかかり、アンソニーがエロイーズとフィリップのほうを向いて言った。「今朝のふたりはとても似合いに見える」

エロイーズが敵意をあらわに兄を見返した。「来たばかりでよくそんなことが言えるわね？」

「一目瞭然だ」アンソニーは肩をわずかに上げて言い、フィリップに目を向けた。「口げんかをしてただろう。仲のいい証しだ」

「それを聞いてほっとしました」フィリップがぼそりと答えた。

「わたしも妻とよくそういった会話をして、自分の考え方を理解させているんだ」アンソニーが気さくな調子で言う。

エロイーズはむくれ顔で兄を睨んだ。

「もちろん、妻と解釈が異なることもある」兄は肩をすくめた。「そういうときは、彼女の考えを理解したように思わせておく」フィリップのほうへ視線を戻して微笑んだ。「そのほうが無難だからな」

フィリップがちらりと様子を窺うと、エロイーズは必死の形相で沈黙を保っていた。

「いつ到着されたのだ？」アンソニーが訊いた。

「ほんの数分前です」とフィリップ。

「そうよ」エロイーズが口を開いた。「何を言ってるんだい？」「お兄様は喜んでくださると思うけど、結婚を申し込まれたわ」

フィリップはエロイーズの突然の発言にうろたえてむせた。「何を言ってるんだい？」

エロイーズは長兄に向かって続けた。「この人はこう言ったのよ。われわれは結婚しなければいけない」

「うむ、そのとおりだ」アンソニーは言って、妹の顔をまっすぐ見据えた。「ふたりは結婚しなくてはいけない。それをあえて率直に口にした彼をすばらしいと思う。誰よりおまえは率直な会話を望む人間であるわけだしな」

「スコーンがほしい方は？」コリンが呼びかけた。「いない？　だったら、ぼくがもうひとつ」

アンソニーはフィリップのほうを向いて言った。「妹は指図されるのが嫌いなものだから少々いらいらしているだけだ。二、三日もすればまた元気になるだろう」

「いまも元気よ」エロイーズは唸るように口を挟んだ。

「ああ」アンソニーが低い声で言う。「たしかに元気そうだな」

「どこか行かなければいけない所があるのではなくて？」エロイーズは歯の隙間から吐きだすように言った。

「興味深い質問だ」長兄は答えた。「本来なら、妻と子供たちとロンドンにいるはずなのだからな。実際、どこかよそへ行けるのなら、そうしたいところだ。だが、どういうわけか、ここへ来るはめとなってしまった。ウィルトシャーに。三日前にロンドンの快適なベッドで目覚めたときには、こうなるとはまったく予想もしていなかったんだがな」そしらぬ笑みを浮かべた。「ほかにご質問は？」

エロイーズは押し黙った。

アンソニーは封書を妹に差しだした。「おまえにだ」

エロイーズが封書に視線を落とす。筆跡からすぐに書いた人物に気づいたことはフィリップの目にもあきらかだった。

「母上からだ」アンソニーは妹が間違いなく気づいていることを知りながら言い添えた。

「読んだらどうだい？」フィリップは訊いた。

エロイーズは首を振った。「いまはいいわ」

つまり、兄たちの前では聞きたくないのだとフィリップは読みとった。

反射的にやるべきことに思い至った。

「ブリジャートン子爵」フィリップはアンソニーに呼びかけて立ちあがった。「少し妹ぎみとふたりだけにさせてもらえませんか？」

「ついさっきまでふたりだったのに」コリンがベーコンを噛み砕きながら言う。

フィリップはその言葉を聞き流した。「どうでしょうか？」

「もちろん、かまわない」アンソニーは言った。「妹がそれでいいのなら」

フィリップはエロイーズの手をつかんで立ちあがらせた。「妹ぎみも同意しています」

「これはまた」コリンがまた口を挟んだ。「えらく機嫌のいい顔で」

フィリップは即刻ブリジャートンきょうだい全員に口輪をはめてやりたいと思った。「一緒に来てくれ」抵抗する隙を与えず、エロイーズに言った。

案の定、エロイーズは愛想笑いすら浮かべなかったが、議論できる見込みのあるほうを選んだらしい。

「どこへ行くの？」エロイーズが引っぱられるようにふたりの兄から離れるとすぐに息を切らせて訊いた。フィリップは彼女が追いつくために小走りになっているのもかまわず、大股で芝地を進んでいた。

「わからない」

「わからない？」

フィリップがいきなり足をとめた拍子に、エロイーズの体がぶつかった。なかなか心地いい感触だ。乳房から太腿まで曲線がはっきりと感じとれたが、そのぬくもりに浸る間もなく、エロイーズはたちまち姿勢を立て直して離れてしまった。

「ここに来たのは初めてなんだ」フィリップは幼い子供に説明するかのように言った。「千里眼でもなければ、進むべき方向もわからない」

「あら」とエロイーズ。「そういうことなら、案内するわ」

フィリップはエロイーズを連れて屋敷の裏手にまわり、通用口のほうへ進んだ。「ここを入るとどこに出る？」

「家のなかよ」エロイーズは答えた。

フィリップは皮肉っぽい目を向けた。

「ソフィーの書斎を抜けて廊下に出られるわ」エロイーズが説明を加えた。

「ソフィーは書斎にいるのかな？」

「いないのではないかしら。あなたのレモネードを取りにいったのだもの」

「よし」フィリップはドアを手前に引いて、鍵が掛けられていなかったことに感謝の言葉を口早につぶやいてから、部屋を覗き込んだ。誰もいなかったが、廊下側のドアがあいていたので、すぐに歩いていって閉めた。振り返ると、エロイーズはまだ屋外側の戸口に立って、好奇心の混じる面白がるような表情でこちらを見ていた。

「ドアを閉めるんだ」命令口調で言った。

エロイーズが眉を上げた。「なんですって？」

「閉めてくれ」ふだんからこのような言い方をしているわけではないのだが、この一年、人生の方向性を見失い、ただ漂うように過ごしてきて、いまようやくおのれの意思を取り戻しかけていた。

自分の求めているものにはっきりと気づいたのだ。

「ドアを閉めてくれ、エロイーズ」低い声で繰り返し、ゆっくりとそちらのほうへ歩いていった。

エロイーズが目を大きく開いた。「フィリップ？」かすれ声で言う。「わたし――」

「話すな。とにかくドアを閉めるんだ」

けれども、エロイーズはその場に立ったまま、まるで知らない人間を見るように目を見張っていた。実際に、知らない相手なのに違いない。フィリップ本人ですら、もはや自分のことを知っていると言える自信はなかった。

「フィリップ、あなた――」

フィリップが彼女の後ろにまわってドアを閉めると、鍵を掛ける音が大きく不気味に響いた。

「どうするつもり？」エロイーズは訊いた。

「きみは、われわれの相性が合わないかもしれないと心配していただろう」

エロイーズはわずかに唇を開いた。

フィリップが歩み寄った。「相性が合う証しを見せておきたいんだ」

12

……結婚してもいいと思えるくらいサイモンと相性が合うなんて、どうしてわかったの？　社交界の結婚市場に出てもう三シーズンが過ぎたけれど、私は間違いなく、そんなふうに思える男性とはめぐり会えていないわ。

——エロイーズ・ブリジャートンが三人目の求婚者を断わった折、姉のヘイスティングス公爵夫人に宛てた手紙より

フィリップの唇が自分の唇に重なる直前、エロイーズはかろうじて息を吸い込んだ。それができたのは幸いだった。なにしろフィリップはあと千年は唇を離すつもりはなさそうなのだから。

と思ったのも束の間、フィリップはいきなり顔を引き戻し、大きな両手で彼女の顔を包み込んで見つめた。

ただじっと見つめている。

「何？」エロイーズはまじまじと見られるのが気詰まりで尋ねた。好まれる顔立ちではあれ

絶世の美女ではないのは承知している。それなのに相手はまるで顔の造作を書き留《とど》めようとでもするようにつくづく自分を眺めている。

「きみを見たかった」フィリップが囁いて、頬に触れ、それから親指で輪郭をたどった。「きみはいつも動いている。だからちゃんと見たことがない」

膝がぐらついてきて、唇を開いたものの、とても動かせそうにはないし、彼の暗い目を見つめること以外、何もできそうになかった。

「きみはとても美しい」フィリップがつぶやいた。「きみを初めて見たとき、わたしがどう思ったかわかるかい？」

エロイーズは続きを訊きたくてたまらずに首を振った。

「きみの目のなかに溺れてしまいそうな気がした。自分が――」彼の顔が近づいてきて、言葉を発する息づかいまで聞きとれた。「きみのなかに溺れてしまいそうな気がしたんだ」

彼のほうへ倒れかかりそうだった。

彼が唇に触れ、人差し指で柔らかな皮膚をくすぐった。とたんに心地良い波がエロイーズの全身を駆けめぐり、体の奥の、本人にもまだ明かされていない部分にまで伝わった。まさにその瞬間、欲望にはとてつもない威力があることを思い知らされた。その威力の大きさはけっして計り知ることはできないだろう。

「キスして」エロイーズは囁いた。

フィリップが笑った。「きみはいちいち指図するんだな」

「キスして」

「ほんとうにいいのかい？」フィリップはつぶやき、口もとをゆがめて、からかうような笑みを浮かべた。「一度してしまったら、とても離すことはできそうに――」

エロイーズは彼の後頭部をつかんで自分のほうへ引き寄せた。

フィリップは重ねた唇から含み笑いをこぼし、断固とした力強さで抱き寄せた。エロイーズは唇を開いて彼の舌を受け入れ、口のなかを探られる快感にかすかな声を漏らした。フィリップは軽く齧りついては舌を這わせてゆっくりと彼女の熱情を焚きつけながら、さらにきつく自分のほうへ引き寄せて、布地の上から体温を染み込ませ、欲望の靄《もや》のなかにくるみ込んでいった。

両手を徐々に下へ滑らせて尻をつかんで揉みしだき、引きあげて――

エロイーズは息を呑んだ。二十八にもなり、破廉恥なひそひそ話も耳にしたことがないわけでなく、その硬さの意味もわかっていた。でも、実際にそのように熱く張りつめているものだとは知らなかった。

エロイーズはほとんど反射的に身を引いたが、フィリップは放そうとはせず、唸りながら引き戻して、下腹部を擦りつけてきた。「きみのなかに入りたい」耳もとに囁いた。

エロイーズの足から完全に力が抜けた。

それでも支障はなかった。フィリップは彼女をさらに強く抱き寄せてソファに寄りかからせると、その背をクリーム色の柔らかいクッションに押しつけるようにしてのしかかった。

エロイーズは彼の体の重さを感じつつ、かえってその重みに掻き立てられて頭をそらせ、唇から喉へ唇でたどられるままにまかせた。

「フィリップ」呻くように呼び、その言葉しかもはや思いつけないかのように、もう一度名を呼びかけた。

「ああ」フィリップがくぐもった声で答えた。「ああ」喉の奥から絞りだすようなその声が何を意味しているのかエロイーズにはわからなかったが、彼が何を言おうとしているにせよ、自分も同じものを求めていることだけは感じとれた。何もかもが欲しい。彼が求めているのと同じものを、手に入れられるものならどんなものでも。手に入らないものまでも。理由などなく、それしか考えられなかった。切迫し、そそり立てられて、いまはただ抗いがたい感情に衝き動かされていた。

きのうまでのことはどうでもいいし、あす何を思っているのかもわからない。ともかくいまは何もかもが欲しかった。

彼の節くれだった手が足首から脚をたどり、ストッキングの縁へのぼってくる。ためらうそぶりも、許しを問うような言葉もなかったが、エロイーズは気にもせず、もっとしっかりと触れて、撫でて、くすぐってもらえるよう、みずから脚を開いた。

彼の手が所々で皮膚を揉んでは上がってくるのを感じながら、待ちきれずに死んでしまうのではないかと思った。体のなかでは炎が燃え盛り、いつもの自分とはだいぶ違うように感じて、そのまま溶け去ってしまいそうだった。

あるいは完全に蒸発してしまうか、ひょっとすると爆発してしまうかもしれない。

けれどもそのときふと、何も不自然なことはなく、ただ触れられているだけなのだと気づいた。

触れられている。

誰にも触れられたことのない、自分でも触れたことのない部分を。あまりに親密にやさしく触れられているので、彼の名を叫ばないよう唇を嚙みしめていなければならなかった。そして彼の指がなかに滑り込んだとき、もう自分ではどうすることもできないのだと悟った。

わたしは彼のもの。

たとえ少し時間がかかったとしても、しばらく経てば力と思考が回復して自制の働くもとの自分を取り戻せるのかもしれないが、いまは彼のものだった。いま、その瞬間は、彼のために快感の吐息をつき、呻きを漏らして、彼に感じさせてもらえるもののすべてのために生きていた。

「ああ、フィリップ」喘ぐように声を漏らした。なんであれ、やめさせないために彼の名を唱えずにはいられなかった。この先どこへ向かおうとしているのか、それが終わったとき、またもとの自分に戻れるのかどうかもわからないけれど、どうしてもどこかへ進まなければならない。この状態を永遠に続けることなどできないし、これほどまできつく張りつめていたら間違いなく砕け散ってしまう。

エロイーズは限界に近づいていた。こらえきれないところまできていた。

どうにかしなければならない。解き放ってもらわなければいけないし、それができるのは彼だけであるのもわかっていた。

自分に備わっているとは想像もしていなかった力で背をそらせ、欲望に駆り立てられるまま、彼にのしかかられた体をソファから持ちあげた。彼の肩をつかんで筋肉に指を食い込ませ、腰のほうへ手を滑らせて自分のほうに懸命に引き寄せた。

「エロイーズ」フィリップが呻くように言い、片手をスカートの上から腰へのぼらせた。

「きみはいったい――」

彼がしようとしていることはわからなかったが――本人もわかっていないのかもしれない――、エロイーズの全身はどうしようもなく張りつめていた。話すこともできず、息すら継げず、口をあけたとたん、驚きと悦びとほかのあまたの感情が混ざりあった声にならない叫びが漏れた。そして、これ以上一秒も耐えられないと思ったとき、小刻みなふるえに襲われ、崩れ落ちた。指をわずかに動かすこともできそうにないほどぐったりと力が抜けて、喘ぐように息をした。

「なんなの」ようやく口から出たのは不作法このうえない文句だった。「なんなのよ」

フィリップにしっかりと腰を支えられていた。

「もう、なんてこと」

フィリップが今度は髪を撫でてくれている。彼の体はまだ硬く張りつめているというのに、胸を疼かせるほどやさしいしぐさだった。

　エロイーズは横たわったまま、彼の息をこめかみに感じつつ自分も荒い息をつきながら、またほんとうに動けるようになるのだろうかと考えていた。やがてフィリップが重いだろうというようなことをつぶやいて身をずらすと、体の上の重みが消え去った。エロイーズが顔を横に向けると、フィリップがソファの脇にひざまずいて、スカートの皺を伸ばしてくれていた。

　みだらな姿をさらした女性に対していたって親切で紳士的な振るまいではないだろうか。彼の顔を見ているうちに、自然に自分の顔がほころんでくるのがわかった。「ああ、フィリップ」ため息をついた。

「洗面所はどこかな？」フィリップがかすれた声で訊いた。

　エロイーズは目をしばたたき、彼が切迫した表情をしていることにようやく気づいた。

「洗面所？」問い返した。

　フィリップがぎこちなくうなずく。

　エロイーズは廊下側のドアを指差した。「廊下に出て右手よ」あのような刺激的な出来事の直後にもよおすとは信じがたい気もするが、男性の体の仕組みを理解するよう努めるべきなのだろう。

　フィリップはドアのほうへ歩いていき、ドアノブに手をかけてから振り返った。「もう信じてもらえるかな？」なんとも横柄な顔つきで片眉を吊りあげた。

　エロイーズはわけがわからず唇を開いた。「なんのこと？」

フィリップはゆっくりと笑みを広げて、答えた。

「われわれの相性は合っている」

フィリップは、エロイーズが平静を取り戻して身なりを整えるまでにどれぐらい時間がかかるのか見当もつかなかった。ソフィー・ブリジャートンの小ぢんまりとした書斎のソファに残してきた彼女は、艶かしく乱れきっているように見えた。婦人の身づくろいの煩雑さはわからないし、知りたいとも思わないが、少なくともあの髪は直さなければならないだろう。

自分のほうはといえば、洗面所で一分足らずで用をすませた。それでどうにかエロイーズとの逢瀬で張りつめた状態から解放された。

それにしても、まったく、彼女はすばらしかった。

女性と触れあったのは久方ぶりだ。そのうち女性とベッドをともにする日がくれば、体が強烈に反応してしまうのだろうと思っていたし、片手では数えられないくらい何年も欲望を満たしていないせいで、女性の体がこのうえなく甘美なものに思えていた。

その体を何度想像したことだろう。

だが、頭に思い描いていたものとはまったく違っていた。フィリップはエロイーズに魅了された。その喉から漏れる声、肌の香り、自分の体にちょうどなじむように感じられた体の曲線に。やむなく切りあげなければならなかったが、そこまででもじゅうぶん、想像もできなかったほど激しく掻き立てられていた。

これまでみずから身を差しだしてくれる娼婦や酒場の女を受け入れられなかったのには理

由があることに、いまはっきりと気づいた。慎み深い未亡人にそそられなかったのにも理由があったのだ。

それ以上のものを求めていたということだ。

エロイーズを。

彼女のなかに身を沈めて、二度と出てこられなくともかまわない。

自分だけのものにして押し倒し、叫ばずにはいられないような責め苦を味わいたい。

これまでも夢想は思い描いていた。むろん、男なら誰でも思い描くものだろう。だがいまやその夢想に具体的な顔が嵌め込まれ、思い描かないよう自制する方法を身につけなければ、下腹部を張りつめたまま歩きまわるはめとなりそうで恐ろしかった。

結婚式を挙げなければならない。早急に。

フィリップは唸り声を漏らし、洗面台ですばやく手を洗った。男をこのような状態に陥らせているとはエロイーズは気づいていない。男がこういう状態になることすら知らないに違いない。どうみても、おのれの情熱にとらわれていて、相手の男がいまにも解き放たれそうになっていることにも気づかず、うっとりとした笑みを湛えていたのだから。

フィリップは足早に大理石の床を進んでドアを押しあけ、芝地のほうへ戻っていった。解き放つ時間をたっぷり楽しめるときはすぐにやってくる。そのときにそばにいるのは当然、エロイーズだ。

そう考えると、思わず笑みがこぼれ、もう少しでまた洗面所に戻らざるをえない状態に陥りかけた。

「おう、来たな」芝地を歩いてくるフィリップにベネディクト・ブリジャートンが言った。

フィリップはベネディクトの手に銃が握られているのを見て足をとめ、警戒すべきなのだろうかと考えた。この男が、いましがた妻の書斎で行なわれていたことを知っている可能性はあるだろうか？

唾を飲み込んで、懸命に頭を働かせた。いや、ありえない。それに、ベネディクトは笑みを浮かべている。

ひょっとすると、妹の純潔を穢《けが》した男を狙い撃ちして楽しもうというもくろみなのかもしれないが……。

「あの、おはようございます」フィリップは挨拶をして、状況を見きわめようとそのほかの面々にも目をやった。

ベネディクトがうなずきで応じて言った。「射撃はやるのかい？」

「もちろんです」フィリップは答えた。

「よかった」ベネディクトが標的のほうへ顎をしゃくった。「一緒にやろう」

フィリップは示されたほうに目を向けて、どうやらしっかりと標的が定められており、自分がその役割を務めずにすむことを知って、ひそかに胸を撫でおろした。「拳銃は持ってきていませんが」

「当然だ」ベネディクトが言う。「どうして拳銃を持ってくる必要があるんだ？　われわれはもう友人じゃないか」眉を上げる。「違うかい？」

「そう願いたいところです」

ベネディクトは口もとを緩めたが、身の安全を保証してくれるような笑みには見えなかった。「銃のことは心配ない。用意してある」

フィリップはうなずいた。射撃でエロイーズの兄弟たちに男らしさを試されるのなら望むところだった。首位争いができることは間違いない。射撃も、男らしい趣味として父に強引に学ばされたことのひとつだった。ロムニー館の周囲で、筋肉痛になるほど腕を張り、息を詰めて、父がぶちのめせと命じるものはなんであれ狙い撃つ練習に数えきれない時間を費やした。一発一発を、当たりますようにと一心に祈りながら撃ったものだ。

標的に当たれば、父に殴られない。ただそれだけの切実な理由で。

フィリップは拳銃がいくつか並べられたテーブルに歩いていき、アンソニー、コリン、グレゴリーにも低い声で挨拶した。十メートルほど離れた所にソフィーが腰かけ、本を読みふけっている。

「銃を選んで始めよう」アンソニーが言う。「エロイーズが戻って来る前に」フィリップのほうを見やった。「妹はどこにいるんだ？」

「母上からの手紙を読みにいきました」フィリップは嘘をついた。

「そうか。だとすれば、あまり時間はないな」アンソニーが眉をひそめて言う。「さっさと始めたほうがよさそうだ」

「でもきっと返事を書いてますよ」コリンが銃を取りあげて眺めながら言った。「それならさらに数分は猶予がある。あのエロイーズのことです、いつも誰かに手紙を書いてるんですから」

「わかっている」アンソニーが答えた。「そのせいで、われわれがここに来るはめとなったのだからな」

フィリップはその言葉に曖昧な笑みを返した。今朝はアンソニー・ブリジャートンからどのような挑発の言葉を投げられても喜んで受けとめられる気分だった。

グレゴリーが拳銃を選んだ。「返事を書いていたとしても、すぐに戻って来ますよ。恐ろしく速いんですから」

「書くのが？」フィリップは尋ねた。

「なんでもですよ」グレゴリーは苦々しげに答えた。「さあ、始めましょう」

「どうしてそうエロイーズが来る前に慌てて始めようとするのです？」フィリップは訊いた。

「べつに理由はない」というベネディクトの声と、「誰かそんなことを言ったか？」というアンソニーのぼやきが重なった。

あきらかにそういう態度ではないかとフィリップは思いつつ、声には出さなかった。

「お年寄りからどうぞ、兄上」コリンが言い、アンソニーの背中をぱしりと叩いた。

「ずいぶんと親切じゃないか」アンソニーはつぶやいて、芝地に誰かが引いた白墨線の手前まで進みでた。腕を上げ、狙いを定めて、撃った。

「お見事」従僕が標的を見せにくるとすぐにフィリップは言った。アンソニーは的を撃ち抜いていたものの、中心からほんの二、三センチずれていた。

「ありがとう」アンソニーは銃を置いた。「きみはいくつだ？」

フィリップは予想外の質問に目をしばたたいてから答えた。「三十です」

アンソニーがコリンのほうへ頭を傾けた。「ならば、コリンのあとだな。われわれはつねにこういうことは年齢順にやる。秩序を保つ唯一の方法なんだ」

「なるほど」フィリップは答えて、続いてベネディクトとコリンが撃つのを見守った。どちらも中心には当たらなかったが、人を仕留めるのが目的だとすればじゅうぶん致命傷を与えられる腕前だった。

ありがたいことに、少なくとも今朝は人を撃つつもりはなさそうだが。

フィリップは重みを確かめて拳銃を選びとり、白墨線の前まで進んだ。標的を狙うときに父のことを考えずにすむようになれたのはつい最近のことだった。何年もかかってようやく、煩わしいことを考えさえしなければ、ほんとうに射撃が好きなのだと気づいたのだ。するといつしか、つねに頭の片隅で自分を怒鳴りつけ、批判していた父の声がぱたりと聞こえなくなった。

フィリップは腕を上げ、しっかりと筋肉を固定して、撃った。

標的に目を凝らす。上出来ではないだろうか。従僕が標的を手前に運んできた。中心を外れているがせいぜい一センチ程度のものだ。ここまでのところ誰より近い。

標的がもとの位置に戻され、グレゴリーが撃ち、フィリップと同等の腕前を披露した。

「五回戦《ラウンド》行なう」アンソニーがフィリップに言った。「最高得点で競うこととし、同点の場合は決戦を行なう」

「わかりました」フィリップは同意した。「何か特別な理由があるのですか？」

「いや」アンソニーは言って、拳銃を手に取った。「いつもそうしているだけのことだ」

コリンがフィリップにまじめくさった目を向けた。「われわれはゲームには本気で取り組む」

「そのようですね」

「フェンシングはするのかい？」

「ほどほどに」フィリップは答えた。

コリンが口の片端を上げた。「それはけっこう」

「静かに」アンソニーが吼えるように言い、ふたりにいらだった目を向けた。「狙いを定めようとしているときに」

「いざというときには静かにさせることなんてできないんですから」コリンが言い返した。

「黙れ」アンソニーが吐きだすように言った。

「もし襲われでもしたときには」コリンは片手で大げさな身ぶりをつけながら仮定の話を続けた。「とても騒々しいでしょうし、はっきり言って、考えるのもぞっと――」

「コリン！」アンソニーが怒鳴りつけた。

「ぼくのことはどうぞおかまいなく」コリンが言う。

「殺してやる」アンソニーが宣言した。「あいつを殺したら困るやつはいるか？」

誰も答えなかったが、ソフィーが本から顔を上げて、血まみれの現場を片づける手間はかけさせないでほしいという文句をこぼした。

「ちょうどいい肥料になりますよ」フィリップは専門分野を生かせるとばかりに口添えした。

「あら、だったらかまわないわ」ソフィーはうなずいて本に目を戻した。

「その本はそんなに面白いのかい？」ベネディクトが妻に声をかけた。

「ええ、とても面白いわ」

「全員、口を閉じろ」アンソニーは唸るように言ってから、頬をわずかに染めて弟の妻のほうを向き、小声で言った。「もちろん、きみはいいんだ、ソフィー」

「除外してくださって嬉しいわ」ソフィーはにこやかに答えた。

「ぼくの妻を脅かさないでくださいよ」ベネディクトがやんわりと言った。

アンソニーは弟のほうを向き、じろりと睨みつけた。「おまえら、はらわたを抜いて手足を引きちぎってやる」呻くように言う。

「ソフィーを除いてですよね」コリンが念を押した。

アンソニーは殺気立った形相を向けた。「この銃に弾が込められているのはわかっているよな？」

「さいわい、兄弟殺しは法律違反なんです」

アンソニーはきつく口を結んで標的のほうへ向きなおった。「二ラウンド」声高らかに言って狙いを定めた。

「待って！」

ブリジャートン家の四兄弟は肩を落として振り返り、斜面を駆けおりてくるエロイーズを見て、揃って唸り声を漏らした。

「射撃をしているの？」エロイーズはよろめきながら急停止すると尋ねた。

誰も答えない。実際、答えるまでもなく一目瞭然だった。

「わたし抜きで？」

「射撃なんてしてないよ」グレゴリーが言う。「銃を持って立ってるだけだ」

「たまたま標的の近くでな」コリンも調子を合わせて言い添えた。

「射撃をしてたのよね」

「見てのとおりだ」アンソニーがぶっきらぼうに答えた。ひょいと右のほうへ頭をかしげた。

「ソフィーがひとりでいる。お喋りでもしてくるといい」

エロイーズは腰に手をあてた。「でも、本を読んでるわ」

「それも、面白い本を」ソフィーがひと言挟んで、ふたたび頁に目を戻した。

「おまえも本を読めばいいんだ、エロイーズ」ベネディクトが提案した。「いい勉強になるからな」

「その必要はないわ」エロイーズはきっぱりと撥ねつけた。「銃を貸して」

「おまえに銃は渡せない」ベネディクトはことともなげに断わった。「余分な銃はないんだ」

「一緒に使えばいいじゃない」エロイーズは唸るように言った。「そういう気持ちになれないの？　お兄様のほうこそ、もっと勉強したらいいんだわ」

ベネディクトは大人の男とは思えないような態度で妹を睨みつけた。

「思うに」コリンが口を挟んだ。「ベネディクト兄さんは自分と同じように勉強が必要だと言いたかったんじゃないのかな」

「きっとそうだわ」ソフィーが本から目を上げもせずに言った。

「そういうことなら」フィリップは寛大な態度で、銃をエロイーズに手渡した。「わたしのを使えばいい」ブリジャートン四兄弟の唸り声が聞こえたが、四人をいらだたせるのもむしろ面白いのではないかと思えてきた。

「ありがとう」エロイーズは愛想よく礼を述べた。「アンソニーお兄様が『二ラウンド』とわめいたということは、みんなもう一度ずつ撃ったのね」

「そうなんだ」フィリップは答えた。一様にげんなりした表情の四人を見やる。「何か問題でも？」

アンソニーが首を振っている。

フィリップはベネディクトのほうを向いた。

「妹は特異体質なんだ」という言葉が返ってきた。

フィリップは新たな興味を覚えてエロイーズに視線を戻した。自分の目にはとりたてて妙なところは見あたらない。

「ぼくは抜けます」グレゴリーがぼそりと言った。「まだ朝食を食べてないんだ」

「呼び鈴を鳴らして追加するんだな」コリンが弟に言う。「ぜんぶ食べてしまった」

グレゴリーがむっとしてため息を吐いた。「これまで飢え死にしないで生きてこられたのがふしぎですよ」不満げに言う。「あなたの弟なのに」

コリンが肩をすくめた。「食べたければさっさと起きてくればよかったんだ」

アンソニーが呆れたふうにふたりの弟を眺めた。「まったく、おまえたちはどこで育ったんだ？」

フィリップは唇を噛んで笑みをこらえた。

「射撃を始めましょうよ」エロイーズが急かした。

「どうぞご自由に」グレゴリーは言って木にもたれかかった。「ぼくは食事にいってきます」

そう言いながらもとどまって、うんざりした表情で姉を見つめた。

エロイーズが銃を手にした腕を上げ、狙いを定める様子もなく、撃った。

フィリップは従僕が見せにきた標的を見て驚きに目をまたたいた。

ど真ん中に的中している。

「いったいどこで身につけたんだい？」驚きを隠して尋ねた。

エロイーズが肩をすくめる。「どことは言えないわ。最初からできたの」

「特異体質だな」コリンがつぶやいた。「あきらかに」

「すばらしいじゃないか」フィリップは言った。

エロイーズが生き生きとした目で問いかけた。「ほんとうにそう思う？」

「もちろんだとも。いざ家を守らなければならないときにも、心強い味方になる」

エロイーズは顔を輝かせた。「次の標的はどこ？」

グレゴリーがもの憂げに両手を上げた。「ぼくは抜けますからね。何か食べるものを取ってきます」

「ぼくのぶんも頼む」コリンが声をかけた。

「わかってますよ」グレゴリーがそっけなく答えた。

エロイーズはアンソニーのほうを振り返った。「お兄様の番でしょう？」

アンソニーは妹の手から銃を取り、テーブルに置いて弾を込めなおした。「偉そうに」

「ぜんぶで五ラウンドやるのよね」エロイーズがてきぱきと言う。「そのルールを決めたのはお兄様なのだから」

「わかってる」アンソニーは苦虫を嚙みつぶしたように答えた。腕を上げて撃ったものの、気持ちが入らなかったのはあきらかで、十センチ以上中心を外した。

「やる気が見えないわ」エロイーズが口をとがらせた。

アンソニーはベネディクトのほうを向いて言った。「エロイーズと射撃をすると気が滅入る」

「お兄様の番よ」エロイーズがベネディクトに言った。

ベネディクトが撃ち、続いてコリンも撃ったが、ふたりともアンソニーより少しは努力の跡が見えるとはいえ、やはり的の中心を外れていた。

フィリップは白墨線まで進みでたところで、エロイーズの声を聞いて動きをとめた。「あなたはあきらめないでよね」

「そんなことは夢にも思わない」フィリップは低い声で答えた。

「よかった。やる気のない人たちと戦うのはつまらないのよ」あとのほうの言葉は兄たちへ向かって力を込めて言った。

「それが狙いなんだ」ベネディクトが低い声で答えた。

「いつもこうなのよ」エロイーズはフィリップに説明した。「ひどい射撃ばかりして、わたしがもう戦う意味がないと思ってやめると、そのあとで嬉しそうに再開するの」

「静かに」フィリップは口もとを引き攣らせて言った。「狙いを定めてるんだ」

「あら」エロイーズはぴたりと口を閉じて、フィリップが照準を絞る様子を興味深く見守った。

フィリップは撃ち、標的が運ばれてくるとゆっくりと満足げな笑みを浮かべた。

「完璧だわ！」エロイーズは声をあげて、手を叩いて賞賛した。「ああ、フィリップ、見事だったわ」

アンソニーがおそらくは妹の前で言うべきではない文句をこぼしたあと、フィリップのほうへ言葉を投げかけた。「きみは妹と結婚するつもりなんだよな？　率直に言わせてもらうが、われわれの迷惑にならないよう、見えない所に行って妹とふたりで射撃をしてくれるのなら、喜んで結婚持参金を二倍に増やそう」

フィリップはすでに持参金などもらわなくとも彼女と結婚する意思を固めていたが、にやりとして応じた。「引き受けましょう」

13

……あなたなら想像がつくと思うけれど、みんなひどく機嫌が悪くなってしまったの。私のほうが優れているのが私のせいなの？　そうは思えないわ。男性に生まれながら、良識や生来の礼儀をかけらも持ちあわせていないほうがいけないのよ。

——エロイーズ・ブリジャートンが射撃試合で六人の男性（うち三人は身内ではない）を負かしたあと、ペネロペ・フェザリントンへ宛てた手紙より

翌日、エロイーズはアンソニー、ベネディクト、ソフィーとともに昼食に招かれ、ロムニー館へ向かった。コリンとグレゴリーは兄たちだけでじゅうぶん事足りるのでロンドンへ帰ることにしたと宣言し、コリンは新妻のもとへ、グレゴリーはなんであれ貴族の若い独身紳士が日々の生活を埋めるためにしていることをしに戻っていった。

エロイーズはほっとする思いでふたりを見送った。兄弟たちを愛してはいても、正直なところ、一度に四人の相手をするのは女性にとって想像以上に骨の折れることだった。

エロイーズは明るい希望を抱いて馬車を降りた。前日はそれ以上は望めないほど満足のい

く一日を過ごせた。たとえフィリップにソフィーの書斎に連れていかれて〝相性が合う〟（いまから考えれば、あとづけの理由のような気もするが）証しを示す行為をされなくても、きっと上出来の一日に思えただろう。フィリップがブリジャートン四兄弟の総力にまったく引けをとらずに対峙している姿を見て、エロイーズはとても嬉しい気持ちになるとともに、少なからず誇りに感じた。

いまとなっては、兄弟たちのうちせめてひとりとでも戦って無傷で切り抜けられる男性でなければ結婚相手とは見なせなかっただろうと考えてしまうのだからふしぎなものだ。

しかも、フィリップの場合は一度に四人と渡りあったのだ。賞賛せずにはいられない。

もちろん、結婚にはまだ不安が残っていた。心配せずにいられるだろうか？　フィリップとのあいだには互いに対する敬意や、おそらくは好意と呼べるものも深まってはいても、愛しあっているわけではなく、これから愛しあえるようになるのかどうかもわからない。

それでも、彼と結婚しようとしているのは正しいことなのだとエロイーズは確信していた。フィリップと結婚するか、傷ものという汚名を背負ってひとりで生きていくしか選択の余地がないことも事実だ。そうだとしても、フィリップがすばらしい夫になることは信じられた。誠実かつ高潔で、たまに静かすぎるときもあるけれど、少なくとも配偶者に欠かせないユーモア感覚は備えている。

それに、キスをされたとき……。

膝をとろけさせてしまう方法を彼がたしかに知っていることを思い知らされた。

膝だけでなく残りの部分までも。

現実主義者のエロイーズはもちろん、情熱だけでは結婚生活を保てないことも承知していた。

でもきっと、情熱があっても害にはならないわ。そう考えて、いたずらっぽい笑みを浮かべた。

フィリップはほとんど分刻みですでに十五回は炉棚の上の時計を確かめていた。ブリジャートン家の面々は十二時半に来ることになっており、時計の針はすでに十二時三十五分を指している。田舎道を来ることを考えれば、五分程度は心配するほどの遅れでもないのだが、オリヴァーとアマンダをきちんと身支度させたうえ、客間でおとなしく待たせておかねばならない者にとってはとてつもなく長い時間だった。

「この上着は気に食わないんだ」オリヴァーが言って、小さな上着をぐいと引っぱった。

「小さすぎるのよ」アマンダが言う。

「わかってるよ」オリヴァーが蔑みをあらわに答えた。「小さすぎなきゃ、文句なんか言ってない」

そうでなくとも必ずほかの不満を見つけるだろうとフィリップは思ったが、そんなことを口に出す意味も見いだせない。

「それにしても」オリヴァーが続ける。「おまえのドレスも小さすぎるよな。足首が見えるもんな」

「そんなに見えてるかしら」アマンダは心配そうに自分の足もとを見おろした。

「それほどでもないか」

アマンダはますます不安げにふたたび視線を落とした。

「おまえたちはまだ八歳なんだぞ」フィリップは疲れた声で言った。「その服でちょうどいいんだ」少なくともそうであってほしいと願った。こういったことにはほとんど知識がない。

エロイーズ。フィリップの頭のなかで願いを叶える答えのように彼女の名がこだました。

エロイーズならこういったことについての知識も備えているはずだ。子供たちの服が小さすぎるかどうか、女子はいつ頃から髪を結いあげればいいのか、男子はイートンとハローのどちらに入学させるべきかといったことも知っているのだろう。

エロイーズならそうしたことはなんでも知っているに違いない。

神よ、感謝します。

「遅れて来そうだな」オリヴァーが大きな声で言う。

「遅れはしない」フィリップは反射的に答えた。

「遅れてるよ」とオリヴァー。「もう時計ぐらい読めるんだ」

またも知らなかった事実の発覚に、フィリップは気が滅入った。泳げることを知らされたときと同じように。このような思いをするのはもうたくさんだ。

エロイーズ。胸のうちでふたたびその名をつぶやいた。父親としてどれほど欠点があるにせよ、完璧な母親となってくれる女性と結婚することによってそのすべてを補える。父親として初めて、子供たちのために確実に正しいことをしているのだと思うと、呑み込まれそうなほどの安堵が湧いた。

エロイーズ。だが彼女はすぐにここにこられるわけではない。いまいましくも、すぐに結婚することはできないのだ。どうにかして結婚特別許可証を得られないものだろうか？　そのようなものが必要になるとは考えてもいなかったが、教会で結婚予告をして許可を得るまでに数週間も待つのはとても耐えられそうにない。

結婚式は土曜の午前中に行なわれるものではなかっただろうか？　だとすれば今度の土曜日に式を挙げることはできないだろうか？　あとたった二日しかないが、結婚特別許可証さえ手に入れば……。

フィリップはドアのほうへ駆けだそうとしたオリヴァーの首根っこをつかんだ。「だめだ」きつく諭した。「ここでブリジャートン嬢を待たなければいけない。それも、何もしでかさず、笑顔で、おとなしく待つんだ」

オリヴァーはエロイーズの名を聞いていくぶんおとなしくするそぶりを見せたが、言われたとおりこしらえた〝笑顔〟は異様に唇が引き伸ばされて、父親の目からしても貧血の妖女のようだった。

「そんなの笑顔じゃないわ」すぐさまアマンダが指摘した。

「笑顔じゃないか」

「違うわ、唇も全然上がってないし……」

フィリップは両耳をふさぎたい思いでため息をついた。この午後にもアンソニー・ブリジャートンに結婚特別許可証について相談してみよう。子爵ならそのようなことについてもよく知っているに違いない。

土曜日でも待ちきれないくらいだ。日中に双子をエロイーズの手にゆだねることができたならどれほどいいだろう。

それに……と考えて、フィリップは微笑みを漏らした。晩にはエロイーズがこの手に身をゆだねてくれたなら。

「どうして笑ってるの？」アマンダが訊いた。

「笑ってなどいない」フィリップは答えて、あろうことか、頬が赤らんでくるのを感じた。

「笑ってるわよ」アマンダが咎めるように言う。「それにほっぺたもピンク色になってるわ」

「ばかなことを言うんじゃない」フィリップはぼそぼそと言った。

「ばかなことなんて言ってないもの」娘は食いさがった。「オリヴァー、お父様を見て。ほっぺたがピンク色になってるわよね？」

「これ以上、わたしの頬について口にしたら……」脅し文句が口をついた。

このようなときのつねでフィリップは〝馬の鞭〟という言葉を継ぎかけたが、三人ともそれがけっして実現されないことはわかっていた。

「……何かするからな」脅しにしては説得力のない物言いで締めくくった。

驚いたことに、その言葉が効いたらしく、双子はいったんじっと黙り込んだ。それから、アマンダがソファに坐ったまま足をぶらぶらさせて足載せ台をひっくり返した。

フィリップは時計を見やった。

「きゃあ」アマンダが声を発してひょいと床におりて前かがみに手をついた。「オリヴァー」唸り声で言う。

フィリップは分針が不可解にもいまだ八に達していないのを確認してすぐさま目を戻した。アマンダが床に坐り込んでオリヴァーを睨みつけている。

「押されたのよ」アマンダが言う。

「ぼくはやってない」

「やったわよ」

「やって――」

「オリヴァー」フィリップは割って入った。「誰かがアマンダを押したのだし、それはむろんわたしではない」

オリヴァーは、有罪が明白であることなど考えるつもりもなさそうに下唇を嚙んだ。「たぶん、自分で落っこちたんだよ」

フィリップは息子をじっと見つめ、睨みを利かせた表情でそのような発想の芽を摘みとれることを祈った。

「わかったよ」オリヴァーは観念して言った。「ぼくが押したんだ。ごめんなさい」

　フィリップは拍子抜けして目をしばたたいた。なかなか父親らしくなれてきたのではないだろうか。前回、子供たちから自発的に謝る言葉を耳にしたのがいつだったか思いだせもしないのだから。

「押し返せよ」オリヴァーがアマンダに言った。

「それはだめだ」フィリップは即座にとめた。よくない考えだ。そのような考え方はけっしてしてはならない。

「わかったわ」アマンダが意気揚々と答えた。

「だめだ、アマンダ」フィリップは立ちあがって言った。「そういうことをしては――」

　だが、アマンダはかまわず小さな両手でオリヴァーの胸を勢いよく突いた。

　オリヴァーは大きな笑い声をあげながら転がり落ちた。「今度はぼくが押す番だ」はしゃいだ調子で宣言した。

「女の子を押すものじゃない！」フィリップは声を張りあげ、足載せ台をまたいだ。

「ぼくも押されたんだ！」オリヴァーがむきになって言う。

「それはおまえが押せと言ったからだろう。まったくしょうがないやつだ」フィリップは逃げられる前にオリヴァーの袖をつかもうと腕を伸ばしたが、すばしっこい悪がきはするりとその手をすり抜けた。

「押してみなさいよ！」アマンダが甲高い声をあげる。「押してみなさいったら！」

「押すんじゃない！」フィリップは怒鳴った。不吉にも頭のなかに、ランプが倒れ、家具が壊れて取り散らかった客間の光景が思い浮かんだ。

なんてことだ、もうまもなくブリジャートン家の人々がやって来るというのに。

アマンダをつかんだオリヴァーをフィリップがつかみ、三人一緒に床に転がって、その拍子にクッションがふたつソファから落ちてきた。フィリップはささやかな運の恵みに感謝した。少なくとも、クッションは壊れはしない。

ドシン。

「あれはなんだ」

「時計じゃないかな」オリヴァーが唾を飲み込んで言った。

いったいどういうわけで子供たちが時計を炉棚から落とせたのか、フイリップは知りたいとも思わなかった。「おまえたちふたりは、いいと言うまで部屋にこもっていなさい」とっさに命じていた。

「オリヴァーがやったのよ」アマンダがすかさず言った。

「誰がやったのかは問題ではない」フィリップは声を絞りだすように続けた。「さっきも言ったが、ブリジャートン嬢がもうすぐ――」

咳払いが聞こえた。

フィリップが身の毛だってゆっくりと戸口のほうを振り返ると、案の定、そこにはアンソニー・ブリジャートンが立っていた。そのすぐ後ろに、ベネディクト、ソフィー、エロイーズの姿も見える。

「子爵」フィリップはひどくそっけなく言った。子供たちが本物の怪物になる一歩手前の状態にあるのは子爵のせいではないし、もっと愛想よく迎えるべきだとわかっているのだが、どうしてもすぐには機嫌のいい態度を取り戻せなかった。

「お邪魔だったかな？」アンソニーがさりげなく尋ねた。

「とんでもない」フィリップは慌てて答えた。「ご覧のとおり、ちょっと……あの……模様替えをしていただけですので」

「とてもうまく配置されてますわ」ソフィーが朗らかに言葉を挟んだ。

フィリップは感謝の笑みを返した。つねに周りの人々が心地良くいられるよう気を配る女性であるに違いなく、お礼にキスを返したい心境だった。

立ちあがり、倒れた足載せ台を起こしてから子供たちの腕をつかんで引っぱりあげた。いまやオリヴァーの小さな首巻《クラバット》は完全にほどけているし、アマンダの髪留めは耳の脇に垂れさがっている。「わたしの子供たちを紹介します」フィリップはできるかぎり威厳ある態度をつくろって言った。「クレイン家のオリヴァーとアマンダです」

オリヴァーとアマンダはずらりと並んだ大人たちにやや気後れした様子で、それぞれ挨拶の言葉をつぶやいた。あるいは考えにくいことだが、ひょっとして自分たちのみっともない振るまいに恥じ入っているのかもしれない。

「よしと」フィリップは、双子が務めを果たしたと見るや言った。「もう行っていいぞ」

ふたりは寂しげな表情で父親を見あげた。

「どうした？」

「ここにいてはだめ？」アマンダが小声で訊く。

「だめだ」フィリップは答えた。これからブリジャートン家の人々を昼食でもてなし、温室を案内する予定なのだから、その計画をどちらも成功させるために子供たちには部屋に戻っていてもらわなければ困る。

「どうしてもだめ？」アマンダが懇願するように繰り返した。

フィリップは子供たちの監督能力に著しく欠けていることを曝《さら》けだしてしまったのはわかっていたので、努めて客人たちのほうを見ないようにして言葉を継いだ。「子守係のエドワーズが廊下で待っているぞ」

「エドワーズのことは好きじゃないんだ」オリヴァーが言い、その傍らでアマンダもうなずいた。

「そんなことはないはずだ」フィリップはため息まじりに言った。「何カ月も子守係を務めてくれているのだから」

「でも、好きじゃない」

フィリップはブリジャートン家の人々に目を向けた。「申し訳ない」きびきびとした調子で詫びた。「少々お待ちください」

「どうか気になさらないで」ソフィーがすぐに状況を察して母親らしい表情で応じた。

フィリップは双子を部屋の片隅に連れていき、腕組みをして見おろした。「いいか」いかめしい声で続けた。「お父さんはブリジャートン嬢に妻になってもらえるよう申し込むつもりだ」

ふたりの目が輝いた。

「うむ」唸るように言った。「おまえたちも最上の考えであることは認めてくれると思う」

「じゃあ、ブリジャートン嬢が――」

「話はまだ終わっていない」逸る思いで言葉を継いだ。「よく聞くんだ。結婚するには先方の家族の了承を得なければならない。そのためにこれから昼食に招いてもてなすつもりだ。そのような場に子供がいては足手まといになる」だいたいのところは事実と言えるだろう。実際にはアンソニーに結婚を命じられたようなもので、了承を得るまでもないことは話す必要はないはずだ。

けれどもどういうわけかアマンダが下唇をふるわせはじめ、オリヴァーも怒っているように見えた。「どうしたんだ？」

「わたしたちのことが恥ずかしいの？」アマンダが訊く。

フィリップはため息をついた。ああ、まったく、どうしてこういう話になるんだ？「けっして恥ずかしいなどと――」

「わたしがお役に立てるかもしれないわ」

フィリップは救世主でも現れたかのようにエロイーズを振り返った。黙って見ていると、彼女は子供たちの脇にしゃがみ、何事か話しかけはじめた。とても低い声なのでやさしい口調なのはわかるが言葉までは聞きとれなかった。

双子があきらかに抵抗しているとわかる言葉を発し、エロイーズはそれを諭すように、手ぶりをつけて話しつづけている。ほどなくして、驚いたことに、双子はその場を立ち去る挨拶を口にして廊下へ出ていった。嬉しそうにというわけではないものの、何はともあれおとなしく出ていった。

「きみと結婚できるのはありがたいことだ」フィリップは囁くように言った。

「どういたしまして」エロイーズはさらりと返すと、ひそやかな笑みを浮かべて彼の脇をすり抜け、家族のもとへ戻っていった。

フィリップはそのあとを追い、アンソニー、ベネディクト、ソフィーにすぐさま子供たちの振るまいを詫びた。「母親を亡くしてから、どうも聞きわけが悪くなってしまいまして」

「子供にとって親を亡くすのは何よりつらいことだ」アンソニーは静かに言った。「子供たちのことで詫びなければならないなどと考える必要はない」

フィリップは理解ある年長者の言葉に感謝して軽く頭をさげた。「それでは」一同に声をかけた。「昼食にご案内します」

だが、客人たちを案内して食堂へ向かうあいだも、オリヴァーとアマンダの表情が心に重くのしかかっていた。部屋を出ていくときのふたりの目は悲しげだった。強情で生意気な子供たちの姿をいつも目にしてきたが、あのように悲しげな顔を見るのは母親を亡くしたとき以来だ。

それがひどく気がかりだった。

昼食を終え、温室をひとめぐり案内したあと、五人は二手に分かれた。ベネディクトは画材を持ってきていたのでソフィーとともにお喋りを楽しみながら風景画を描こうと屋敷のそばに残り、アンソニーとエロイーズとフィリップは周辺を散歩することにしたのだが、アンソニーは婚約中のふたりが後方で親密に話せるようさりげなく先へ歩を進めて距離をとった。

それを見るやフィリップは尋ねた。「どうやって子供たちに言い聞かせたんだい？」

「わからないわ」エロイーズはしごく正直に答えた。「母の真似をしようとしただけ」肩をすくめる。「それがうまくいったみたい」

フィリップはその言葉を反芻した。「真似られる親がいるのは羨ましい」

エロイーズはいぶかしげに見返した。「あなたにはいなかった？」

フィリップは首を振って答えた。「ああ」

エロイーズはもう少し説明をしてくれるのではないかと期待して待ったが、フィリップに話そうとする様子は見られなかった。仕方なく、みずから質問を重ねた。「お母様も、お父様もいらしたのよね？」

「何が言いたいんだい？」

「どちらともうまくいってらっしゃらなかったの？」

フィリップはほんのわずかに眉を寄せ、表情の読みとれない暗い目でしばし彼女を見つめた。やがて口を開いた。「母はわたしを産んで亡くなった」

エロイーズはうなずいた。「そう」

「むずかしいとは思うが」淡々とした硬い口調で言う。「わかろうとしてくれる気持ちが嬉しいよ」

ふたりはアンソニーに声が届かないようゆっくりとした歩調を保ちつつ、数分間どちらも沈黙を破らなかった。道沿いに歩いて屋敷の裏手にまわると、エロイーズはとうとう尋ねたくてたまらなかった疑問を口にした。

「どうしてきのう、わたしをソフィーの書斎に連れていったの?」

フィリップは咳き込んで口ごもった。「ずいぶんはっきり訊くんだな」そうつぶやいて、頬を赤らめた。

「ええ、そうね」エロイーズも自分のあからさまな尋ね方を思い返して頬を染めながら続けた。「でも、あなたもああなるとは考えていなかったのではないかしら」

「男はつねに望んでいるものだ」フィリップはつぶやいた。

「本気で言ってるのではないわよね」

「本気だとも。だが」フィリップはそのような話をしていることが信じられないといった顔で言葉を継いだ。「じつのところ、まさかあんなふうに自分を抑えられなくなるとは思わなかった」いたずらっぽく横目をくれた。「といっても、ああなったのはわたしだけのせいではない」

エロイーズは頬が熱くなるのを感じた。「まだちゃんと質問に答えてくださってないわ」

「そうだったかな？」

「そうよ」エロイーズはしつこく粘るのが不作法であるとは知りつつ、話すうちにやはりどうしても聞いておかなければいけない重要なことなのだという気がしていた。「どうして、あそこにわたしを連れていったの？」

フィリップは正気かどうかを見定めるかのようにまる十秒見つめたあと、ちらりと前へ目をやって、アンソニーが声の届かない所にいるのを確かめてから口を開いた。「どうしても知りたいのならば言うが、ああ、きみにキスをしたかったからだ。きみは結婚の道理をあれこれ騒いで、ばかげた質問ばかりしていた」腰に手をおいて肩をすくめる。「一度はっきりと、われわれの相性が合うことを証明しておいたほうがいいと思ったんだ」

エロイーズは口うるさい女のような言われ方をした点は聞き流すことにした。「でも、情熱だけでは結婚生活は保てないのではないかしら」とさらに粘った。

「幸先がいいのは確かだ」フィリップが低い声で言う。「ほかの話にしないか？」

「いやよ。わたしが言いたいのはつまり――」

フィリップが鼻を鳴らして目をぐるりとまわした。「きみにはいつも言いたいことがあるんだな」

「わたしの長所だと思うんだけど」エロイーズはむっとして返した。

フィリップが忍耐強さを見せつけるような顔つきで言う。「エロイーズ。われわれは相性がとてもいいし、きわめて愉快でなごやかな結婚生活を営めるはずだ。これ以上何を話したり証明したりする必要があるのかわからない」

「でも、あなたはわたしを愛してない」エロイーズは静かな声で言った。

フィリップはその言葉に不意を打たれたらしく、足をとめて長々と彼女を見つめた。「どうしてそういうことが言えるんだ？」

エロイーズは仕方ないというように肩をすくめた。「大事なことだからよ」

フィリップはしばし黙って見つめたあと口を開いた。「必ずしも声に出さなくてもいい考えや感情もあるのだと考えたことはないのか？」

「あるわ」そのひと言に一生ぶんの後悔を込めた。「いつも考えてるわよ」こみあげてくるむなしさのような感情に耐えられず顔をそむけた。「でも、自分ではどうしようもないの」

フィリップに呆れたように首を振られても驚きはしなかった。エロイーズもしじゅう自分自身に呆れているのだから。どうしてこう問い詰めてしまうのだろう？　どうして慎重に控えめな物言いができないのだろう？　蝿を捕まえるのにも大槌より蜂蜜のほうが有効なのだと母に諭されたものだが、考えをうちに秘める方法は身につかなかった。

エロイーズはサー・フィリップに自分を愛しているのかと尋ねたようなものなのに、沈黙を返されたのは否定されたも同然のように思えた。胸が締めつけられた。落胆を覚えたということは、心の片隅ではひざまずいて愛しているとか大事にしているとか、もうきみなしでは生きられないというような言葉をとうとうと述べてくれるのを期待していたのかもしれない。

そんなことを期待するのはばかげているし、愛してもいない相手にどうしてそのようなことを期待していたのかわからなかった。

でも、自分にはできると思ったのだ。じゅうぶんに時間を与えられれば、この男性を愛することができるのではないかと。だからたぶん、相手も同じような気持ちなのだとわかる言葉を求めてしまったのだろう。

「マリーナを愛していたの？」尋ねていいことかどうかも考えずに言葉を発して、顔をゆがめた。またもあまりに立ち入ったことを問いかけてしまった。

とうにお手上げだと叫んで走り去られていてもふしぎではない状況だというのに。

フィリップはしばらく何も答えようとしなかった。ふたりともその場に立ったまま、三十メートルほど向こうでやたら真剣に木を眺めているアンソニーのことは目に入らないふりで互いを見つめた。ようやくフィリップが低い声で言った。「いや」

エロイーズは喜びも哀しみも感じなかった。意外にも、まったくなんの感情も湧いてこなかった。けれども大きく息を吐いて、息をとめていたことに気づいた。そしてともかく返答を聞けたことに安堵のようなものを覚えた。

知らずにいるのはいやなのだ。どんなことについても。

なので性懲りもなく、つい質問を重ねた。「なぜ結婚されたの？」

フィリップはその目にどこかうつろな表情を浮かべ、肩をすくめて言った。「わからない。

正しいことのように思えたからだ」

エロイーズは納得してうなずいた。いかにもフィリップが選びそうな行動だ。つねに正しいことをして、高潔であろうとして、おのれの非は詫び、あらゆる人々の重荷を背負い込んできたのだろう。

それで兄に代わって結婚の約束も果たしたのだ。

エロイーズにはもうひとつ尋ねておきたいことがあった。「あなたは……」気後《おく》れして言葉が途切れた。「彼女に情熱を感じていたの？」尋ねるべきことではないのかもしれないが、あのようにソファで触れあったあとではもはや知らずにいるのは耐えられなかった。返答の内容は問題ではない――少なくとも自分にそう言い聞かせた。

とにかく知らずにはいられない。

「いや」フィリップが向きを変えて大股に歩きだしたので、エロイーズは小走りになって追いかけた。ところが、ようやく追いつきかけたとき、フィリップがいきなり足をとめたのでよろめき、彼の腕につかまって体を支えざるをえなくなった。

「きみに質問がある」フィリップはぶっきらぼうな口調で言った。

「もちろん伺うわ」エロイーズは突然の態度の変化に驚いて、つぶやくように応じた。いうなれば、これでおあいこになる。一方的に問いただしていたようなものなのだから。

「どうしてロンドンを出てきたんだい？」フィリップが訊いた。

エロイーズはびっくりして目をしばたたいた。それほどわかりきった質問をされるとは思わなかった。「もちろん、あなたに会うためよ」

「戯言《たわごと》はよしてくれ」

エロイーズは彼の冷やかな表情に啞然として口をあけた。

「それはここに来た理由であって」フィリップが言う。「ロンドンを出てきた理由ではないだろう」

その瞬間までその違いについて考えてみたこともなかったが、フィリップの言うとおりだとエロイーズは思った。ロンドンを出てきたのは彼の存在とは関係がない。彼は家を出るきっかけを、逃げるのだと思わずにすむ口実を与えてくれたにすぎない。

自分の行動をたやすく正当化できたのは、彼が訪問のきっかけを与えてくれたおかげだ。

「恋人がいたのか？」フィリップが低い声で訊いた。

「いないわ！」つい大声で答えてアンソニーを振り向かせてしまい、エロイーズは笑顔で手を振って大丈夫であることを伝えた。「蜂がいただけ」そう言い訳した。

長兄が目を大きく開いて、大股で引き返してくる。

「もう飛び去ってしまったわ！」エロイーズは慌てて叫んで手ぶりで兄を追い払おうとした。「問題ないってば！」フィリップのほうを向いて説明した。「兄は病的なほど蜂を恐れているの」顔をしかめた。「うっかりしてたわ。鼠だと言えばよかった」

フィリップが興味深げな表情でアンソニーのほうを見やった。無理もない。兄のような男性が蜂を恐れているとは傍目には信じがたいのだろう。けれども、父親がたった一匹の蜂に刺されて亡くなった事情を考えれば、いたしかたのないことなのだ。

「まだ質問に答えてくれていないが」

話題はそれたものと思っていたのに、残念ながらそうはいかなかった。「どうしてそんなことが疑問なのかしら？」エロイーズは訊き返した。

フィリップは肩をすくめた。「疑問に思って当然ではないかな？　きみは家族に行き先も告げずに家を出て――」

「メモを残したわ」エロイーズは遮って言った。

「ふむ、なるほど、メモをねえ」

エロイーズは思わず口をあけた。「信じてないの？」

フィリップはうなずいた。「信じるさ。きみのことだから取り仕切ったりお節介を焼いたりで忙しすぎて、きちんとメモが渡るかどうかも確認できずに出てきてしまったのだろう」

「メモが母宛ての招待状の山にまぎれてしまったのは、わたしのせいではないわ」エロイーズはつぶやいた。

「メモが問題なわけではない」フィリップは言い放って腕組みをした。

どうして腕を組むわけ？　エロイーズは歯を食いしばった。子供あつかいされているような気がした。しかも、内心では自分の行動についてどのような疑問を投げかけられても当然だと思っているだけに、返す言葉も見つからなかった。

それを認めるのも癪なのだけれど。

「実際のところ」フィリップは続けた。「きみは犯罪者のごとく真夜中にロンドンを出てきた。だとすれば、おのずと何かあったと考えざるをえない……つまり……評判に傷をつけるようなこととか」エロイーズのむっとした表情を見て付け加えた。「理不尽な憶測ではないと思うが」

フィリップの言うとおりだ。もちろん雪のように純白な身でやって来たのだから評判のことではない。でも、突然訪問した理由についてはいままで質問されなかったことのほうがたしかに妙な気もする。

「きみにかつて恋人がいたとしても」フィリップが静かに言う。「わたしの結婚の意思は変わらない」

「そういうことではないの」エロイーズはその話題を打ち切らせたいばかりに口走った。「だから……」声が尻すぼみになり、ため息をついた。「つまり……」

そうして結局、すべてをフィリップに打ち明けた。これまで自分が何度も求婚されてきたこと、かたやペネロペは一度も求婚されたことがなく、冗談まじりにふたりで独身で生きていこうと話していたこと。そして、そのペネロペが兄のコリンと結婚したとき、どれほど後ろめたさに苦しめられたのか、自分が今後どのようにひとりで生きていけばいいのか考えずにはいられなくなったことを話して聞かせた。

エロイーズは思いの丈を語りつづけた。考えていたこと、心の底で思っていたことを話し、ほかの誰にも打ち明けられなかったことまですべて伝えた。ひっきりなしに口を開いているような女性にまだ誰にも明かしていないことがそれほどあるとは、自分でも意外だった。

エロイーズがすべてを語り尽くしたとき（じつのところ、話し終えたという意識はなく、気力を使い果たして口を閉じただけのことだった）、フィリップが腕を伸ばしてきて手を取った。

「もう大丈夫だ」

エロイーズもそうなのだと悟った。ほんとうにもう大丈夫なのだと。

14

……ミスター・ウィルソンの顔はたしかに両生類に似たところがあると思うけれど、あなたにはもう少し慎重な物言いを心がけてほしいわ。彼を花婿候補として考えるつもりはないとはいえ、ヒキガエルではないことは確かなのだし、本人の目の前で妹にそんなふうに言われたら、私の立場がないわ。

——エロイーズ・ブリジャートンが四人目の求婚者を断わったあと、妹ヒヤシンスに宛てた手紙より

四日後、ふたりは結婚した。アンソニー・ブリジャートンがどのような策を講じたのかフィリップには考えも及ばなかったが、特別許可証を得て、土曜ほど適切ではなくとも火曜や水曜よりはましだというエロイーズの主張により、月曜に結婚式を挙げた。

エロイーズの一族は、スコットランドにいて当日までに到着できない未亡人の妹を除く全員が列を成して田舎での結婚式に駆けつけた。通例なら、結婚式はブリジャートン一族の本邸があるケントか、そうでなければ一族が礼拝に出席しているロンドンのハノーヴァー・ス

クウェアにあるセント・ジョージ教会で行なうべきなのだが、このような急ぎの日程ではどちらも手配がつかなかったし、どのみち一般的な段取りを踏んだ結婚ではなかった。ベネディクトとソフィーが祝宴に自宅を使うよう申しでてくれたのだが、エロイーズはロムニー館のほうが双子が落ち着いていられるだろうと考え、そこからほど近い教区教会で挙式し、温室の前の芝地でささやかな祝宴を開いた。

その日の午後もだいぶ遅く、陽が沈みかけた頃、エロイーズは、慌てて取り揃えられた嫁入り道具の数々を片づけるふりで忙しそうな母と新しい寝室にいた。もちろん、そうした品々はロンドンから家族とともにやって来た侍女の手でその朝すでにきちんと収められていたのだが、母の無用な作業をあえて指摘することはしなかった。ヴァイオレット・ブリジャートンはなんであれ手を動かしていなければ話せそうになかった。

エロイーズにはその気持ちが誰よりよくわかった。

「花嫁の母にとって最も輝けるひとときを奪われたことについては、不満をこぼしてもいいはずよね」ヴァイオレットは娘にそう言って、レースのベールを折りたたんで衣装簞笥の上にそっと置いた。「でも、じつを言えば、あなたの花嫁姿を見られただけで嬉しいの」

エロイーズは母に穏やかに笑いかけた。「もうほとんどあきらめていたんでしょう?」

「ほとんどね」母は小首をかしげて言葉を継いだ。「でも、完全にではなかった。最後に、あなたがわたしたちを驚かしてくれるのではないかといつも思っていたわ。あなたはよくそういうことをする娘だから」

エロイーズは社交界に初登場してからの年月のあれこれや、求婚をことごとく断わってきたことを思い返した。母と結婚式に出席しては、母の友人たちが娘を人気の高い花婿候補に嫁がせる姿を目にしてきた。

当然ながら、そうした紳士たちはそれ以降、レディ・ブリジャートンの名高き売れ残りの独身娘、エロイーズの花婿候補ではなくなった。

「いままでがっかりさせてばかりでごめんなさい」エロイーズは囁いた。

ヴァイオレットはすました顔で娘を見つめた。「わたしの子供たちにかぎって、がっかりさせられるようなことはしないわ」柔らかな声で言う。「ただ……わたしを驚かせるだけで。どうやらわたしもそういうのが好きみたい」

エロイーズは思わず母に抱きついた。どことなくぎこちない動作だった。ブリジャートン家ではそのような愛情表現はめずらしいことでもないのに、どうしてなのかはわからない。いまにも涙がこぼれ落ちそうだったし、母のほうも同じ状態であるのが感じられたからかもしれない。いずれにせよ、手足がほっそりとした、閉じるべきときに決まって口を開く不器用な少女に戻ってしまったように思えた。

それでも母を抱きしめていたかった。

「ほら、ほら」母は、エロイーズが何年も前に膝を擦りむいたり心傷ついたりしたときになだめてくれたのとまるで同じ調子で言った。それから、「ところで」と顔をピンク色に染めて続けた。「ちょっと、いいかしら」

「お母様？」エロイーズは静かに問いかけた。母は腐った魚でも飲み込んでしまったかのように気まずそうな顔つきをしている。

「苦手なのよね」ヴァイオレットはつぶやいた。

「お母様？」エロイーズは聞き違えたのだろうと思った。

ヴァイオレットはみずからを励ますように深く息を吸い込んだ。「少し話があるの」背をそらせ、娘の目を見据えて言葉を継いだ。「少し話をしたほうがいいのよね？」

母が夫婦の親密な行為について詳しく知っているのかと訊いているのか、実際にその行為を知っているのかと尋ねているのか、エロイーズには見きわめられなかった。「あの……知らないわ……だから……そういう意味で訊いているのなら……つまり、まだ……」

「よかったわ」ヴァイオレットは心からほっとしたように息をついた。「でも、あなたは――つまり、わかっては……いるのね？」

「ええ」エロイーズは互いに不要な気詰まりを感じずにすむよう早口で答えた。「特に説明してもらう必要はないと思うわ」

「よかったわ」母は繰り返して、ますますほっとしたらしい息をついた。「じつを言うと、母親の務めのなかでとりわけ苦手なことなのよ。ダフネのときも、ずっと赤くなって口ごもっていただけで、何を話したのか思いだせもしないわ。正直、少しでも役立つ知識を与えられたのかどうかすらわからない」唇をへの字にゆがめた。「残念ながら、きっと与えられなかったのでしょうね」

「お姉様はとてもうまく結婚生活に適応されていると思うわ」エロイーズはつぶやくように言った。

「ええ、そうね。そうなのよね」ヴァイオレットは晴れやかに応じた。「旦那様に深く愛されているし、四人の幼子もいて。これ以上望めないくらいなのだものね」

「フランチェスカにはどう話したの？」エロイーズは尋ねた。

「どういうこと？」

「フランチェスカよ」エロイーズは六年前に結婚して不幸にもその二年後に未亡人となった妹の名を繰り返した。「あの子が結婚するときにはなんて話したの？　フランチェスカのときのことはまだ聞いてないわ」

母はいつものように若くして未亡人になった三女に話が及ぶと青い瞳を曇らせた。「フランチェスカのことだもの。わたしより詳しいくらいだわ」

エロイーズは息を呑んだ。

「もちろん、実際にという意味ではなくて」ヴァイオレットは慌てて言い足した。「フランチェスカはつまり……あなたと同じように純潔だったはずよ」

エロイーズは頬が熱くなるのを感じて、曇り空をもたらした天に感謝した。おかげで部屋はいくぶん薄暗く翳っていて、母もドレスの裾の綻びをまじまじと調べるふりができた。もちろん、エロイーズは厳密に言えば純潔であり、医師の診察を受けてもお墨付きをもらえるとはいえ、もはや胸を張って断言しようとは思えなかった。

「でも、あのフランチェスカですもの」ヴァイオレットは裾の綻びはどうにもできないと悟って肩をすくめ、背を起こして続けた。「賢くて、知恵がまわるでしょう。何年も前に女中の誰かに賄賂を渡して、すべて説明させていたのではないかと思うのよ」

エロイーズはうなずいた。じつはフランチェスカと一緒に小遣いを貯めて女中に賄賂を渡して話を聞いたとは母に打ち明けられなかった。でも、払っただけの価値はあった。アニー・メイヴェルの説明は詳しく、その後フランチェスカからまったくそのとおりだったと報告も受けている。

母は切なげに微笑み、手を伸ばして娘の目尻のすぐ下の頬骨に触れた。皮膚にはまだわずかに変色が見られるものの、紫色だった痣は青から緑へ薄れ、いまではうっすらと黄色みがかって、だいぶ目立たなくなっていた。「ほんとうに幸せになれるのね？」母が尋ねた。

エロイーズは悲しげな笑みを浮かべた。「そんなことを考えるのは少し遅すぎるわよね？」

「何かをするには遅すぎるとしても、考えるのに遅すぎるということはないわ」

「幸せになれると思うわ」エロイーズは答えた。そう願うしかないの、と胸のうちで付け加えた。

「すてきな方のようだものね」

「とてもすてきな方よ」

「高潔な方なのね」

「間違いないわ」

ヴァイオレットはうなずいた。「あなたは幸せになれるわ。なかなか気づけなくて、最初は不安を感じるかもしれないけれど、あなたは幸せになれる。これだけは憶えておいて――」母は言葉を途切らせ、唇を噛んだ。

「なんなの、お母様？」

「憶えておいてね」一語一語をとても慎重に選ぶようにゆっくりと言葉を継いだ。「時間がかかることを。それだけ」

何に時間がかかるの？　エロイーズは叫びだしたい気持ちだった。

けれども母はすでに立ちあがり、てきぱきとスカートの皺を伸ばしている。「わたしが家族を送りださなければね。そうしないと誰も帰ろうとしないわ」スカートのリボン飾りをいじりながらわずかに向きを変え、片手を顔にやる。それから涙を払ったしぐさに、エロイーズは気づかないふりをした。

「あなたはとてもせっかちだわ」ヴァイオレットはドアのほうを向いて言った。「いつもそうだった」

「わかってるわ」エロイーズは叱られているのだろうかと考えた。もしそうなら、母はなぜわざわざいまそんなことを叱ろうとするのだろう。

「わたしはずっとあなたのそういうところが好きだった」母が言う。「もちろん、あなたのすべてを愛しているけれど、どういうわけか、せっかちなところがとりわけ愛らしく感じてしまうの。あなたがさらに多くを望むのではなくて、すべてを望むからなのよね」

褒められていると解釈していいのかエロイーズにはわからなかった。

「あなたは誰にでもすべてを求めるし、すべてを知り、すべてを学びたいと……」

それで終わりなのかと思ったとき、母は振り返って続けた。「あなたはほどほどではけっして満足しないわ。それでよかったのよ、エロイーズ。ロンドンで求婚された男性たちの誰とも結婚しなくてよかったんだわ。誰もあなたを幸せにはできなかったはずだもの。満足できたとしても、幸せにはなれなかった」

エロイーズは驚いて目を大きく見開いた。

「でも、何もかもせっかちに片づけようとしてはいけないわ」ヴァイオレットはやさしい声で続けた。「そういうふうにいくものではないのだから。あなたにはもっといろいろな面があるのに、時どきそれを忘れてしまうのではないかしら」娘に別れを告げる母親らしくやさしそうな思慮深い笑みを浮かべた。「時間をかけるのよ、エロイーズ。落ち着いて。焦りすぎは禁物よ」

エロイーズは口をあけたものの、ひと言も出てこなかった。

「辛抱強くね」母が言う。「急いてはだめ」

「わたし……」そんなことはしないわ、と答えたかったのだが言葉にならず、母の顔をひたすら見つめているうちにようやく結婚するということのほんとうの意味に気づいた。フィリップのことばかり考えていて、家族のことが頭から抜け落ちていた。

自分は家族のもとを去る。あらゆる意味でつねに自分の中心にあった家族のもとを去るのだ。

そしてこの瞬間に初めて、どれほど多く母と腰をおろして話してきたのかということに気づかされた。それがどれほど貴重な時間であったのかということにも。母はつねに子供たちに必要なものを正確に知っているように思えるけれど、子供たちは八人もいて、それぞれに夢や希望を持った、個性のまったく異なる人間であるのを考えれば驚くべきことだ。

母がロムニー館にいるエロイーズに渡すようアンソニーに託した手紙にも、まさしく必要としていたことがしっかりと書かれていた。ほんとうなら娘を叱り、非難の言葉を浴びせても当然の心境であったはずだ。

それなのに母はただこう書いてきた。〝元気でいることを願っています。あなたはわたしの娘であり、それはいつまでも変わらないことを憶えておいてね。愛しています〟。

エロイーズは咽び泣いた。あの日長兄から受けとった手紙を晩まで開くのを忘れていて、ベネディクトの家の部屋でひとりになって読めた幸運に感謝した。

ヴァイオレット・ブリジャートンはけっして何かを求めようとはせず、知恵と愛情によって本物の豊かさを育んできた。母がドアのほうへ歩いていく姿を見つめながら、エロイーズはふと、彼女が自分の母親というだけでなく、人として目指すべき理想像であることに気づいた。

その事実に気づくまでにこれほど長い時間がかかったことが信じられなかった。

「サー・フィリップとふたりきりになりたいわよね」ヴァイオレットは言い、ドアノブに手をかけた。

エロイーズは母には見えていないことを知りながらうなずいた。「お母様に会えなくて寂しくなってしまうわ」

「あたりまえよ」ヴァイオレットはいつもの落ち着きを取り戻したことを示す歯切れよい口調で返した。「わたしたちもあなたに会えなくて寂しくなるわ。でも、あなたはそれほど遠くへ行ってしまうわけではないし、ベネディクトとソフィーもすぐそばに住んでいるわ。ポージーもね。今度はさらにかわいい孫がふたり増えたわけだから、わたしもちょくちょく訪問させてもらうわ」

エロイーズも母と同じように涙を手で払った。家族はフィリップの子供たちをなんのためらいもなく受け入れてくれた。そうしてくれるだろうとは思っていたが、実際に受け入れてくれたのを見て、想像していた以上に胸が熱くなった。双子はすでにブリジャートン家の孫たちと賑やかに遊んでおり、ヴァイオレットはふたりに自分を〝おばあちゃま〟と呼ぶよう伝えていた。そのうえロンドンから旅行鞄に詰め込んできたのだというペパーミントキャンディの袋を取りだしたものだから、双子はさっそく言われたとおり呼びはじめた。

エロイーズはすでにほかの家族には別れの挨拶をすませていたので、母が去る段になってほんとうにレディ・クレインになったのだと実感した。ミス・ブリジャートンであれば家族とともにロンドンへ戻るはずが、グロスターシャーの領主で準男爵の男性の妻であるレディ・クレインはロムニー館にとどまらなければならない。エロイーズは妙に感傷的になっている自分を叱った。二十八歳といえば、結婚をそれほど大げさにとらえるべき年齢ではない。初々しい娘の年頃からはだいぶ経っている。

それでも、人生が一変したのだと感じてしまうのは仕方のないことだとみずからを諭した。なにしろ結婚し、これからは屋敷を守る女主人だ。そしていうまでもなく、ふたりの子供の母となった。きょうだいたちのなかでも、このように突然、親の役割を担うことになった者はいない。

でも、自分にはその務めがある。母としての務めを果たさなければいけない。エロイーズはぴんと背を伸ばし、鏡に映った自分の姿を決然と見つめて、髪にブラシをかけた。たとえ姓は変わってもブリジャートン家の一員には違いないし、なんであれ自分自身で決めることができる。それに、不幸せな人生に耐えられるたちではないので、そうではないことをまずはしっかり見きわめなければならない。

ドアをノックする音がして、振り返ると、フィリップが部屋に入ってきた。後ろ手にドアを閉めたが、気を落ち着かせる時間を与えようとしているのか、その場にとどまっている。

「侍女を呼んだほうがいいかな？」フィリップはヘアブラシのほうへ顎をしゃくって尋ねた。

「今晩は自由に過ごすよう伝えてあるの」エロイーズは答えて、肩をすくめた。「ここにいてもらっては気詰まりだと思ったから」

フィリップは咳払いをして、首巻《クラバット》をぐいと引いた。それもいままではエロイーズにとってすっかり親しみの湧くしぐさとなっていた。正装ではどうしてもくつろげないらしく、見るからにもっと着心地のいい作業用の服に着替えたそうに、しじゅう引いたりずらしたりしているからだ。

夫に天職があるというのがなんともふしぎな気がした。エロイーズはそのような男性と結婚するとは思っていなかった。フィリップは商いをしているわけではないが、彼の温室での作業は、貴族の若い紳士たちの大半が時間つぶしにしていることに比べて、あきらかに意味のあることだ。

それが好ましく思えた。目的や使命を抱き、乗馬や賭け事よりも知的な探求に熱意を注ぐ姿は好ましい。

夫は好ましい人物だ。

そう思うと気持ちが慰められた。好ましく思えなかったら、どれほど息苦しさを感じていただろう。

「もう少し時間をおいたほうがいいかな？」フィリップが訊いた。

エロイーズは首を横に振った。準備はできている。

彼の唇からふっと息が漏れた。「助かった」という声が聞こえたような気がしたかと思うと、その腕に抱かれてキスをされ、考えていたことは何もかも頭から消え去った。

フィリップは結婚式にもう少し気力を注ぎたいところだったのだが、実際は、日中の催しには何につけ身が入らず、晩がくるのをじれったい思いで待ちわびていた。エロイーズを見るたび、どこにいてもきわだっているように思える彼女の香りを嗅ぐたび、体が張りつめるのをはっきりと感じ、腕に彼女を抱いた感触を思い起こしては期待に胸をふるわせていた。

体をくつろがせるためにもうすぐだと自分に言い聞かせ、その試みがどうにか成功すると胸のうちで感謝の言葉を唱えた。もうすぐだと。

そしてとうとう、もうすぐがいまとなり、ふたりきりとなって、緩やかにウェーブのかかった栗色の長い髪を後ろに垂らしたエロイーズの美しさを、信じられない思いで目にしていた。髪をおろした姿を見るのは初めてで、首の後ろにきちんと小さく結いあげていたときにはそれほどの長さがあるとは想像できなかった。

「ご婦人方がどうして髪を上げているのか、つねづねふしぎに思っていたんだ」フィリップは七度目のキスを終えるなりつぶやいた。

「当然のことだもの」エロイーズは困ったように答えた。

「それでは答えにならない」フィリップは彼女の髪に触れ、指で梳《す》いてから、自分の顔のほうへ引き寄せて香りを吸い込んだ。「ほかの男たちを守るためだな」

エロイーズははじかれたようにとまどいの目を向けた。「それを言うなら、ほかの男たちからでしょう」

フィリップはゆっくりと首を振った。「きみのこのような姿を見た男たちは、わたしに殺されかねない」

「フィリップ」たしなめる口調ながら、頬を染めたエロイーズの表情はあきらかに嬉しそうだった。

「このような姿を見て、きみに抵抗できる者はいない」フィリップは彼女のなめらかな髪を指に巻きつけながら言った。「それは断言できる」

「わたしに抵抗できる男性は大勢いたわ」エロイーズは自嘲的な笑みを浮かべて彼を見あげた。「それも、とてもたくさん」

「愚かな連中だな」フィリップはさらりと言った。「といっても、こうでもしないと、わたしの正しさは証明できないのかもしれないが」長い髪のひと房をふたりの顔のあいだに引き寄せ、自分の唇に擦らせながら芳しい香りを吸い込んだ。「こんなものを、何年、結い髪のなかに隠していたんだい」

「十六のときから髪を結っていたわ」

フィリップはエロイーズを自分のほうへやさしく、けれどもしっかりと抱き寄せた。「よかった。きみがヘアピンを外していたら、わたしのものにはなっていなかっただろう。もう何年も前にほかの誰かに奪い去られていたはずだ」

「髪だけで?」エロイーズはふるえがちの低い声で返した。

「ああ、たしかに」フィリップはうなずいて言った。「ほかの誰かの髪にこれほど惹かれるとも思えない」囁いて、指に絡めた髪の房を解き放した。「きみだからだ」

フィリップは両手で彼女の顔を包み込み、口づけしやすいようにわずかに上向かせた。ほんの数分前にもキスをしたばかりで、その唇の風味はよくわかっているはずだった。にもかかわらず、吐息と唇の甘さやぬくもりにどきりとして、そのキスだけで体が燃え立った。

相手が彼女であろうと、たった一度のキスでそのようになるとは思わなかった。

ドレスの留め具を指で探りあて、布でくるまれた小さなボタンに沿って背中をたどった。「向きを変えて」キスを中断して言った。誘惑には経験豊かなほうとは言えないので、手探りではボタンを外せそうにない。

それに、そうしてボタンを外しながらほんの少しずつなめらかな白い肌をあらわにしていくのが楽しくもあった。

指で背骨をたどり、彼女は自分のものなのだと感じつつ、下から三番目のボタンに手をかけた。生涯、自分のものなのだ。どれほどの運に恵まれているのか想像しがたいほどだが、その幸運を素直に楽しもうと心を決めた。

次のボタンを外す。それで背骨の下のほうまで細長く肌が現れた。

素肌に触れると、彼女がふるえた。

最後のボタンを外しにかかる。ドレスはすでに肩からずり落ちかけていて、そこまで外す必要もなかったのだが、なんとなく、きちんと脱がせるのが正しいように思えた。

最後のボタンを外すと尻の膨らみまであらわになった。

フィリップはキスをしたかった。ちょうどその場所に。エロイーズが背を向けて、寒さからではなく興奮からふるえながら立っているあいだに、尻の割れ目の最上部にキスをしたい。

両手を彼女の肩にかけて前のめりになり、首の後ろに唇を押しつけた。エロイーズのように純潔な女性にとってはみだらすぎるようなこともしてしまいそうだった。

だが、彼女は自分のもので、わが妻なのだ。しかも、炎と情熱と生気がひとかたまりになったような女性だ。マリーナのように繊細で壊れやすい女性ではないのだと自分に言い聞かせた。

その事実を、エロイーズを目にするたび絶えず自分に言い聞かせずにはいられなかった。彼女はマリーナではないのだから、息を凝らさなくてもいいし、言葉や表情やどんなことについても、落ち込ませてしまうのではないかとか、失望させてしまうのではないかと気を遣う必要もない。

ここにいるのはエロイーズだ。強く堂々としているエロイーズ。

自分を抑えきれなくなって膝をつき、両手でしっかりと尻を挟み込むと、エロイーズが低い驚きの声を漏らして振り返ろうとした。

フィリップはすぐさまキスをした。ちょうど背骨の最下部の、そそられてたまらない部分に口づけた。それから、舌で背骨の中心線の先へ尻の割れ目までたどり――どういうわけか、女性と交わった経験はかぎられていても、想像力でそれを余すところなく補えた――塩気を含んだ甘い肌を味わっていると、エロイーズが立っているのがつらそうに壁に手をついて悶えるような声を漏らしたので、唇を肌に触れさせたまま動きをとめた。

「フィリップ」エロイーズが息を切らせて言う。

フィリップは立ちあがって彼女を振り向かせ、身をかがめて鼻先を触れあわせた。「たまらなかった」それですべて説明がつくとばかりに力なく言った。実際、それしか説明のしようがなかった。桃のようにピンク色がかった素肌の一部分がキスを待ち望んでいるかのように見えてどうしようもなくそそられ、たまらなかったのだ。

彼女がこうして目の前にいては、手に入れなければ気がすまない。

フィリップはふたたび口にキスをしながらドレスを脱がせて滑り落とした。エロイーズがその日結婚式にまとった淡い青色のドレスは、瞳をまるで嵐の前の曇り空のごとく、これまで以上に奥深く表情豊かに見せていた。

この世のものとは思えないすてきなドレス――その日の朝、姉のダフネにそう言われたとエロイーズから聞いていた。だが、それを脱いだ彼女のほうこそ、この世のものとは思えないほどすばらしい。

エロイーズはシュミーズを身につけていなかったので素肌がすっかりあらわになり、乳房の先端が上質の亜麻布のシャツに擦れたとき、彼女が息を吸う音が聞こえた。けれどもフィリップはそちらへ視線を落とす代わりに乳房の脇に手を滑らせ、膨らみに指関節を軽く擦りつけた。それからキスをしながら手で乳房の輪郭をなぞって包み込み、申しぶんのない重みを感じた。

「フィリップ」エロイーズが漏らした声は、食前の祈りのように彼の口のなかへ呑み込まれた。

フィリップはふたたび手を動かしはじめ、乳房を包みながら、つんと上がった乳首を指のあいだに差し入れた。そのようなことができるとはいまだ信じがたい気持ちで、乳首をそっとうやうやしく指で挟んだ。

こらえきれなくなってきた。彼女を、彼女のすべてをくまなく見たいし、顔もずっと眺めていたい。フィリップは必ずまた戻ることを約束する吐息とともにキスを中断して身を引いた。

エロイーズをじっと眺めおろして息を吸い込んだ。外はまだ暗くなっておらず、窓を通して射し込む陽光の名残が、彼女の肌を赤みがかった金色に輝かせている。乳房は想像以上にふっくらと丸みを帯びて大きかった。フィリップはいますぐにもベッドへ運び去りたい衝動をこらえるだけで精一杯だった。

ああ、まったく、頭がどうにかなってしまいそうだ。

ふるえる指で自分の服のボタンを外しにかかり、こちらを見つめる彼女を見ながらシャツを脱いだ。そして、うっかりそのまま背を向けて……。

エロイーズがはっと息を呑む音が聞こえた。

フィリップは凍りついた。

「何があったの？」エロイーズがかすれ声で問いかけた。

説明しなければならない事態に陥ったことに、どうしていまさらこれほど動揺してしまうのかわからなかった。エロイーズは妻であり、これからの人生では毎日でも裸体を見せることになるのだし、このような傷を負った事情を明かせる人間がいるとすれば、彼女以外にいない。

傷跡は背中の見えにくいところにあるので隠すこともできたのかもしれないが、エロイーズがそれほど疎い女性とも思えない。

「鞭で打たれた」フィリップは振り返らずに答えた。じっくりと見せることもないのだろうが、どのみちいつかは慣れてもらわなくてはならないのだ。

「誰にそんなことをされたの？」低い声には怒りが込められており、その憤りにフィリップの心は温められた。

「父だ」あの日のことは鮮明に憶えている。当時フィリップは十二歳で、学校から帰宅すると、父に狩りに同行するよう命じられた。乗馬は得意なほうだったが、まだ前を行く父を追い越せるほどの腕はなかった。けれども、試みなければ臆病者の烙印を押されることはわかっていたので必死にやってみせようとした。

そして案の定、落馬した。ほとんど投げだされたようなものだった。奇跡的に怪我は免れたが、父は怒り心頭に発していた。トマス・クレインはイングランド紳士の男らしさについてきわめて偏った考えに固執していて、馬の背から転げ落ちることは断じて許されなかった。息子たちが乗馬にも、射撃にも、フェンシングにも、ボクシングにも秀でていなければ気がすまなかった。

しくじればどうなるかは神のみぞ知る。

兄のジョージはむろん、乗馬でも父を追い越すことができた。どのような競技でもつねに弟を上回る腕前を披露した。ジョージはフィリップの二歳上の兄で、二歳ぶん大きく、二歳ぶん逞しかった。弟を罰から救うために取り成そうとしてくれるのだが、そのお節介に腹を立てた父のトマスに鞭で打たれてしまうのだった。父はフィリップには男になる方法を身につけさせなければならないと考えていて、ジョージであれ、邪魔立てする者は誰も許さなかった。

あの日の罰がいつもとどう違っていたのかはよくわからない。たいてい父は枝の鞭やベルトを使って、跡が残らないようシャツの上から打っていた。ところがあの日はいつの間にか厩のすぐ外にいて、乗馬用の鞭が手もとにあり、父は尋常ではないほど憤っていた。

鞭がフィリップのシャツを切り裂いても、手をとめようとはしなかった。

父が目に見える傷を残す罰を与えたのはそのとき一度かぎりだ。

だが体には生涯思いださずにはいられない傷が残された。

肩越しにちらりと見やると、エロイーズが食い入るようにまじまじと自分を見つめていた。

「ごめん」思ってもいない言葉が口をついた。子供時代の恐ろしい体験を無理やり話して聞かせたわけでなし、謝る理由はないのだが。

「わたしは謝らないわ」エロイーズは唸るように言って、目を険しくすがめた。

フィリップは驚いて目を見開いた。

「怒ってるんだから」

それを聞き、フィリップはこらえきれず笑い声をあげた。頭をのけぞらせて笑いだした。

裸で、父を叱りつけるため地獄までも追いかけていきかねないほど憤っているエロイーズは無敵に見える。

エロイーズは唐突に笑いだしたフィリップをけげんそうに見ていたものの、すぐにそのひとときの大切さを思い起こしたかのように、にっこり微笑んだ。

フィリップはどうしても自分に触れてほしくなって彼女の手を取り、胸に引き寄せて、柔らかな胸毛の上に押しつけた。

「とても逞しいのね」エロイーズは囁いてそっと彼の胸を撫でた。「温室のなかで作業をするのがそれほど大変な労働だとは思わなかったわ」

フィリップは十六歳の少年のように、褒められて得意になった。父の記憶がすうっと薄れていった。「屋外でも作業をしている」素直に嬉しさを表現できず、ぶっきらぼうに答えた。

「労働者たちと？」

フィリップは面白がるように見返した。「エロイーズ・ブリジャートン――」

「クレインよ」エロイーズが訂正した。

フィリップの胸に喜びが湧きあがった。「クレイン」繰り返した。「農場の労働者たちに何かひそかに妙な空想でも抱いているのではなかろうな」

「そんなことはしないわ」エロイーズが言う。「ただ……」

尻すぼみになった言葉をうやむやには片づけられなかった。「ただ、なんだい？」と先を促した。

エロイーズは恥じらうような顔をした。「ただ、お日様のもとで汗を流しているから、ものすごく……精力的な感じがするわ」

フィリップは笑った。夢の実現をじっくりと噛みしめるかのように。「ああ、エロイーズ」唇を彼女の首に寄せて、徐々に下へずらしていった。「きみには精力的であるという意味がわかっていない。まったくわかっていない」

それから、何日も夢みていたように——といっても、夢みていたことのひとつにすぎない——乳首を口に含み、舌で縁取ってから、しゃぶりついた。

「フィリップ！」エロイーズは叫ぶように声をあげ、彼の腕のなかに沈み込んだ。

フィリップはその体をさっとかかえあげ、すでに新婚夫婦を迎えるため上掛けが折り返されてあるベッドへ運んだ。ベッドに横たわらせると、しばしその眺めを楽しんでから、唯一体に残っているストッキングに目を留めた。エロイーズが本能的に陰部を手で隠しているのを見て、気持ちを慮り、そのままにさせておくことにした。

片方のストッキングの縁の裏側に指先をかけ、上質な薄い絹地の上から肌を撫でてから、引きおろした。膝を過ぎたところでぐずるような声が聞こえたので、思わず顔を上げて尋ねた。「くすぐったいのか？」

エロイーズはうなずいた。「それだけじゃないわ」

それだけじゃない。フィリップはそれが嬉しかった。エロイーズはそれ以上のものを感じていて、さらに多くを求めてくれている。

もう片方のストッキングはより手早く脱がせて、ベッド脇に立つと、ズボンの留め具を外しにかかった。いったん手をとめて彼女のほうを見やり、目の表情から心の準備が整ったとわかるまで待った。

そのあとは自分でも信じられないほどのすばやさで残りの衣類を剝ぎとって、彼女の隣に横たわった。エロイーズは一瞬身をこわばらせたが、フィリップに撫でられ、唇で静かな音を立てながらこめかみから口もとへなぞられるうち、しだいにくつろいでいった。

「恐れることは何もない」フィリップは囁いた。

「恐れてはいないわ」とエロイーズ。

フィリップは身を引いて、正面から彼女を見据えた。「怖くないのかい？」

「怖くはないけれど、緊張してるわ」

フィリップは感嘆して首を振った。「きみはすばらしい」

「わたしもみんなにそう言ってきたんだけれど」エロイーズはこともなげに肩をすくめた。「信じてくれたのは、どうやらあなただけみたい」

フィリップはその言葉に含み笑いを漏らして、結婚初夜に自分がこうして笑っていることが信じられない思いで首を振った。今夜彼女に笑わされたのはこれで二度目で、それが贈り物であることがだんだんとわかってきた。心からありがたいと感じられる、かけがえのない、すばらしい贈り物。

これまでの交わりはつねに、欲情や、渇望や、なんであれ肉体的に満たされて男であることを実感するためのものだった。こんなふうに相手の新たな面を知って驚き、喜びを得られるようなものではけっしてなかった。

フィリップは彼女の顔を両手で包んで、今度はこみあげる様々な感情と思いを込めてキスをした。唇に口づけてから、頰にも首にもキスをした。それから、肩へおりて、腹部から腰の脇へと探っていった。

一部分だけはあえて触れずにやり過ごした。探りたくてたまらない部分なのだが、彼女の準備が整ったときに触れようと決めていた。

自分のほうにも心積もりが必要だった。マリーナはけっしてそこにはキスをさせてくれなかった——いや、それでは公平な言い方ではない。そもそもそうさせてくれと頼んだことはなかったのだから。マリーナが義務を果たすかのようにじっと黙って自分の下に横たわっているのを見ると、そのようなことをするのは間違っているような気がした。結婚前に関係を持った女性たちもいたが、経験豊富な相手ばかりだったし、そこまで親密な行為をしようとは思えなかった。

少しだけとまって彼女の縮れ毛に鼻を擦りつけながら、逸る気持ちを抑えた。

もうすぐ。ほんとうにもうすぐだ。

大きな手で彼女のふくらはぎを握って、さらに上へ手を滑らせ、脚を開かせて、そのあいだに自分の体を据えた。恥ずかしくなるほどすでにすっかり硬く張りつめていた。なので、エロイーズの脚のあいだに触れたとき、できるだけ彼女のほうも楽しませてやるために熱情を抑えなければと深く息を吸い込んだ。

「ああ、エロイーズ」囁いたつもりが呻くような声になった。どんなものより彼女が欲しいのだから、どれぐらい持ちこたえられるのかわからない。

「フィリップ？」エロイーズがどことなく不安そうな声で問いかけた。

彼女の顔が見えるよう頭を引いた。

「とても大きいわ」エロイーズが囁く。

フィリップは微笑んだ。「それぞまさしく、男が聞きたい言葉なんだと知ってたかい？」

「きっとそれも」エロイーズが下唇を嚙みしめて言う。「競馬やカードゲームや、たいして意味もない競いあいで勝利を自慢するのと同じようなものなのね」

笑いのせいなのか落胆のせいなのかはわからないが、フィリップは喉がひくついた。「エロイーズ」どうにか言葉を発した。「言っておくが――」

「どれぐらい痛いのかしら？」エロイーズがふいに言葉を漏らした。

「わからない」フィリップは正直に答えた。「きみの立場になったことはないからね。少しではないかな。あまりひどくないといいんだが」

エロイーズは率直な返答に感謝するようにうなずいた。「わたし……」言葉が消え入った。

「続けてくれ」フィリップは励ました。

エロイーズは数秒黙って瞬きを繰り返したあと、話しだした。「この前のときのように気持ちは昂ぶっているのだけれど、こうしてあなたを見て、感じていても、これからどのようなことになるのか想像がつかないし、引き裂かれてしまうのではないかと不安なの。消えてしまいそうな気がするのよ、魔法が」

それを聞いて、フィリップの心は定まった。どうして待たなければならないんだ？　どうして待たせているんだ？　身を乗りだして彼女の口にすばやく口づけた。「じっとしていてくれ。どこにも行かずに」

質問を投げかける間を与えず――エロイーズに訊きたいことがないわけがない――するすると下に体をずらすと、眠れず想像したように、彼女の脚をさらに広げて、そのあいだにキスをした。

エロイーズが甲高い声をあげた。

「ああ」フィリップのつぶやきは彼女の中心部に呑み込まれた。エロイーズが荒々しく身をよじり腰を跳ねあげるので、両手でしっかりと押さえ込んでおくよりほかになかった。舌で舐めてキスをして、そそられる割れ目の隅々まで味わった。彼女を貪欲にむさぼりながら神に感謝した。

たしかに、ほかの男たちから話には聞いていたのだが、これほどいいものであるとは夢にも思わなかった。まだ彼女に触れられてもいないのに、完全に自制を失う瀬戸ぎわまできていた。とはいえ、このまますぐに彼女に受け入れてくれるよう求めるわけにはいかない――こぶしが白くなるほどシーツをきつく握りしめて身を張りつめている彼女の姿を見るかぎり、真っぷたつに引き裂いてしまうようなことになりかねない。

この口のなかで彼女が燃えあがるまでキスをして昇りつめさせてやりたいと思いながら、フィリップはその時点ですでにおのれの欲情に圧倒され、なす術がなくなっていた。これは結婚初夜の営みであり、せっかくシーツの上にではなく彼女のなかに注ぎ込めるというのに、ああ、まったく、いますぐにも彼女に締めつけてもらわなければ、いっきに燃えあがってしまいそうだった。

やむなく、唇を離したときに聞こえた彼女のもどかしげな声にもかまわず体を浮かせて上へずらし、位置を合わせると、指で彼女をさらに広げて腰を押しだした。

彼女は濡れていて、ふたりのものが合わさってますます湿り気を増し、経験したことのないような感触に浸った。入口は狭いながらもなめらかだった。

ともに喘ぐように互いの名を呼びあい、そのうちにフィリップはゆっくりとした進みを保てなくなって奥へ突いて最後の隔てを破り、とっぷりと収まった。そこでいったんとめて大丈夫かと問いかけるべきだと知りながら、できなかった。どうしようもなく彼女が欲しくて、動きだすともはやとめられなかった。

自分がせっかちに激しく動いていることはわかっていたが、彼女のほうもどうやらそれを気に入ってくれたらしく、体の下で同じようにせっかちに激しく動いて指が食い込むほど背中をつかみ、じれったそうに腰を擦りつけてきた。

それから、エロイーズが悶えるように発したのは彼の名ではなかった。「もっと！」

フィリップは彼女の下に手を滑らせて尻をつかんできつく握りしめ、より奥へ入りやすくなるよう持ちあげた。姿勢の変化のせいで、擦れ具合が変わったのか、あるいはちょうど限界に達する頃合だったのか、エロイーズは背をそらせて硬く張りつめた身をふるわせ、彼を包んだ筋肉を収縮させて、喉の奥から絞りだすような叫びをあげた。

フィリップも、もう持ちこたえられなかった。叫びとともに最後にひと突きすると、小刻みに身をふるわせながら、彼女を永久に自分のものにするのだという思いを込めて解き放たれた。

15

……詳しく教えてくれないなんて信じられないわ。あなたの姉として（いうまでもないことだけれど、丸一歳年上よ）、ある程度の敬意は払われていいはずだし、アニー・メイヴェルの夫婦の営みについての説明が正しかったと知らせてくれたのは嬉しいけれど、あんなメモ書きではなくて、もう少し詳しいことが知りたかった。まさか至福にくるまれているからといって、愛する姉に二言、三言（特に形容詞が必要ね）付け加える暇も惜しいわけではないわよね。

——エロイーズ・ブリジャートンから妹フランチェスカへ、フランチェスカが結婚してキルマーティン伯爵夫人となった二週間後に送った手紙より

一週間後、エロイーズは自分の書斎に模様替えしたばかりの小さな居間に腰かけ、家計簿を見直そうと鉛筆の端を嚙んでいた。手元資金、小麦粉の袋の数、使用人の賃金といったものを計算しようとしていたはずなのに、実際にはフィリップと体を重ねた回数しか数えられなかった。

たしか、十三回。いいえ、十四回。でも、彼がなかには入らなかったけれど、ともに達し

たときのことも入れれば、十五回になる。

部屋にはほかに誰の姿もなく、頭のなかで考えていることなど誰にもわかるはずはないのに、エロイーズは顔を赤らめた。

ああ、でも、ほんとうに自分があんなことをしたのかしら？　彼のあんなところにキスをするなんて。

そのようなことができるとは想像もつかなかった。もう何年も前に、フランチェスカと一緒にアニー・メイヴェルからちょっとした講義をしてもらったときにも、そのようなことについて説明された憶えはない。

エロイーズは顔に皺を寄せて記憶をたぐった。アニー・メイヴェルはあのようなことができるとは知らなかったのかもしれない。アニーがあのようなことをする姿は想像しがたいし、それをいうなら、誰であろうと、まして自分自身がする姿も想像できなかった。

自分にのぼせあがっている夫がいるというのは、何よりふしぎなことに思えた。日中はほとんど顔も合わせないのだが――フィリップは作業をしていて、エロイーズのほうもあれこれすべきことがある――夜になり、エロイーズが寝支度を五分ほどで（当初は二十分ほどかかっていたが、徐々に短縮されていき、いまや数分もするとドアの外で待ちきれない彼の足音が聞こえてきた）整えたあとは……。

晩になるとフィリップが我が物顔でエロイーズにのしかかってきた。まさしく飢えた男のように。飽くなき精力で、つねに新たな方法を試み、妻に新たな体位をとらせて、続けてほしいのか、やめてほしいのかわからない懇願の叫びがあがるまで焦らして攻め立てた。

フィリップはマリーナには情熱を感じなかったと言っていたが、エロイーズにはそれが信じられなかった。性欲旺盛な男性だし（陳腐な言い方だけれど、ほかに言いあてられる表現も見つからない）、その手でしてくることといったら……。

さらに、口も使うし……。

歯も使うし……。

舌まで……。

エロイーズはふたたび顔を赤らめた。フィリップがすることといったら、ああ、女性が反応しないではいられそうもないようなことばかりだ。

家計簿の数字の列に視線を戻した。夢想にふけっているあいだに奇跡的に計算されているはずもなく、集中しようとするたび、数字が目の前で泳ぎだす。窓の向こうへ目をやった。その位置からでは温室は見えないものの、ほんのすぐ先にあり、そのなかでフィリップが葉の刈り込みにしろ種植えにしろ、一日じゅう何かしら作業をしていることはわかっていた。

一日じゅう。

エロイーズは眉をひそめた。まさしく、適切な表現だろう。フィリップは日がな一日温室で過ごし、そこに昼食の盆を運ばせることもたびたびあった。夫妻が日中に別々に過ごす暮らしを送るのはさして変わったことではないとはいえ（晩にも離れて過ごす夫妻は多い）、ふたりはまだ結婚して一週間しか経っていない。

実際、エロイーズはいまだ新婚の夫についていろいろな意味で知ろうとしている最中だった。慌しく結婚に至ったため、知っていることはほんのわずかだ。もちろん、誠実で高潔な男性で、自分を大切にしてくれることはわかっていたし、物静かな外見からは想像もつかなかった情熱的な一面を備えていることも新たに知った。

けれども、父親について話してくれたことを除けば、どのような過去があり、どのような考え方を持っているのか、どのようにいまの彼が形成されてきたのかといったことは何もわからなかった。時折、話を聞きだそうと試みても、ほとんどの場合にはうやむやに会話が途切れてしまう。

なにしろフィリップはキスができるときには話したがろうとしなかった。そのうちに、エロイーズは寝室へ導かれ、当然のごとく言葉は意識の外へ追いやられた。

ほんの何度か、どうにか会話に引き込めたときにも結局、忍耐力の鍛錬にしかならなかった。たとえば、何か屋敷内のことで意見を求めたとしても、フィリップはただ肩をすくめて、きみがいいようにやればいいと答えるだけだった。たまに、この男性はただ家を取り仕切ってくれる女性を求めて自分と結婚したのではないだろうかと感じることもあった。

それと、もちろん、ベッドを暖めてくれるぬくもりを求めて。

でも、結婚にも夫婦の生活にもそれ以上のものが必要であることをエロイーズは知っていた。両親の関係については記憶が定かでないが、きょうだいたちの夫婦関係は目にしてきたので、フィリップと寝室の外でももう少しともに過ごせれば、そうした夫妻たちと同じような幸せを得られるのではないかという気がしていた。

エロイーズは突如立ちあがり、ドアのほうへ歩きだした。フィリップと話すべきだ。温室へ出向いて話してはならない理由はない。作業について尋ねれば、むしろ喜んで話をしてくれるかもしれない。

問いつめるようなことはしたくないけれど、会話にひとつやふたつ質問を交えても差しさわりはないはずだ。それにもし、フィリップが迷惑そうな表情や作業しにくいそぶりを少しでも見せたら、すぐに出てくればいい。

ところがそのとき、エロイーズの頭のなかで母の声がこだました。

時間をかけるのよ、エロイーズ。急いてはだめ。

エロイーズは生来の性分に逆らって自分に備わっていたとは思えない辛抱強さで足をとめ、踵を返して椅子に戻り、腰をおろした。

ほんとうに重要な事柄について、これまで母が間違っていたことはないし、母がわざわざ結婚式の晩を選んで与えた助言ならば、細心の注意を払うべきだという本能が働いた。

時間をかけなさいという母の言葉は、まさにこのことを意味していたのだろうか。

手持ちぶさたにしているとついドアのほうへ戻りたくなりそうなので、お尻の下に手を挟んだ。窓の向こうへ目をやり、慌てて視線をそらした。見えるわけではないのに、すぐそこに温室があるのだと考えずにはいられない。

歯を食いしばり、自分らしくないことをしているものだと思った。ただじっと坐って微笑んでいられるたちではなかったのに。ほんとうなら動いて、何かをして、何かを探り、質問していたい。もっと正直に言うなら、納得のいくまで問いつめて、自分の意見も相手にきちんと聞いてもらいたい。

エロイーズは沈んだため息をついた。そんなようではやはり魅力的な女性とは言えないのだろう。

結婚式の晩に母に言われたことを正確に呼び起こしてみようと思った。きっと何か自信を取り戻せる言葉も含まれていたはずだ。自分を愛してくれている母ならば、何かしらいいことも言ってくれていたに違いない。たしか何か魅力的だというようなことを言ってなかっただろうか？

エロイーズはふたたびため息をついた。記憶が正しければ、せっかちなところが愛らしいと言ってくれたはずだけれど、一般に人の長所を褒めているのとは違うような気がする。

二十八にもなって、このようなことに悩まされるとは思わなかった。これまではずっと自分自身にも、自分の行動にも、完璧に満足して気持ちよく過ごせていた。

いいえ、完璧とは言えないまでも、たいがいは満足できていた。よく喋り、時には少しばかり無遠慮な物言いもしてしまうので、たしかに誰にでもというわけではないけれどほとんどの人には好かれているし、長いあいだ、これでいいのだと思い込んでいた。

それなのに、どうしていま頃？　どうして突然、間違った行動や発言をしているのではないかと不安になって、こんなふうに自分に自信が持てなくなってしまったのだろう？

エロイーズは椅子から立ちあがった。何も決められず、行動も起こせない状態には耐えられない。母の言葉は胸に留め、フィリップの自由も尊重しなくてはいけないとは思うけれど、これ以上ここでじっと坐っていることはどうしてもできない。

エロイーズは開いたままの家計簿を見おろした。情けない。やらなければならないことがあるのに、何ひとつはかどらない。

自分へのいらだたしさでややかっとして、家計簿を叩きつけるように閉じた。ここに坐っていても計算をする気になれないのなら、取り組もうとするだけ無駄なのだから、この場を離れて何かほかのことをしたほうがいい。

子供たちがいる、ふとそう思った。一週間前に妻になるのと同時に、母親にもなったのだ。世話を焼く必要がある者がいるとすれば、それはオリヴァーとアマンダだ。

新たに見いだした目的意識に励まされ、エロイーズは本来の自分に戻れたような気がして、ドアのほうへ歩きだした。適切に勉強が進んでいるかどうかを確かめるために授業を見学しておこう。オリヴァーには秋からイートンに入学するための準備もさせておかなくては。

それに、装いのことも考えてやらなければいけない。手持ちの服はどれも成長した子供たちの体にはすっかり小さくなっているし、アマンダには何かもっとかわいらしいものを見立ててあげたいし……。

エロイーズは満足の吐息をついて階段を足早にのぼっていった。やるべきことが次々浮かんできて、頭のなかで婦人服店や仕立て屋に注文する物を想像し、家庭教師をさらに何人か雇うための募集広告の文言も考えていた。子供たちにはフランス語にピアノに、もちろん算数もきちんと学ばせておきたいけれど、長除法を教えるのはもう少し大きくなってからのほうがいいのかしら？

意気揚々と子供部屋のドアを押しあけると……。

エロイーズはつと立ちどまり、目の前の状況を見きわめようとした。

オリヴァーは泣きはらしたように赤い目をして、アマンダは啜り泣いているのか手の甲で鼻をぬぐっている。ふたりとも、子供が興奮したときのしゃくりあげるような息づかいをしている。

「どうかしたの？」エロイーズはまずは子供たちに尋ねてから、子守係の女中のほうへ顔を向けた。

双子は答えず、すがるように大きく目を開いてこちらを見ている。

「エドワーズ？」エロイーズは子守係に問いかけた。

エドワーズは唇をゆがめ、不愉快そうに顔をしかめた。「ふたりとも罰を受けたので、拗ねているだけです」

エロイーズはゆっくりとうなずいた。オリヴァーとアマンダが罰を受けなければならないことをしたとしても少しも驚きはしないが、その光景にはどこか妙な感じを受けた。子供たちが抵抗を試みたのにあきらめざるをえなかったかのような、打ちのめされた目をしているからだろうか。

威厳を保たなければならない子守係への反抗をけしかけるつもりなどないけれど、これほどまでしょんぼりとした痛ましげな子供たちの目は見ていられない。

「どうして罰を与えられたの？」エロイーズは訊いた。

「不作法な物言いをしたからです」すぐさま子守係が答えた。

「そう」エロイーズはため息をついた。双子はおそらく罰せられて当然のことをしたのだろう。ふたりがたびたび不作法な物言いをするので、自分自身もこれまで何度か叱っていた。

「それで、どのような罰を与えたの？」

「ふたりの指の関節を打ちました」子守係のエドワーズが背筋を伸ばして言った。

エロイーズは歯を食いしばらないようこらえなければならなかった。体罰には賛成できないが、指の関節を打つ罰は多くの優れた学校でも必要なことと認められている。自分の兄弟たちにしても、イートン校で何年も幾多の規律違反をせずに過ごせていたとは想像できないので、みな何度となく指を打たれていたに違いない。

それでも、エロイーズは子供たちのそのような目を見ているのは耐えられず、子守係のエドワーズを脇へ連れだして低い声で言った。「あの子たちにしつけが必要なのはわかるけれど、今度そうしなければならなくなったときには、もっと穏やかなやり方にしてもらいたいわ」

「穏やかなやり方にしたら」子守係は語気鋭く言い返した。「勉強を学べませんわ」

「学べるかどうかは、わたしが判断します」エロイーズは子守係の口調にいらだって言った。

「それに、わたしは頼んでいるわけではないわ。ふたりは子供なのだから、もっと穏やかに接しなければいけないと言ってるの」

エドワーズは唇をすぼめつつもうなずいた。納得はできないし、不満だが、従わざるをえないといわんばかりのそっけないうなずきだった。

エロイーズは子供たちのほうへ戻って高らかに声をかけた。「きょうの授業はちゃんと学んだわね。わたしと一緒に少し息抜きをしてもいいのではないかしら」

「まだ書き方の勉強中ですわ」エドワーズが口を挟んだ。「休んでいる暇はありません。なにしろわたしは、子守係と家庭教師を兼ねているのですから」

「その件についてはできるかぎり早急に対処するつもりよ」エロイーズは女中に答えた。「でもきょうのところは、わたしが喜んで子供たちに書き方を教えるわ。勉強を遅れさせはしないから安心なさって」

「そんなことは――」

エロイーズはきつい視線を突きつけた。ブリジャートン家で育てばおのずと反抗的な使用人のあつかいは身についている。「授業予定を教えてくれさえすればいいわ」

子守係はひどく不機嫌そうな態度ながらも、その日はMとNとOの書き方を練習する予定なのだと説明した。「大文字と小文字の両方です」と、鋭い声で強調した。

「承知したわ」エロイーズは横柄にてきぱきと答えた。「そういった、とりわけ知識を要する分野を教えるには、わたしはまさしく適任ではないかしら」

その皮肉っぽい言いまわしに、エドワーズは顔を紅潮させた。「ではもう、よろしいでしょうか？」歯噛みして言う。

エロイーズはうなずいた。「もちろん、もうけっこうよ。子守係と家庭教師の二役の掛けもちでなかなか自由な時間もとれなかったでしょうから、どうぞ楽しんでらして。子供たちの昼食のときにでも帰ってきてくだされればいいわ」

エドワーズは毅然と頭を起こして部屋を出ていった。

「さてと」エロイーズが大きな声で言って振り返ると、子供たちは小さな机の前にじっと坐って、邪悪な魔女から自分たちを救うためだけに地上に舞い降りてきた女神でも見るような目を向けていた。「そうしたら――」

言い終わらないうちに、アマンダが壁に押し倒さんばかりの勢いで抱きついてきた。すぐにオリヴァーも続いた。

「ほらほら」エロイーズはとまどいながらふたりの髪を撫でてやった。「いったいどうしたっていうの？」

「どうもしないわ」アマンダがくぐもった声で言う。

オリヴァーが身を引き戻し、つねに小柄であるのを気にしている男性のように胸を張る姿勢をとった。手の甲で鼻をぬぐったせいで、せっかくの姿勢も台無しだったが。

エロイーズはオリヴァーにハンカチを手渡した。

オリヴァーは感謝のうなずきを返して、ハンカチを使ってから言った。「子守係のエドワーズより好きだよ」

子守係のエドワーズより嫌われるのはなかなかむずかしそうだけれど、できるかぎり早く代わりの者を見つけなければと、エロイーズは胸に誓った。とはいえ、子供たちにそれを事前に話すつもりはなかった。話せば子供たちはおそらくそれを子守係にほのめかすだろう。エドワーズにすぐに辞表を出されたら全員が気まずい思いをするし、そうならなくても子供たちに怒りをぶつけられたら意味がない。

「坐りましょう」エロイーズは双子を机のほうへ向かわせた。「あなたたちがどうしたいにしろ、わたしはMとNとOを練習しないで、また彼女と顔を合わせる気にはなれないわ」

そしてひそかに思った――この件についてはなんとしてもフィリップと話しあわなくてはいけない。

オリヴァーの手を見おろした。傷は残っていないものの、指関節のひとつがやや赤らんでいる。大げさに考えすぎているのかもしれないが、それにしても……。

フィリップと話さなくてはいけない。できるだけ早く。

フィリップは鼻歌まじりで慎重に苗を植えつつ、ふいに結婚前はいつでも口をつぐんで作業をしていたものだと思い返した。

以前は口笛を吹く気分にはなれず、低い声で歌ったり鼻歌を鳴らしたりということもなかった。だがいまは……ああ、いまはまるで自分の周りの空気が音楽を奏でているように思える。くつろげるようになり、絶えず肩をこわばらせていた緊張が日ごと解きほぐされていくように感じていた。

エロイーズとの結婚は、率直に言って最良の選択だった。

憶えているかぎり初めて幸せを実感していた。

いまでは幸せが簡単に手に入るもののように思える。といっても、それまで不幸せだと思っていたわけではない。たまには笑っていたし、楽しいと感じられるときもあった。

だが、幸せだとは感じられなかった。なにしろいまは毎日目覚めるたび、この世はじつにすばらしい場所だと思えて、晩にベッドに入るときにも、また翌朝目覚めれば同じようにすばらしい世界が待っているのだと信じて眠れる。

かつて最後にそんなふうに感じられたのはいつだっただろうか。おそらく、大学時代に初めて知的な発見をする喜びを知ったとき以来だろう——父親と遠く離れ、罰を受けるのではないかとしじゅう怯えている必要もなくなったときだった。

エロイーズのおかげで生活が改善された点は数えきれない。むろん、寝室ではそれまでの想像をはるかに超えたすばらしい時間を過ごしていた。交わりがこのように至極のものだと想像できていたら、これほど長く禁欲生活を続けてこられはしなかっただろう。

そのような性欲が自分に備わっているとはほんとうに知らなかった。マリーナとの交わりはいまのようなものではなかった。結婚前、血気盛んな大学時代に戯れていた女性たちともこのような経験をしたことはない。

けれども正直に突きつめて考えてみれば――エロイーズの肉体に完全にのぼせあがっている状況では至難の作業であるのだが――目下抱いている幸福感の一番の要因は体の交わりではなかった。

ほんとうの要因は、父親になって以来、ようやく心から双子に正しいことをしているのだと思える自信だった。

完璧な父親にはけっしてなれないことはわかっていたし、腹立たしくとも、その現実を受け入れざるをえなかった。だがようやく次善の策を叶えて、子供たちに完璧な母親を与えてやれたのだ。

重い罪の荷を肩からおろせたような心地だった。

毎朝、なんの心配もなく温室へ出かけていける。大きな物音や悲鳴を聞いてはうんざりすることもなく、心穏やかに温室へ通って働けるのはどれぐらいぶりのことだろう。そのうえ、父親としての能力の欠如について悶々と罪の意識に悩まされることもなく作業に没頭できるのだ。

いまは温室に入れば雑念はすべて忘れられる。気がかりひとつなく働いている。

すばらしい。奇跡だ。

救われた。

たまに妻にいつもとは違う発言や行動を求められているように感じるときもあるが、結局のところ男性と女性は違う生き物で、べつの種のことは理解できないものなのだという単純な解釈で自分を納得させていた。むしろ、エロイーズが本心を率直に話してくれることについては、何を求められているのか考えつづけなくともすむのだから感謝すべきなのかもしれない。

兄はいつもこう言っていた——女性の質問には用心しろよ。けっして正直に答えてはだめなんだ、と。

フィリップは思いだし笑いを漏らした。時折、会話が続かなくなることもあるが心配無用だ。ベッドに入ればたいがいすぐに話は忘れ去られ、完全にこちらの思うままにできるのだから。

ズボンの下腹部を見おろした。真昼に妻のことを考えるのはやめなければいけない。あるいはせめて、この状態を見られぬようそっと母屋に戻ってすぐに妻を見つける手立てでも考えださなければ。

ところがそのとき、悦に入って想像した姿に実物が取ってかわろうとでもするように、エロイーズ本人が温室の扉をあけて顔を覗かせた。

フィリップはぐるりと見まわして、どうしてガラス張りの建物にしてしまったのだろうかと悔いた。妻がこれからもたびたび訪れるのであれば、何か目隠しのようなものを施したほうがいいだろう。

「お邪魔だったかしら？」

フィリップはその問いの答えを考えた。作業の真っ最中なのだから、たしかに邪魔をされたことになるが、気にならなかった。どういうわけか、とても嬉しい気分だ。これまでは作業を中断させられるといつもいらだたしく感じていた。たとえ楽しく過ごせる相手であろうと、数分もするとその人物のために滞った仕事に戻りたくなっていたものだ。「そんなことはない」そう答えた。「きみがこんな姿でも気にならなければ」

エロイーズは、土まみれで左頬まで汚してしまっている夫の姿をまじまじと見て首を振った。「まったく問題ないわ」

「何か用事でも？」

「子供たちの子守係のことなの」エロイーズは前置きなしに言った。「好きになれないわ」

フィリップには唐突な話だった。鋤《すき》を置いた。「そうなのかい？　何か気になる点があるのかな？」

「うまく説明できないわ。ただ好きになれないの」

「だが、それでは辞めてもらう理由にはならない」

エロイーズの唇がかすかに引き伸ばされ、それがいらだっているしるしであることをフィリップはすでに学んでいた。「子供たちの指関節を打っていたのよ」

ため息が出た。子供たちが誰かに手をあげられるのは気分のいいものではないが、指の関節を打つ程度では問題にはできない。国じゅうの勉強部屋であたりまえのように見られる光景だからだ。それに残念ながら、わが家の子供たちは品行方正と呼べる生徒ではない。「そうされても仕方のないことを子供たちがしたのではないかな？」

「それはわからないわ」エロイーズは率直に答えた。「わたしはそこにいなかったから。子守係は、子供たちが不作法な物言いをしたのだと言ってたわ」

フィリップは肩をわずかに落とした。「あいにく、その言葉を疑う理由は見つからない」

「ええ、たしかにそうね」エロイーズが言う。「あの子たちはたしかに少しばかり腕白だもの。でも、なんとなく腑に落ちないところがあるのよ」

フィリップは作業台に寄りかかり、エロイーズの手を引いて自分の胸に飛び込ませた。

「それなら調べてみてくれ」

エロイーズは意外な言葉に唇を開いた。「あ、あなたは調べようと思わないの?」

フィリップは肩をすくめた。「気がかりな点はないからな。わたしはこれまで子守係のエドワーズに不審を抱いたことはない。きみが気になると言うのなら、ぜひとも調べてみてほしい。そうしたことについては、わたしよりきみのほうが得意なはずだ」

「でも」エロイーズは抱き寄せられ、首に鼻を擦りつけられながらわずかに身をよじった。

「あなたはふたりの父親だわ」

「きみはふたりの母親だ」その言葉とともに、熱く湿った息を吹きかけた。エロイーズがうっとりとなったのを目にして、お喋りをやめさせることさえできれば、寝室に運び込んで、もっとずっと楽しめるだろうと思いめぐらせた。「きみの判断を信頼している」なだめようとして発した言葉だったが本心には違いなかった。「だからこそ、きみと結婚したんだ」

その言葉にエロイーズはあきらかに驚いていた。「だからこそって……どういうこと?」

「ああ、またこんなに着て」フィリップはつぶやきながら、たくさんの衣類に阻まれながらも彼女を愛撫する方法をどうにか探ろうとした。

「フィリップ、やめて！」エロイーズは声をあげ、身を引き離して逃れた。

どうしたというんだ？「エロイーズ」癇癪を起こした婦人には慎重に接するべきことぐらいはわかっていたので、用心深く尋ねた。「どうかしたのか？」

「どうかしたのか、ですって？」エロイーズは目に危険な輝きを灯して訊き返した。「どうしてそんなことが言えるの？」

「つまり」フィリップはゆっくりと、いくぶん皮肉まじりに言った。「どうしたのか、わからないからではないかな」

「フィリップ、そういうことをしているときではないでしょう」

「どうかしたのか訊いてはいけないのかい？」

「そうじゃないわよ！」エロイーズが叫ぶように言った。

フィリップはあとずさった。自衛本能なのだろうと内心苦笑しつつ考えた。夫婦喧嘩で夫にどうしても欠かせないものがあるとすれば、自衛本能にほかならない。

エロイーズはむやみに腕を振りまわしはじめた。「こういうことを言ってるの」

フィリップは眺めまわした。エロイーズの振りまわしている腕が指しているのは、作業台なのか、エンドウ豆の鉢なのか、ガラス越しにちらちらときらめく頭上の空なのか、見わけようがない。「エロイーズ」努めて抑えた声で言った。「悪いが、きみが話している意味がまるでわからない」

　妻の口があんぐり開き、フィリップは窮地に陥ったことを悟った。「わからないですって？」エロイーズが訊く。

　いまこそ自衛本能が発する警報に耳を傾けるべきところを、ちょっとした出来心——男特有の始末が悪い出来心なのだろう——で言葉が口をついた。「きみの心が読めるわけではないからな」

「戯れているときではないでしょうと言ってるのよ」エロイーズが歯軋りして言った。

「まあ、それはそうだ」フィリップは同意した。「丸見えなのだから。でも」そのあとのことを想像すると思わず笑みが浮かんだ。「母屋に戻ればいいことだ。真昼ではあるが——」

「そういうことを言ってるんじゃないのよ！」

「わかったよ」フィリップは言って腕組みをした。「降参だ。どういう意味なんだ、エロイーズ？　ほんとうのところ、見当もつかない」

「男なのね」エロイーズがぼそりとつぶやいた。

「褒め言葉と受けとっておこう」

　テムズ川も凍りつきそうな目で睨まれた。その視線でフィリップは欲望を冷まされ、べつのやり方で発散できるのを期待していただけによけいに腹立たしかった。

「誤解しないで」

　フィリップは作業台にもたれて、彼女をいらだたせようとくつろいだ態度を装った。「エロイーズ」穏やかに言う。「わたしの知性にも少しくらいの敬意は払ってもらいたい」

「むずかしいわね」エロイーズは言い返した。「そのかけらも見せてくださらないのだもの」

彼女の言葉が癇にさわった。「こっちは言い争っている理由もわからないんだぞ！」声を荒らげた。「わたしの腕に飛び込んできたと思ったら、何かにとりつかれたみたいに叫びだしたんだからな」

エロイーズがかぶりを振った。「あなたの腕に飛び込むつもりなんてなかったわ」

フィリップは足もとの床が抜け落ちたように感じた。

エロイーズは夫の表情から衝撃を見てとったのか、すぐさま言葉を継いだ。「きょうよ。きょうだけのことを言ってるの。正確に言えば、いまだけ」

フィリップはほっと肩の力を抜いたが、体のそのほかの部分はいまなお怒りに煮え立っていた。

「あなたと話したかったのよ」エロイーズが説明する。

「きみはいつもわたしと話したがっている」フィリップは指摘した。「いつだってきみはそうなんだ。話、話、話」

エロイーズがびくんと身を引いた。「それが気に食わないのなら」辛らつな口調で言う。「わたしと結婚しなければよかったのよ」

「わたしに選択権があったような言いぐさだな」フィリップはきつく言い返した。「きみの兄弟たちに去勢されるところだったんだぞ。だいたい、きみにそんなふうにひどい言われようをしなければ、わたしだってきみのお喋りは気にしない。ただし、頼むから、喋りっぱなしは勘弁してくれ」

エロイーズは痛烈な返し文句を言おうとしているそぶりだったが、魚のように息継ぎをして言葉にならない声をあげただけだった。「もうっ！　もうっ！」

「時には」フィリップは続けた。「その口を閉じて、ほかの目的に使うことを考えるべきだ」

「あなたって」エロイーズが吐き捨てるように言った。「癪にさわる人ね」

フィリップは怒らせるのを承知で眉を吊りあげた。

「わたしのお喋りがそんなに迷惑をかけていたのなら謝るわ」歯を嚙みしめて言う。「でも、わたしは重要なことを話そうとしていたのに、あなたはキスをしようとしたのよ」

フィリップは肩をすくめた。「いつだってキスをしようとしている。きみはわたしの妻だからな。ほかに何をしろと言うんだい？」

「適切ではないときもあるでしょう。フィリップ、幸せな結婚生活を送ろうと思うのなら――」

「幸せな結婚生活を送ってるじゃないか」フィリップはむきになって苦々しい口調で遮った。

「ええ、そうよね」エロイーズは早口で答えた。「でも、そういうことばかりでは……わかるわよね」

「いや」わざと鈍いふりで答えた。「わからないな」

エロイーズが歯軋りした。「フィリップ、そういう態度はやめて」

フィリップは何も言わず、すでに組んでいた腕をさらにきつく組んで、妻の顔を見つめた。

エロイーズが目を閉じた。わずかに顎を上向かせて唇を動かしている。話しているのだとフィリップは気づいた。声に出さずに、話しつづけている。

ああ、まったく、話をやめる気配はない。ただひたすら独り言を続けている。

「何をしてるんだ？」とうとう尋ねた。

エロイーズは目をあけずに答えた。「母の助言にそむいても大丈夫だと自分を慰めてるのよ」

フィリップは首を振った。女性というものはまったく理解できない。

そっとしておこうと外へ出ていくことを決めたとき、エロイーズがようやく声を発した。

「フィリップ、ベッドではとても楽しく過ごせているわ――」

「それはよかった」なおも愛想よく答えられずにつぶやいた。

エロイーズは礼儀を欠いた返事は聞き流して続けた。「でも、それだけではやっていけない」

「何を？」

「結婚生活をよ」エロイーズは顔を赤らめ、いかにも気恥ずかしそうに具体的な説明を付け足した。「交わることだけではだめなのよ」

「それだけでじゅうぶんやっていけるとも」フィリップはつぶやくように答えた。

「フィリップ、どうしてきちんと取りあってくれないの？　わたしたちには問題があるのだから、それを話しあわなくてはいけないわ」

そう言われて、フィリップの心のなかで何かがぷつりと切れた。こちらは完璧な結婚だと思っていたのに、彼女のほうは不満を抱いていたというのか？　今回は正しい行動を取っているものとずっと信じていた。「結婚して一週間だぞ、エロイーズ」声を絞りだすように言った。「一週間だ。それでわたしにどうしろと言うんだ？」

「わからないわ。わたしは――」

「わたしはただの男だ」

「わたしもただの女だわ」エロイーズが静かに返した。

どういうわけか、彼女の低い声がよけいに神経をいらだたせた。フィリップは身を乗りだし、威嚇しようとした。「わたしがどれぐらい長いあいだ、女性と関係を持っていなかったのか知ってるのか？」嚙みつくように言った。「きみに想像がつくのか？」

エロイーズは信じられないほど大きく目を開き、首を振った。

「八年だ」言葉を吐き捨てた。「だから今度きみに飛びついて嬉しそうにしていたら、未熟さと男の特性のせいだと大目に見てもらいたい――」彼女の言いそうな文句に皮肉と怒りを込めた。「長い日照りのあとの恵みに酔っているというわけだ」

あと一分たりとも彼女といるのは耐えられないと思った。

正直に言うなら、自分自身に耐えられなくなったのかもしれない。

いずれにせよ、その場を離れずにはいられなかった。

16

……親愛なるケイトお姉様、もっともなご意見だと思います。殿方なんて簡単にやり込められるわ。私が議論に負けることなど想像できない。レイシー卿の求婚を受けていたとしたら、もちろん、そんな機会も持てなかったでしょうけれど。ほんとうにふしぎなくらい、話をされない方なのですもの。

——エロイーズ・ブリジャートンが五人目の求婚者を断わった折、義理の姉ブリジャートン子爵夫人に宛てた手紙より

エロイーズはそれから一時間近く温室にとどまり、呆然と虚空を見つめて考えていた——何が起きたのだろう？

話しはじめてすぐに——たしかに議論になっていたが、わりあい理性的に節度ある態度で話せていたはずだ——フィリップは怒りに顔をしかめて取り乱しはじめた。

そのうちなんと、温室を出ていった。議論の最中に、夫は現に目の前から歩き去り、エロイーズは自尊心をすっかり傷つけられて口を半開きにしたままひとり残された。

フィリップは出ていった。それはあまりに衝撃的なことだった。議論の最中に、いったいどうして出ていくことなどできるのだろう？

たしかに、話しあいを——厳密には議論をと言うべきなのだろう——持ちかけたのはこちらだけれど、彼がそれほど慌てて逃げださなければならないような出来事は何も起きていない。

それに、何より問題なのは、どうしていいのかわからないことだった。

それまでの人生で、エロイーズはいつでもやるべきことをわかっていた。必ずしも正しいことではなかったとしても、少なくともみずから決断しているという自負を抱いていた。けれども、そうしてなす術もなくむなしく夫の作業台に腰かけていると、ぼんやりと何もできずにいるよりは、間違ったことであれ行動できるのならどれほど楽だろうと思った。

そのうえ追い討ちをかけるように、母の声がしつこく頭のなかに響いていた。時間をかけるのよ、エロイーズ。急いてはだめ。

でも、どう考えてみても、急いてしまったとは思えない。天に誓って、子供たちのことを気遣って、彼に話をしに来ただけだ。寝室へなだれ込むよりきちんと話したいと願うことがそれほどいけないことだろうか。親密な時間をまったく過ごしていない夫婦ならともかく、このところずっと……。

つい今朝方も触れあっていたばかりなのに！

寝室ではふたりのあいだに何も問題はない。何ひとつ。

エロイーズはため息をついて沈み込んだ。これまでの人生で経験したことのないような孤独を感じた。なんて滑稽なのだろう。伴侶と永久にともに生きることを誓う結婚に、孤独を感じるときが待っているとはどうして想像できただろう？

母にそばにいてほしかった。

いいえ、やはり母を求めてはならない。母はやさしく思いやりがあり、母としてすべきことをすべてしてくれるだろうが、そばにいて話をしたら、もう大人であるはずの自分が幼い子供のように思えてきてしまう。

姉妹がいてくれればいい。二十一になったばかりで男性のことは何もわからないヒヤシンスでは話し相手にならないが、既婚の姉妹たちに会いたい。つねに的確な助言をくれる姉のダフネでもいいし、聞きたいことは教えてくれないけれど笑顔にさせてくれる妹のフランチェスカでもいい。

でも、それぞれロンドンとスコットランドにいて遠く離れているので、すぐには訪ねられないし、逃げたと思われるのもいやだった。結婚してから新たに設《しつら》えられたベッドに毎晩、フィリップとともに横たわって至福のときを過ごしてきたとはいえ、まだたいして日は経っていない。

たとえ二、三日でも、臆病に身を隠すようなまねはしたくない。

ソフィーなら、一時間ほどで行ける所にいる。血の繋がった姉妹ではないけれど、いままではほんとうの姉妹のように絆を深めている。

エロイーズは温室の扉の向こうを見やった。曇っていて太陽は遮られているものの、まだ正午をさほど過ぎてはいないはずだ。往復の時間を考えあわせても、午後にソフィーとたっぷり話をして夕食の時刻までには帰ってこられるだろう。

自尊心は誰かにみじめな姿を見せるのを拒んでいても、本心は悩みを受けとめてくれる相手を求めていた。

本心には抗えなかった。

フィリップはそれから数時間、野原を踏み荒らし、雑草を乱暴に引き抜いて過ごした。耕作地ではないので、その気にさえなれば、わずかでも伸びているものは雑草と見なせるため仕事には事欠かない。

その気はじゅうぶんだった。じゅうぶんどころか、やれることなら、地面の植物をひとつ残らず引き抜いてしまいたいくらいだった。

だが、ひとしきり目に留まった野花を引き抜いて、雑草を引きちぎったあと、岩に腰かけると頭を垂れて両手に顔を埋めた。

ばかばかしい。

いったい何をやってるんだ。

まったくどうかしてしまっている。幸せな結婚生活だと思い込んでいたのは、とんだ考え違いだったというのだろうか。

完璧な結婚生活だと思っていたし、たった一週間とはいえ、そのあいだずっと、自分としては完璧に夫の務めを果たしているつもりでいた。それなのに、妻のほうはみじめに感じていたというのだ。

あるいは、少しは幸せを感じていたのかもしれないが、間違いなく自分のように至福のときに浸っていたわけではない。

それならば何かしら行動を起こさなければならないのだが、それが何より苦手なことだった。エロイーズと話をして、実際に質問を投げかけて問題点を探り、当然ながら解決法を見いださなければならない――必ずしくじってしまう類いの作業だ。

だが、ほかに選択の余地があるだろうか？　エロイーズと結婚した理由のひとつ――いや、じつを言えば、それが理由のほとんどだ――は、人生の煩わしい厄介事も安心してまかせられる女性なので、心おきなく仕事に取り組めると思ったからだ。彼女への関心の高まりは思いがけず与えられた贈り物のようなものだった。

しかし結婚自体を煩わしい厄介事と片づけるわけにもいかず、エロイーズをあの状態のまま放っておくことはできない。話しあいがどれほど苦痛なものであろうと、歯を食いしばってやり抜かなければならない。

フィリップは唸り声を漏らした。エロイーズはおそらく気持ちを尋ねてくるだろう。男が気持ちを話せるものではないことを理解できる女性は、この世にいないのだろうか？

もしくは手っ取り早く謝って解決することはできないだろうか。何について謝ればいいのかは定かでないが、どのような方法であれ、とにかく少しでも彼女を幸せな気分にさせたかった。

エロイーズに不幸せな気分でいてほしくない。一瞬たりとも、この結婚を後悔してほしくない。ふたりの結婚生活を、自分がこれまで信じていたとおり、昼間は快適に心地良く、夜は情熱的に燃えあがって過ごせるものに戻さなくてはならない。

フィリップはロムニー館へ向かって重い足どりで斜面をのぼりながら、詫びる文句を胸のうちで繰り返し、なんとまぬけに響くものかと顔をしかめた。

だが、その努力も徒労に終わった。屋敷に着いたとたん、執事のガニングから、「奥様はおられません」と告げられたのだ。

「いないとはどういうことだ？」フィリップは問いただす口調で訊いた。

「おられないのです、旦那様。お兄様のお宅へ出かけられました」

フィリップは胃が締めつけられるように感じた。「どこの兄上だ？」

「近隣にお住まいの方だと思います」

「思う？」

「ほぼ間違いありません」ガニングは言い直した。

「帰宅の時刻は言ってなかったのか？」

「はい、旦那様」

フィリップは小声で吐き捨てるように悪態をついた。妻は出ていったわけではないだろう。

船が沈みかけていようと、乗客がひとり残らず無事避難したのを確かめなければ逃げられない女性なのだから。

「旅行鞄はお持ちになっていません、旦那様」ガニングが言う。

そのひと言で、フィリップはほっと胸を撫でおろした。執事が妻に捨てられたのではないのだと安心させようとしたのはあきらかだった。「ならばもう行っていいぞ、ガニング」歯の隙間から言葉を発した。

「承知しました、旦那様」ガニングは答えて、いつものように軽く頭をさげて立ち去った。

フィリップはそのまま怒りをこらえようと握りしめたこぶしを両脇に垂らし、玄関広間で何分も立ち尽くしていた。いったい、これからどうすればいいんだ？　追いかけるわけにはいくまい。エロイーズがどうしても自分のそばにいたくないのだとすれば、好きにさせてやったほうがいいに決まっている。

誰にも見られずに怒りを吐きだせる書斎へ向かって歩きだし、ドアの数歩手前まできてふと足をとめ、廊下の突きあたりにある大きな振り子時計に目をやった。時計の針は三時少し過ぎを指しており、それは双子がたいてい午後のおやつを食べている時刻だった。結婚前、子供たちに満足な関心を向けていないとエロイーズに指摘されたことを思い起こした。

腰に両手をあて、行くべき方向を迷うように軸足をわずかに動かした。子供部屋に上がって、たまには少しばかり子供たちと過ごすのもいいかもしれない。出かけた妻が戻るのをただじっと待っているよりはましに違いない。それに、エロイーズが帰ってきて、夫が小さな椅子に身を縮めて双子と一緒にミルクとビスケットを口にしていたと知れば、なんであれ不満をこぼせなくなるのではないだろうか。

フィリップは決然と方向転換して、ロムニー館の最上階のちょうど軒下に引っ込んだ子供部屋に向かって階段をのぼった。自分と兄もいまと同じ配置の部屋で、同じ家具とおもちゃに囲まれて育った。子供たちもおそらく小さなベッドに寝転んで、あの天井のアヒルに似たひび割れを眺めているのだろう。

三階の廊下へ最後の一段を上がって眉をひそめた。あのひび割れがそのままであるかどうかを確かめて、変わっていなければ、子供たちにどのように見えるか尋ねてみよう。兄のジョージはいつも絶対に豚に見えると言っていたが、フィリップはくちばしがどうして豚の鼻に見えるのか納得がいかなかった。

フィリップは首を振った。まったく、豚とアヒルを見間違えるなどということは考えられない。だいたい――

子供部屋からふたつ手前の部屋の前で足をとめた。何かが聞こえた。なんの音なのかは定かでないが、どうも好ましくない音のような気がする……。

ふたたび聞こえた。

泣き声だ。

とっさに急いで子供部屋に飛び込もうとしたが、ドアが数センチあいていることに気づいて思いとどまり、そろそろと近づいて、できるだけ静かに隙間から覗き込んだ。

なかで起きていたことを知るのに何秒もかからなかった。

オリヴァーが床で身を丸めてふるえながら啜り泣いており、アマンダは壁を前に立って小さな両手を突っぱり、子守係に大きな厚い本で尻を叩かれて泣き声を漏らしている。

フィリップは蝶番《ちょうつがい》が外れそうなほどの勢いでドアを叩きつけるように開いた。「いったいどういうつもりだ！」吼えるように言った。

子守係のエドワーズはびくりとして振り向いたが、その口が開く前に、フィリップは本を取りあげて背後の壁に放り投げた。

「サー・フィリップ！」エドワーズが驚いた声をあげた。

「よくも子供たちを叩けるものだな」声が怒りにふるえた。「しかも本を使うとは」

「ですけれど――」

「誰にも見られないようにやっていたのか」熱くいきり立ってきて、言葉をほとばしらせた。「いったいこれまで何人の子供たちを、跡を残さないよう殴ってきたんだ？」

「不作法な物言いをしたんです」エドワーズはこわばった口調で返した。「罰を与えなければなりません」

フィリップは踏みだして、相手が後退するまで近づいた。「わたしの家から出ていってもらいたい」

「わたしが適切だと思う方法でしつけてくれと、おっしゃったではありませんか」エドワーズは引きさがらなかった。

「これが適切な方法だと言うのか？」フィリップは自制心をふりしぼって両腕を脇にとどめ、嚙みつくように訊いた。できるならその腕を振りあげて罵り、本をつかんで、子供たちがされたようにその女を殴ってやりたかった。

だが、怒りをこらえた。どうしてできたのかはわからないが、どうにかこらえた。

「本で子供たちを殴ることがか？」語気を荒らげて続けた。子供たちに目をやると、怒りに激した父親が子守係と同じぐらい怖いのか、隅に縮こまっている。胸が悪くなり、今度こそ自制心を失いかけながらも、懸命に気を鎮めた。

「鞭は使ってませんもの」エドワーズが高慢に言い放った。

よけいなひと言だった。フィリップは皮膚がますます熱くなっていくのを感じ、視界が霞がかろうとも必死に目を見張っていた。鞭はかつて子供部屋にもあったのだ。枝の鞭が吊されていた鉤《かぎ》はいまも窓のすぐそばに残っている。

フィリップはその鞭を父親の葬儀の日に燃やし、灰になるまでじっと眺めていた。炎に投げ入れるだけでは満足できず、完全に破壊し尽くされるのを見届けなければ気がすまなかった。

そうしながらいつも目にしていた枝の鞭のこと、何百遍もその鞭をふるわれたこと、そのときの痛み、屈辱感、泣き叫ばないようにするためのあらゆる努力について考えていた。

父は泣きわめく子供を嫌った。涙を流せばまた鞭で打たれた。枝の鞭や、ベルトや、時には乗馬用の鞭で打たれ、そばに何もなければ素手で殴られた。

だが本が使われたことはなかったと、妙に冷静に思い返した。

「出ていけ」かろうじて聞きとれる程度の声で言った。そして子守係のエドワーズがすぐに動こうとしないのを見て、声を張りあげた。「出ていけ！　この家から出ていくんだ！」

「サー・フィリップ」エドワーズは従わず、フィリップの長く逞しい腕が届かないところへすばやく逃れた。

「さっさと出ていくんだ」

もはやどこからそのような気力が出ているのかわからなかった。どこか体の奥底から、全力で抑えようとしてもとめられないものが湧きでてくる。

「荷物をまとめなくてはなりません！」エドワーズが叫んだ。

「三十分でまとめろ」フィリップは湧きでるものを抑えようと低いふるえ声で言った。「三十分経ってもまだいようものなら、この手で放りだす」

エドワーズは部屋を出ようと歩きだしたがドアの前で立ちどまり、振り返った。「あなたがその子たちをだめにしてるんですわ」蔑みを込めた声で言う。

「どうしようがわたしの自由だ」

「でしたら、お好きなようにされればいいわ。その子たちときたら、落ち着きがなくて、お行儀が悪くて、ほんとに手がつけられなくて――」

この女は命が惜しくないのか？　フィリップの自制心はごく細い糸一本で繋ぎとめられているようなもので、いますぐにもいまいましい女の腕をつかんでドアの外へ放りだしてやりたかった。

「出ていけ」唸り声で言い、もう同じ言葉を繰り返さずにすむことを祈った。これ以上は我慢できない。フィリップがつかつかと詰め寄って、もう一度出ていくよう態度で促すと、エドワーズはようやく、ほんとうにようやく部屋を出ていった。

フィリップはしばらくひたすら気を鎮め、呼吸を整えて、頭にのぼった血がさがるのを待った。双子に背を向けていたので、振り返るのが怖かった。あのような冷酷な女性を雇い、子供たちの世話をさせていたという罪の意識に苛まれ、打ちひしがれていた。ふたりが苦しんでいることに気づけなかったのは、面倒を避けようと忙しぶっていたせいだ。

自分と同じ苦しみをわが子にも味わわせてしまった。

フィリップは子供たちの目に浮かんでいるはずの表情を見るのが恐ろしく、ゆっくりと振り返った。

けれども、床から徐々に視線を上げて顔が目に入るや、子供たちがこちらへ駆けだした。ふたりに勢いよく抱きつかれ、よろめきかけた。

「ああ、ダディ！」アマンダがさらに幼い頃に使っていた呼び名を口にした。フィリップはもう何年も前から娘に〝お父様〟と呼ばれていたので、これほど耳に心地いい響きであることも忘れていた。

オリヴァーもまだ細い腕を父親の腰にしっかりと巻きつけ、泣き顔を見られないようシャツに頭を埋めている。

だが、泣いているのは感じとれた。息子が流す涙でシャツが濡れ、鼻を啜るたび腹部に振動が伝わってくる。

フィリップはふたりを守るようにしっかりと抱きかかえた。「よしよし」やさしくなだめた。「大丈夫だ。もうお父さんがここにいる」これまで言ったこともなければ、口にするとは想像もできなかった言葉だった。自分がいればすべてうまくいくなどと考えたことはなかったのだから。「ごめんよ」声を詰まらせて言った。「ごめん」

子供たちは以前から子守係が好きではないと言っていたのに、耳を傾けてやれなかった。

「お父様のせいじゃないわ」アマンダが言う。

いや、自分のせいなのだ。「新しい子守係を探すと約束する」

「乳母のミルズビーみたいな人にしてくれる？」オリヴァーがようやく涙をとめて鼻を啜りながら訊いた。

フィリップはうなずいた。「彼女のような人にしよう」

オリヴァーが真剣そのものの表情で父を見つめた。「ブリジャートン……じゃなくて、お母さんも探すのを手伝ってくれるかな？」

「もちろんだ」フィリップは答えて、息子の髪をくしゃくしゃに撫でた。「黙ってはいないだろう。なにしろ、山ほど意見を持ってる女性だからな」

子供たちがくすくす笑った。

フィリップも思わず微笑んだ。「ふたりとも彼女のことをよく知ってるんだな」

「お喋りが好きだよね」オリヴァーがためらいがちに言う。

「でも、とっても頭がいいのよ！」アマンダがすかさず付け加えた。

「たしかにそうだな」フィリップはつぶやいた。

「けっこう好きだな」とオリヴァー。

「わたしもよ」アマンダも口を揃えた。

「それを聞いて安心したよ」フィリップは言った。「彼女はずっとここにいてくれるはずだ」

そして、自分もここにいるのだと胸のうちで言い添えた。何年ものあいだ、失敗を恐れ、怒りに駆られるのが怖くて子供たちを避けてきた。距離をおくのが子供たちのためにできる最善の策なのだと信じていたのだが、間違っていた。完全に間違っていた。

「愛している」湧きあがる感情を込めて、かすれ声で子供たちに言った。「わかってくれるか？」

ふたりは目を輝かせてうなずいた。

「ずっと愛している」しゃがんで、子供たちと視線の高さを合わせて囁いた。ふたりを抱き寄せて、そのぬくもりを嚙みしめた。「これからもずっと愛している」

17

……それでも、ダフネお姉様、逃げるべきではなかったと思うわ。

――エロイーズ・ブリジャートンから姉でヘイスティングス公爵夫人のダフネへ、ダフネが結婚してわずか数週間後に夫としばし別居していたときに送った手紙より

兄のベネディクトの屋敷まではでこぼこの田舎道を行かねばならず、玄関先の階段前で馬をおりたときには、エロイーズの気分の落ち込みはますますひどくなっていた。そのうえ、ドアを開いた執事は正気を疑うような顔で出迎えた。

口も利けない様子を見てとって、エロイーズから仕方なく声をかけた。「グレイヴズ？」

「ご訪問はお知らせくださっていましたか？」執事がいまだぼんやりとした様子で訊く。

「知らせてはいないわ」ともかく家のなかへ入れてほしいので、執事の後方へあてつけがましく目をやった。

霧雨が降りだしていて、雨支度はしてきていない。

「でも、知らせていなくても……」

グレイヴズがようやくまずは家のなかに入れなければと気がついて脇に寄った。「チャールズ坊ちゃまが」ベネディクトとソフィーの五歳半になる長男の名を口にした。「お加減がとても悪いのです。坊ちゃまは――」

エロイーズは恐ろしい予感を覚えて、喉の奥に酸っぱいものがこみあげた。「どうしたというの？」せっかちさを抑えもせず尋ねた。「チャールズは……」ああ、幼子が死にかけているのかなどと不吉なことを訊けるだろうか？

「奥様にお知らせしてまいります」グレイヴズはそう言うとぐっと唾を飲み込み、向きを変えて階段を駆けあがっていった。

「待って！」エロイーズはもう少し詳しく尋ねようと呼びかけたが、執事の姿はすでに見えなくなっていた。

不安から吐き気をもよおして椅子に腰を落とした。それから、恵まれた人生にわずかでも不満を感じていた自分に嫌気がさして、よけいに気分が悪くなった。このようなことに比べれば、フィリップとの問題など――じつのところ、小さなすれ違いで問題とは呼べないのかもしれない――悩むほどもない些細なことに思える。

「エロイーズ！」

階段をおりてきたのはソフィーではなく、ベネディクトだった。目の縁を赤くして顔色も青白く、やつれた表情をしている。尋ねるまでもなく、あまり寝ていないことはあきらかだった。顔を見れば答えは一目瞭然だ――この数日、兄はベッドの上で目を閉じていない。

「ここで何をしてるんだ？」ベネディクトが訊いた。

「ちょっと顔を見たくて来たのよ。何も知らなくて。何があったの？　チャールズの具合は？　先週会ったばかりだわ。元気そうだったのに、いったい――どうしてしまったの？」

ベネディクトは数秒かかって話す気力を取り戻した。「熱を出している。原因はわからない。土曜の朝起きたときには元気だったんだが昼食のときには――」壁にぐったりともたれてつらそうに目をつむった。「高熱を出していた」かすれ声で言う。「どうしたらいいのかわからない」

「お医者様はなんておっしゃってるの？」エロイーズは訊いた。

「何も」ベネディクトはうつろな声で答えた。「役に立つようなことは何も」

「会わせてもらえる？」

ベネディクトは目をつむったままうなずいた。

「休んだほうがいいわ」エロイーズは声をかけた。

「無理だ」

「休まなくてはだめよ。こんなふうでは何もできないし、ソフィーも心配するはずよ」

「妻は一時間前に寝かせた」兄が言う。「疲れきっていたからな」

「お兄様だって、ちっとも元気そうには見えないわ」エロイーズは意識してきびきびと冷静な口調で言った。人にはやるべきことを指示されなければどうにもならないときもある。慰めの言葉をかけて兄の涙を誘っても互いに気詰まりになるだけだ。

「ベッドに入って」エロイーズはきつく言った。「いますぐ。わたしがチャールズを看るわ。ほんの一時間寝るだけでも、だいぶ体が楽になるから」

ベネディクトは答えなかった。立ったまま眠りに落ちていた。

エロイーズはすぐさま行動を起こした。グレイヴズに主人をベッドに寝かせるよう指示してから、兄に代わって病室へ向かった。部屋に一歩踏み入れて小さな甥を目にしたとき、低い声を漏らしそうになるのをこらえた。

大きなベッドに横たわる甥の体はいっそう小さく華奢に見えた。ベネディクトとソフィーは、付添人がいられるゆとりのある自分たちの寝室に長男を移していた。チャールズの顔は赤らんでいて、時折開く目はどんよりとして焦点が定まらず、異様におとなしくなったかと思うとすぐにまたもがくように手足を動かし、ポニーや、樹上の小屋《ツリーハウス》や、マジパンのキャンディのことを支離滅裂につぶやいていた。

エロイーズは甥の額の汗をぬぐってやり、女中たちの手をかりてシーツを取り替えた。そうこうするうちに太陽は地平線の下に沈んでいた。使用人たちの話によれば、ベネディクトとソフィーはまる二日間長男に付き添っていたというので、自分が看ているあいだにチャールズの容態が悪化していないことを心から天に感謝した。悪い知らせで兄夫婦を起こすようなことだけはしたくない。

エロイーズはベッド脇の椅子に腰かけ、甥のお気に入りの本から物語を読み聞かせ、彼の父親がもっと若かった頃の思い出を語りかけた。甥の耳にその言葉が届いているかどうかはわからなかったが、何もしないでじっと坐っているのは耐えられないので、そうしているだけで心が慰められた。

そして、夜八時を過ぎてひとときの熟睡から目覚めたソフィーにフィリップのことを尋ねられ、心配をかけないよう書付を届けておくべきだと気がついた。

手早く簡単に夫宛てのメモを書いてから、夜を徹する覚悟でふたたび看病に戻った。フィリップならわかってくれるだろうと信じていた。

夜八時となり、フィリップは妻の身にふたつの可能性のうちどちらかが起きたに違いないと確信した。馬車の事故で犠牲となったのか、自分を捨てて出ていったのか。

いずれにせよ、まるで心そそられない想像だ。

彼女が自分を捨てて出ていったとは考えられなかった。その日の昼に口論をしたとはいえ、エロイーズは結婚生活におおむね満足しているように見えた。身のまわりの物を持ちだした形跡もない。といっても、まだほとんどの荷物がロンドンの実家から届いていないので、この点は重要ではないのかもしれない。彼女がこのロムニー館に残していくものはたいして多くない。

夫とふたりの子供だけで。

その子供たちにほんの数時間前、〝彼女はずっとここにいてくれるはずだ〟と約束したばかりだ。

いや、エロイーズが出ていくわけがない、とフィリップは懸命に自分に言い聞かせた。そのようなことをする女性ではない。結婚生活からこそこそ逃げだすようなことはありえない。どういう理由であれ腹を立てたのならば、面と向かって遠慮のない言葉でそう告げてくれるはずだ。

とすれば、ウィルトシャーのどこかの道端で死んでいるのかもしれないととっさに考え、フィリップは上着を引っつかむと文字どおり玄関を飛びだしていった。夕方から雨が降りつづいており、ベネディクトの家まではもともと足場のいい道のりとは言えなかった。

ああ、それならばいっそ、自分たちを捨てて出ていったことを願うべきなのかもしれない。だが、びしょ濡れで気を揉みつつ、ベネディクト・ブリジャートンの〈ぼくの小さな田舎家〉という妙な名称の屋敷へ至る車道に馬を乗り入れた頃には、エロイーズが結婚を放棄した可能性もあるのではないかと考えていた。

それまでのところ道端の溝に横たわっている姿は発見できなかったし、馬車の事故が起きたらしい痕跡はまったく見あたらず、途中の二軒の宿屋にも運ばれていなかった。

そのうえ、ベネディクトの屋敷までは行き方がひと通りしかなく、ほかの道沿いの宿屋にいる可能性も考えられないとなれば、この勢い込んだ追跡劇はまったくの取り越し苦労にすぎなかったということになる。

「落ち着け」フィリップはつぶやきながら玄関先の階段をのぼっていった。「落ち着くんだ」

ここまでひどくむかっ腹が立った憶えはない。

何か納得のいく事情があるはずだ。雨のなかを家へ帰りたくなかったのだろうか。いや、小降りではないが、激しい雨と言うほどではなく、これくらいでエロイーズが移動をためらうとは思えない。

フィリップは玄関扉のノッカーをつかんで、強く叩きつけた。

もしや馬車の車輪が壊れたのかもしれない。

もう一度、ノッカーをドアにぶつけた。

いや、それでは説明がつかない。ベネディクトの馬車で家へ送り届けてもらえばすむことだ。

とすると……。

たとえば……。

エロイーズが夫のいる家には帰らず兄の家にとどまっている理由を探してむなしく考えをめぐらせたが、ひとつも思い浮かばなかった。

何年も忘れていたような悪態が口をついた。

今度はノッカーをもぎ取って窓から投げ込んでやる構えでふたたび手を伸ばしたとき、玄関扉が開いて、わずか二週間前の滑稽な求婚騒動のさなかに顔を合わせたグレイヴズが姿を現した。

「妻は？」フィリップはほとんど唸るように訊いた。

「サー・フィリップ！」執事が息を呑んだ。

フィリップは顔に雨の雫が流れ落ちようと、身じろぎもしなかった。どういうわけかこの家の玄関先のポーチには屋根がない。イングランドじゅう探してもこのような家がほかにあるだろうか。

「妻だ」フィリップは嚙みつくように繰り返した。

「いらしています」グレイヴズは答えた。「お入りください」

フィリップは屋敷に足を踏み入れた。「妻を呼んでくれ、いますぐ」

「上着をお預かりします」グレイヴズが言う。

「上着などどうでもいい」フィリップは言い放った。「妻を呼ぶんだ」

グレイヴズは客人の上着を受けとろうと手をあげたまま動きをとめた。「レディ・クレインの書付を受けとられておられないのですか？」

「ああ、書付など受けとっていない」

「ずいぶん早いお着きだと思ったのです」執事はぼそりと言った。「書付を届けさせた使者とすれ違われたのでしょう。いずれにせよ、お入りください」

「もう入っている」フィリップはつっけんどんに答えた。

グレイヴズはため息らしき息を大きく吐きだした。感情をかけらも見せないようしつけられている執事とは思えないしぐさだ。「しばらくこちらで過ごされることになると思いますので」穏やかに言う。「上着をお脱ぎください。乾かしておきます。そのほうがおくつろぎになれます」

フィリップの怒りはたちまち、骨の髄まで寒気の走る恐れに変わった。エロイーズに何があったのだ？　ああ、もしや彼女の身に何かあったら――。「どういうことなんだ？」つぶやくように言った。

ようやく子供たちと通じあえてきたというのに。妻を失うのは耐えられない。

執事は悲しげな目で階段のほうを向き、「ご案内します」と静かに告げた。

フィリップはそのあとに続いて、一段一段、不安をつのらせながらのぼっていった。


エロイーズはもちろん生まれてからほぼ毎週日曜日に教会へ通っていた。それは習慣であり、誠実で善良な人々はみなそうしているが、じつのところ、エロイーズはさほど神を恐れてはいないし、信心深いわけでもなかった。説教のあいだはとりとめもないことを考えていて、賛美歌を歌うのは崇高な精神から魂を高揚させているのではなく、音楽がとても好きで、教会は音痴な人間にとって存分に声を張りあげて歌える唯一の場所だからだ。

それでも今夜は、小さな甥を見おろしながら祈りを捧げた。

チャールズの容態は悪化してはいないものの良くなる兆しも見えず、医師はその日二度目の往診にやって来て、〝神の手にゆだねられている〟と述べて去っていった。

エロイーズはその言葉が気に入らなかった。医師はおのれの手に余る病人であると判断すると決まってそのような表現を使うが、医師の言うとおり、ほんとうに神の手にゆだねられているのだとすれば、その病人はすでに天上にいることになってしまう。

エロイーズはチャールズの額に冷たい布をあてたり、ぬるめのスープをスプーンで喉に流し込んだりと世話を焼いた。とはいえ、できることはそれほどないので、付き添っていてもほとんどの時間は寝ずにただ見守っているしかなかった。

坐ったまま膝の上で手をきつく組みあわせて囁き声で唱えた。「お願いします、お願いします」

すると、まるで祈りが取り違えて叶えられたかのように戸口から音が聞こえて、どういうわけかフィリップが現れた。一時間前に彼への書付を持たせた使者を送りだしたばかりだ。フィリップは雨に濡れ、額に髪がぺっとりと貼りついていたが、エロイーズにはこれまでで最もいとおしい姿に見えた。

「ああ、フィリップ」堰《せき》を切ったように啜り泣きはじめた。考える間もなく駆けだし、その腕のなかに飛び込んでいた。兄夫婦の支えになろうと、それまでずっと必死に気を張っていた。けれどフィリップの姿を見て、その腕に抱かれ、逞しさと安心を感じたとき、いまだけは誰かに頼ってもかまわないのだと気がやわらいだ。

「きみだと思ったんだ」フィリップはつぶやいた。

「なんのこと？」エロイーズはとまどい顔で尋ねた。

「執事が——階段を上がるまで説明してくれなかったんだ。それでてっきり——」首を振る。

「いや、気にしないでくれ」

エロイーズは何も言わず、夫をじっと見つめて、ちらりと悲しげな笑みを浮かべた。

「具合はどうだい？」フィリップは訊いた。

エロイーズは首を振った。「あまり良くないわ」

フィリップは客人に挨拶するために現れたベネディクトとソフィーのほうを見やった。ふたりもいかにもあまり良くなさそうな顔色だった。

「このような状態になってからどれぐらい経ちますか?」フィリップは尋ねた。

「二日だ」ベネディクトが答えた。

「二日半だわ」ソフィーが訂正した。「土曜のお昼頃からだから」

「体を乾かしたほうがいいわ」エロイーズは言って、夫のそばを離れた。「わたしもだけれど」フィリップの濡れた服に触れて湿ってしまったドレスを沈んだ笑みで見おろした。「あなたまで体調を崩してしまうもの」

「わたしは大丈夫だ」フィリップは言い、エロイーズの脇をすり抜けてベッドの脇に歩み寄った。額に手をあてがって、首を振り、子供の両親のほうを見る。「なんとも判断しかねますね」

「熱がさがらないんだ」ベネディクトは険しい表情で説明した。

「どのような処置をされましたか?」フィリップは尋ねた。

「医学の心得が?」ソフィーが切迫した望みをかけた目で訊いた。

「医者が瀉血《しゃけつ》したんだが、効果はなかったらしい」ベネディクトが答えた。

「煮出しスープを飲ませてるの」ソフィーが言う。「それと、体が熱くなりすぎないように冷やしてるわ」

「体が冷えてきたときには温めてもいるし」エロイーズが力なく締めくくった。

「どれも効いてないみたい」ソフィーがつぶやいた。それから、人目もはばからず表情を崩した。ベッドの側面にもたれかかって身を丸め、咽び泣きはじめた。

「ソフィー」ベネディクトが声を詰まらせた。妻の傍らに膝をつき、泣いている妻を抱きかかえた。フィリップとエロイーズはベネディクトも泣いていることに気づいてさりげなく顔をそむけた。

「柳の樹皮を煎じた茶は」フィリップはエロイーズに言った。「まだ飲ませてないのかい？」

「飲ませてないと思うわ。どうして？」

「ケンブリッジで学んだんだ。アヘンチンキが普及するまでは鎮静薬として使われていた。わたしの恩師の教授のひとりは、熱をさげる効果もあると提唱していたんだ」

「マリーナにもそのお茶を飲ませたの？」エロイーズが訊いた。

フィリップは虚を衝かれて妻を見つめ、マリーナについては肺炎による熱で亡くなったとしか話していなかったのだと思い返した。おおむね事実ではあるのだが。「飲ませようとしたんだが、喉にうまく流し込むことができなかった。それに、チャールズ以上に重症だったんだ」記憶がよみがえり、唾を飲み込んだ。「あらゆる意味で」

エロイーズはひとしきり夫の顔を見つめたあと、てきぱきとベネディクトとソフィーのほうへ視線を戻した。ふたりはもう泣きやんでいたが、ともに床に膝をついたまま、ふたりだけの世界に沈み込んでいた。

けれどもエロイーズは、このような危機に黙ってふたりだけの世界を気遣っていられる性分ではないので、兄の肩をつかんで向きなおらせた。「柳の樹皮の煎じ茶はある？」

ベネディクトは妹を見て目をしばたたき、ようやく口を開いた。「わからない」

「クラブトリー夫人なら持っているかもしれないわ」ソフィーが答えた。クラブトリー夫人とは、ベネディクトが結婚するまでたまに訪れるだけだった〈ぼくの小さな田舎家〉を管理していた老夫婦の夫人のことだった。「そういったものは必ず持っているのよ。でも、グラブトリー夫妻は娘さんの所を訪問中で、帰ってくるのは数日先だわ」

「夫妻の家に入れますか？」フィリップは訊いた。「もしそこにあれば、探してみましょう。茶の葉ではありません。樹皮ですから、湯に煮出して飲むんです。熱をさげる助けになるかもしれません」

「柳の樹皮が？」ソフィーは疑わしげに尋ねた。「わたしの息子を木の皮で治せると言うの？」

「とにかくやってみなければわからない」ベネディクトはぶっきらぼうに言い、ドアのほうへ大股に歩きだした。「行こう、クレイン。夫妻の家の鍵は預かっている。わたしがきみを案内する」と言ったものの、戸口の前で振り返り、フィリップに尋ねた。「やれる自信はあるのか？」

フィリップは言えるかぎりのことを答えた。「うまくいくよう願うだけです」

ベネディクトにまじまじと見つめられ、フィリップは力量を見定められているのだと気づいた。ベネディクトからすれば妹との結婚を許した相手とはいえ、今度は息子が得たいの知れない薬を飲まされることになるのだ。

今回はフィリップにもその気持ちが理解できた。同じように子供を持つ父親なのだから。

「よし」ベネディクトは言った。「行こう」

フィリップはそうして得られた信頼を裏切らずにすむようひたすら祈りながら、ベネディクトを追って急いで屋敷の外へ出ていった。

結局のところ、柳の樹皮が効いたのか、エロイーズのひそかな祈りが通じたのか、運に恵まれただけなのかは確かめようがなかったが、翌朝にはチャールズの熱はさがり、まだ弱々しくだるそうながらも、たしかに快方に向かっていた。正午にはエロイーズとフィリップがいる必要性はもはやなくなり、それどころか邪魔になりかねなかったので、ふたりで馬車に乗り込み、家路についた。どちらもとにかく自分たちの大きくて頑丈なベッドに倒れ込んで、この日ばかりは何もせずに眠りたいと願っていた。

馬車に乗り込んでから最初の十分は沈黙が続いた。エロイーズ自身も疲れきって話す気になれないことに驚いていた。けれど疲れてはいても前夜の緊張と不安の名残で神経が昂ぶっていて眠れなかった。仕方なく、窓の外の雫に濡れた田園風景を眺めて気をまぎらわせた。雨は、エロイーズの神への祈りが通じたことを指し示すかのようにちょうどチャールズの熱がさがった頃にやんでいたが、同じ馬車のなかで隣に坐って目を閉じて（間違いなく寝てはいない）いる夫の顔をちらりと見やると、やはり柳の樹皮のおかげだったのだと確信できた。そのように確信できる理由はわからないし、証明しようもないけれど、甥の命を救ったのはカップ一杯の煎じ茶だった。

そもそも、昨晩、フィリップが兄の家を訪れたこと自体が思いがけないめぐり合わせだったのだとエロイーズは感じていた。あらゆる偶然がひとつの連鎖を生んだのだ。たまたま双子の様子を部屋に見にいかなかったとしたら、フィリップに子守係への不信感を伝えにいかなかったとしたら、そこで口論にならなかったとしたら……。

そう考えてみると、幼いチャールズ・ブリジャートンはこの国のなかでも抜きんでて運に恵まれた少年なのかもしれない。

「ありがとう」話そうと考える前に言葉が口をついていた。

「何がかな？」フィリップは目をあけずに眠そうにつぶやいた。

「チャールズのこと」エロイーズはひと言で答えた。

フィリップはそれでようやく目をあけて、顔を振り向けた。「わたしがしたことのおかげとは言えないだろう。柳の樹皮が効いたかどうかは誰にもわからない」

「わたしにはわかるの」エロイーズはきっぱりと言った。

フィリップは口もとをゆがめて、ほんのちらりと笑みを浮かべた。「きみらしいな」

そのとき、エロイーズはふと思った。自分がこれまでずっと人生に求めてきたものはこれなのではないだろうか？　情熱でも、ベッドで交わったときの息を奪われるような悦びでもなく、これなのではないかと。

　馬車のなかで誰かの隣に坐り、それが身をゆだねられる相手であると全身で感じられる、心地良く、安らいだ信頼関係。

　夫の手に手を重ねた。「とても怖かったの」気づけば目に涙があふれていた。「人生であれほど怯えたことはなかったと思うわ。ベネディクトお兄様とソフィーがどんな思いだったのか想像もつかない」

「わたしもだ」フィリップは穏やかな声で言った。

「もし、わたしたちの子供たちのどちらかがあんなふうになってしまったら……」エロイーズは言いかけて、そのような言い方をしたのは初めてであることに思い至った。わたしたちの子供たち。

　フィリップはしばらく沈黙し、窓の向こうを眺めやりながら口を開いた。「チャールズを見ているあいだじゅう」不自然に感じるほどしわがれた声で続けた。「何度も、オリヴァーやアマンダではなくてよかったと考えていた」振り向いた彼の顔は後ろめたさにゆがんでいた。「ほかの家の子供だからいいなどということではないのに」

　エロイーズは夫の手を握りしめた。「そんなふうに考えてしまったとしても罪ではないわ。あなたは聖人ではないのだから。ひとりの父親なんだもの。それも、とてもいい父親だと思うわ」

　フィリップはどことなく妙な表情で見つめ返すと、首を振った。「いや」いかめしく言う。

「いい父親ではない。そうなりたいとは願っているが」

エロイーズは小首をかしげた。「フィリップ？」

「きみの言うとおりだった」フィリップは苦々しげに唇をきつく引き結んだ。「子守係のことだ。わたしが失敗を避けたいばかりに関心を向けようとしなかったのがいけなかったんだ。きみの言うとおりだった。彼女は子供たちを叩いていた」

「どういうこと？」

「本で」フィリップは、感情は使い果たしてしまったかのような乾いた口調で続けた。「わたしが子供部屋に入ったとき、アマンダが本で叩かれていた。オリヴァーはすでに叩かれたあとだった」

「まあ、なんてこと」エロイーズの目に悲しみと怒りの涙がこみあげた。「そんなことは夢にも思わなかった。たしかに、彼女のことは好きではなかったわ。子供たちの指の関節を打っていたのも知っていた。でも……わたし自身も指を打たれたことはあるし、誰でもそれくらいの罰を受けたことはあるでしょう」夫の手を握っていた手を戻し、自責の念の重みに肩を押されたように座席に沈み込んだ。「わたしが気づくべきだった。もっとちゃんと見ておけばよかったのよ」

フィリップは自嘲ぎみにため息を漏らした。「きみはうちに来てまだ二週間しか経っていない。わたしはあんな冷酷な女性と何カ月も暮らしてきたんだ。そのわたしが気づけなかったのに、きみにわかるはずがないだろう？」

エロイーズはそれについては何も答えられなかった。少なくとも、罪の意識に苛まれている夫をそれ以上苦しめずにすむ言葉は思いつけなかった。わずかに間をおいて訊いた。「彼女は辞めさせたのよね」

フィリップはうなずいた。「子供たちには、きみに新しい子守係を探す手伝いをしてもらうと話してある」

「もちろんだわ」エロイーズは即座に応じた。

「それと――」フィリップは口ごもって咳払いをしてから、窓の向こうを見ながら言葉を継いだ。「わたしは――」

「どうしたの、フィリップ?」エロイーズはやさしく先を促した。

フィリップは顔を向けずに続けた。「もっといい父親になろうと思う。とても長いあいだ、子供たちを遠ざけていた。自分の父親のようになるのが、同じことをしてしまうのが恐ろしくて――」

「フィリップ」エロイーズは囁きながらふたたび夫の手に手を重ねた。「あなたはお父様のようにはならないわ。なるはずがない」

「ああ」うつろな声で言う。「だが、なってしまうかもしれないと思っていたんだ。一度は鞭を手にした。厩に行って、鞭をつかんだんだ」両手に顔を埋めた。「怒りに駆られていた。頭に血がのぼっていたんだ」

「でも、あなたはそれを使わなかった」エロイーズは自信を持って囁きかけた。自分の直感に間違いはない。

フィリップは首を振った。「でも、使おうとしたんだ」

「でも、使わなかったわ」エロイーズはできるかぎり落ち着いた口調で念を押した。

「頭に血がのぼっていたんだ」フィリップが繰り返し、エロイーズは記憶に入り込んでいる夫には自分の声が聞こえていないのだろうと思った。けれどもフィリップはすぐに振り向いて、射貫くように妻の目を見据えた。「自分自身の怒りに怯える気持ちが理解できるか？」

エロイーズは首を横に振った。

「エロイーズ、わたしは小柄な男ではない。人に怪我をさせてしまいかねない」

「それはわたしも同じだわ」エロイーズは言い、冷ややかな目を向けられて付け加えた。「もちろん、あなたには太刀打ちできないでしょうけど、子供に怪我をさせてしまいかねない大きさではあるわ」

「きみはそんなことはしないだろう」フィリップは唸るように言い、顔をそむけた。

「あなただってしないはずよ」エロイーズは言い返した。

フィリップは黙り込んだ。

それから、エロイーズはふいに思いあたった。「フィリップ」穏やかに呼びかけた。「あなたは怒っていたと言ったけど……誰に怒っていたの？」

フィリップは解せないといった表情で妻を見た。「子供たちが家庭教師の髪を糊でシーツに貼りつけたんだ、エロイーズ」

「わかるわ」ことをなげに手を振って答えた。「わたしがそこにいたら間違いなく、ふたりの首を絞めようとしていたでしょうね。でも、わたしが訊いたのはそういうことではないの」夫が何かしら答えてくれるのを待ち、返ってこないのを見て続けた。「あなたは、あの子たちが糊で家庭教師の髪を貼りつけたから怒っていたの？　それとも、子供たちをしつける方法がわからない自分に腹を立てていたの？」

フィリップは無言だったが、互いにその答えはわかっていた。

エロイーズは手を伸ばして夫の手に触れた。「フィリップ、あなたはお父様とは違うわ、違うのよ」

「いまならそれがわかる」フィリップは静かに答えた。「わたしが、いまいましい子守係のエドワーズをどれほど八つ裂きにしてやりたいと思ったことか、きみにはわかるまい」

「想像はつくわ」エロイーズはふっと鼻で笑って、座席の背にもたれた。

フィリップは口角が引き攣るのを感じた。どうしてなのかはわからないが、妻の口ぶりがどこか可笑しく、安らぎすら覚えた。状況からして場違いであるはずの愉快な空気が互いのあいだに漂い、それが心地良かった。

「彼女はそうされても仕方のないことをしたのよ」エロイーズは肩をすくめて言い添えた。それから突如向きなおって夫を見つめた。「でも、あなたは彼女に触れなかったんでしょう？」

フィリップは首を振って否定した。「ああ。彼女に怒りを抑えられたのだから、子供たちにわれを忘れて怒りをぶつけてしまうようなことはないはずだ」

「あたりまえよ」エロイーズはもともとなんの問題もなかったのだというように請けあった。夫の手を軽く叩き、なにげないふうに窓の外を見やった。

自分への強い信頼をフィリップは感じた。自分の人間性、善良な精神への強い信頼を。どちらについても何年ものあいだ、自信が持てずに悩まされてきた。

するとにわかに正直に打ち明けておかなければならないという思いに駆り立てられ、言葉を選びもせず口走った。「きみがわたしを捨てて出ていってしまったのかと思った」

「ゆうべのこと？」エロイーズは啞然とした表情で振り返った。「どうしてそんなふうに考えたの？」

フィリップは自嘲するように肩をすくめた。「さあ、わからない。きみがお兄さんの家に行ったらもう帰らないような気がしたんだ」

エロイーズは低く唸るような声を漏らした。「いまとなってはわたしが足どめされていた理由はあきらかだけれど、わたしがあなたをおいて出ていくはずがないでしょう。それはあなたが一番よく知っているのに」

フィリップは眉根を寄せた。「知っている？」

「もちろんだわ」エロイーズは不機嫌にすら見える表情で言った。「わたしは教会で誓ったのよ。そんなことを軽々しく考えたりしない。それに、オリヴァーとアマンダに母親になると約束したのだから、ふたりを裏切りはしないわ」

とはしない。

フィリップは妻をじっと見据えて、低い声で言った。「ああ。そうとも、きみはそんなことはしない。そんなことを考えたわたしがどうかしていた」

エロイーズは胸を張って腕組みをした。「ええ、どうかしていたのよ。あなたはわたしのことをよくわかっているはずだもの」それでもまだフィリップが何も言わずにいると、続けた。「かわいそうな子供たち。本人たちにはなんの落ち度もないのに、母親をすでに一度失っているのよ。わたしが逃げだして、また同じ哀しみを味わわせるはずがないでしょう」

エロイーズは夫にこのうえなく不満げな顔を向けた。「わたしのことをそんなふうに考えていたなんて信じられない」

フィリップ自身もいまとなってはそんなことを考えていたのが信じられなかった。自分が誰よりエロイーズのことを知っているように思えた――まさか、たった二週間しか過ごしていないのに、そんなことがありうるのだろうか？　あらゆる意味で、もうはるか昔から一緒にいたような気がする。たしかに彼女の内側も外側も知っているからだ。むろん、誰もがそうであるように必ず秘密も持っているだろうし、女性という生き物は誰のことであれ理解できるはずがないので、完全に理解できているわけではないこともわかっている。

でも、彼女のことを知っている。知っていると確信できた。よく考えさえすれば、彼女がふたりの結婚を捨て去る心配などせずにすんだはずだった。

間違いなく気が動転してしまっていたのだろう。それに、道端の溝に落ちて死んでいるのを想像するよりは出ていったのだと考えたかった。出ていったのならば、彼女の兄の家に乗り込んで連れ戻すこともできるのだから。

だがもし死んでいたら……。

想像しただけでも耐えがたい痛みを胸に感じた。

いつの間に、エロイーズがそれほど大きな存在になっていたのだろう？　彼女にずっと幸せでいてもらうためには、これからいったいどうしたらいいのだ？　エロイーズにはどうしても幸せでいてもらわなければならない。彼女が不幸せになることを考えただけで胸にナイフで刺されたような痛みが走る。

実際、胸に突き刺さる皮肉だった。彼女と結婚するのは子供たちの母親になってもらうためだと何度も自分自身に言い聞かせていたというのに、こうしていざ、双子へのきわめて強い責任感から結婚を放棄するわけにはいかないのだと断言されては――

嫉妬を感じた。

あろうことか、自分の子供たちに嫉妬心を抱いた。彼女の口から〝妻〟という言葉が出るのを期待していたのに、母親という言葉しか聞けなかったせいだ。

いまはエロイーズに自分を求めてほしいと心から願っていた。教会で誓ったからというだけでなく、あなたなしでは生きてはいけないことがわかったからだと言ってほしい。愛しているという言葉が聞きたい。

あなたを愛している、と。

ああ、まったく、いつからこのような気持ちになっていたのだろう？　いつから結婚にそれほど多くのものを求めるようになったのだろう？　子供たちの母親になってもらうために結婚したのだ。それは互いに承知の上だった。

だが、そのうちに情熱が芽生えた。なにしろ男なのだし、女性とベッドをともにするのは八年ぶりだった。エロイーズの肌に肌を重ね、触れあって燃えあがる彼女の喘ぎや悶え声を聞き、酔いしれずにいられるはずがあるだろうか？

彼女のなかに入るたび純粋な悦びが湧きあがるのは当然ではないだろうか。

フィリップは結婚に求めていたものをすべて手に入れた。日中は完璧に生活を取り仕切ってくれて、夜にはそのぬくもりでベッドを暖めてくれるエロイーズ。あらゆる望みがじゅうぶんすぎるほど叶えられていたために、それ以上のものを得られていることに気づけなかった。

エロイーズは心を見つけだし、その心に触れ、変えてくれた。自分を変えてくれたのだ。フィリップは彼女を心から愛していることを悟った。求めていたわけではなく、考えてもいなかったことだが、とうとう愛を見いだし、それは考えられるかぎり最も尊いものなのだと気づいた。

人生の新たな章の一頁を開いた思いだった。胸が躍る。けれども恐ろしさも感じた。すべてをようやく手に入れたいま、何ひとつ失いたくはないからだ。エロイーズも、子供たちも、自分自身も。

ありのままの自分でくつろいでいられるのも、直感を信じられるのも、何年かぶりのことだった。鏡に映った自分自身の目を避けずにいられるのも。

フィリップは窓の外を見やった。馬車は速度を落とし、ロムニー館の正面に横づけして停まった。空も、石造りの屋敷も、窓もすべてが雲を映したように灰色がかっている。草地までが輝きをもたらす陽光を欠いてややくすんだ緑色に見えた。考えにふけるには最適な日だ。

従僕が現れてエロイーズに手をかして馬車から降ろした。その脇にフィリップが降りると、エロイーズが向きなおって言った。「わたしは疲れているし、あなたも同じだと思うわ。仮眠をとらない？」

フィリップも疲れていたので同意しようとしたのだが、言葉が出かかる寸前に思いついて首を振った。「先に行っててくれ」

エロイーズが理由を尋ねようと口を開きかけたとき、フィリップはその肩をそっと握って遮った。「わたしもすぐに行く。だがまずは、子供たちを抱きしめたいんだ」

18

……ふだんはなかなか口に出して言えないけれど、お母様、私はあなたの娘に生まれてきたことを心から感謝しています。こんなふうに子供に寛容な理解を示してくれる親はほとんどいないわ。娘を友と呼んでくれる親はさらに少ないでしょう。お母様、あなたを愛しています。

――エロイーズ・ブリジャートンが六人目の求婚者を断わった折、母に宛てた手紙より

エロイーズは仮眠から目覚めてすぐ、ベッドの片側のシーツが皺もなく整然としているのに気づいて驚いた。なんといってもフィリップは前夜風雨のなかをベネディクトの家まで馬を走らせてきたのだから、自分以上に疲れていて当然のはずだと思っていたからだ。

身なりを整えると辺りを探したが、夫の姿はどこにも見あたらなかった。心配はいらないのだと自分に言い聞かせた。いろいろなことが続いたあとなので、ひとりで考える時間を求めたとしてもふしぎはない。

自分が孤独を好まないからといって、ほかの誰もが同じだと考えてはいけない。

エロイーズはひとり苦笑した。以前から胸に言い聞かせてきたことがいまだ身についてい

ない。

そう考えて、夫を探しまわるのをどうにか思いとどまった。こうして結婚生活を始めてみてようやく、結婚式の晩に母が懸命に諭そうとしていたことの意味がわかってきた。自分とフィリップはまったくべつの人間であり、結婚には歩み寄りが欠かせない。相性が合う相手だとしても、ふたりが同じ人間であるわけではない。自分に合うよう何かしら彼のやり方を変えてもらいたいと望むなら、自分も同じように彼に合わせようと努力しなければいけないのだ。

その日は結局ずっとフィリップと顔を合わせなかった。午後のお茶の時間にも、双子におやすみなさいを言いに部屋を訪ねたときにも。そして、夕食は大きなマホガニーのテーブルでたったひとりぽつんと寂しくとらざるをえなかった。ふたりの従僕がじっと自分を見守る目を意識しつつ黙々と食事をしていると、どちらも料理を運んでくるたび、いたわるように微笑みかけてきた。

エロイーズはつねに礼儀正しく振るまうべきだと信じているので微笑み返したが、内心ではげんなりしたため息をついていた。従僕たちに（ふだんは他人の悩みに疎い男性に変わりはない）同情されるのはみじめなものだ。

とはいうものの、結婚してわずか一週間でひとりで夕食をとっているのだから、哀れまれても当然なのかもしれない。

しかも、使用人たちからすれば、サー・フィリップがおそらくはひどい喧嘩のあとで兄の家へ逃げた妻を取り戻しに血相を変えて出ていったところまでしか知らないのだから。そう考えてみると、フィリップに家を出ていったのだと誤解されたのも仕方のないことのように思えて、エロイーズはふたたびため息をついた。

必要以上に食事の時間を長引かせたくはなかったので控えめにすませ、プディングをふた口味わって礼儀を果たしてから、まっすぐベッドに入るつもりで席を立った。その日一日そうしていたようにまたひとりで過ごすことになるのだろうと考えながら。

けれども廊下に踏みだすと、そのまま部屋に戻るのではなんとなく物足りないように感じて、これといった目的もなく屋敷のなかを歩きはじめた。五月下旬にしては肌寒い晩で、ショールを持ってきておいてよかったと思った。田舎の大邸宅には何度も訪問したことがあり、どこの家も晩には暖炉に火を入れ、家全体が明るさと暖かさで包まれていたが、ロムニー館は整然としていて快適ではあるものの、無用に飾り立てることはせず、晩にはほとんどの部屋を閉じて必要なときにしか暖炉の火は入れられなかった。

それにしても、寒い。

エロイーズはショールを肩からしっかりと巻きつけ、月光の薄明かりに導かれるような心地を楽しみながら歩いていった。ところが、肖像画の展示室に近づくにつれ、まぎれもないカンテラの灯りが見えてきた。

誰かがそこにいる。さらに踏みださずとも、それがフィリップであることを悟った。

エロイーズは靴底の柔らかい室内履きに感謝しながらひそやかに歩を進め、戸口から部屋のなかを覗き込んだ。

その光景を目にしたとたん、胸がきつく締めつけられた。

フィリップはじっとマリーナの肖像画の前に立っていた。時折瞬きをする以外はまったく動かない。立ち尽くしたまま亡き妻を見つめるその表情は打ち沈み、ひどく寂しそうで、エロイーズは思わず低い声を漏らしかけた。

マリーナを愛していなかったというのは偽りだったのだろうか？　情熱は感じなかったというのも嘘だったの？

だからといって、どんな問題があるというのだろう。マリーナは亡くなっている。フィリップの愛情を奪いあう相手にはなりようがない。それにたとえ彼女が愛されていたとしても、気にする必要があるだろうか？　どのみち、フィリップは自分を愛してはいないのだし、自分も愛しては――

いいえ、もしかしたら愛しているのかもしれないと、息がとまりそうなひらめきを覚えた。いつからなのか、どういうわけでそうなったのかは想像もつかないけれど、彼に対する好意や信頼はまたべつのものへ深まっていた。

そのうえ、ああ、ほんとうは彼にも同じように想っていてほしいと、どれほど願っているだろう。

フィリップに必要とされているのはたしかに感じていた。自分が彼を必要としている気持ちより彼が自分を必要としてくれている気持ちのほうが強いくらいかもしれないが、願っているのはそういうことではなかった。必要とされ、体を求められ、いなくては困るとさえ思われているのは嬉しいけれど、エロイーズは彼にそれ以上の感情を抱いていた。

フィリップが、いまの幸福が信じられないとでもいうようにややおどけて、どことなく少年っぽく、わずかに唇をゆがめて微笑む顔が好きだった。

絶世の美女であるかのように彼に見つめられるときも、自分はそれほどの美女ではないと知りながら嬉しかった。

フィリップは、とりとめもない話を聞いていてくれるし、いっぽうで侮れない威厳も備えている。フィリップにお喋りだと言われることさえ、エロイーズには心地良かった。彼はたいていそう言いながら笑っているし、もちろん、それは事実でもあるからだ。

それに、お喋りだと指摘しておきながら、そのあとも話に耳を傾けてくれる。

フィリップが子供たちを愛している姿も好ましい。

高潔で、誠実な人柄で、茶目っ気のある皮肉を言うところも好きだ。

互いの人生にすんなり溶け込めたことも嬉しかった。

心地良くて、正しいことをしているのだと思えた。

そして、エロイーズはようやく、そこが自分の居場所なのだと気づいた。

でも、フィリップはいま、亡き妻の肖像画を見つめて立っている。微動だにしない様子からすると、もうだいぶ長いあいだそうしているのだろう。もし彼がまだマリーナを愛しているのだとしたら……。

エロイーズはこみあげた後ろめたさを呑み込んだ。マリーナに同情以外のものを抱くことなどできるだろうか？　あまりに突然にとても若くしてこの世を去り、すべての母親に神から与えられるはずの、わが子たちの成長を見守る権利を奪われたのだ。

そのような女性に嫉妬を感じるのは良心が咎めた。

にもかかわらず……。

にもかかわらず、エロイーズはどうしても善人にはなりきれなかった。そのような光景を、フィリップが最初の妻の肖像画を眺めている姿を見て、胸を締めつけられるような妬ましさを感じずにはいられなかった。自分がその男性を愛していて、命尽きるその日までともにいたいと願っていることを思い知らされた。彼を必要としているのは死んだ女性ではなく、このわたしなのに。

いいえ、そんなはずはないのだとエロイーズは懸命に考えをめぐらせた。フィリップがまだマリーナを愛していることはありえない。それどころか愛したことさえなかったかもしれない。きのうの朝、本人から八年も女性とは関係を持っていなかったのだと聞かされたばかりだし……。

八年？

いまになってその年月の重みに思い至った。

なんてこと。

この二日、すっかり心乱していて、フィリップが言っていたことをきちんと理解できていなかった。

八年。

エロイーズには信じがたいことだった。フィリップのように夫婦の肉体的な交わりをあきらかに楽しんでいる――いいえ、あきらかに必要としている――男性に、そのようなことがあるとは信じられない。

マリーナが亡くなってから十五カ月しか経っていない。フィリップが八年間、女性と交わっていないのだとすれば、双子を授かって以来、夫婦はベッドをともにしていないということになる。

違う……。

双子が生まれたあと少し経ってからでなければちょうど八年にはならない。

もちろん、フィリップが日付を勘違いしているのかもしれないし、大ざっぱに数えた可能性もあるだろうが、エロイーズにはそうは思えなかった。マリーナと最後に交わった日を正確に憶えているのだとすれば、いったいその日にどのような恐ろしいことがあったのだろうかと考えると、よけいに不安が増した。

けれども、フィリップは妻を裏切らなかった。ベッドをともにできない女性に忠実にありつづけたのだ。生来の高潔で誠実な人柄を考えれば驚くことではないけれど、もしほかに慰めを求めたとしても責められはしない。

それでもフィリップはそうしなかった。

そう思うとなおさら彼がいとおしく思えた。

でも、マリーナとの日々が彼にとってそれほどつらく苦痛なものだったとしたら、なぜ今夜ここに来ているのだろう？　なぜまるでその場から離れられないかのようにじっと肖像画を眺めているの？　まるでマリーナに何かを請い求めているように見つめている。なぜ亡き女性に助けを求めなければならないのだろう。

エロイーズはそれ以上耐えられなくなって足を踏みだし、咳払いをした。

フィリップがすぐに振り返ったのでびくりと怯んだ。自分だけの世界に沈み込んでいて、聞こえているようには見えなかったからだ。フィリップは何も言わず、呼びかけもしなかったが、やがて……。

手を差しだした。

エロイーズは歩み寄ってその手を取ったものの、どうすればいいのかわからず、どういうわけか何を言えばいいのかすら思いつけなかった。仕方なくただ彼の傍らに立って、マリーナの肖像画を見つめた。

「愛していたの？」前にも尋ねたことを繰り返した。

「いや」そのフィリップの返答に、驚くほど安堵の思いが湧きのぼってきて、エロイーズは心の片隅になお強い不安をかかえていたことに気づかされた。

「恋しいの？」

「違う」フィリップは声をやわらげながらもきっぱりとした口調で言った。

「嫌っていたの？」囁くように訊いた。

フィリップは首を振り、とても悲しそうに答えた。「いや」

エロイーズはほかに質問が思い浮かばず、尋ねていいのかどうかもわからなくなり、ただ黙って待つことにした。

だいぶ長い間をおいて、フィリップが口を開いた。

「彼女は悲しそうだった。いつも悲しんでいた」

エロイーズが目を向けても、フィリップは視線を返さなかった。本人を見ながら話さなければならないとでもいうようにマリーナの肖像画に目を据えている。そうしなければならない義務でも負っているかのように。

「彼女はいつも沈んでいた」フィリップは続けた。「いくぶん静かすぎるだけだという見方もできなくはなかったが、双子が生まれたあとはそれがひどくなった。何が起きたのかはわからない。産婆には、出産後に涙もろくなるのはよくあることで、心配せずとも数週間で治まると言われた」

「でも、そうではなかったのね」エロイーズは静かに言った。

フィリップはうなずいて、眉に掛かった濃い色の髪を無造作に払いのけた。「ひどくなるばかりだった。どう説明していいのかわからないが、なんというかまるで……」力なく肩をすくめて言葉を探し、かすれ声になって続けた。「まるでいまにも消えてしまいそうだった。ほとんどベッドから離れず……笑顔は見せず……泣いてばかりいた。いつもいつも」

言葉がほとばしるというのではなく、記憶の断片がゆっくりと次々に呼び起こされているかのように、ひと言ひと言が少しずつ語られた。エロイーズは見守るように黙っていた。

それからようやく、フィリップがマリーナから妻のほうへ向きを変え、まっすぐに目を見つめた。

「彼女を幸せにするために努力は尽くしたんだ。できるかぎりのことはなんでも、考えつくことはなんでも試してみたんだが、それでは足りなかった」

エロイーズは口を開いて、最善を尽くしたのだからと慰める言葉を囁きかけようとして、彼の言葉に遮られた。

「わかるかい、エロイーズ？」先ほどまでより大きく苦しげな声だった。「努力が足りなかったんだ」

「あなたのせいではないわ」エロイーズは穏やかに言った。大人になってからのマリーナのことは知らないけれど、フィリップのことはわかっているので、彼のせいでないのは確信できた。

「いつしかわたしはあきらめてしまったんだ」フィリップが抑揚のない声で言う。「彼女を助けようとする努力をいっさいやめた。反応のない彼女のためにむなしい努力を続けることに疲れ果てて気が変になりかけていた。それでともかく子供たちを守るために、彼女がひどく沈んでいるときには近づけないようにした。子供たちが彼女をとても愛していたからだ」

エロイーズにはわからない何かを理解させようとでもするように、すがるような目を向けた。

「彼女は子供たちの母親だった」

「わかるわ」エロイーズは静かに相槌を打った。

「母親だったんだ。それなのに……何も……子供たちにできなくて……」

「でも、あなたがいたわ」エロイーズは気持ちを込めて言った。「あなたがいたもの」

フィリップは苦々しげに笑った。「ああ、ほとんど何もしてやれなかったが。どうしようもない親がひとりならまだしも、ふたりともだなんて考えられるかい？　子供たちにそんな思いはさせたくなかったんだが……」

「あなたはだめな父親ではないわ」エロイーズはつい叱るような口調になった。

フィリップは真に受けるつもりはないといわんばかりに肩をすくめ、ふたたび肖像画のほうを向いた。

「とてもつらかった」低い声で言う。「わかってもらえるだろうか？」

エロイーズは静かにうなずいたが、夫は振り返らなかった。

「一生懸命、必死に努力して、それでもまったくうまくいかない。しかも――」フィリップは自己嫌悪に満ちた苦笑いをちらりと浮かべて言葉を継いだ。「しかも、彼女を好きにすらなれなかった」

「好きになれなかった？」エロイーズは驚いて声を上擦らせて訊いた。

フィリップが皮肉っぽく唇をゆがめた。「知りもしない相手を好きになれるか？」エロイーズのほうへ向きなおった。「わたしは彼女のことを知らなかったんだ、エロイーズ。八年間結婚していて、彼女のことを何も知らなかった」

「たぶん、彼女が自分をあまり見せないようにしていたのよ」

「たぶん、わたしがもっと知ろうとすべきだったんだ」

「でもきっと」エロイーズはできるかぎり声に確信と自信を込めて言った。「あなたにできることはそれ以上なかったわ。生まれながらにふさいだ気質の人もいるのよ、フィリップ。わたしにはその理由はわからないけれど、そういう人たちもいるんだわ」

フィリップがあきらかに納得していない暗い目でいぶかしげに見るので、エロイーズはすぐさまその視線に言葉を返した。「忘れないで、わたしも彼女に会ってるのよ。あなたが彼女と出会うはるか昔の子供のときに」

フィリップは表情を変え、エロイーズが気圧されそうなほど強い視線を向けた。

「彼女の笑い声は聞いたことがないわ」エロイーズは静かに言った。「一度も。あなたに会ってからずっと彼女のことをもっとよく思いだそうとしてきたし、どうしてなんとなく妙な印象しか残っていないのか考えていたのだけれど、そのせいだという気がするの。彼女が笑わなかったからなのよ。笑わない子供だった」

フィリップはしばし間をおいて口を開いた。「わたしも、彼女の笑い声は聞いたことがないような気がする。時どき、子供たちの顔を見たときに微笑んではいたが、笑い声は聞けなかった」

エロイーズはうなずいてから、言った。「わたしはマリーナではないわ、フィリップ」

「わかっている」とフィリップ。「もちろん、わかっている。だからこそ、きみと結婚したんだ」

エロイーズはそんな言葉を聞きたいわけではなかったが、落胆は押し隠して、話の続きを待った。

フィリップは眉間に深い皺を寄せて、額を強く擦った。重すぎる荷を背負わされ、疲れきっているかのように見える。「誰も悲しませたくはなかった。悲しんでいる人間を子供たちに見せたくなかったし、あのようなことは――」

フィリップは言葉を途切らせ、顔をそむけた。

「あのようなことって？」エロイーズは重要なことなのだと察して急かすように訊いた。

あまりに長い沈黙が続いたので答えてはもらえないのだとほとんどあきらめかけたとき、フィリップが言葉を継いだ。「彼女は風邪で死んだ。それは話しただろう？」

「ええ」エロイーズは背を向けている彼にはうなずいても見えないだろうと思い、声に出して答えた。

「風邪で死んだ」フィリップは繰り返した。「みんなにはそう話していたが――」

エロイーズはふいに彼が言おうとしていることを予感して胸騒ぎを覚えた。

「たしかに、それは事実だ」フィリップのつらそうな言葉に、意表を突かれた。嘘をついていたのだと言われるものと早合点していた。

「事実なんだ」フィリップが言う。「だが、それですべてではない。彼女は風邪で死んだが、どうして風邪をひいたのかはいままで誰にも話せなかった」

「湖なのね」無意識につぶやいていた。実際に言葉が口から出るまでそれを思い起こしたことさえ気づけなかった。

フィリップがいかめしい顔でうなずく。「誤って落ちたんじゃない」

エロイーズはとっさに手で口を覆った。子供たちを湖に連れていったとき、彼があれほど動揺していたのも無理はない。寒気を覚えた。もちろん、知るはずもなかったとはいえ……。

「どうにか間に合ったんだ」フィリップが言う。「どうにか間に合って溺れていた彼女を救いだした。三日後、肺炎で亡くなるのを救うことはできなかったが」にがりきった笑いを呑み込んだ。「得意の柳の樹皮の煎じ茶も彼女には効かなかったわけだ」

「ほんとうにお気の毒だわ」エロイーズは心からそう思った。

「きみにはわからない」フィリップは妻を見ずに言った。「きみにわかるはずがない」

「身近にみずから命を絶った人はいないものね」そのような場面にふさわしい答え方などあるのかわからず、慎重に言葉を選んだ。

「そういう意味ではない」フィリップは実際に言葉を撥ねのけるように言った。「追い込まれ、行き詰まって、絶望した人間の気持ちは、きみにはわからない。必死に努力しても、どうしても、まったく」エロイーズのほうを向いた彼の目は燃え立っていた。「突き破れなかった。努力したんだ、毎日。自分自身と、マリーナと、ほとんどはオリヴァーとアマンダのために。考えつく方法はなんでも、人から助言されたこともすべて試したが、何ひとつ効果はなかった。わたしが努力しても、彼女は泣くだけだった。努力すればするほど、彼女はなんの面白みもないベッドにますますもぐり込んで、上掛けの内側に隠れてしまった。カーテンを閉めきった薄暗い部屋のなかで暮らしつづけて、このうえなく晴れた日をみずから命を絶つ日に選んだ」

エロイーズは目を見開いた。

「晴天の日だった。曇り空が一カ月も続いて、ようやく太陽が顔を覗かせた日に、彼女は命を絶とうとした」フィリップは笑ったが、短い苦しげな笑い声だった。「せっかくの晴れた日に」

「フィリップ」エロイーズは彼の腕に手をかけた。

けれども夫はその手を振り払った。「そのうえ、彼女は速やかに死ぬことすらできなかった。いや、違うな」苦みまじりのかすれ声で言う。「それについてはわたしが悪いんだ。わたしが追いかけなければ、彼女はすんなり死ねて、それから三日間も、生き延びられるかどうかと家族を心配させずにすんだはずだ」フィリップは腕組みをして、うんざりしたように鼻で笑った。「だがむろん、彼女は死んだ。どうして望みを繋げていたんだろうな。本人にはまったく闘う気はなくて、病に打ち勝とうとするそぶりもなかったのに。彼女はただ横たわって、命が尽きるのを待っていた。それでもわたしは、唯一の望みを果たせてやっと最後に幸せになれたという微笑みでも見せてくれるのではないかと期待してたんだ」

「ああ、神様」エロイーズはその光景を想像して耐えがたい思いでつぶやいた。「微笑んだの？」

フィリップが首を振る。「いや。彼女にはその気力も残されていなかった。いつもと変わらない表情のまま死んでいった。うつろな表情で」

「ほんとうにお気の毒」どのような言葉もじゅうぶんではないのは知りながら言った。「そのような思いは誰にも味わわせてはいけないわ」

フィリップは何かを探すかのようにじっと目を向けたが、エロイーズには何を求められているのかわからなかった。そのうち、夫は突如背を向けて窓のほうへ歩いていき、漆黒の夜空を眺めた。「必死で努力した」あきらめと後悔の滲んだ静かな声で言う。「だがいっぽうで毎日、ほかの女性と結婚していればよかったと考えていた」頭を垂れて、ガラス窓に額をあてた。「ほかの女性であったならと」

フィリップはそれからしばらく押し黙った。沈黙が長すぎるように感じて、エロイーズは歩み寄り、返事だけでも聞きたくてそっと名前を呼びかけた。大丈夫であることさえわかればいい。

「きのう」フィリップが唐突に話しだした。「きみは、われわれふたりには問題があると――」

「違うの」エロイーズはとっさに遮った。「そういう意味では――」

「われわれふたりには問題があると言った」フィリップは二度と遮る気を起こさせないよう力強い深みのある声で繰り返した。「だが、希望を失った伴侶と希望のない結婚生活に閉じ込められて、人のぬくもりを求めても得られず、むなしく何年もひとりでベッドに入っていた人間にとっては……」

振り返ってエロイーズのほうへ近づき、怯ませるほど熱情に湧いた目で見つめた。「そんな暮らしをしていた者が、いまの生活に不満など感じられはしない。わたしにとって……わたしにとって……」声を詰まらせながらも、ほんのわずかな間をおいてすぐに言葉を継いだ。「この――ふたりの生活は天国のようなものだからだ。きみにそれを否定されるのは耐えがたい」

「ああ、フィリップ」エロイーズはただひとつ思いつけた行動を取った。ふたりのあいだの距離を詰め、彼の体に両腕をまわして、ありったけの力を込めて抱きしめた。「ごめんなさい」囁いて、こぼれる涙で彼のシャツを濡らした。「ほんとうにごめんなさい」

「もう二度としくじりたくないんだ」フィリップは彼女の首に顔を埋めるようにして声を詰まらせた。「しくじれない――しくじるわけにはいかない――」

「あなたはしくじったりしない」エロイーズは断言した。「わたしたちはしくじらないわ」

「きみを幸せにする」フィリップが喉から声を絞りだすように言う。「きみは幸せにならなければならない。どうか約束――」

「もう幸せだわ」エロイーズは請けあった。「幸せでいると約束する」

フィリップは身を引いて、両手で彼女の顔を包み込み、自分の目をしっかりと見つめさせた。妻の表情のなかに、証しなのか、赦しなのか、ただの希望なのか、何かを懸命に探している。

「わたしは幸せなの」エロイーズは囁いて、彼の手の上から自分の手を添えた。「夢にも思い描けなかったくらいに。そして、あなたの妻になれたことを誇りに感じているわ」

彼の顔がこわばり、下唇がふるえはじめた。エロイーズは息を呑んだ。そんなふうに男性が泣くのは見たことがなかったし、実際に目にすることになるとは思いもしなかった。涙がフィリップの頬をゆっくりと伝って口角のくぼみに落ちると、エロイーズは手を伸ばしてそれをぬぐった。

「愛している」フィリプが声を詰まらせながら告げた。「きみが同じように想っていてくれなくともかまわない。きみを愛しているし……それに……」

「ああ、フィリップ」エロイーズは背伸びをして彼の顔を伝う涙に触れた。「わたしもあなたを愛してるわ」

フィリップは言葉を発しようと唇を動かしたが、すぐに話すのはあきらめて彼女の体に手をまわし、たじろがせるほどの激しさできつく抱き寄せた。彼女の首に顔を埋め、名を何度も囁きかけるうち言葉は口づけに変わり、そのまま肌をたどって唇に行き着いた。

エロイーズにはどのぐらいのあいだそうしていたのかわからなかったが、この世の終わりの晩でもあるかのようにいつまでもキスをしていた。やがて、抱きあげられて肖像画の展示室を出て階段をあがり、気づけば寝室のベッドの上で彼にのしかかられていた。

それまでふたりの唇は一度も離れなかった。

「きみが必要なんだ」フィリップがかすれがかった声で言い、ふるえる指でドレスを引きおろしはじめた。「呼吸しなければ生きられないのと同じように。食べ物や水を求めるようにきみを欲している」

エロイーズは自分も彼を求めているのだと答えようとしたが、できなかった。なにしろこの身を人質に取られたかのごとく乳首を舐められて吸われ、下腹部で何かがとぐろを巻いているようにしだいに熱くなっていくのでは、ただその男性に、夫につかまって、自分が与えうるすべてを差しだすよりほかにどうしようもなかった。

フィリップはしばし身を離して自分の服を脱ぎ捨てるとすぐに、今度は妻の傍らに寝そべった。彼女を引き寄せて互いの腹部を触れあわせ、やさしくそっと髪を撫でてやりながら、もう片方の手を広げて腰のくびれを支えた。

「愛している」囁いた。「とにかくきみを抱きしめていたい」唾を飲み込む。「いまわたしがきみをどんなに欲しているか、きみにはわからないだろうな」

エロイーズはいたずらっぽく口もとをゆがめた。「少しはわかるわ」

フィリップはその言葉に微笑んだ。「どうしようもなく体が疼いている。いままで経験したことがないくらいに。それでも……」顔を寄せて、互いの唇を擦らせた。「こらえて、きみに話しておかなければいけない」

エロイーズは息をつくのが精一杯で話せなかった。そのうち涙がこみあげてきて、目からあふれだし、彼の手の上に流れ落ちた。

「泣かないで」フィリップが囁いた。

「とめられないわ」エロイーズは声をふるわせた。「あなたをそれほど愛してるの。こんなふうになるとは考えていなかった――ずっと願っていたのだけれど、ほんとうになるなんて思わなかった」

「わたしも考えていなかった」フィリップは答えて、互いに同じように思っていたことに気づいた。

どちらも自分にそのような日がくるとは考えていなかったのだ。

「わたしはとても恵まれている」フィリップは乳房の下へ手を滑らせ、腹部を通って尻のほうへたどった。「生まれてからずっときみを待っていたような気がするんだ」

「わたしはあなたをずっと待っていたのよ」エロイーズは答えた。

フィリップはおのれのぬくもりで彼女を燃えあがらせようとばかりに尻をつかんで引き寄せた。「ゆっくりとできそうもない」ふるえる声で言う。「ここまででもう自制心は使い果たしてしまったようだ」

「ゆっくりでなくていいのよ」エロイーズはすぐさま仰向けに横たわり、彼を自分の上に引きあげた。脚を開くと、フィリップがそのあいだに入って、互いの下腹部の位置を合わせた。彼の髪をまさぐり、頭を引き寄せて唇を触れあわせる。「ゆっくりしてほしくないわ」

するとフィリップが流れるような動作であっという間になかへ滑り込み、エロイーズは子宮に響いた衝撃に思わず小さな驚きの声を漏らした。

フィリップがいたずらっぽく笑った。「速くしろと言ったのはきみだ」

エロイーズは答える代わりに脚をしっかりと彼に巻きつけた。腰を上げて彼を自分のさらに奥深くへ沈ませてから微笑み返す。「あなたはまだ何もしてないわ」

フィリップは取りかかった。

ふたりは言葉を忘れて動きだした。その動きはなめらかではなく、一体となっているようにも見えなかった。息は合っていないし、甘やかな囁きが漏れるわけでもなかった。

ひたすら互いを求めあい、高みを目指して、欲望と情熱にまかせて動いていた。長く持ちこたえられそうにはなかった。エロイーズは少しでも長引かせるためにこらえようとしたがどうにもならなかった。フィリップに突かれるたび、体のなかに耐えがたい炎が燃え立った。そしてとうとうこれ以上こらえきれないと思ったとき、叫びをあげ、背を反らせて、極みに達した反動で彼をのせたままベッドから体を跳ねあげた。全身を小刻みにふるわせながら息を切らせ、彼の背中をつかんでいることしかできなかった。指を食い込ませてしがみついていたので、皮膚に跡を残してしまったに違いない。

そしてエロイーズの背中がベッドに落ちるより早く、フィリップも声を発しながら何度も腰を押しだして彼女のなかに出しきると、崩れ落ちて、全体重をあずけて彼女をマットレスに沈ませた。

その重みもエロイーズには気にならなかった。自分の上に彼がのっている感触も、重さも、肌に滲んだ汗の匂いも味も心地良かった。

フィリップを愛している。

純粋にそう感じた。

彼を愛していて、彼に愛されていて、それ以外に何か重要なことがあろうとも、ほかにはもう何もかもどうでもよかった。いまここで、こうしていること以外は。

「きみを愛している」フィリップが囁いて、ようやく脇に身をずらしたので、エロイーズは胸一杯に空気を吸い込んだ。

きみを愛している。

その言葉だけでじゅうぶんだった。

19

……日中は数かぎりない楽しみに満ちています。買い物に出かけ、昼食会に出席し、友人を訪問し、訪問を受けることもあります。晩にはたいてい舞踏会や演奏会のほか、さらに小規模なパーティにも出席しています。たまにひとりで家にとどまり、読書をすることもあります。ほんとうに活気ある充実した毎日で、不満を感じる理由は何もないのです。淑女がこのほかに何を望めるのかしらと自問するばかりです。

――エロイーズ・ブリジャートンからサー・フィリップ・クレインへ、思いがけず文通を始めて半年後の手紙より

それからの一週間は、エロイーズの人生で最もふしぎなひとときとして生涯忘れられないものとなった。盛大な催しもなければ、快晴の日が続いたのでもなく、誕生日ではなかったし、高価な贈り物をもらったり予想外の客人が訪れたりしたわけでもない。

少なくとも表面的にはまったくふだんどおりのように見えていたのに……。

すべてが変わった。

雷に打たれたように驚きを感じる類いのものではなかった。それどころか、ドアをばたんと閉める音や、歌劇の盛りあがりほどの衝撃もなかったのだとエロイーズは思い、苦笑した。ゆっくりとじわじわ進み、気づかないうちに始まって、気づいたときには完了しているような変わり方だった。

それは肖像画の展示室でフィリップと出くわした晩の数日後の朝のことだった。エロイーズが目覚めると、フィリップがすっかり身なりを整えてベッドの足もとに腰かけ、温かな笑みを湛えてじっと見守っていた。

「そこで何をしてるの?」エロイーズは上掛けを引き寄せて起きあがりながら尋ねた。

「きみを見てるんだ」

エロイーズは意外な言葉に唇を開き、やがて微笑まずにはいられなくなった。「あまり楽しめるものではないと思うけれど」

「とんでもない。こんなに長く見ていられるものはほかに思いつけないくらいだ」

エロイーズは顔を赤らめてその行動をからかうような文句をつぶやきつつ、内心では彼をすぐにベッドに引き戻したい思いに駆られていた。夫はけっして拒まないという確信はあったものの、なにぶん相手はすでにきちんと身なりを整えていて、それにはなんらかの理由があるのだろうと察したので、欲望を封じた。

「きみのためにマフィンを持ってきた」フィリップが言い、皿を差しだした。

エロイーズは礼を述べて皿を受けとった。そして、飲み物も持ってきてくれたらもっとよかったのにと思いながらマフィンを食べていると、夫に問いかけられた。「きょうは一緒に出かけないか」

「あなたとわたしで？」

「じつを言うと」フィリップは言葉を継いだ。「四人での外出を考えている」

エロイーズはマフィンを齧ったところで動きをとめて夫を見つめた。そのような提案を受けたのは初めてだった。憶えているかぎり、彼はそれまで子供たちを人にまかせて避けようとするばかりで、みずからともに過ごす時間を作ろうとしたことはなかった。

「すばらしい考えだと思うわ」エロイーズは柔らかな声で応じた。

「よかった」フィリップはそう言うと腰を上げた。「きみが朝の準備を終えるまでに、きみに子守係をまかされてしまった気の毒な女中に、きょうはわれわれが双子を連れだすことになったと伝えておこう」

「ほっとするでしょうね」エロイーズは答えた。メアリーは子守係の役目を快く引き受けてくれたわけではなかった。双子のことはみなよく承知しているので、快く引き受ける使用人がいるはずもない。そのうえ長い髪のメアリーは、シーツから前の家庭教師の髪を剝がしきれず丸ごと燃やして処分したときのことも鮮明に憶えていた。

けれども子守係はどうしても欠かせないので、エロイーズは女王に対するのと同等の敬意をもってメアリーに接するという約束を子供たちから取りつけ、これまでのところ、その約束は守られていた。このままメアリーが正式に子守係を引き受ける気持ちになってくれることをエロイーズは心から願っていた。そうすれば賃金も洗濯係のときより多く渡せるようになる。

ドアのほうを見やると、驚いたことにフィリップが困った様子でそこにまだとどまっていた。「どうしたの?」と声をかけた。

フィリップは目をしばたたいてから、妻のほうへ顔を向けながらも考え込むように眉根を寄せた。「どうすればいいのかな」

「ドアノブはどちら側にもまわると思うけど」エロイーズはおどけて答えた。

フィリップがちらりと目を上げて言った。「村には遊園地が来ているわけではないし、催しもやっていない。子供たちを連れて何をすればいいんだ?」

「何をしてもいいじゃない」エロイーズは胸にあふれる愛情を込めて微笑みかけた。「何もしなくてもかまわない。実際、そんなことはどうでもいいのよ。子供たちはあなたさえいればいいんだもの、フィリップ。あなたと一緒にいたいだけなのよ」

二時間後、フィリップとオリヴァーはテトベリー村の〈ラーキンの紳士と淑女の高級服店〉の外に立って、エロイーズとアマンダの買い物が終わるのをいくぶんいらいらしながら待っていた。

「どうして買い物になっちゃったのかな」オリヴァーが女装でもさせられているかのように自分の服を見おろして不満げにつぶやいた。

フィリップは肩をすくめた。「おまえのお母さんが望んだからだ」

「この次は男が選ぶ番にしようよ」オリヴァーが唸るように言う。「母親はこういうのを選ぶなんて知らなかったし……」

フィリップは必死に笑いをこらえた。「男は愛する女性たちのために犠牲にならなければならないときもある」まじめくさった口調で言い、息子の肩を軽く叩いた。「あいにく、それが世の倣《なら》いというものだ」

オリヴァーは毎日その犠牲になっているとでも言いたげに、ため息を大きく吐きだした。

フィリップは窓から店のなかを覗いた。エロイーズとアマンダに買い物を切りあげようとするそぶりは見えない。「だが買い物に関するかぎり、次回ともに行動する際にわれわれが決定権を得ることには心から賛成だ」

そのとき、エロイーズが店の外に顔を出した。「オリヴァー?」と呼びかけた。「なかに入ってきてくれない?」

「やだ」オリヴァーは大きく首を振って拒んだ。

エロイーズは唇をすぼめた。「言い直すわ。オリヴァー、なかに入ってきてほしいの」

オリヴァーはすがるように父親を見あげた。

「残念だが、言うとおりにするしかないな」フィリップは諭した。

「犠牲になるばっかりじゃないか」オリヴァーはぼやいて、首を振りながら億劫そうに踏み段を上がった。

フィリップは空咳で笑いをごまかした。

「お父さんはこないの？」オリヴァーが訊く。

行くものか、という言葉はどうにか呑み込んで弁解を口にした。「外で馬車を見ていなければならないんだ」

オリヴァーが目を狭めた。「どうして馬車を見てなくちゃいけないの？」

「ほら、車輪に重荷がかかってるだろう」フィリップはくぐもった声で答えた。「荷物がぜんぶ載ってるからな」

エロイーズがつぶやいた言葉は聞きとれなかったが、好意的な口調でないのは確かだった。

「行くんだ、オリヴァー」フィリップは息子の背中を叩いた。「お母さんが待ってるぞ」

「あなたもよ」エロイーズがいたぶりとしか思えないやさしげな声で言った。「新しいシャツが必要でしょう」

フィリップは唸り声で返した。「仕立て屋を家に呼べばいいんじゃないか？」

「布地を選びたいでしょう？」

フィリップは首を振り、威厳たっぷりに答えた。「きみに全幅の信頼をおいている」

「お父さんは馬車を見てなくちゃいけないんだって」まだ戸口にとどまっていたオリヴァーが口を挟んだ。

「馬車より自分の背中に気をつけたほうがいいわね」エロイーズがつぶやいた。「こないのなら――」

「おい、わかったよ」フィリップは観念した。「店に入る。だが、ほんの少しだけだぞ」建物の片側の、フリルだらけで見るからに女性好みの婦人服店に足を踏み入れて、身ぶるいした。「それ以上いたら、窒息死してしまう」

「あなたみたいに大きくて逞しい殿方が？」エロイーズはやんわりと言った。「ありえないわ」それから彼と目を合わせて、顎を引いてこちらへ来るよう合図した。

「なんだい？」フィリップはわけがわからず尋ねた。

「アマンダよ」エロイーズは囁いて、店の奥にあるドアのほうへ顎をしゃくった。「あの子が出てきたら、褒めてあげてね」

フィリップはいぶかしげに店のなかを見まわした。見知らぬ異国にでもいるように場違いな気がする。「そういうのは苦手なんだ」

「学ぶのよ」エロイーズは夫をなだめてから、オリヴァーのほうを向いた。「次はあなたの番よ、クレイン坊ちゃん。ラーキン夫人が――」

オリヴァーは死刑宣告にも劣らぬ陰気な声で拒んだ。「ミスター・ラーキンがいいんだ。お父さんみたいに」

「仕立て屋さんに誂えてもらいたいの？」エロイーズは尋ねた。

オリヴァーは勢いよくうなずいた。

「ほんとうに？」

オリヴァーはそれほどの確信もなさそうに、もう一度うなずいた。

「あら、でも」エロイーズはドルリーレーン劇場の舞台上にでもいるような節まわしで続けた。「ほんの一時間前までは、窓辺に銃やおもちゃの兵隊さんを飾っていない店にはどうしても入りたくないってがんばってたのに？」

オリヴァーはぼんやり口をあけたがなんとかうなずいた。

「お見事」フィリップは妻の耳もとに囁いて、ラーキン夫人の店の戸口から建物のもう半分を占めるミスター・ラーキンの店へ重い足どりで進む息子を見やった。

「どちらのほうがましなのかは体験させてみるしかないわね」エロイーズが言う。「ミスター・ラーキンの寸法合わせは退屈でしょうけど、ラーキン夫人にしてもらうのはもう恥ずかしそうだもの」

少年の叫び声が響き渡り、オリヴァーがエロイーズのもとへまっすぐ駆け戻ってきた。フィリップはそれを見て少しばかりがっかりした。子供たちにはやはり自分のところへ戻ってきてほしかった。

「ぼくに針を刺すんだ！」オリヴァーが訴えた。

「体を動かしてなかった？」エロイーズは顔色ひとつ変えずに訊いた。

「動かしてない！」

「ほんの少しも？」

「ほんの少しだけだよ」

「わかったわ。それなら」エロイーズは続けた。「次のときは動いてはだめ。ミスター・ラーキンはとても腕がたつのよ。あなたが動かなければ、針は刺さらない。簡単なことだわ」

オリヴァーはその言葉をおとなしく聞き終えてから、父親のほうへ助けを請う目を向けた。フィリップは息子に頼られて嬉しかったものの、そこで反論して、エロイーズの面目をつぶすわけにはいかなかった。しかもつい先ほど、全幅の信頼をおいていると言ってのけたばかりだ。

ところがそれから、オリヴァーは意外な行動を取った。ミスター・ラーキンの所へはもう戻らないと駄々はこねなかったし、エロイーズに憎まれ口を叩きもしなかった。どちらも、数週間前の息子なら自分の思いどおりにさせない大人に必ずしていたはずのことだ。

オリヴァーは父親を見あげて問いかけた。「一緒に来てくれる、お父さん？　お願い」

フィリップは答えようと口を開きかけて、どうしたものか言葉に詰まった。壁を乗り越えられたのだという気がして、目に涙があふれだした。

息子に成長の過程で男親の役目を求められたのはそれが初めてではなかった。オリヴァーは以前から折々に父親の付き添いを求めていた。

だが、フィリップが息子とともにいて正しいことをして正しいことを言えるという自信を持って、その求めに応えようと思えたのはこのときが初めてだった。

それに、もし正しいことができなかったとしてもそれでいいのだと思った。自分の父親のようにはけっしてならないし、なりえない。もう間違いをおかすのが不安なばかりに子供たちをほかの人々へまかせてしまう臆病者ではいられない。

きっとまた間違いをおかすこともあるだろう。だが、その間違いはたいしたものではないだろうし、傍らにエロイーズがいてくれれば、どんなことも乗り越えられるという自信が湧いた。

双子ともきっとうまくやっていける。

フィリップはオリヴァーの肩に手をかけた。「喜んで一緒に行くぞ、おまえはわたしの息子なんだからな」最後のほうの言葉がかすれて、咳払いをした。それから身をかがめて囁きかけた。「ご婦人方を男の領域に踏み込ませるわけにはいかない」

オリヴァーは力強くうなずいて同意した。

フィリップは背を起こし、建物のもう半分のミスター・ラーキンの店のほうへ息子のあとについて歩きだした。するとすぐに背後でエロイーズの咳払いが聞こえた。振り返ると、妻が頭を傾けて店の奥のほうを示している。

アマンダ。

新しいラベンダー色のドレスをまとったアマンダはとても大人びて見えて、いつかほんとうに大人の女性に成長したときの姿をぼんやりと想像させた。

一度目からまだ何分もしないうちにまたしても目頭が熱くなった。

娘のそうした姿もまた、それまで気づけずにいたものだった。不安と自信のなさから、向きあうことができなかったからだ。

子供たちは自分のいないところで成長していたのだ。

フィリップは息子の肩をぽんと叩いて引き返すよう合図して、娘がいる店の奥へ戻った。無言で娘の手を取って、そっと口づけた。「アマンダ・クレイン嬢」目にも声にも笑顔にも愛情を込めて言った。「これほど美しい女性は見たことがない」

アマンダは目を大きく見開いて、心から嬉しそうに唇を丸くわずかに開いた。「ブリジャートン……じゃなくて、お母様はどう思う？」もどかしげに小声で問いかけた。

フィリップが見やると、妻は涙をこらえていたらしく、ようやく向きなおってアマンダのほうへ身を寄せて、耳もとに囁きかけた。「交換条件よ。あなたがお母さんをこの世で一番美しい女性だと思ってくれるなら、あなたが一番美しいことを認めてあげる」

その晩、フィリップは子供たちをベッドに入れ、それぞれの額にキスをしてからドアのほうへ戻りかけて、娘の囁き声を聞いた。「お父様？」

フィリップは振り返った。「アマンダ？」

「いままでで最高の日だったわ、お父様」娘はか細い声で言った。

「最高だったね」オリヴァーも口を揃えた。

フィリップはうなずいた。「お父さんも同じだ」穏やかな声で答えた。「同じ気持ちだ」

始まりは一枚のメモだった。

その晩遅く、エロイーズは夕食を終えて皿を片づけようとして、その下に小さくふたつ折りにされた紙を見つけた。

夫はプディングを食べているときに話題にのぼった詩が収められている本を探してくると言って先に席を立っており、従僕も食器を厨房へ運ぶのに忙しかったので、エロイーズは誰も見ていないところでその紙を広げた。

私は言葉がうまくあつかえない

それはまぎれもなくフィリップの筆跡だった。そしてその紙の片隅に、さらに小さな文字で記されていた。

きみの書斎へ

エロイーズは好奇心を掻き立てられて立ちあがり、食堂を出て、一分後には自分の書斎に入った。

机の真ん中に、またべつの紙が置かれていた。

それでも、すべては一通の手紙から始まったんだよな?

その紙に書かれていた指示に従って、居間へ向かった。そのときにはもう、はずむ足どりが完全に駆け足にならないよう懸命に意識を集中させて進まなければならなくなっていた。ソファのちょうど中央にある赤いクッションの上に、またふたつ折りの小さな紙がのっていた。

つまり言葉で始まったのならば、その言葉を使いつづけていくべきだ

今度は玄関広間へ向かうよう指示された。

だが、きみが与えてくれたものすべてに対して感謝を伝えられる言葉はない。だから、私が唯一思いのままにあつかえるものを使って、考えつく唯一の方法できみに伝えたい

その紙の片隅には寝室に行くよう書かれていた。

エロイーズは期待に胸を高鳴らせながら、ゆっくりと階段をのぼっていった。それが最終目的地なのだと確信していた。そこでフィリップが、妻の手を取ってふたりの未来へと導くために待っているに違いない。

すべては一通の手紙から始まったのだと、エロイーズは改めて思った。どうということもない、なにげない言葉から、このような胸にあふれんばかりの深い愛に育っていった。

エロイーズは階上の廊下に着いて、足音を立てずに寝室のドアのほうへ進んだ。ほんの数

センチだけあいていたので、ふるえる手でドアを押しあけ、部屋に入っていくと――

エロイーズは息を呑んだ。

ベッドが花で覆われていた。数えきれないほどたくさんの花があり、フィリップが温室で特別に栽培している、あきらかに季節はずれの花も含まれていた。そして、白とピンクの花びらで敷きつめられた背景の上に赤い花で文字がかたどられていた。

きみを愛している

「言葉では言い尽くせない」フィリップが背後の暗がりから現れて、静かに言った。

エロイーズは頬にこぼれ落ちる涙にもほとんど気づけず振り返った。「いつこんなことを？」

フィリップは笑みを浮かべた。「少しは秘密を持たせてくれよ」

「わたし――わたし――」

フィリップは妻の手を取って、抱き寄せた。「言葉が出ない？」つぶやいた。「きみが？ということは、考えていた以上にうまくやれたわけだな」

「愛してるわ」エロイーズは声を詰まらせた。「とても愛してるの」

そうして抱きしめられて夫の胸に頬を添わせると、フィリップはその頭の上にそっと顎をのせた。「きょう」穏やかな声で言った。「双子に、いままでで最高の日だったと言われたんだ。わたしもふたりの言うとおりだと思った」

エロイーズは言葉にできずにうなずいた。

「でもそのあと」フィリップが続ける。「やはりふたりは間違っていると気づいた」

エロイーズは顔を上げて、目で問いかけた。

「たった一日を選ぶことなんてできない。エロイーズ、きみがいればどの日も最高なんだ。きみがいれば」

フィリップは彼女の顎を持ちあげて、互いの唇を近づけた。「どの週も」囁く。「どの月も、どの時間も」

やさしく、けれども精一杯の愛情を込めてキスをした。「どの瞬間も」かすれ声で続けた。

「きみがそばにいてくれさえすれば」

エピローグ

かわいいあなたに、教えたいことはとてもたくさんあります。実際にお手本を見せてあげるつもりだけれど、やはり紙にも書き残しておかずにはいられません。それが私の習い性だということは、きっとあなたもこの手紙を読む頃には気づいているでしょうし、面白がられてしまうのでしょうね。

強い人になりなさい。

努力する人になりなさい。

誠実な人になりなさい。楽な道を選んで得することはないのです（もちろん、もともと楽な道なら話はべつです。時にはそういう道もあるし、実際にそういう道を歩いていたとしたら、新たにもっとむずかしい道をつくりだす必要はありません。わざわざ困難を探そうとするのは殉教者だけでいいのですから）。

きょうだいたちを愛しなさい。あなたにはすでにふたりいて、神の思し召しがあれば、さらに増えるかもしれません。その人々を深く愛しなさい。きょうだいたちはあなたの血を分けた家族であり、あなたが迷ったときや、つらいときに、味方になってくれます。

笑いなさい。声を出して、いつも笑っていなさい。そして、静かにしなければならない状況では、笑いを微笑みに変えればいいのです。

立ちどまってはだめ。自分が望むものを見つけて、つかみとるのです。もし自分が望んでいるものがわからないのなら、辛抱強く待ちなさい。答えはおのずとわかるときがくるし、心から望んでいたものが、じつはずっとすぐそばにあったのだと気づくこともあるのです。それから、これだけは必ず憶えておいて。あなたの父と母は愛しあっていて、あなたを愛しています。

あなたがぐずりだしたようです。あなたのお父さんは妙に大きなため息をついていて、私がそろそろ書き物机からベッドへ移らなければ、きっと機嫌を損ねてしまうでしょう。

この世にようこそ、おちびちゃん。私たちはみんな、あなたに出会えたことを心から喜んでいます。

——エロイーズ・クレインから、誕生したばかりの娘ペネロペへの手紙より

訳者あとがき

これが最後のチャンスかもしれない。だから思いきって行動を起こして、両手で運命をつかみとるの。どうか、サー・フィリップ、あなたが想像どおりの人でありますように……。

一八二四年五月の晩、ロンドンの社交界で屈指の人気を誇るブリジャートン子爵家の次女、エロイーズはひとり舞踏会を抜けだし、誰にも行き先を告げずに、グロスターシャーに住むまだ見ぬ男性のもとへ馬車を走らせた。この一年、ひょんなことから文通を始めて、数々の手紙でたわいない日常のあれこれをやりとりしてきた相手。もともと手紙を書くのが好きなエロイーズにとってはとりたてて意識していた男性ではなかったのだが、無二の親友の結婚をきっかけに、にわかに花婿候補として興味を惹かれはじめ、とうとう大胆な訪問の計画を決行したのだった。

いっぽう、当の男性、サー・フィリップはちょうど一年ほど前に妻を亡くし、植物の研究に励みつつ、八歳の双子の育て方に悩んで、新たに母親になってくれる女性を切に求めていた。子供を慈しんでくれる女性なら自分への愛までは望むまいと覚悟して。

そんなふたりが、互いへの勝手な想像を思い描いたまま、グロスターシャーのフィリップの屋敷でついに対面を果たす。ところが、どちらもそれぞれの想像とはだいぶ違っていたためにとまどい、ふだんなら考えられない自分の姿を見せあうはめに。大人たちのただならぬ気配を感じとったやんちゃな双子もじっとしてはいなかった。結局、エロイーズとフィリップは恋愛相手としてきちんと向きあう間もなく、子供たちに振りまわされることとなり——

十九世紀、ロンドンの社交界で人気の子爵家のロマンスを描く〈ブリジャートン〉シリーズ、第五作の本書は、次女エロイーズのお話です。兄で三男のコリンのロマンスを描いた前作で、終盤、姉が嫁いだ公爵家の舞踏会から忽然と姿を消したエロイーズが、じつは密かに文通相手の男性のもとへ旅立っていた、というところから物語は始まります。シリーズの読者のみなさんはもうお気づきのことと思いますが、そう、すなわち、エロイーズはコリン夫婦のあの〝重大発表〟を聞かずに、自分も新たな運命を切り開くのだと心を決めてロンドンを発っていたのです。

それまで何不自由なく華やかな社交界の暮らしを楽しんでいたエロイーズでしたが、大好きな兄と親友との結婚に大きな衝撃を受けて孤独に打ちのめされ、いわばついに本気で〝婚活〟に乗りだしたわけです。といっても、かつて数々の求婚を断わり、みずから人生を選びとってきたという自負もあって、あくまで花婿候補のひとりを見きわめに来ただけなのだと客観的な姿勢で向きあおうとします。そして、文通相手のフィリップのほうも、亡き妻とは事情のある結婚だったためいまだ本物の愛を知らず、子供たちの良き母親になってくれる女性ならばよしとしようと多くを求めてはいませんでした。

つまり互いに冷静な見合いのようなつもりだったのですが、相手が想像とは違っていたとはいえ、最初からどこか惹かれあうふたりがそう心穏やかに事を運べるはずもありません。そこにフィリップの腕白な双子が絡み、エロイーズの兄弟たちも妹のことを思うあまり、またしても大の男らしからぬドタバタ劇を繰り広げるのですから、ふたりは否応なしに相手の様々な面に気づかされていきます。

そうするなかで、社交界の遊びなれた紳士たちに比べれば一見無骨で、責任感の強さゆえ自分を責めて臆病になってしまうフィリップのナイーブな魅力を、エロイーズがしっかりと見抜いて心動かされていく過程が、本書の読みどころのひとつです。ともすれば、初対面の印象はあまりいいものではなかったのにそれほどすぐに彼の良さを見抜けるものだろうかと考えがちですが、ふたりがそれまでの一年に相当な数の手紙を交わしていたことを思えば、すでに信頼の土台が築かれていたとしてもふしぎではありません。便利な現代に生きるわたしたちにヒストリカルが教えてくれる、不便さの美徳とも言えるのではないでしょうか。

著者のジュリア・クインは本書で、シリーズ第四作までの各章の冒頭に添えていたレディ・ホイッスルダウンの記事に替えて、エロイーズが過去にあらゆる人々に宛てた手紙を抜粋し、当時の彼女の心境と現在の状況を照らしあわせ、今回も読者をくすりと笑わせる仕掛けを組み入れています。エロイーズは遠方の親戚、知人のみならず、身近な親友や兄弟姉妹にもずいぶんとまめに手紙を書いているように見えますが、著者が愛読する『高慢と偏見』の作者、ジェーン・オースティンもまた、じつはブリジャートン家と同じ八人きょうだいで、なかでも姉のキャサンドラには頻繁に手紙を書いていたことがよく知られています。その残されている数多くの手紙からは、日常のささいな出来事に噂話、辛らつな冗談といったものを現代の電話やメールのごとく気軽にやりとりしていた様子が窺え、ジェーンの死後、遺族が公表するには不適切と判断してあえて処分したものもあると言われています。本書でも著者はいつもながらのウィットに富んだ筆致で、家族や親友に宛てた手紙のなかでエロイーズに率直な思いを時にはややあけすけにも感じられるほど小気味よく語らせていますが、当時の時代背景からすればしごく自然なことだったのかもしれません。今回の物語では、各章の冒頭部分に加え終盤のクライマックスに至るまで、手紙や、紙に綴られた言葉が、登場人物たちの心情を読み手に強く訴えかける重要な役目を果たしています。

さて、ラズベリーブックスから刊行される〈ブリジャートン〉シリーズの次作は、本書を含む既刊の五作で兄弟姉妹のなかではおそらく最も描写の少なかった、謎めいた三女、フランチェスカの登場です。これまでとはまた少し違う趣も加わり、全八作のシリーズのなかでもきわだって情熱的な物語が展開します。ぜひ、ご期待ください。

二〇〇九年六月　村山美雪

まだ見ぬあなたに野の花を
2009年６月17日　初版第一刷発行

著……………………………………ジュリア・クイン
訳……………………………………………村山美雪
カバーデザイン………………………小関加奈子
編集協力………………………アトリエ・ロマンス

発行人…………………………………………高橋一平
発行所…………………………………株式会社竹書房
〒102-0072 東京都千代田区飯田橋2-7-3
電話：03-3264-1576（代表）
03-3234-6208（編集）
http://www.takeshobo.co.jp
振替：00170-2-179210
印刷所…………………………凸版印刷株式会社

定価はカバーに表示してあります。
乱丁・落丁の場合には当社にてお取り替え致します。
ISBN978-4-8124-3871-8 C0197
Printed in Japan

「恋心だけ秘密にして」

ジュリア・クイン 著　村山美雪 訳／定価 950円(税込)

人気者の幼なじみを一途に想うペネロペの恋は……

ブリジャートン家の3男、コリンは社交界一の人気者。妹のように扱われるペネロペはずっと片想いしていたが、数年前、コリンの「ペネロペと結婚することなどありえない」という言葉を聞いてから、想いをひた隠しにしてきた。ところがそんな折、社交界の噂を記事にする謎のゴシップ記者、レディ・ホイッスルダウンの正体が賭けにされ、二人も加熱する正体探しの渦に巻き込まれていく……。11年にわたる、ペネロペの片想いの答えは？　そして、レディ・ホイッスルダウンの正体は……？

大人気〈ブリジャートン〉シリーズ第4弾!

「偽りの婚約者に口づけを」

エマ・ホリー 著　曽根原美保 訳／定価 900円(税込)

不器用な伯爵の恋した相手は、弟の婚約者……!

夫を見つけにロンドンに来た天涯孤独のフローレンス。“男”とのスキャンダルをもみ消すため弟の花嫁を探していたグレイストウ伯爵。二つの思惑が重なり、婚約が決まったが、伯爵の心は晴れなかった。いつしか彼はフローレンスを想うようになっていたから……。不器用な伯爵の、熱い恋。

エマ・ホリーのヒストリカル、日本初登場!

「じゃじゃ馬令嬢に美しい罪を」

エマ・ホリー 著　曽根原美保 訳／定価 950円(税込)

独身志望なのに一週間で結婚!?
追い詰められた公爵令嬢が決意した、意外な行動とは……

一週間以内に結婚を決意しなければ、愛馬を売り払い、親しい老侍女ジニーをやめさせると言い渡された公爵令嬢メリー。数日後、暴漢から襲われたメリーを救ってくれた著名な画家で放蕩者のクレイヴンからモデルになってくれと申し出を受けたメリーは、ジニーが解雇されたことを知って怒りと絶望のうちに決意する。クレイヴンのヌードモデルになって結婚市場から抜け出そうと……。

エマ・ホリーの、甘くホットなヒストリカル

「令嬢と悩める後見人」

エリザベス・ソーントン 著　細田利江子 訳／定価 910円(税込)

情熱的な令嬢と、後見人になった秘書らしくない秘書。
ふたりの恋と旅と事件の結末は——？

裕福なフランス人銀行家の孫、テッサは祖父から、突如生まれ故郷のイギリスに向かうよう言い渡され、憤慨する。おまけに、ロス・トレヴェナンという雇われたばかりの秘書を同行させるというのだ。秘書というにはあまりにも傲岸不遜なロスにテッサは怒りを燃やすが、実は彼には秘密が……。人気作家の贈るヒストリカル・サスペンス。

人気作家の贈る、ロマンティック・ヒストリカル・サスペンス!

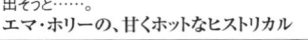

郵便はがき

お手数ですが50円切手をおはり下さい。

102-0072

東京都千代田区飯田橋2-7-3

㈱竹書房

『まだ見ぬあなたに野の花を』

アンケート係　行

※抽選で50名様に図書カードをお送りいたします。
〆切：2009年 9 月末日必着（発表は発送にかえさせていただきます。）

A	（フリガナ） お名前	B	男・女
C	〒 ご住所 ☎　（　　　）		
D	年齢　歳	E	学年またはご職業
F	お買いあげ日 年　月　日	G	お買いあげ書店 書店　支店
H	●ご希望の方にはEメールにて新刊情報を送らせていただきます。メールアドレスをご記入下さい。 @		

※このアンケートは今後の企画の参考にさせていただきます。個人情報を本企画以外の目的で利用することはございません。

まだ見ぬあなたに野の花を

ご購読ありがとうございます。よりよい作品づくりのため、アンケートにご協力ください。

I

●この本を最初に何でお知りになりましたか？

1 新聞広告(　　　　　新聞)　2 雑誌広告(誌名　　　　　)
3 新聞・雑誌の紹介記事を読んで(紙名・誌名　　　　　)
4 既刊本の予告・広告で　5 ポスター・チラシを見て
6 書店で実物を見て　7 ネットで見て(　　　　　)
8 人(　　　　)にすすめられて　9 その他(　　　　　)

J

●表紙のデザイン・装幀について

1 好き　2 きらい　3 ふつう

K

●この本の内容について

1 おもしろい　2 つまらない　3 ふつう

L

●お好きな作家・ジャンルは？

M

●この本に対するご意見、ご感想などをお聞かせください。

★ご協力ありがとうございました。いただいたご感想はお名前をのぞきホームページ・新聞広告・帯などでご紹介させていただく場合があります。ご了承ください。